现代诗学的建构与质疑
——《尝试集》到《尝试后集》的编选研究

The Construct and Questioning of Chinese Modern Poetics
—A Study on the Compiling of *Experiments* and *Sequel to Experiments*

余蔷薇 著

图书在版编目(CIP)数据

现代诗学的建构与质疑:《尝试集》到《尝试后集》的编选研究/余蔷薇著. —北京:北京大学出版社,2020.11
国家社科基金后期资助项目
ISBN 978-7-301-31643-6

Ⅰ.①现⋯　Ⅱ.①余⋯　Ⅲ.①胡适(1891—1962)—诗歌研究　Ⅳ.①I207.22

中国版本图书馆 CIP 数据核字(2020)第 178361 号

书　　　名	现代诗学的建构与质疑
	——《尝试集》到《尝试后集》的编选研究
	XIANDAI SHIXUE DE JIANGOU YU ZHIYI
	——《CHANGSHIJI》DAO《CHANGSHI HOUJI》
	DE BIANXUAN YANJIU
著作责任者	余蔷薇　著
责 任 编 辑	张文礼
标 准 书 号	ISBN 978-7-301-31643-6
出 版 发 行	北京大学出版社
地　　　址	北京市海淀区成府路 205 号　100871
网　　　址	http://www.pup.cn　新浪微博:@北京大学出版社
电 子 信 箱	pkuwsz@126.com
电　　　话	邮购部 010-62752015　发行部 010-62750672
	编辑部 010-62767315
印 刷 者	北京溢漾印刷有限公司
经 销 者	新华书店
	730 毫米×1020 毫米　16 开本　13.75 印张　257 千字
	2020 年 11 月第 1 版　2020 年 11 月第 1 次印刷
定　　　价	52.00 元

未经许可,不得以任何方式复制或抄袭本书之部分或全部内容。
版权所有,侵权必究
举报电话:010-62752024　电子信箱:fd@pup.pku.edu.cn
图书如有印装质量问题,请与出版部联系,电话:010-62756370

国家社科基金后期资助项目
出版说明

后期资助项目是国家社科基金设立的一类重要项目,旨在鼓励广大社科研究者潜心治学,支持基础研究多出优秀成果。它是经过严格评审,从接近完成的科研成果中遴选立项的。为扩大后期资助项目的影响,更好地推动学术发展,促进成果转化,全国哲学社会科学工作办公室按照"统一设计、统一标识、统一版式、形成系列"的总体要求,组织出版国家社科基金后期资助项目成果。

全国哲学社会科学工作办公室

目 录

绪论　胡适编选诗集与新诗探索 ……………………………………（ 1 ）

第一章　《去国集》的编选与旧历史的终场 ………………………（ 10 ）
　第一节　亲古风、排绝律的诗选原则 …………………………（ 10 ）
　第二节　时间线索让位于诗体进化论理念 ……………………（ 15 ）
　第三节　死文学的放脚呈现与新旧衔接的逻辑破绽 …………（ 20 ）

第二章　《尝试集》的编选与新诗起源神话 ………………………（ 24 ）
　第一节　《尝试集》的起点建构与新诗的出场 ………………（ 24 ）
　第二节　打油诗的尝试、放弃与新诗体意识的建立 …………（ 28 ）
　第三节　白话旧体破格律化尝试与小脚放大的编排 …………（ 39 ）
　第四节　白话新体的诞生与实际创作的取舍面貌 ……………（ 57 ）
　第五节　新诗起点建构的另外几种讲述与文学史的接受 ……（ 62 ）

第三章　《尝试集》的版本变迁与白话诗学凝结 …………………（ 70 ）
　第一节　版本变迁中的改诗与新诗美学标准的建立 …………（ 70 ）
　第二节　版本变迁中的删诗与分歧中的标准呈现 ……………（ 84 ）

第四章　胡怀琛《尝试集批评与讨论》与胡适新诗观念的转变 …（ 93 ）
　第一节　《尝试集批评与讨论》的论争焦点 …………………（ 96 ）
　第二节　不同诗学观念与新诗的两条发展路向 ………………（109）
　第三节　读者意识与胡适新诗观念的内在转变 ………………（119）

第五章　《尝试后集》的编选与个人审美趣味 ……………………（128）
　第一节　从时代到个人的转变 …………………………………（129）
　第二节　"胡适之体"与传统小令 ……………………………（131）
　第三节　个人风格的变化与凝定 ………………………………（140）

第六章 《尝试集》《尝试后集》与三位一体互证价值的逻辑………（142）
  第一节 新诗成立纪元与三位一体的价值取向 ……………（143）
  第二节 新白话的思维训练与"八事"的核心理念…………（153）
  第三节 尝试之后的实践与三位一体的质疑 ………………（165）
  第四节 选本视野中《尝试集》《尝试后集》的传播 ………（169）

结语 时间神话与百年汉语诗学之现代建构的反思 ……………（187）

附录一 选本收录《尝试集》《尝试后集》诗作情况 …………（192）

附录二 歌曲选本收录《尝试集》《尝试后集》诗作情况 ……（206）

参考文献 ……………………………………………………………（208）

绪论　胡适编选诗集与新诗探索

　　胡适一生的新诗创作共二百余首,研究者通常只关注《尝试集》,而忽略了其《去国集》与《尝试后集》,以及散见于各种报纸、杂志及胡适日记、通信中的诗作。如果编一部胡适诗歌全集,会发现,作为新的时间的起点,《尝试集》反映的并不是胡适这个时期创作的真实面貌,《尝试集》的面貌是通过其编选修剪出来的,其编选、修剪的眼界、原则、逻辑、理念等,既讲述了新诗的起源故事,又给出了新诗"合法"的依据,还规定了新诗的基本走向;而《尝试后集》重视化用词曲小令,重释汉语诗性潜能,则是对编选《尝试集》所建构的这种现代性体系的质疑,让现代诗学复归汉语诗魂。因此,还原胡适新诗创作的原貌,考察其编选《尝试集》(包括《去国集》)、《尝试后集》的过程,辨析其不同时期编选诗集的原则、篇章的取舍、秩序的形成,会发现胡适新诗观念的嬗变历程,尤其是通过进一步分析它们与日后新诗发展中起支配作用的诗艺观念、问题方式,以及审美标准、惯例之关系与演化,从一特殊视角对百年新诗发展之走向西化与回归传统的螺旋运动考镜源流,可以更好地梳理现代汉语阶段的汉语诗学之现代建构的历史经验与新的可能性。

　　《尝试集》,这部百年来毁誉参半的诗集,其内核是胡适通过它的编选为中国诗歌建立了一种新的价值逻辑。这种价值逻辑,建构了旧/新、中/西、传统/现代的二元对立,并以"新""西""现代"三位一体互证价值的逻辑开启了新诗的历史纪元。它使"新诗"成其为"新"而与旧诗产生了本质的不同并获得优于旧诗的价值。这个价值逻辑的理论基石来源于基督教时间框架内的进化论思想。

　　众所周知,进化论在中国的传播与畅行,首先是从严复翻译达尔文学派赫胥黎的《进化论与伦理学》开始。严复翻译时正值甲午战争,他对译本进行了归化,突出"物竞天择,适者生存"的天演公理,旨在唤起民族意识觉醒,以"自强保种"的强国梦为目的,激荡民族主义情绪。但经历了第一次世界大战之后,人们发现弱肉强食的生物主义作为一种价值,带来的其实是灾难。于是,"物竞天择,适者生存"的进化论思想开始在中国退潮。当胡适再次将进化论的思想引进中国文学领域的时候,他取的是进化论之新陈代谢的必然性,即历史线性发展的时间是不可逆反不断"进步"的这一带有现代性质的观念。这种进化论本质上是一个时间概念。它来自西方,最初起源于犹太基督教。在基督教里,耶稣的诞生、复活与受难,都是不可重复的,这导致耶稣悲剧性的死亡之后的复活与末日拯救,成为一种乐观的希望,因此在情感倾向上,人们否定过去,面向未来。随着科学理性、辩证思维的介入,现代时间观念演变而生,达尔文进化论的出现,则从更高层面诠释了时间的不可逆转性。在价值判断上,进化论允诺了一个无限光明的灿烂未来,旧的已经过去,新的未来一定是美好的。而中国古代时间是循环轮回的。传统的纪年方式——天干地支,十二生肖,均呈现为轮回反复的形态。这是一种"周行而不殆"①的"道"的运行方式,浩浩荡荡,往复循环,连绵不绝,无休无止。人们始终认同再生与更新,过去便是将来,没有真正的"历史",没有时间的不可逆性。胡适首次将进化论的时间价值观引入文学领域,利用它建构了一个完整的文学思想体系和现代的文学史观念,从而将白话文学有力地推上历史的舞台。

胡适用进化论考察中国文学史,发现"文学革命"是中国文学史上的普遍现象:

> 文学革命,在吾国史上非创见也。即以韵文而论:《三百篇》变而为骚,一大革命也。又变为五言,七言,古诗,二大革命也。赋之变为无韵之骈文,三大革命也。古诗之变为律诗,四大革命也。诗之变为词,五大革命也。词之变为曲,为剧本,六大革命也。何独于吾所持文学革命论而疑之?②

从用进化论观察文学变更的历史,到正式提出"今日之文学,当以白话文学为'正宗'"③,都是在历史进化论的基点上衍生、演变的。胡适进一步将文言文称为"死文学",将白话文称为"活文学",并且通过这种进化论对活文学取代死文学赋予了理论上的合法性。胡适新诗尝试的合法性、正义性、历史使命感、开创历史的光荣感,可以说,都是他以这种进化论为理论基石建构起来的。而胡适的《尝试集》,就是这种进化论思想在新诗实践中的具象化。这个过程被胡适表述为"放脚",它既是一个从旧走向新的过程,也是一个从中走向西的过程,还是一个从传统走向现代的过程。

说它是胡适在进化论理论基石上"建构"起来的,是因为,假如我们编一

---

① 王弼注、楼宇烈校释:《老子道德经注》,中华书局2011年版,第65页。
② 胡适:《胡适留学日记》(下),安徽教育出版社1999年版,第284页。
③ 胡适:《历史的文学观念论》,《新青年》1917年第3卷第3号。

部胡适诗歌全集,会发现,《尝试集》并不是胡适整体诗歌创作的真实反映。《尝试集》作为进化论思想在新诗实践中的具象化,是胡适在编选过程中的一种刻意"建构",也就是说,胡适为中国新诗构造的旧/新、中/西、传统/现代的对立,并以"新""西""现代"三位一体互证价值的逻辑开启新诗的历史纪元而影响百年新诗的,与其说是他的新诗尝试,不如说是他在新诗尝试成果编选中的一种刻意凸显。

胡适编选《尝试集》的第一原则,是以"新"取代"旧"。胡适显然是通过编选《尝试集》,人为地建构了一个小脚逐步放大的从旧向新过渡的尝试者形象。作为新诗集,胡适附上旧体的《去国集》,明言其为展示"死文学"的轨迹,与《尝试集》这个"活文学"形成对比,从而反衬"活文学"的鲜活生命力。无论是《去国集》还是《尝试集》,在选与未选中,传达出胡适编选诗集的标准并不是诗的美与不美,而是诗的新与不新。通过胡适的选择与淘汰,我们看到胡适青睐古风、词体,排斥绝句、律诗。他将一编、二编以五言诗、七言诗、词、极不整齐的长短句的顺序排列。从诗词曲的嬗变,从有韵诗到无韵诗,这个历史的痕迹一览无余。值得注意的是,在胡适的尝试中,打油诗曾经是其构建理想新诗的一条路向。打油诗的语言是古白话,活脱自然,富于口语化,充满意趣,很符合胡适的"八事"主张。胡适曾孜孜于打油诗的尝试,在受到朱经农称其打油诗"谓之返古则可,谓之白话则不可"的批评时,胡适表示"极反对返古之说":

……宁受"打油"之号,不欲居"返古"之名也。古诗不事雕斫,固也,然不可谓不事雕斫者皆是古诗。正如古人有穴居野处者,然岂可谓今之穴居野处者皆古之人乎?今人稍明进化之迹,岂可不知古无可返之理?今吾人亦当自造新文明耳,何必返古?……①

但是胡适最终还是放弃了这种尝试,这是因为,打油诗是古已有之的,于新诗体的创新毫无贡献可言。看来,他在编选中大量淘汰打油诗,所遵循的是"唯新"原则,这正是进化论观念所致。胡适排除的那些诗作里,按照今天的审美眼光来看,不无汰优取劣之嫌,它们只是由于不符合其创作进化的轨迹而被割弃。这种人为地展示放脚过程的意图,深受进化论基础上的"时间神话"②的影响。中国诗歌史上并不乏革新运动,但历次的革新运动无不打着"复古"的旗号,通过"复古"来创新,这是中国传统文学创新之正道,它深

---

① 胡适:《答朱经农来书》,《胡适留学日记》(下),安徽教育出版社1999年版,第387—388页。
② 唐晓渡:《时间神话的终结》,《文艺争鸣》1995年第2期。

受传统的循环时间观念影响。而胡适第一次以"创新"为旗号进行诗歌革新，这昭示着线性进化观念的"时间神话"引入文学领域后，将对整个中国诗歌乃至中国文化进行一次秩序重建。

胡适编选《尝试集》的过程，是其自我尝试者形象建构的过程，也是其对新诗发展路向及现代诗艺的探索过程。这个过程是从传统中蜕变，最终在西化中完成的。胡适宣告译诗《关不住了!》为"'新诗'成立的纪元"，这首译诗之所以被称为"新"，与《尝试集》中此前其他"总还带着缠脚时代的血腥气"的诗作相比，其音节的建构来自对西洋诗印欧语系诗歌音节美的横向移植，胡适欣喜地称其为"新纪元"，正是因为它完全摆脱了传统，使汉语诗歌产生出与传统截然不同的"新"质。这种"新"被赋予了优越于千年传统的价值，正是建立在进化论基础上的"时间神话"让其不证自明的。这种"新"的尺度，在于与传统决裂的程度。这种"新"的出现，是借助西方资源来完成的。

因此，胡适编选《尝试集》所刻意呈现的不断放脚、从旧向新蜕变、最终在西化中确立新诗的这个过程，是传统与现代、旧与新、中与西三位一体统一的过程。传统中国向现代转型的过程中，新旧问题与中西问题是完全重合的。衡量事物好坏、美丑的标准，是看其新旧与否；而新旧与否的标准，则是看其与传统相决裂的程度。以新取代旧，也就是以西取代中，才能走出传统，走向现代。这样一个三位一体统一的观念，铸就了《尝试集》。

然而，胡适在1950年代编选的《尝试后集》，却一定程度上反映出这个三位一体的价值观念在胡适自身的破裂状态。《尝试后集》内容上从时代精神回归到日常生活，形式上从西化的白话自由体新诗回归到建立在词曲小令化用基础上的短章。这种转变，一定程度上与胡适在1930年代进行整理国故的工作，科学理性地重审传统文化，重新发现和有限度地认同传统相关；也一定程度上与胡适日益在诗坛边缘化，从新诗坛的领军人物退守为保持个人诗趣的边缘诗人相关。也就是说，在这个时候，这种转变，还是新诗史上的一种个人化的、边缘性的见证以新取代旧、以西取代中、以现代取代传统的三位一体价值观的破裂，或者说是胡适个人对这种三位一体价值观念的某种反新诗主流性质的质疑。

从《尝试集》到《尝试后集》的编选，我们看到新/旧、西/中、现代/传统三位一体价值观念从统一到分裂的过程。这个过程，看似归结到胡适一人身上；而从胡适这个点，则可以透视出百年新诗发展流变过程中的种种问题。新诗每发展到一个阶段，每遇到一个问题，都会溯回到胡适这个源头来。所以，《尝试集》从诞生至今成了一个言说平台，不同历史语境下的人们对新诗进行反省时，都会自觉或不自觉地返回到这个源头，从而对《尝试集》做出或褒扬或贬抑的批评。当胡适在西化的路径中完成对新诗想象的图景后,象征派诗人穆木天将胡适视为新诗运动"最大的罪人"①,其理由就是《尝试集》背弃了诗性美的原则,这是对以"新"为"美"观念的质疑。后起的新月派则对以胡适为首的初期白话诗语言散漫的特点进行校正,提倡新格律诗,系统地提出音乐美、绘画美、建筑美的"三美"原则,这是对新诗割断传统血脉,走向散漫无拘的自由体的一种否定与校正。而戴望舒等现代派诗人又批评新格律诗为"豆腐块",则是想为新诗在内容与形式上确立新的审美规范,这时的现代汉语已经迈入成熟而精致的书面化时期,"文言语词入诗"成为现代派相当引人注目的语言现象,其对"诗的音乐性"又提出挑战,重新举起了"诗的散文化"的旗帜。1940年代艾青和九叶派诗人进一步丰富与发展了新诗艺术,对"新诗现代化"的追求,也就是对"新传统的寻求",强调"诗的思维与语言的根本改造"所体现出来的反叛性与异质性,正是对以《尝试集》为代表的早期白话诗的价值观的遥相呼应。② 1950年代,毛泽东倡导在民间与古典中寻求诗歌发展出路,走完全民族化、中化的道路。以《文艺报》、中国作家协会创作委员会诗歌组、《光明日报》《文学评论》为中心的几次关于诗歌形式的诗学讨论,便是响应这种号召。关于诗歌发展道路的讨论中,对"五四"建立起来的新诗传统进行质疑,也就是对新诗的合法性进行质疑,这时特别重视民族形式,主张在"新民歌"中寻求诗歌发展的道路。我们从这种向民族与民间的回归中听到的仍然是胡适《尝试后集》的历史遗响。1979年末的朦胧诗论争,表面是对"新的美学原则"的论争,实则是新一轮的新诗之"新"的论争。"新"在朦胧诗这里,再次借鉴了西方。这是旧/新、中/西、传统/现代三位一体的价值观念分裂之后的再度统一。朦胧诗"衰减"后,"第三代"诗人喊出"打倒北岛""Pass 舒婷"的口号,主张"回到"诗歌"自身","回到"语言,回到个体的"生命意识",成为"新诗潮"在这一时期的"新的支撑点"。③倘若回望一下1980年代诗歌流派的命名特征——"新诗潮/后新诗潮""朦胧诗/后朦胧诗""朦胧诗/第三代诗""现代主义诗歌/后现代主义诗歌""第三代诗歌/90年代诗歌""青春期写作/中年写作"……④不难发现,这种起源于《尝试集》的线性的求"新"的进化论"时间神话"一直支配着新诗的发展。1990年代末,"知识分子写作"与"民间写作"的诗界论争,涉及汉语写作与全球化语境、文学经典与文化传统等问题,"民间派"提出诗歌要世俗

---

① 穆木天:《谭诗——寄郭沫若的一封信》,陈惇、刘象愚编《穆木天文学评论选集》,北京师范大学出版社2000年版,第140页。
② 参见钱理群等:《中国现代文学三十年》(修订本),北京大学出版社1998年版,第585页。
③ 参见洪子诚、刘登翰:《中国当代新诗史》(修订版),北京大学出版社2005年版,第209页。
④ 同上书,第274页。

化、语言要口语化的主张……百年新诗发展与汉语诗学现代建构过程中所发生的诸种现象、诸种问题、诸种困惑、诸种论争，都纠结在旧/新、中/西、传统/现代三位一体这个框架内，而这个三位一体最初的源头，正是胡适编选而建构的《尝试集》。因此，尽管《尝试集》只薄薄数十页，尽管《尝试集》本身的审美价值一直遭受质疑，尽管《尝试集》相关研究看似已经饱和，但是，从其编选角度重新考察，并且纳入《尝试后集》考察其新诗理念的完整建构，对思考现代诗学的诸种问题颇有新的价值与意义。

本书虽然建立在胡适所建构的旧/新、中/西、传统/现代三位一体这样一个视野之上，但在具体的研究中，笔者不以现在流行的西方概念来阐释材料，获得观点，以免落入观念先行的陷阱，而是尽量回到历史原点，进行原始材料的挖掘、梳理、辨析、钩沉和阐释，将定性与定量相结合，用实证的方法，做到以史带论，论从史出。

既然回到历史原点，那么首先是对《尝试集》《尝试后集》原始材料的获取、阅读与梳理。《尝试集》从初版至1940年就印行到16版，1949年后又不断出版。其印行之多之广，在整个中国现代文学阶段，都是罕见的。虽然其版本繁多，但最为关键的乃是初版、再版及增订四版。1922年的增订四版，胡适曾邀请当世名流参与删诗，共同将之凝定为《尝试集》的"经典"版本，为后世普遍接受。正因为如此，研究者通常只以此版为研究对象，而忽略了在版本变迁中，胡适的修改与增删所传达出来的诗学理念的变化，也少有人肯花精力寻到初版、再版来与这流行的四版进行对比细读。这可能是由于资料稀缺所致。从四版成为"定本"起，初版、再版已不多见，尤其是初版，目前各大图书馆少有收藏，所以资料的获取存在一定困难。笔者几经辗转，才在中国社会科学院近代史研究所图书馆查阅到。目前论述到版本问题的如陈平原的《经典是怎样形成的——周氏兄弟为胡适删诗考》这篇长文，其重点还是在论述四版的"删诗事件"，未涉及初版、再版。就笔者所涉猎的文献，仅有一篇专门研究《尝试集》版本的硕士论文《〈尝试集〉的版本分析兼及文学史评价》，其研究中出现的知识性错误，显然表明作者没有阅读《尝试集》初版、再版的一手材料，而是依据后来那些将《尝试集》各种版本诗作补齐后的诗集，根据其中编者的注释来判断。

原始材料的细读，还体现在作于《尝试集》《尝试后集》同期所未选的那些诗作上。笔者以《胡适诗存》(胡明编注，人民文学出版社1989年版)、《胡适文集》(1)(人民文学出版社1998年版)、《胡适全集》(10)(胡明整理，安徽教育出版社2003年版)所录胡适这期间的231首诗作(含译诗13首)为主要参照①,尽量还原胡适这一时期的创作原貌,并对每首诗进行细读甄别,考察胡适为何选入这首放弃那首,在选与不选中,厘清其编选思路,总结其编选原则。这个原则与《尝试集》三个版本的序言以及胡适在其他文本中的自我阐释相互印证、互为阐释,成为笔者具体通过文本解读、辨析、得出结论的佐证。作为《尝试集》研究不可或缺的部分,《去国集》《尝试后集》是研究胡适新诗尝试与探索的重要环节,过去少有研究者关注。这两本集子的编选与同期的创作之间呈现出什么样的特点?尤其是鲜有学者重视的《尝试后集》中的 43 首诗作,与 1922 年 3 月至 1952 年 9 月胡适所作的 114 首诗作,其选与未选又体现出什么样的原则?从《尝试集》到《尝试后集》,其内容与形式、风格发生了什么样的转变?这些问题都必须建立在对原始文本的细读基础之上。

其次,本书高度重视发掘、重审第一手原始材料。比如,胡怀琛作为胡适同时代的批评家,其为胡适改诗所引发的诗学讨论及最后编纂成册的《尝试集批评与讨论》,是一个极有意味的言说事件。由于胡适本人及新文化阵营对胡怀琛的"漠视",历来鲜有人提及此事。以往的研究者如陈平原、姜涛,或简略提及,或以之为切入点论述更深层的问题,他们都有一个前提,即将之放入新旧之争的场域来观察,这样得出的结论,自然是觉得这些讨论中琐碎的音节论争没有多少诗学价值。但是,笔者从细读文本出发,将胡怀琛的论争焦点、诗学主张及创作,放入旧/新、中/西、传统/现代三位一体的框架中去考察,重新发掘出其被忽视的价值。用三位一体的视角来考察其论争,可以看出,在当时及后来被认为是新旧之争的这个事件,背后涉及的其实是"美"与"新"的矛盾,在以传统为参照的胡怀琛的诗学观念里,《尝试集》的"新"丢失了汉语的诗性之"美",他想要获得的是超越"时间神话"的"美",与传统不离不弃的"美"。正是在绝然以新取代旧,等同于以西取代中,并进一步等同于以现代取代传统的历史必然性中获得价值高地的时代潮流里,胡怀琛的声音才被掩埋,而这被掩埋的恰恰是新诗发展的另一条可能的路向。这些都是建立在对《尝试集批评与讨论》文本的细读基础之上,做到一切从材料出发而形成的观点。

最后,本书采用定量与定性相结合的实证研究方法。在选本研究中,统计学的方法对于考察胡适新诗的传播状况,效果显得非常突出。选家作为胡适新诗的接受者,选什么、不选什么,包含其编选立场,也反映其所处历史语

---

① 以《去国集》中最早的诗歌《秋柳》创作时间 1908 年为上限时间;《尝试集》增订四版出版于 1922 年 10 月,由于出版需要周期,这里考察此期诗作的下限时间依据的是《尝试集》增订四版序所作时间 1922 年 3 月 10 日。

境对现代诗艺的探索与想象。这里的选本包括精英选本和为大众的选本。精英选本包括一些专家、学者编的为新诗立碑、为文学史存照的选本,或者大学教材读本;为大众的选本则是面向市场的大众读物或用于文学欣赏的读本。这个研究目前还没有人做过。笔者在查阅资料的过程中,利用各种资源查找到213种选入胡适诗歌的选本,以及25种选入胡适诗歌的歌词选本,还有未选入胡适新诗的重要诗歌选本。找到这些选本后,一本一本查寻所选的是《尝试集》《尝试后集》中的哪首诗。这是搜集资料的第一步。有了这些资料,才可能继续下一步的研究。接下来,要在这几百种选本中爬梳与整理,找出问题,形成观点。笔者首先做的是基本的数据统计,按时间顺序,对每个时代的选本进行统计,然后查看这个时期所选的大多是哪几首诗作,有没有规律性可言。统计出数据之后,通过表格记录所有胡适新诗入选到选本中的频次。每首诗,在这两百多个选本中,一共出现多少次,大众诗歌选本中多少次,精英选本多少次;同首诗歌在不同年代的入选频次,在大众诗歌选本中的频次,在精英选本中的频次……这样形成一个对比,可以显现出同一首诗作在同一年代大众传播和精英传播的区别。通过各种数据统计,笔者从表格中寻找到一些重要诗歌的入选规律。入选频次最高的诗作,其共同特点都是极鲜明地残留着《尝试集》从旧体诗词里挣扎出来的胎记,典型地代表了尝试诗的过渡性特点。这些诗作特别受选家青睐,是因为选家所采取的"文学史"立场。选家的取舍,不在《尝试集》的审美价值,而在其所具有的作为新诗尝试者不成熟的过渡性作品的文学史化石意义。选家通过对这种特别具有文学史化石意义诗歌的选取,建构起胡适不同于其他诗人的独特的文学史形象,这个形象是一个极端简化、夸张地突出一点而具有相当遮蔽性的"尝试者"的漫画像。而这个漫画像有一个历史形成过程和修正过程,在对众多选本的梳理中,笔者寻绎出这个形象的历时建构过程和隐含其中的修正因素。通过量化统计与定性分析,笔者发现在民国时期的各种选本中,选家是将胡适作为一个尝试诗人,同时也是一个成熟诗人来选其诗的,因此,《尝试集》与《尝试后集》中的诗作都进入过选家视野;1950—1970年代中期,胡适或被排斥在主流诗界之外,或为高度统一的意识形态所压制,其诗作没有进入选家视野;1970年代末以来,《尝试集》这类不成熟的新旧过渡性诗歌的高频次入选,构成了一种定型化效应,从而铸就了胡适单一化、刻板化的"尝试者"漫画像。但另一方面,随着1980年代出版业面向市场,诗歌选家开始受到大众阅读趣味的牵引,从而开启了《尝试集》文学史化石价值之外的阅读价值的发掘期,很多选本开始从审美价值和艺术成就的角度挑选《尝试集》中的诗作,同时,《尝试后集》中的优秀诗作也开始被读者阅读并广泛传播,从而对胡适刻板化的"尝试者"的漫画像有所修正。这个结论的得出,完全依据选本所呈现的数据,这种量化的研究方法,为笔者的研究结论提供了扎实的支撑,从而使胡适由选本所建构起来的形象得到了一个动态的、历史的和趋于真实的还原。

通过上文的简要勾勒,本书的研究思路也由此显露,具体的体例安排为:前三章考察胡适如何通过编选《尝试集》来建构自我形象,探索新诗发展路向。其中分别包括《去国集》的编选、《尝试集》的编选、《尝试集》的版本研究。第四章以《尝试集批评与讨论》为个案,考察胡怀琛和胡适相冲突的诗学观与胡适在《尝试后集》中新诗观念转变的关系。第五章考察《尝试后集》的编选与胡适新诗观念的转变。第六章总结《尝试集》《尝试后集》的编选与三位一体互证价值逻辑从统一到分裂的关系,并从选本角度考察胡适新诗在读者中的传播状况。

本书的这些考察,尤其是从胡适一首诗一首诗的文本细读中,再联系胡适的自我阐释和朋友的参与来辨析,显得非常琐碎。但正是在这种不避琐碎的耐心中,笔者强烈地感受到胡适作为中国新诗开创者的意义——那远不只是他以他那时尚未显现出一个优秀诗人的天分而创作并出版了中国第一部新诗集,更是他通过这部诗集的编选,讲述了中国新诗的起源故事。在笔者看来,在中国新诗发展中,这个起源故事的意义远比他的那些诗篇更具播撒性。在这个起源故事之后的若干年份,胡适作为一个仍然有创作的诗人,创作了他一生中写得最好的,几乎可以成就一个优秀抒情诗人名分的诗作,但他作为诗人的地位却已经边缘化了,甚至在后来的若干年,连《尝试集》中的那些诗篇,已不再被人提起,就连胡适本人的所有文字,也已成为国人思想记忆库中务必清扫的有毒垃圾。胡适经由他所讲述的这个新诗起源故事所建构的新诗价值逻辑,却依然如幽灵一般规范着或影响着新诗的发展和汉语诗学的现代建构,当然有时候这种影响是以对话和质疑,甚至是激烈批判的方式显现出来的。

第一章 《去国集》的编选与旧历史的终场

胡适编选《去国集》的目的,显然不是出于敝帚自珍,而是在建构"历史"——一种从旧诗的终点走向新诗的起点的历史,为自己的新诗尝试(当然也更是在为中国新诗的进化史)确立历史的基点。

作于1916年7月的《去国集》自序曰:

> 胡适既已自誓将致力于其所谓"活文学"者,乃删定其六年以来所为文言之诗词,写而存之,遂成此集。名之曰"去国",断自庚戌也。昔者谭嗣同自名其诗文集曰《三十以前旧学第几种》。今余此集,亦可谓之六年以来所作"死文学"之一种耳。
>
> 集中诗词,一以年月编纂,欲稍存文字进退,及思想变迁之迹焉尔。

胡适说他编选《去国集》的目的,乃是展现"死文学"的痕迹,以时间为线索,从外(文字)和内(思想)两个方面展现其创作的变迁过程。他把这种"死文学"的痕迹附着在《尝试集》中,其目的,固然是与《尝试集》形成鲜明对照。但这种对照的目的,显然不仅仅是用来反衬白话作诗的鲜活魅力。通过对胡适1910年8月赴美至1916年7月的总体诗作的考察,笔者发现,虽然《去国集》被其阐释为按时间顺序展示创作变迁,但实际上其所选入的诗作与所排除的诗作,仍然能够清晰地反映其进化论的编选理念。如果仅仅是为了反衬白话作诗的鲜活魅力,他没必要为了进化理念而在历史真实性上修修剪剪。显然,胡适通过《去国集》的编选,所要展现的恰似恩格斯评价但丁是"中世纪的最后一位诗人,同时又是新时代的最初一位诗人"①,他要在这样一种新旧时代过渡的历史时刻,为新的时间的开始铺垫背景。

第一节 亲古风、排绝律的诗选原则

胡适创作旧体诗,无疑是在晚清诗界革命的基点之上起步。黄遵宪"我

---

① 恩格斯:《共产党宣言·1893年意大利文版序言》,《马克思恩格斯文集》第2卷,人民出版社2009年版,第26页。

手写我口"的主张,倡导以俗语、口语入诗,是对文言表达系统的某种离弃,对传统诗歌观念所建构的思维方式和审美观念的某种反叛,这些在胡适的旧体诗创作中都有着鲜明的痕迹。然而,在编选《去国集》时,如果考察胡适"去国"期间的实际创作,我们会发现,胡适并非秉持着选优淘劣的标准,也不是以旧诗的审美标准来选旧诗,在其选与不选之间,流露出来的是鲜明的进化的理念。而这种理念,就表现在其亲古风、排绝律的选诗原则上。

胡适1910年8月赴美到1916年7月间的诗作,共52首,选入《去国集》23首,未选的有29首(含译诗2首),分别为:《海天二律》(1910年9月)、《小诗一首》(1911年1月30日)、《汤保民母丧》(1911年1月31日)、《今日忽甚暖大有春意见街头有推小车吹箫声卖饧者占一绝记之》(1911年4月19日)、《孟夏》(1911年5月19日)、《哭乐亭诗》(1911年7月11日)、《得家中照片题诗》(1913年)、《偶吟》(1914年1月29日)、《雪消记所见》(1914年3月15日)、《入春又雪因和前诗》(1914年4月11日)、《山城和叔永韵》(1914年5月25日)、《游仙再和叔永韵》(1914年5月26日)、《春日三和叔永韵》(1914年5月27日)、《春朝》(1914年5月31日)、《赠傅有周归国和叔永韵》(1914年6月1日)、《题室中读书图分寄禹臣近仁冬秀》(1914年6月6日)、《登唐山楼》(1914年9月5日)、《迁居口占》(1914年9月23日)、《生日》(1914年12月17日)、《睡美人歌》(1914年12月)、《春日书怀和叔永》(1915年5月1日)、《题欧战讽刺画》(1915年7月11日)、《戏和叔永再赠诗却寄绮城诸友》(1915年9月20日)、《和叔永题梅任杨胡合影诗》(1916年1月28日)、《水调歌头·寿曹怀之母》(1916年2月2日)、《忆绮色佳》(1916年2月)。译诗为《乐观主义》(1914年1月29日)、《译爱麦生〈康可歌〉》(1914年9月7日)。

这些诗作从形式上看,有五、七言绝句8首,即《今日忽甚暖大有春意见街头有推小车吹箫声卖饧者占一绝记之》《雪消记所见》《入春又雪因和前诗》《题室中读书图分寄禹臣近仁冬秀》《登唐山楼》《迁居口占》《忆绮色佳》《译爱麦生〈康可歌〉》;有五、七言律诗11首,如《海天二律》《小诗一首》《汤保民母丧》《山城和叔永韵》《游仙再和叔永韵》《春日三和叔永韵》《春朝》《赠傅有周归国和叔永韵》《春日书怀和叔永》《戏和叔永再赠诗却寄绮城诸友》;有五、七言古风7首,即《孟夏》《哭乐亭诗》《得家中照片题诗》《偶吟》《生日》《睡美人歌》《和叔永题梅任杨胡合影诗》;有古体杂言2首,即《题欧战讽刺画》《乐观主义》;有词1首,即《水调歌头·寿曹怀之母》。对照《去国集》23首诗作发现,入选《去国集》的五言古风有6首,分别为《去国行》(二首)、《游影飞儿瀑泉山作》《自杀篇》《相思》《秋声》;七言古风有7首,分别为《耶稣诞节歌》《大雪放歌》《久雪后大风寒甚作歌》《老树行》《送许肇南归国》《将去绮色佳,叔永以诗赠别。作此奉和,即以留别》《送梅觐庄往哈佛大学》;词有7首,分别为《翠楼吟·庚戌重九》《水龙吟·绮色佳秋暮》《满庭芳》《水调歌头·今别离》《临江仙》《沁园春·别杨杏佛》《沁园春·誓诗》;古体杂言有2首,分别为译诗《哀希腊歌》和《墓门行》;七言绝句有1首,即《秋柳》。

综之,"去国"期间的这52首诗作中,五、七言古风共创作20首,选入13首,约占古风的65%,占整体诗作的25%;五、七言律诗共创作11首,一首未选;五、七言绝句共创作9首,选入1首,约占绝句的11%,约占整体诗作的2%;古体杂言诗共创作4首,选入2首,占古体杂言的50%,约占整体诗作的4%;词共创作8首,选入7首,约占88%,约占整体诗作的13%。

如果把时间再往前推移,以1916年7月之前的整体诗作作为一个参照,可以发现胡适共创作约110首诗作(含译诗9首),其中古风共47首,约占43%;律诗共30首,约占27%;绝句共15首,约占14%;词共9首,曲1首,约占9%;古体杂言共7首,约占6%。总体看来,古体诗约占50%,近体诗约占41%,而胡适在《去国集》中所选13首古风,约占其古风创作总量的28%,占《去国集》的57%;所选1首绝句,只占其近体诗创作总量的2%,占《去国集》的4%。而"去国"期间的诗作里,未选的近体诗竟有15首,可见,胡适在创作时并未刻意排斥近体诗,近体诗的创作量并不算小,但在编选《去国集》时却有意排除,大量选取五、七言古风。另从词曲创作来看,胡适早期整体创作词曲共10首,在"去国"期间共创作8首,占80%,选入《去国集》竟有7首,占词的创作总量的70%,约占同期词体创作的88%,可见胡适在编选过程中特别注重词体。

在胡适1916年前的整体创作中,近体诗的创作量并不算少,尤其是律诗的创作,但在《去国集》中却一首都未入选。这些律诗中并不乏优秀之作。如1908年创作的七律《寄邓佛衷日本》:"东海鸿归传锦句,此邦多难忆斯人。崔嵬蜀道思乡梦,缥缈蓬莱老此身。未得河梁一握手,何堪风雨共伤神。重来料也难回首,几度诗成泪满巾。"思乡怀人,情真意切。1909年1月所作五律《赠别古仲熙归粤》:"坐看残年尽,天涯送子归。每思情恳恳,翻令语依依。岭海归帆急,晚来心事违。相逢应有日,努力树芳徽。""情恳恳""语依依"双声叠字的运用,增强了诗句的感染力,读来朗朗上口。《已见一律》:"已见桑田变沧海,又看清浅到蓬莱。识途老马知何益,衔石精禽意已灰。绮席月明花解语,寒宵酒暖客传杯。人生少小且行乐,何用忧思鬓发摧。"又有苍凉世故之后的洒脱之感,悲而不伤。其绝句也有佳作。如1910年3月2

日所作《观世伶玉世俐玉合演富贵图戏作》："红炉银烛镂金床,玉手相携入洞房。细腻风流都写尽,可怜一对小鸳鸯。"将《富贵图》里尹碧莲与倪俊悲欢离合、曲折缠绵的爱情故事用洞房离别之际的片断来展现,语言清新自然,描写生动传神,显得活泼可爱。1911年4月所作《今日忽甚暖大有春意见街头有推小车吹箫声卖饧者占一绝记之》："遥峰积雪已全消,泄漏春光到柳条。最爱暖风斜照里,一声楼外卖饧箫。"乍暖还寒时候的自然风光与惬意悠闲的生活场景融合在四行诗句里,言简意浓,"泄漏"二字将初春雪后阳光轻照柳条枝丫拟人化,遥峰积雪消融,柳绿斜阳暖照,卖饧箫声回荡在街头巷尾,构成一幅二月天轻柔和煦的暖春图景,不失为一首轻巧蕴含诗意的佳作。

胡适1916年前的整体创作中,词体的创作始于1907年的《霜天晓角·长江》："江山如此,人力何如矣。遥望水天连处,青一缕,好山水。//看轮舟快驰往来天堑地,时见国旗飘举,但不见,黄龙耳。"这是胡适最初填词的尝试,双调四十三字,上下片各三仄韵。上片描写自然风光,下片描写社会物象,其中渗透了诗人对自然河山的热爱,对祖国前景的展望。李敖称其"可算是一首爱国词","比起范成大的《霜天晓角·梅》、韩元吉的《霜天晓角·题采石蛾眉亭》,或蒋捷的《霜天晓角·折花》等词,多了许多说理的臭味"①。但此词语言晓畅明白,颇有平实淡远之意味,与1930年代胡适依《好事近》词调创作的《飞行小赞》引起诗坛论争而提出的"胡适之体"颇相近。胡适此期还创作过《沁园春·春游》(1908年3月)、《沁园春·题绩溪旅沪学生八人合影》(1905年5月)二诗。前首描写郊游所见所感,后首乃自勉之作,语言虽浅近,但在用语与情思上仍不脱"风景依然,韶华不再""无端回首,清泪淋浪"之类。"去国"时期分别创作了《翠楼吟》(1910年10月)、《水龙吟·送秋》(1912年11月6日)、《满庭芳》(1915年6月12日)、《水调歌头·今别离》(1915年8月3日)、《临江仙》(1915年8月20日)、《沁园春·别杏佛》(1915年9月2日)、《水调歌头·寿曹怀之母》(1916年2月2日)、《沁园春·誓诗》(1916年4月12日),其词体创作主要是在1915—1916年间,未入选的只有一首《水调歌头·寿曹怀之母》："颇忆昔人语,'七十古来稀。'古今中寿何限?此语是而非。七十年来辛苦,今日盈庭兰玉,此福世真希。乡国称闺范,万里挹芳徽。//春气暖,桃花艳,鳜鱼肥。壶觞儿女称寿,箫鼓舞莱衣。遥祝颐寿者鲞鲞。忽念小人有母,归计十年违。绕屋百回走,游子未忘归。"虽然诗序云"二哥书来为曹怀之母七十寿辰征诗。不得已,为作一词如下",乃"不得已"的应酬之作,但诗末由此及彼,想到家中老母,抒

---

① 李敖:《李敖大全集》(5),中国友谊出版公司2010年版,第335页。

写游子思归,颇见赤子之诚。此期几乎把所有词作均选入《去国集》,乃见胡适对词体的偏好。入选的前三首均为伤春悲秋之作,抒写天涯游子之情,语言皆属诗性的文言,如"霜染寒林,风摧败叶,天涯第一重九""倚楼游子,泪痕盈袖"(《翠楼吟》),抒写重九登高,思念故国家园的情怀;"秋无恙,秋常住""且徘徊,陌上溪头,黯黯看秋归去"(《水龙吟·送秋》)染有浓重的悲秋情绪;"何须待,销魂杜宇,劝我不如归""归期。今倦数,十年作客,已惯天涯",子规啼血,作客天涯,充满悲苦哀怨之情。从第四首《水调歌头·今别离》开始,较少有之前词作中古代诗词常见的套语、典故,此词展现东西两半球不能共"婵娟之月色",一边是"月新圆",一边是"骄日欲中天",引现代科学知识入诗,已经在此词中初显。《临江仙》拟写水滨戏游情景,不见伤春悲秋之意,序中云:"诗中绮语,非病也。绮语之病,非亵则露,两者俱失之。吾国近世绮语之诗,皆色诗耳,皆淫词耳,情云乎哉?今之言诗界革命者,矫枉过正,强为壮语,虚而无当,则妄言而已矣。吾生平未尝作欺人之壮语,亦未尝有'闲情'之赋。今年重事填词,偶作绮语,游戏而已。"《沁园春·别杨杏佛》中"过存老胡""正相看一笑,使君与我,春申江上,两个狂奴。客里相逢,殷勤问字,不似当年旧酒徒""颇思瓦特,不羡公输"等句皆是以白话入词的尝试。以调侃方式抒怀壮志,已有后来"文学革命"的色彩。《沁园春·誓诗》更成了"文学革命宣言书"。以"不伤春""不悲秋"誓诗,攻击旧诗词伤春悲秋的传统套路,表达"要前空千古,下开百世,收他臭腐,还我神奇。为大中华,造新文学"的雄心,"诗材料,有簇新世界,供我驱使"更显示出承《去国集》之余绪,开《尝试集》之先声,在体制上也几以白话入词,对原有词调的格局进行了重构。后四首词作较前三首,语言上渐从完全的诗性文言转向较为浅近的古白话。从《翠楼吟》到《沁园春·誓诗》,胡适从词体上展现"死文学"的特征,虽多以文言写作,题材与格式都较为守旧,其间却也自觉地呈现出一个进化的过程。读《去国集》中的这些词作,我们感觉胡适的创作过程似乎是从最初的诗性文言转向近于口语的古白话,但其实最初的《霜天晓角·长江》,虽有浅显幼稚之嫌,其语言、意境却并未有多少古诗词的色彩。如果说这首词是从时间上不能入选,那么后来"去国"期间创作的《沁园春·春游》《沁园春·题绩溪旅沪学生八人合影》《水调歌头·寿曹怀之母》没有入选,大约一方面是因为这些乃游戏之作,另一方面,如果这些词作都入选,则无法在时间上呈现出一个进化创作的过程。

在编选《去国集》时,胡适有意排除近体诗,究其原因有二。其一,晚清以降,从黄遵宪"诗界革命"开始,近体诗的正统地位已遭到挑战。黄遵宪在《人境庐诗草》自序中提出"以单行之神,运排偶之体","取《离骚》、《乐府》

之神理,而不袭其貌","用古文家伸缩离合之法以入诗",主张用单行句式代替律诗中的排偶结构,采取古文家造语结构方法,冲脱旧体格律束缚,实际上是采取"以文为诗"的散文化倾向,以此抗衡古典诗歌形式传统的"主流"形态。胡适重视古风与词体,不选近体诗,就能够使他的旧体诗创作进入中国旧体诗的"历史",构成中国旧体诗词史上"最后一个诗人"的风景,即是在晚清"诗界革命"的终点上起步前行。其二,胡适认为律诗适于朋友之间的酬唱。他曾在自序中称:"我先前不做律诗,因为我少时不曾学对对子,心里总觉得律诗难做。后来偶然做了一些律诗,觉得律诗原来是最容易做的玩意儿,用来做应酬朋友的诗,再方便也没有了。"①从内容上看,此期排除的诗作确实也大多为酬唱之作或寿诗,形式基本上皆为律诗。

在回顾文学革命缘起的诸多文字中,胡适曾一再提及美洲的笔墨官司,说《送梅觐庄往哈佛大学》"原诗共四百二十字,全篇用了十一个外国字的译音。不料这十一个外国字就惹出了几年的笔战",先是任叔永将这些外国字连缀起来作了一首游戏诗,胡适依韵和了《戏和叔永再赠诗却寄绮城诸友》。这首七律中著名的"诗国革命何自始?要须作诗如作文"一句,非常明确地提出"诗国革命"的具体途径应该为"作诗如作文"的主张,但在《去国集》中却选了《送梅觐庄往哈佛大学》而没有选《戏和叔永再赠诗却寄绮城诸友》。这首主张诗国革命的重要诗作没有入选,想必正是在诗体上属于七言律诗的缘故。再如《春日书怀和叔永》:"甫能非攻师墨翟,已令俗士称郭开。高谈好辩吾何敢?回天填海心难灰。未可心醉凌烟阁,亦勿梦筑黄金台。时危群贤各有责,且复努力不须哀。"写此诗时,有后记云:"余最恨律诗,此诗以古诗法入律,不为格律所限,故颇能以律诗说理耳。"可见,此诗是胡适有意以古风的句法来写律诗的一种尝试,但最后还是未能入选。

第二节 时间线索让位于诗体进化论理念

《去国集》的创作是在晚清"诗界革命"的终点上起步,其避绝律、近古风的诗选原则,与黄遵宪等人的主张有着一脉相承的延续性。但是,在编选《去国集》时,胡适的眼光是超越了"诗界革命"的。《去国集》作为附录附在《尝试集》之后,可见,胡适是在完成了对于新诗的想象之后,再回过头来将旧诗集附入,用以呈现"死文学"的痕迹,从而与白话新诗的"活文学"形成鲜明对比。也就是说,胡适是以眺望新诗的标准来编选旧诗集,又以新诗"尝

---

① 胡适:《尝试集·自序》,《胡适全集》(第1卷),安徽教育出版社2003年版,第180页。

试者"的眼光将旧诗集纳入新诗集的附录。《去国集》序言中流露出两个信息:一是以时间线索编诗,二是呈现"死文学"的轨迹。但实际上,这个时间线索,已经有意识地渗入诗体的进化论理念。本来,进化论虽然来自达尔文,但其在本质上是一个植根于基督教线性时间观念中的概念。当胡适用全新的理念——进化论——来编选他的《去国集》时,时间线索理应成为进化论的呈现形式,这两者应该是表里关系。但是,依前文所述可以看到,胡适对实际的创作进行编选时,有意亲古风、排绝律,这正可说明,进化论的理念,是胡适事后编选时加入的"新眼光"。在这个"新眼光"下,真实的历史时间需要"修剪",才能达到进化的历史模样。在历史真实与进化想象之间,胡适为了让《尝试集》所讲述的新诗起源故事,有一个从晚清到《尝试集》之间的更具"历史逻辑"的节点,从而让"历史理性"显现出来,使《尝试集》所讲述的新诗起源故事更真实更合法,采取了使时间线索让位于诗体进化论理念的编选策略。

  细心阅读《去国集》诗作的写作时间会发现,其实胡适虽明言所收诗作乃是起于庚戌(1910年)去国之后,但夹杂在《去国集》中的一首不起眼的七言绝句《秋柳》,其写作时间实为1908年①。这首写于"去国"之前的诗作却排列在第二十一首,即倒数第二首,仅置于被称为"《去国集》的尾声""《尝试集》的先声"的《沁园春·誓诗》(1916年4月12日)之前;不仅如此,增订四版时胡适基于白话新诗的发展不惜大费周章对《尝试集》进行增删,对作为"死文学"的《去国集》也未放弃,但为了尊重《尝试集》的完整性,删去《去国集》8首,增加1首。即使做出如此大的增删,也仍然保存着这首《去国集》中唯一的七言绝句,可见胡适对它的偏爱与重视。那么,这首诗作的入选与保存不是与胡适依时间顺序编选《去国集》的原则相违吗?我们看此诗:

秋柳
但见萧飕万木摧,
尚余垂柳拂人来。
西风莫笑长条弱,
也向西风舞一回。

编选时,胡适注明:

---

① 据《胡适诗存》所记录的时间,其诗具体写作月份不详。此诗下有编者注云:此诗写作时间作者在《中国公学时代的旧诗》(1929)、《四十自述》(1933)等文中误记为1909年。

此七年前(己酉)旧作也。原序曰:

秋日适野,见万木皆有衰意,而柳以弱质,际兹高秋,独能迎风而舞,意态自如。岂老氏所谓能以弱者存耶? 感而赋之。

年来颇历世故,亦稍稍读书,益知老氏柔弱胜刚强之说,证以天行人事,实具妙理。近人争言"优胜劣败,适者生存。"彼所谓适,所谓优,未必即在强暴武力。盖物类处境不齐,但有适不适,不在强不强也。两年以来,兵祸之烈,亘古未有。试问以如许武力,其所成就,究竟何在? 又如比利时以弹丸之地,拒无敌之德意志,岂徒无济于事,又大苦彼无罪之民。虽螳臂当车,浅人或慕其能怒,而弱卵击石,仁者必谓为至愚矣。此岂独大违老子齿亡舌存之喻,抑亦孔子所谓"小不忍则乱大谋"者欤。以是之故,两年以来,余往往念及此诗,有时亦为人诵之。以为庚戌以前所作诗词,一一都宜删弃,独此二十八字,或不无可存之价值。遂为改易数字,附写于此,虽谓为去国后所作,可也。

既然胡适有意排除近体诗,倾向于喜爱不拘格律的古风与词体,为何又特别欣赏与保留这首绝句呢? 其实,这首清新小巧的绝句与胡适新/旧、古/今的进化创作观念并无矛盾,此绝句的入选,并不意味着其诗歌理念的模糊与含混。读此序言,乃知胡适选此诗是基于对人生与时事的理解,表现出一个国外留学知识分子的现实关怀。胡适早已认定"文胜质"是文学堕落之主因①,其在《文学改良刍议》中所提"言之有物"乃"八事"之首。后来对"理想中的'新诗'"的理解也是"用现代中国语言来表现现代中国人的生活、思想、情感的诗"②,胡适所说"若想有一种新内容和新精神,不能不先打破那些束缚精神的枷锁镣铐","形式上的束缚,使精神不能自由发展,使良好的内容不能充分表现",有了诗体的解放,"丰富的材料,精密的观察,高深的理想,复杂的感情,方才能跑到诗里去"③,可见诗人立足于语言形式的变革,终是要找到一种理想的形式来承载现代生活的内容。后来在《尝试集》里,《孔丘》《文学篇》《人力车夫》《老鸦》《乐观》《死者》等,充分展现了知识分子对现实的积极参与关怀之情,这在《去国集》里已略见一斑。这首七言绝句语言特别清新自然,虽然第一句不禁让人联想到"北风吹黄花,落木寒萧飕"(文天祥《先两国初忌》)的意境,萧飕寥落、万木飘零本是古诗中的"陈套语",但诗人

---

① 胡适:《寄陈独秀》,《胡适全集》(第1卷),安徽教育出版社2003年版,第3页。
② 胡适:《致徐志摩》,《胡适全集》(第24卷),安徽教育出版社2003年版,第104页。
③ 胡适:《谈新诗——八年来一件大事》,《胡适文集》(第3卷),人民文学出版社1998年版,第134页。

此处的"萧飕""万木"并未给人以寥落、飘零之感，虽然西风摧残之下，万物凋零，却有着一支垂柳当风飘拂，西风你不要嘲笑柳条孱弱，柳条虽弱，也要顽强地对着西风舞一回。古来"柳"这个意象，常常给人"杨柳含烟灞岸春，年年攀折为行人"的惜别之感，此诗却赋予秋柳柔韧的现代品格特征，在意境上改传统咏柳诗婉约伤感为昂扬振奋。"但""尚""莫""也"这些虚词属古代散文的语言系统，四个虚词将四句连串起来，读来一气贯通，自然连贯，在语感上颇有一句一句走向现代汉语的感觉，尤其是最后一句"也向西风舞一回"，已经完全呈现出现代汉语的散文语法感，模糊了"诗之文法"的界限。

从黄遵宪的"诗界革命"到《尝试集》的诞生，是从旧体诗内的语言革命到语言革旧体诗的命的过程。《去国集》所做的依然是旧体诗中的语言革命，但这革命已经多少动摇了旧体诗的律则。《自杀篇》中"我闻古人言，'艰难唯一死'。我独不谓然，此欺人语耳"直接引用古语，在诗句中界入虚词，采用散文章法，以语义逻辑断句从而形成内在节奏。比如"此欺人语耳"一句，若按五言古诗的断句法应为二三句式，断为"此欺/人语耳"，但此处显然不应如此，而应该按照语义逻辑断为"此/欺人语耳"。"虽三北何伤"一句只能断作"虽/三北/何伤"，而不是"虽三/北何伤"。"春秋诛贤者，我以此作歌"断作"春秋/诛/贤者，我/以此/作歌"而不是"春秋诛贤者，我以/此作歌"。《游影飞儿瀑泉山作》的序言中，胡适提到："叔永谓此诗末段命意大似王介甫'褒禅山记'。细思之，果然。"虽然任叔永所言诗末段的命意，是指末尾议论点题似古代散文游记的常用写法，但此段诗句也是打破了一出一对的形式，大多由单句与单句的意义关系组成，用句意的逻辑关联下来，才会形成古代游记的散文化特征。《老树行》中的"既鸟语所不能媚，亦不因风易高致"，并无七言古诗的断句法二二三句式所产生的"既鸟/语所/不能媚，亦不/因风/易高致"的节奏感，而应按其语义结构读作"既/鸟语/所不能媚，亦/不因风/易高致"。

写于 1915 年 4 月 26 日的这首《老树行》在内容上为胡适主张"非攻主义"的"解嘲"之诗，形式上采用"三句转韵体"，胡适在此诗后记中说"此诗用三句转韵体，虽非佳构，然末二句决非今日诗人所敢道也"。此诗虽然形式上仍然是古风，但三句一节的篇章形式，已经打破了古风完整的前后出句与对句的"联"的基本章法单位，虽然句末仍有押韵，但不再有固定的旋律。这种打破传统诗体的章法结构，三句一出或者单句一出的形式，在《耶稣诞节歌》中就已经出现，如"明朝袜中实饧妆，有蜡作鼠纸作虎，夜来一一神所予"就是三句一断，或者"高歌颂神歌且舞"单句自成段落。在《久雪后大风寒甚作歌》中，胡适有了明确尝试"三句转韵体"的意识，在附言中说："此诗用三句转韵体,乃西文诗中常见之格,在吾国诗中,自谓此为创见矣。"但四个月后胡适偶读黄庭坚的《观伯时画马》一诗,更有友人张子高以元稹《大唐中兴颂》为据辩这种诗体"非吾国所无",于是,他在日记中说"自悔吾前此失言"(5月31日日记)①。胡适称《老树行》为《去国集》里的"一首好诗","不知我当初何以把他忘了","现在我把他补进去,并且恭恭敬敬的对他赔一个不是",其所谓不知何故实乃有故。其一是因为在《久雪后大风寒甚作歌》中得意于尝试西方的"三句转韵体",以为乃自己独创,谁知古诗中也曾有这种打破"联"的例子,于是颇悔于失言;另一方面,胡适在1922年增订四版时补上《老树行》曾有一大段跋,其中提到作此诗时"惹起了许多朋友的嘲笑":"杏佛和叔永《春日》诗灰字韵一联云,'既柳眼所不能媚,岂大作能燃死灰?'叔永有《芙蓉》诗,'既非看花人能媚,亦不因无人不开。'他们都戏学'胡适之体',用作笑柄。"针对的实是其诗最后两句"既鸟语所不能媚,亦不因风易高致"。这是最初出现"胡适之体"的说法,1924年胡适在为《胡思永的遗诗》作序时曾简单提及"胡适之派",1930年代"胡适之体"再度引发争论,胡适撰文《谈谈"胡适之体"的诗》对"胡适之体"进行阐释,做了恰到好处的定位。但1915年的"胡适之体"确还处于被友人挑剔、批驳和讥笑的阶段,对"千里走单骑""不能多得同志,结伴而行"的胡适来说,诗园的寂寞,朋友的嘲讽,虽未曾阻碍其尝试的决心,但多少还未能建立起"戏台里喝彩"的底气,直到《尝试集》一版再版,风靡全国,意气风发的胡适之此时再来修订《尝试集》,对《去国集》也煞费苦心进行增删时,这首自我感觉良好却因为曾被友人"用作笑柄"而落选的诗作,胡适当然可毫不谦虚,称之"在《去国集》里,要算一首好诗",并说"现在我把他补进去,并且恭恭敬敬的对他赔一个不是"也就不足为怪了。

　　从打破时间上的先后顺序,将创作年代久远的《秋柳》放入《去国集》倒数第二首,到四版时增入《老树行》,均可见胡适编选《去国集》时,其编排的时间线索,实际上已然悄悄让位于进化论理念。这种变化,从不同版本中《去国集》的变化也可以显现出来。初版时,《去国集》的起首诗为《去国行》(二首)(1910年8月),增订四版删去排在前三位的诗,以第四首《耶稣诞节歌》(1913年12月26日)为起点。其结诗未变,均为被胡适称作"《去国集》的尾声""《尝试集》的先声"的《沁园春·誓诗》(1916年4月12日)。胡适在初版自序中明言"将1916年7月以前在美国做的文言诗词删剩若干首合为《去国集》",《去国集》序中又言"删定其六年以来所为文言之诗词",按理

---

① 胡适:《胡适留学日记》(上),安徽教育出版社1999年版,第198页。

说时间上下限当为 1910 年至 1916 年间,增订四版将起始时间往后延宕三年,使上下限时间成为 1913 年至 1916 年,这与其自序中所说"六年以来"相违。胡适何以将时间后延三年呢?比较所删初版排在前位的四首诗作《去国行》(二首)、《翠楼吟·庚戌重九》《水龙吟·绮色佳秋暮》与四版起首诗作《耶稣诞节歌》,前三首保留很浓厚的古典诗词气味,有"木叶去故枝"的萧瑟(《去国行》),有"霖染寒林,风摧败叶"的凄怆(《翠楼吟·庚戌重九》),有"黯黯看秋归去"的落寞(《水龙吟·绮色佳秋暮》),诗情上未出古典诗词游子伤别的格局,诗体上为五言古风或词体。而《耶稣诞节歌》一诗,描写域外社会风俗,"但写风格,不著一字褒贬",打破抒情格局。形式上虽为齐言古风,却并未严格遵守古风完整的前后出句与对句的"联"的形式,或三句一断或单句自成段落,显现出一些新的面貌。以该诗为起始之作,渐递呈现死/活、旧/新的转变,包含胡适对"新"更加清晰的追求意图。如果说《尝试集》的初版、再版,胡适旨在呈现从旧向新"放脚"的摸索过程,这个过程虽有理论自觉,但实践过程还不是那么显明,那么四版则旨在使"新"的特征更加突出,其历史进化的意识更加清晰。过去那些"死文学"特性非常明显的作品均可以删除,从而尽可能显现更加趋"新"的作品。同类"死文学"的作品,只需选入代表作即可。再者,《去国集》虽只是用来展现"死文学"的特征,但由于受到线性进化观念的深刻影响,胡适编选诗集以时间为基点,这个时间基点使其探索随着时间的推移呈现越来越放脚的痕迹,这是胡适编选《尝试集》时坚持的原则,其实在检点《去国集》时,胡适也无意识地表现出这种进化意识——入选的诗歌必须从一个旧诗起点上开始逐步放开。这样所呈现出来的诗体的编排顺序为古风、骚体(《哀希腊歌》)、三句转韵体(《老树行》)、词体,以符合其诗词曲的进化过程,中间穿插形式虽为古风,但语言已经更加白话化的诗作,或为说理意味浓重的(《自杀篇》《秋声》),或为表达文学革命理想的(《送梅觐庄往哈佛大学》)。因此,删除靠后的七言古风《游影飞儿瀑泉山作》《送许肇南归国》,保留同类的《耶稣诞节歌》《大雪放歌》《久雪后大风寒甚作歌》;删除用骚体翻译的《墓门行》,保留同类的《哀希腊歌》;删除《水调歌头·今别离》,保留同类的《满庭芳》《临江仙》《沁园春·别杨杏佛》《沁园春·誓诗》。这样,《去国集》既从整体上呈现"死文学"的特征,又在内部形成清晰自足的放脚进化过程。

第三节 死文学的放脚呈现与新旧衔接的逻辑破绽

诗人编选诗集一般按内容、诗体或时间顺序来编选,这是普遍的标准。

但无论采取哪种标准,诗人选入诗作时,毫无疑问是选优淘劣。然而,从《去国集》的编选可以看到,胡适选诗的第一标准并非选优淘劣,而是要呈现其诗歌向着进化的方向探索"文字进退,及思想变迁之迹"的过程。在这样的编选原则下,此期写得很好的诗作,会因其破坏进化的历史线性过程而割爱。进化的历史的呈现一定是一个时间向度,所以他设定了"以年月编纂"的规则,但他又为了造成这种进化的历史而不惜对自己设定的这个规则稍做破坏。在这个时候,我们会想到胡适的一句名言:历史是个小姑娘,你可以任意打扮。任意打扮的人可不是"历史意识"不强的人,而恰恰是"历史意识"特强之人。这一现象在《尝试集》的编选中表现得尤为突出。

《去国集》为《尝试集》的出场做好了时间上的铺垫。胡适以呈现"死文学"的痕迹这种方式,宣告了旧诗的终结,预示了新诗体的出场。在死/活、旧/新的对立中,胡适以眺望新诗的眼光来编选过去的旧诗,这种新眼光,即进化论的理念,决定了他不能以旧诗审美标准选旧诗而必须以新诗标准来取舍旧诗,从而为旧诗宣判死刑。也就是说,其编选《去国集》,并非从艺术价值或阅读价值上来评判旧诗,而是对整个中国传统诗歌给予一种进化的描述,呈现其"生死劫",在新诗合法出场之前,让其成为即将逝去的风景,从而自然宣告其彻底死亡的命运。胡适为旧诗宣判死刑,不是基于艺术价值,而是基于进化论理念,这种价值逻辑导致新诗成立之后,旧诗成为理所当然被"取代"而不再在文学史中占有一席之位的文类。虽然此后许多文人,包括胡适自己,也都还一直创作旧诗,但这时的创作已经变成了新文学主流之外残存的个人生活趣味,旧体诗在文学史中的合法性地位因此而遭受否定。直到今天,旧体诗能否入史还是一个争论不休的问题。这在一定程度上,与胡适在理论上的阐释和对旧体诗的编选实践,从而取消旧体诗在未来可能的发展地位,不无关联。

无论是对编选《去国集》意图的自我阐释,还是无视那些没有选入《去国集》却比《去国集》语言更白话、诗体更解放的诗作的价值,抑或在个人趣味层面所青睐的诗作类型,都表明胡适《去国集》所表现出来的比黄遵宪在诗体解放上更积极的探索,与其说是一种自觉的刻意而为,不如说是一种无意识的文化天性使然。

值得思考的是,胡适的这种文化天性从何而来?

我们知道,胡适出身于商人家庭,商人务实,本性偏俗,其留美期间学的又是农科专业,属于实务之学。特殊的文化背景使其不像书香子弟那样,纯以雅正为文学趣味,其性格中有着更多的反叛主流的因子,自然更有可能天然地倾向于一些非主流的趣味;而同在美留学的梅光迪、任叔永等人,出身于书香世家①,身上更多地保留着传统文人的主流文化情怀。这也是在留美文化圈里会发生白话新诗论争的一个很重要的原因。胡适的语言天性与后来的白话文运动的契合,与胡适商业之家的文化背景显然存在内在的关联性。

商业贸易活动与语言变革之间具有动力学的关联,这是历史语言学的不争事实。希腊字母和拉丁字母的源头腓尼基字母的诞生就是这种动力学关联的显例。曾控制西地中海贸易的腓尼基人,正是基于与各国商业往来的书面结算、贸易记录、商业文件书写的需要,变革了当时流行的楔形文字的繁难,在埃及字母上发明了仅仅用22个字母表示的辅音文字,成为繁衍后来欧洲各国拼音文字的母亲。中国自宋朝以来,白话兴起,白话俗文学日渐入流,也与那时的城市商贸文化互为表里。胡适身处近代著名的徽商文化圈,这种地域文化基因与其商业家族文化,天然地青睐清楚明白便利的书写与交流的语言文化取向。这种取向在胡适所受的中国传统雅正文化的教育中,成为一种压抑的文化无意识。这种文化无意识在近代的"文界革命""诗界革命"中释放为一种鲜明的文化天性。当胡适登上他那一代学人之学贯中西的高峰时,这种文化天性就在现代性的世界文化视野中,经过无意识化妆和自觉地西化武装,终于提升成为一种汉语现代化的历史使命。从《去国集》到《尝试集》,对应的正是胡适从文化天性到汉语现代化之历史使命的历程。

胡适创作《去国集》,有其偏爱白话的天性在,这种出于徽商之家的无意识的文化天性与其在西方留学所接受的现代性思想相互作用,最终成为他作为白话文最彻底的倡导者和实践者不可小觑的一个重要因素。胡适编选《去国集》,则是要为《尝试集》的出场做好铺垫,使中国诗歌呈现一个从旧向新过渡的历史进化轨迹。所以胡适要用基于进化论的理念修剪天性,构建《去国集》内部的进化踪迹,进而为中国新诗进化史建构出合理的基点,完成《尝试集》对新旧交替时代汉语新诗起源的历史叙事。从《去国集》到《尝试集》,才构成了胡适探索新诗的完整过程,从此意义上来看,《去国集》的意义是非同寻常的。

虽然晚清到"五四"这段时间,隐含着中国各种各样骚动不安的、实验式的企图,这些企图绝大部分以失败告终②,但"五四"一代现代知识精英,既成功地开创了历史,又成功地讲述了自己开创历史的神话。胡适这种通过事后

---

① 梅光迪出身安徽宣城,梅氏在宣城是望族,宋代文学家梅圣俞、清初数学家梅文鼎等都是梅氏远祖,学术相传,是梅家家风。任叔永生于重庆垫江,为晚清末科秀才。
② 王德威:《我的文学研究之路》,《长江学术》2014年第1期,第6页。

对自己创作的编选加自序阐述来建构历史的方式,就是对开创新诗历史神话的一种成功讲述,而且它也开创了一种讲述文学史的独特的方式。后来庞大的文化工程《中国新文学大系》的编纂,由历史的开创者领衔编选各类作品并以撰写各卷导言的方式来建构宏大的新文学史,可以说是"五四"一代文学精英以胡适的这种建构与讲述文学史的方式进行的一次十分成功的大规模推广。

第二章 《尝试集》的编选与新诗起源神话

与《去国集》相比,作为新的时间的起点,《尝试集》反映的更不是胡适这个时期创作的真实面貌,而是通过其编选呈现一个时间上的进化过程。胡适编选《尝试集》,并非在审美标准下选优淘劣,而是持以"新"为"美"的标准。他排除第一首白话诗《答梅觐庄——白话诗》,延后《尝试集》的起首诗作;放弃大量打油诗;排除绝句、律诗,选择在古风、词体上进行"放脚"的尝试,并在译诗中开创新诗"成立的纪元"。这样,胡适成功地通过编选《尝试集》建构了一个以"新""西""现代"三位一体互证价值的逻辑,让"新诗"成其为"新"而与旧诗产生了本质的不同,并获得了优于旧诗的价值。

第一节 《尝试集》的起点建构与新诗的出场

胡适编选《尝试集》是以时间为基石,他在 1920 年 3 月初版自序中说,将三年来所作白话诗分为两集,1917 年 9 月到北京以前的诗为一集,以后的诗为第二集;在 10 月再版自序中说,近半年来作诗很少,加入再版有 6 首新作;在 1922 年增订四版自序中说,又加入新作 15 首,第一编删了 8 首,将《尝试篇》"提出代序"(《尝试篇》原为诗集第一首,此时提出来作为"代序"),第二编删去 16 首,将《许怡荪》《一笑》移入第三编,第三编旧存有 2 首,新添 15 首。将这三个版本补齐来看,起首诗作为 1916 年 9 月 3 日的《尝试篇(有序)》,结诗为 1921 年 12 月 8 日的《晨星篇》。

其实,按照时间顺序来看,这个起首诗作的时间是存在问题的。《尝试篇》作于 1916 年 9 月 3 日,之前尚有《孔丘》(1916 年 7 月 29 日)、《蝴蝶》(1916 年 8 月 23 日)、《赠朱经农》(1916 年 8 月 31 日)。虽然在增订四版中,胡适将《尝试篇》提为代序,将《孔丘》作为首篇,但在初版本中,从时间上来看,该诗本为第四首,不应该排第一,却成为全集的序篇,乃知其为呼应诗集名而刻意为之。

倘若还原被提为代序的《尝试篇》的时间,以《孔丘》为起诗,按胡适的自我阐释,其《尝试集》第一编的创作起于 1916 年 7 月,起首之作的时间仍然存在疑问。查看这个月的创作,最早的不是《孔丘》而是著名的《答梅觐庄——

白话诗》(1916年7月22日)。

在初版自序中,胡适回顾美洲的笔墨官司,提起这首长达百余行的诗,称该诗为"白话游戏诗","一半是朋友游戏,一半是有意试做白话诗"。该诗模拟梅光迪与胡适的语气,描述二人进行文白争论的过程,其对话与神情描摹得惟妙惟肖。开篇写老梅生气的神情:"'人闲天又凉',老梅上战场。拍桌骂胡适,'说话太荒唐!'……"惹恼了梅氏,胡适用此开玩笑的语气既表达自己的文学立场,又想让对方消气,所以诙谐幽默地说:"老梅牢骚发了,老胡呵呵大笑。'且请平心静气,这是什么论调!'……"接着过渡到诗学主张的分歧,胡适表达自己的文学立场,涉及古今文白的优劣:"文字没有古今,却有死活可道。古人叫做'欲',今人叫做'要'。古人叫做'至',今人叫做'到'。古人叫做'溺',今人叫做'尿'。本来同是一字,声音少许变了。并无雅俗可言,何必纷纷胡闹?至于古人叫'字',今人叫'号';古人悬梁,今人上吊;古名虽未必不佳,今名又何尝不妙?……"从文字到文章:"活文字,听得懂,说得出。死文章,若要懂,须翻译。文章上下三千年,也不知死死生生经了多少劫。"胡适还反问道:"请问老梅,岂不可惜?袁随园说得好:'当变而变,其相传者心。当变而不变,其拘守者迹。'天下那有这等蠢才,不爱活泼泼的美人,却去抱冷冰冰的冢中枯骨。"接着又描写老梅的反应:"老梅听了跳起,大呼'岂有此理!若如足下之言,则村农伧夫皆是诗人,而非洲黑蛮亦可称文士!何足下之醉心白话如是!'"接下来转向文学如何"锻炼"的问题:"老胡听了摇头,说道,'我不懂你。这叫做'东拉西扯'。又叫做'无的放矢'。老梅,你好糊涂。难道做白话文章,是这么容易的事?难道不用'教育选择',便可做一部《儒林外史》?'"最后一节与第一节描写老梅的"上战场"形成呼应:"人忙天又热,老胡弄笔墨。文章须革命,你我都有责。我岂敢好辩,也不敢轻敌。有话便要说,不说过不得。诸君莫笑白话诗,胜似南社一百集。"无论是描摹两人论争的场面,还是讨论具体的诗学问题,都用通俗明白的方言口语,生动风趣,幽默诙谐。

胡适自认因与这班朋友"切磋讨论"而使其关于文学革命的见解"结晶成一种有系统的主张"。细读这首诗作,其与"不用典""不用陈套语""不讲对仗""不避俗字俗话""讲求文法""不作无病之呻吟""不摹仿古人""言之有物",无论形式还是内容与精神,均相符合,可见,这首诗实可称为"白话诗"的"首唱"。胡适以"白话诗"命名,也可见出他自己对此诗的定位。

然而在回顾与检点《尝试集》由来之时,胡适大段抄录,称其"虽是游戏诗,也有几段庄重的议论",以此表达其白话作诗的实验意图,但在结集时,却未选此诗,而将"尝试"时间从 1916 年 7 月 22 日推迟到 7 月 29 日。以梅、任二人对此诗的反应来看,梅光迪复信说:

> 读大作如儿时听"莲花落",真所谓革尽古今中外诗人之命者!足下诚豪健哉!盖今之西洋诗界,若足下之张革命旗者,亦数见不鲜……大约皆足下"俗话诗"之流亚,皆喜以前无古人,后无来者自豪,皆喜诡立名字,号召徒众,以眩骇世人之耳目,而己则从中得名士头衔以去焉。……
>
> 文章体裁不同。小说词曲固可用白话,诗文则不可。今之欧美,狂澜横流,所谓"新潮流""新潮流"者,耳已闻之熟矣。有心人须立定脚根,勿为所摇。诚望足下勿剽窃此种不值钱之新潮流以哄国人也。①

任叔永复信说:

> 足下此次试验之结果,乃完全失败是也。……要之,白话自有白话用处(如作小说演说等),然却不能用之于诗。如凡白话皆可为诗,则吾国之京调高腔何一非诗?……旷观国内,如吾侪欲以文学自命者,此种皆薰莸之不可同器,舍自倡一种高美芳洁(非古之谓也)之文学,更无吾侪厕身之地。以足下高才有为,何为舍大道不由,而必旁逸斜出,植美卉于荆棘之中哉?……足下若见听,则请他方面讲文学革命,勿徒以白话诗为事矣。②

梅、任二氏的炮轰虽然更加坚定了胡适白话作诗的决心,表态"吾志决矣。吾自此以后,不更作文言诗词",但在论争中,胡适为达其倡诗国革命之目的也似退而并未将其诗认作成功之作:

> 白话之能不能作诗,此一问题,全待吾辈解决。解决之法,不在乞怜古人,谓古之所无今必不可有,而在吾辈实地试验。一次"完全失败",何妨再来?若一次失败,便"期期以为不可",此岂"科学的精神"所许乎?③

---

① 胡适:《胡适留学日记》(下),安徽教育出版社 1999 年版,第 374—375 页。
② 同上书,第 376—377 页。
③ 同上书,第 381—382 页。

难道说,是朋友的意见左右了胡适的选择?从这场笔墨官司激发、促动与酝酿了胡适的"八事"主张来看,因该诗未得到朋友认可,胡适就弃之不选的可能性不大。

从诗体上看,这首诗较为特别。不同于《去国集》中的古风和词体,该诗长短句杂糅,出语俚俗,不讲平仄对仗,通俗粗浅,胡适自称为"白话游戏诗",与打油诗意味颇相似。梅光迪称其如儿时所听的"莲花落"。"莲花落"是一种地方戏,始于宋代、形成于明代而盛行于清代,当时称"瞎子戏",是当时盲人行乞讨唱的民间曲艺,内容多为劝世扬善惩恶,用方言说唱,通俗易懂,生动风趣。与打油诗一样,这种地方曲艺当然不为正统文人所重视。任叔永以之为"完全失败"的"试验",与梅氏一样,皆因其语言俚俗,非"高美芳洁之文学"。在梅、任二氏眼中,白话缺乏诗性,以白话作诗必然尽失诗意。而胡适坚持不再作文言诗词,在其刻意编选的《去国集》中已初步呈现出"作诗如作文"的形态,虽然在其观念中,《去国集》是为展现"死文学"的特征,但从最初语言古雅的《翠楼吟》等伤春之作,到意气豪放的《沁园春·誓诗》,我们仍然可以清晰地看到胡适在旧诗体中充分试验白话入诗的尝试线索。到了"去国"的尾声,胡适几已打破诗文界限,做到"作诗如作文"了,但《去国集》仍然是旧的。这里存在的问题是,虽然胡适打破了诗文的界限,但其重点仍然是在固定的旧体诗词格式中做反传统诗歌语言的散文化尝试,也就是说,他此时的"作诗如作文"的"文"是古代散文的语言,而古代散文语言与诗歌语言同属于古代书面语系统,用散文语汇代替传统诗语,用散文化的句式来打破传统诗歌的句法模式,但盛装这种语言的框架仍然是传统五七言齐言诗体。所以《去国集》对传统诗词的破坏只在于局部,并未从根本上呈现出不同于旧诗词的新质。① 而这首被称为"莲花落"的诗作,实已呈现出与《沁园春·誓诗》完全不同的风貌。但如果将之作为《尝试集》的起首之作,那么之后相继排列的《尝试篇》《蝴蝶》《朋友》等齐言古风之作,从完整性上如何建构从旧向新的放出"带血"的"裹脚"的进化过程呢?想必出于此,胡适不得不割爱吧。

在胡适的精心编选中,《尝试集》的探索如何呈现与《去国集》的试验完全不同的新的面貌呢?在"尝试"期间,胡适在这第一首白话诗的尝试中发现了打油诗的白话性。于是,在一段时间内,胡适曾大量创作打油诗,这是一个不容忽视的现象。

---

① 参见康林:《尝试集的艺术史价值》,《文学评论》1990年第4期。该文详细阐释了胡适如何在尝试中逐步解决"诗与散文""白话与文言"的冲突,从而使《尝试集》中"反诗歌的'散文化'"与"反文言的'白话化'"两种倾向相统一,共同推进"汉语抒情诗的根本蜕变"。

第二节　打油诗的尝试、放弃与新诗体意识的建立

胡适的白话诗尝试，在他最初的想法中，就是尝试用白话作诗。这在当时的胡适看来，似乎只是一个比较简单的语言的替换问题。所以，他最初的尝试很自然地从写打油诗开始。打油诗的确是俚俗的白话，但当意识到这种古已有之的俚俗的白话诗，千年来都未能获得正宗地位，又如何能取代文言诗体，他便在诗创作上最终放弃了这一路向的尝试。再者，写古已有之的东西，在诗体的创建上没有丝毫贡献，也算不上真正意义上的"尝试"。所以，在编选入集的时候，胡适大刀阔斧地删去了他的这个似乎在进化论的视野里没有价值、无法开创"历史"的起点。

倘若还原被提为代序的《尝试篇》的时间，以《孔丘》为起诗，以《晨星篇》为结诗，那么在这个"尝试"期间，胡适共创作诗歌113首，入选《尝试集》共52首（不含《去国集》），余下未选的有：《中庸》（1916年7月29日）、《打油诗寄元任》（1916年8月2日）、《送叔永之行并寄杏佛》（1916年8月22日）、《打油诗戏柬经农杏佛》（1916年8月22日）、《窗上有所见口占》、《早起》（1916年9月3日）、《中秋夜月》（1916年9月11日）、《答经农》（1916年9月15日）、《江上秋晨》（1916年10月14日）、《打油诗一束》（4首，1916年10月23日）、《打油诗又一束》（4首，1916年11月1日）（《江上》）、《打油诗》（2首，1916年11月3日—4日）、《戏叔永》（1916年11月9日）、《作〈孔子名学〉完自记》（1916年11月17日）、《纽约杂诗（续）》（1916年11月17日）、《打油诗答叔永》（1916年12月20日）、《沁园春两首》（1917年1月1日，1917年1月2日）、《四言绝句》（1917年1月12日）、《采桑子慢·江上雪》（1917年月1月13日）、《小诗》（1917年2月5日）、《寄经农文伯》（1917年2月）、《迎叔永》（1917年2月）、《落日》（1917年2月17日）、《读报有感》（1917年3月20日）、《绝句》（1917年5月17日）、《"十二月五夜月"（和一年前诗）》（3首，1917年12月5日）、《游明末遗臣采薇子墓》（1918年1月11日）、《胡说》（1918年2月）、《除夕》（1918年2月）、《戏孟和》（1918年4月）、《生查子》（1919年1月）、《一涵！》（1919年4月）、《三年了》（1920年）、《五月二十三夜自西城回新屋》（1920年5月23日）、《戏代慰慈作》（1920年6月23日）、《失望》（1920年11月6日）、《寿诗》（1920年12月）、《一个哲学家》（1921年7月16日）、《戏寄叔永莎菲》（1921年7月17日）、《贺叔永莎菲生女》（1921年7月31日）、《游安庆诗七首》（1921年8月7日）、《临行赠蜷庐主人》（1921年9月7日）、《小刀歌》（1921年11月6日）、《题学衡》

(1922年2月4日)①。译诗有《奏乐的小孩》(1919年)、《译张籍的〈节妇吟〉》(1920年8月30日)。

考察这个期间未选的诗作,从诗体上来看共有4类。一类是齐言古诗,有27首,分别为《中庸》《送叔永之行并寄杏佛》《早起》《中秋夜月》《江上秋晨》《戏叔永》《作〈孔子名学〉完自记》《四言绝句》《小诗》《寄经农文伯》《迎叔永》《落日》《读报有感》《绝句》《"十二月五夜月"(和一年前诗)》(3首)、《游明末遗臣采薇子墓》《戏寄叔永莎菲》《贺叔永莎菲生女》《游安庆诗七首》;一类是打油诗,有15首,分别为《打油诗寄元任》《打油诗戏柬经农杏佛》《答经农》《打油诗一束》(4首)、《打油诗又一束》(4首)、《打油诗》(2首)、《纽约杂诗》(续)、《打油诗答叔永》;一类是词,有4首,分别为《沁园春两首》《采桑子慢·江上雪》《生查子》;一类是"白话自由诗",有15首,分别为《胡说》《除夕》《戏孟和》《一涵!》《三年了》《五月二十三夜自西城回新屋》《戏代慰慈作》《失望》《寿诗》《一个哲学家》《临行赠蜷庐主人》《小刀歌》《题学衡》《奏乐的小孩》《译张籍的〈节妇吟〉》,集中在1918年之后。

从时间上看,《尝试集》第一编的结诗为1917年7月4日的《百字令》。考察此期未选的诗作,我们可以看到一个现象,"尝试"前期②实是从打油诗创作开始的,但编选时却排除了这些打油诗。细看这些打油诗的创作时间,约集中作于1916年8月至1916年12月这四个月间,尤其10月底至11月上旬间,10月23日作《打油诗一束》4首,11月1日作《打油诗又一束》4首,11月3日—4日又作《打油诗》2首,11月7日作《纽约杂诗(续)》。何以此期集中创作如此多的打油诗而结集时又未选呢?

早在1908年11月,胡适曾作一首曲体诗作《答丹斧十杯酒》:"一杯酒儿酒满钟,卿卿今日何须送。你代我把双亲奉。阿阿育,你代我把双亲奉。//二杯酒儿酒未干,大儿小女你要管。你挑着千斤担。阿阿育,你挑着千斤担。//三杯酒儿卿须记,多读书来国事休提。秋雨苦凄凄。阿阿育,秋雨苦凄凄。//四杯酒儿酒正浓,话儿我句句记心中。你身体须珍重。阿阿育,你身体须珍重。//五杯酒儿酒满杯,千万你要放开杯。我书信儿常常来。阿阿育,我书信儿常常来。//六杯酒儿酒正温,手挽手儿出了门。你休把归期问。阿阿育,你休把归期问。//七杯酒儿到口边,江山锦绣是中原。祖国应留恋。阿阿育,祖国应留恋。//八杯酒儿上船头,祝你学业早成就。双双的游五洲。

---

① 《题学衡》作于《晨星篇》之后,但胡适作《尝试集》四版序的时间为1922年3月10日,故此诗应属《尝试集》四版选诗范围之内。
② 此处所说"尝试"前期,指《尝试集》第一编创作期间,即1916年7月至1917年9月。

阿阿育,双双的游五洲。//九杯酒儿酒已阑,握手依依要肠断。分别最艰难。阿阿育,分别最艰难。//十杯酒儿气笛鸣,眼儿一瞬人远天涯近。模糊抛巾影。阿阿育,模糊抛巾影。"这首诗语言全是白话,自然清浅,应为最早白话口语入诗的尝试,只是该诗乃近于酒令的游戏之作,甚至未被胡适自己重视。胡适前言中说:"我又不会唱曲,怎么能够做曲呢? 我不过见了丹斧所做的歌儿,越做越得劲,越唱越开心。心中羡慕得很,没事的时候,也学做几句,弄个玩意儿。列位不要见笑罢。"这应算是胡适最早的游戏之作。胡适后来在与梅、任二君的论争中提到:"吾友张丹斧尝用京调体为余作《青衣行酒》一出,居然好诗。"①在胡适的"尝试"概念里,各类诗体,甚至如京调高腔,只要经第一流文人之手创作,便可成为第一流文学,只是"病在文人胆小不敢用之耳"②。1915年9月胡适作《送梅觐庄往哈佛大学诗》用了11个外国字的译音,任叔永将这些外国字连缀而成诗作:"牛敦,爱迭孙;培根,客尔文;索虏与霍桑,'烟士披里纯'。鞭笞一车鬼,为君生琼英。文学今革命,作歌送胡生。"这首诗触动胡适"作诗如作文"的想法,乃有后来的笔墨官司。至1916年7月,便有了正式被命名的"白话游戏诗"《答梅觐庄——白话诗》。至此,胡适开始尝试创作幽默诙谐的打油诗。

  离这首诗创作时间仅十日,胡适作《打油诗寄元任》送给患阑尾炎的赵元任:"闻道先生病了,叫我吓了一跳。'阿彭底赛梯期',这事有点不妙! 依我仔细看来,这病该怪胡达。你和他两口儿,可算得亲热杀:同学同住同事,今又同到哈佛。同时'西葛吗鳃',同时'斐贝卡拔'。前年胡达破肚,今年'先生'该割。莫怪胡适无礼,嘴里夹七带八。要'先生'开口笑,病中快活快活。更望病早早好,阿弥陀佛菩萨!"未再像《答梅觐庄——白话诗》中讨论诗国革命之事,或者表达白话诗文之争的思想与情绪,胡适干脆直接取名为"打油诗"。语风与第一首白话诗非常相近,口语色彩强烈,不避俗语俗字,更尝试将外语音译词运用到打油诗里。再如8月22日所作《打油诗戏柬经农杏佛》:"老朱寄一诗,自称'仿适之'。老杨寄一诗,自称'白话诗'。请问朱与杨,什么叫白话? 货色不道地,招牌莫乱挂。"从此诗可见,在当时留美朋友圈中,分行创作打油诗的不只胡适一人。不过,朋友多为嘲讽与戏谑之作,对白话作诗仍然持否定与怀疑态度。胡适10月23日的《打油诗一束》,分别有《寄叔永觐庄》《答陈衡哲女士》《答胡明复》《和一百○三年前之"英伦诗"》。11月1日,胡适又接连作《打油诗又一束》,分别为

---

① 胡适:《胡适留学日记》(下),安徽教育出版社1999年版,第382页。
② 同上。

《纽约杂诗(新妇女)》《纽约杂诗(女老师)》《代经农答"白字信"》《寄陈衡哲女士》。两天之后再作两首打油诗,分别为《再答陈女士》《纽约杂诗(总论)》。

其中《答胡明复》一诗颇有尝试特点:

咦
希奇!
胡格哩,
䞐我做诗!
这话不须提
我做诗快得希,
从来不用三小时。
提起笔何用费心思?
笔尖儿嗤嗤嗤嗤地飞,
也不管宝塔诗有几层儿!

这首诗作是胡适回复胡明复所作的宝塔诗。宝塔诗是杂体诗的一种,原称"一七体诗",从一字至七字诗,从一字句到七字句,首句为一字,一韵到底。第一字,也是第一句,既是题目,又是音韵,规定全诗描写的对象和范围。胡明复10月23日寄打油诗二首给胡适,前一首为:"纽约城里,有个胡适,白话连篇,成啥样式!"第二首是"宝塔诗":

痴!
适之!
勿读书,
香烟一支!
单做白话诗!
说时快,做时迟,
一做就是三小时!

二胡都是以吴语方言语汇入诗,不可不谓之一种尝试。胡明复前首诗中"啥"为吴语的"什么"之意,后首诗中"书"在吴语中读如"诗"。胡适诗中的"格哩"在吴语中"称人之姓而系以'格哩'两字,犹北人言'李家的''张家的'","嫐"在吴语中"两字合读成一音(fiao),犹北京人言'别'"。① 比较两首宝塔诗,胡适的诗更有尝试与突破。胡明复的宝塔诗严守"一七体",第一个字"痴"既是诗题,又是整首诗的韵脚;而胡适以语气词开篇,并没有严格遵守押韵规范。

《再答陈女士》是胡适回复陈衡哲的诗。陈衡哲的原诗为:"所谓'先生'者,'密斯忒'云也。不称你'先生',又称你什么?不过若照了,名从主人理,我亦不应该,勉强'先生'你。但我亦不该,就呼你大名。'还请寄信人,下次寄信时,申明'要何称。"该诗乃是回复此前胡适所作《寄陈衡哲女士》:"你若'先生'我,我也'先生'你。不如两免了,省得多少事。"胡适又通过《再答陈女士》回复:"先生好辩才,驳我使我有口不能开。仔细想起来,呼牛呼马,阿猫阿狗,有何分别哉?我戏言,本不该。'下次写信'。请你不用再疑猜:随你称什么,我一一答应响如雷,决不敢再驳回。"可见,发端于留美朋友圈内的打油诗,曾一定程度被认同,并且陆续在胡适及其朋友手中有过涂鸦。但这种创作只限于朋友之间酬唱,除了胡适,其他人并未通过认可打油诗来认可白话诗的合法性。

这从胡适另一首打油诗《寄叔永、觐庄》后所作附言可以看出。这首诗为:"居然梅觐庄,要气死胡适。譬如小宝玉,想打碎顽石。未免不自量,惹祝不可测。不如早罢休,迟了悔不及。"后附言曰:"觐庄得此诗,答曰:'读之甚喜,谢谢。'吾读之大笑不可仰。盖吾本欲用'鸡蛋壳',后乃改用'小宝玉'。若用'鸡蛋壳',觐庄定不喜,亦必不吾谢矣。"②"小宝玉"与"鸡蛋壳"二词的区别在于书面语与口语、诗性化的文言与大众化的口语、雅与俗之间的分歧。梅、任诸人反对白话作诗正在于他们强调诗之文字与文之文字的区别,打油诗的粗浅与直白虽合于胡适白话作诗的构想,但仍然因为不合"诗之文字"而得不到朋友的认可。胡适在与朱经农的通信中曾经讨论过打油诗与白话诗的问题,朱经农在8月2日的信中曾说:

> 弟意白话诗无甚可取。吾兄所作"孔丘诗"乃极古雅之作,非白话也。古诗本不事雕斫。六朝以后,始重修饰字句。今人中李义山獭祭家之毒,弟亦其一,现当力改。兄之诗谓之返古则可,谓之白话则不可。盖白话诗即打油诗。吾友阳君有"不为功名不要钱"之句,弟至今笑之。③

---

① 胡适:《胡适留学日记》(下),安徽教育出版社1999年版,第418—419页。
② 同上书,第417页。
③ 胡适:《答朱经农来书》,《胡适留学日记》(下),安徽教育出版社1999年版,第387页。

胡适8月4日回复道：

> 足下谓吾诗"谓之返古则可,谓之白话则不可"。实则适极反对返古之说,宁受"打油"之号,不欲居"返古"之名也。古诗不事雕斫,固也,然不可谓不事雕斫者皆是古诗。正如古人有穴居野处者,然岂可谓今之穴居野处者皆古之人乎？今人稍明进化之迹,岂可不知古无可返之理？今吾人亦当自造新文明耳,何必返古？……①

为何胡朱二人在信件中谈及白话诗与打油诗之区别呢？朱氏认为胡适的"白话诗""无甚可取",其所欣赏的《孔丘》后被选入《尝试集》,而不被看好的那些"白话诗"则未入选,个中原因除了胡适充分尊重朋友意见之外,当有胡适自身观念的转变,后文将有所论及,此处不赘述。从时间来看,朱氏所言"白话诗"当指《答梅觐庄——白话诗》一诗。他认为白话诗不重视修饰,不讲格律,与六朝前的古诗相似,讥之为"返古",并且得出"白话诗即打油诗"之结论。而胡适却宁受"打油"之号,也不愿背负"返古"之名,这实际上是受进化论影响而强调创新。胡适"八事"主张的提出缘起于白话诗的尝试,而这种尝试中,胡适首肯打油诗。"八事"主张提出后,胡适又创作了大量打油诗,似有与"八事"互证之意。

在此信件往来十七天之后,胡适在8月21日的日记中提出文学革命"八事"：

> 新文学之要点,约有八事：
> （一）不用典。
> （二）不用陈套语。
> （三）不讲对仗。
> （四）不避俗字俗语。（不嫌以白话作诗词）
> （五）须讲求文法。
> ——以上为形式的方面。
> （六）不作无病之呻吟。
> （七）不摹仿古人。
> （八）须言之有物。
> ——以上为精神(内容)的方面。

---

① 胡适：《答朱经农来书》,《胡适留学日记》(下),安徽教育出版社1999年版,第387—388页。

胡适还指出:"能有这八事的五六,便与'死文学'不同,正不必全用白话。"①从胡朱二人讨论白话诗与打油诗的区别之日,到总结这"八事",其间胡适创作了《孔丘》《中庸》《打油诗寄元任》3首诗,《中庸》与《孔丘》两首四句的齐言小诗写于同一日,《尝试集》里选入后者排除前者,其间原因后文有所论述。剩下一首则是打油诗。"八事"主张提出之前,在与朋友讨论白话诗与打油诗的区别时,胡适乃有维护打油诗之意,而这"八事"主张提出之后,至同年12月20日,其间共创作诗歌29首,其中打油诗13首,几占一半。朱经农致信胡适以打油诗之名批判白话诗当天,胡适还创作有《打油诗寄元任》。而写下这"八事"的第二日,胡适作《打油诗戏柬经农杏佛》一诗:"老朱寄一诗,自称'仿适之'。老杨寄一诗,自称'白话诗'。"胡适所指乃为杨杏佛所作送任叔永的诗句"疮痍满河山,逸乐亦酸楚""畏友兼良师,照我暗室烛。三年异邦亲,此乐不可复"。杨氏认为这些诗句"皆好",并自跋云:"此铨之白话诗也。"朱经农和此诗寄给任叔永及胡适,有"征鸿金锁绾两翼,不飞不鸣气沈郁"之句,并自跋云:"无律无韵,直类白话,盖欲仿尊格,画虎不成也。"②而胡适在诗中反问二君"请问朱与杨,什么叫白话?"杨、朱二人的诗句,饱含满目山河空望远的酸楚,或是征鸿寄远的悲凉,在情感取向上与主张乐观进取的胡适不相投;形式上意象落传统窠臼,无甚创新,语言仍然是诗性的书面文言语,虽然没有严格押韵,但如"楚""师""烛""复""翼""郁"等词皆押尾韵,实在与胡适所认可的自然清浅的白话诗相去甚远,所以胡适讥讽他们"货色不地道",叫他们"招牌莫乱挂"。胡适在10月23日作《打油诗一束》时,在日记中写道:"打油诗何足记乎?曰:以记友朋之乐,一也。以写吾辈性情之轻率一方面,二也。人生那能日日作庄语?其日日作庄语者,非大奸,则至愚耳。"③从白话语言观上来看,打油诗实在符合"八事"所提出的"不用典""不用陈套语""不讲对仗""不避俗字俗语""讲求文法"这些形式上的要求;此处所记打油诗的功能,又实为胡适从诗歌的功能上为打油诗寻找合法依据。胡适还曾在此期12月21日的日记中专作《"打油诗"解》,为唐人张打油的《雪诗》作注:"故谓诗之俚俗者曰'打油诗'。"④可见其对打油诗的重视。

由上述论析可以看到,"八事"的缘起、遵行与密集地创作打油诗之间,不能说没有紧密关联。我们不难依此判断,在胡适曾经的构想中,打油诗的

---

① 胡适:《胡适留学日记》(下),安徽教育出版社1999年版,第392页。
② 同上书,第394页。
③ 同上书,第417页。
④ 同上书,第439页。

语言活脱自然,富于口语化,充满意趣,用白话打油诗来取代传统文言诗的正宗地位,以此构建理想的新诗,从而实现其白话试验的目的,曾是胡适所尝试的一条路向。我们还可以从胡适的《白话文学史》来印证其从打油诗起步尝试新诗的想法。胡适在《白话文学史》中追溯唐初的白话诗来源时曾指出,除了民歌之外,"第二个来源是打油诗",他对打油诗的界定是:"文人用诙谐的口吻互相嘲戏的诗。"① 胡适之所以青睐打油诗,是因为"嘲戏总是脱口而出,最自然,最没有做作的;故嘲戏的诗都是极自然的白话诗"②。其所欣赏的王梵志与寒山拾得都是"走嘲戏的路出来的,都是从打油诗出来的"③;论及杜甫时,胡适特别欣赏其诗"往往有'打油诗'的趣味",说"这句话不是诽谤他,正是指出他的特别风格"④。胡适认为打油诗虽然"往往没有多大的文学价值","却有训练作白话诗的大功用"⑤,"凡从游戏的打油诗入手,只要有内容,只要有意境与见解,自然会做出第一流的哲理诗的"⑥。可见,胡适从打油诗入手尝试白话新诗,与其白话语言观也是一脉相承的。

胡适围绕纽约生活的4首打油诗都非常符合其所欣赏的极自然的白话诗。如写"新妇女"的:"头上金丝发,一根都不留。无非争口气,不是出风头。生育当裁制,家庭要自由。头衔'新妇女',别样也风流。"写"女教师"的:"挺着胸脯走,堂堂女教师。全消脂粉气,常带讲堂威。但与书为伴,更无人可依。人间生意尽,黄叶逐风吹。"两首均歌颂新时代女性独立解放的别样风采。另一首为描写纽约繁华景象的"总论":"四座静勿叱,听吾纽约歌。五洲民族聚,百万富人多。筑屋连云上,行车入地过。'江边'围十里,最爱赫贞河。"展现了纽约这个现代城市的特色。写给民主党的活动机关"潭门内堂"的续诗:"赫赫'潭门内',查儿斯茂肥。大官多党羽,小惠到孤嫠。有鱼皆上钩,惜米莫偷鸡。谁人堪敌手,北地一班斯。"揭露纽约党派竞选的丑幕,充满嘲戏意味。展现异国现代生活情趣,于诙谐、滑稽、风趣的口吻中抒写世态人情,脱口而出的白话口语,极符合《白话文学史》所追溯的富于"打油诗"趣味的白话诗。

另一方面,胡适作为"五四"新文化运动的先驱者,身上有着那一代文人共有的鲜明印记,他们在传统文化的熏陶下成长,虽然接受新式教育,到海外留学,但骨子里仍残留着根深蒂固的传统血脉。前文已经论述,胡适与大多

---

① 胡适:《白话文学史》,岳麓书社1986年版,第217页。
② 同上书,第218页。
③ 同上书,第223页。
④ 同上书,第319页。
⑤ 同上书,第218页。
⑥ 同上书,第223页。

数出身书香世家的留美朋友不同,徽商之家的文化背景,决定了其在语言文化取向上天然地更青睐于清楚明白的书写交流方式,所以会对雅正的文学传统有着更多的反叛,自然会更易亲近打油诗这种非主流的趣味。

既然如此,为何《尝试集》中却找不到一首打油诗呢?曾经认定打油诗为白话诗的重要来源而力倡并实践用打油诗尝试白话新诗的胡适,在编选《尝试集》时何以舍弃自己颇为自得的打油诗作呢?

我们知道,打油诗是一种旧体诗,古已有之,其存在已经有一千多年历史,明代杨慎曾记载:

覆窠、俳体、打油、钉铰

《太平广记》有仙人伊周昌,号伊风子,有《题茶陵县》诗云:"茶陵一道好长街,两边栽柳不栽槐。夜后不闻更漏鼓,只听锤芒织草鞋。"时谓之"覆窠体"——江南呼浅俗之词曰"覆窠",犹今云"打油"也。杜公谓之"俳谐体"。唐人有张打油作《雪》诗云:"江山一笼统,井上黑窟笼。黄狗身上白,白狗身上肿。"《北梦琐言》有胡钉铰诗。①

"浅俗之词"的打油诗,属于俗文学之类。其语言是古白话的口语,俚俗晓畅,风趣诙谐,形式多为五七言齐言句式,四句体或八句体,有时字数或句数可以有所增减,不受格律限制;内容上写景、抒情、讽喻时事,寓庄于谐。历来打油诗就有着反正统的思想倾向,打油诗的"油"是一种幽默与嘲谑的味道,玩世不恭,犀利刻薄,与传统文言诗歌温柔敦厚的诗教伦常、浮绮富丽的诗风辞藻不同,表现诗人反抗正统、追求个性自由的心态。因此,打油诗虽称"诗",却少被人当成诗看,因其"油"味而被正统文人认为难登大雅之堂,历代诗选、诗论或者诗史之类的古籍雅书,很少提到打油诗。胡适撰写《白话文学史》,为白话的正宗地位寻找历史依据,挖掘民间白话资源,对抗与颠覆文言的正统地位,在这样的情况下,打油诗才成为其寻找民间文学、肯定白话文学合法性的重要资源。

尽管《白话文学史》开创了文学史书写的新范式,但胡适对起源、兴起和繁盛于民间的诸种诗体包括打油诗的地位进行挖掘与正名时,其所遭受的批判之声亦不绝于耳。朱光潜在《诗论》里曾针对胡适推崇打油诗进行批评:"做打油诗可如说话,因为它本来只是文字游戏,没有缠绵不尽的情感,不必有'一唱三叹之音',它所以用声韵,还是以此为游戏。胡先生既然定了一个

---

① 杨文生:《杨慎诗话校笺》,四川人民出版社1990年版,第299页。

'作诗如说话'的标准,在历史上遍处找合这标准的作品,看见最合式的是打油诗,所以特别推重王梵志和寒山子。"①朱光潜如历来的正统文人一样,不认可打油诗的正宗地位,认为诙谐"出于理智,入于理智,不是情感的流露",因此不能视之为"诗",所以,"打油诗不是诗,我们就不能因为做打油诗如说话,而断定做诗如说话",继而指出胡适之误在于"认王梵志寒山子诸人的打油诗为诗,以为做这些打油诗既可如说话,做诗自亦不过尔尔"。②朱光潜虽旨在批评《白话文学史》所建立的"做诗如说话"的标准问题,但其否定打油诗的合法性是显而易见的。

姑且不论外在的批评,对于胡适本人而言,不能忽略的是,将"打油诗"视为"白话诗"的重要资源,并不意味着两者可以对等。打油诗的语言虽然浅近俚俗,在对偶与平仄上打破了格律束缚,但其作为旧诗体之一种,就胡适语言变革的意义来看,它是能够实现让白话完全取代文言的正宗地位这个大主题的诗歌项目吗?所谓不得不攻破的渊源深厚的诗歌堡垒,难道就是这么个攻克法?

在与梅、任二友讨论《答梅觐庄——白话诗》的创作时,胡适对二人的否定颇不服气,在信件中一一陈述此诗优长:

> 第一,此诗无一"凑韵"之句(所谓"押韵就好"者,谓其凑韵也),而有极妙之韵。如第二章中"要""到""尿""吊""轿""帽"诸韵,皆极自然。
>
> 第二,此诗乃是西方所谓"Satire"者,正如剧中之"Comedy",乃是嬉笑怒骂的文章。若读者以高头讲章之眼光读之,宜其不中意矣。
>
> 第三,此诗中大有"和谐之音调"。如第四章"今我苦口哓舌"以下十余句,若一口气读下去,便知其声调之佳,抑扬顿挫之妙,在近时文字中殊不可多见(戏台里喝采)。又如第二章开端三十句,声韵亦无不和谐者。
>
> 第四,此诗亦未尝无"审美"之词句。如第二章"文字没有古今,却有死活可道";第三章"这都因不得不变,岂人力所能强夺?"……"正为时代不同,所以一样的意思,有几样的说法";第四章,"老梅,你好糊涂!难道做白话文章,是这么容易的事?"此诸句哪一字不"审"?哪一字不"美"?
>
> 第五,此诗好处在能达意。适自以为生平所作说理之诗,无如此诗

---

① 朱光潜:《诗论》,安徽教育出版社2006年版,第220页。
② 同上书,第222页。

之畅达者,岂徒"押韵就好"而已哉?(足下引贾宝玉此语,令我最不服气。)①

事实上,胡适引以为傲的这五个方面,其实并未突破打油诗的特点。再如,在9月15日答朱经农的信中,胡适写道:

> 余初作白话诗时,故人如经农、叔永、觐庄皆极力反对。两月以来,余颇不事笔战,但作白话诗而已。意欲俟"实地试验"之结果,定吾所主张之是非。今虽无大效可言,然《黄蝴蝶》《尝试》《他》《赠经农》四首,皆能使经农、叔永、杏佛称许,则反对之力渐消矣。经农前日来书,不但不反对白话,且竟作白话之诗,欲再挂"白话招牌"。吾之欢喜,何待言也!
>
> 经农之白话诗有"日来作诗如写信,不打底稿不查韵。……觐庄若见此种诗,必然归咎胡适之。适之立下坏榜样,他人学之更不像。请看此种真白话,可否再将招牌挂?"诸句皆好诗也。胜其所作《吊黄军门墓》及《和杏佛送叔永》诸作多多矣。惟中段有很坏的诗,因作三句转韵体答之。
>
> 寄来白话诗很好,读了欢喜不得了,要挂招牌怕还早。
> "突然数语"吓倒我,"兴至挥毫"已欠妥,"书未催成"更不可。
> 且等白话句句真,金字招牌簇簇新,大吹大打送上门。
> 结三句颇好。②

此处之所以不厌其烦大段抄录胡适日记所言,乃是为了说明,朋友所认可的《黄蝴蝶》等作,虽然正是以后《尝试集》所入选的篇目,但在此期间,胡适的精力大部分还在打油诗的创作上。这里胡适明显还在为朋友朱经农"日来作诗如写信,不打底稿不查韵"这样的诗句所欣喜,并且自己所作"三句转韵体"实在还是打油诗之质。不过,此处用"三句转韵体"尝试打破四句体或八句体—出一对的形式,相较传统打油诗来说,已略有新意。结尾"白话""金字招牌"等字眼从内容上表达其一贯坚持白话的立场,语言上更加口语化,因而胡适特别强调其结尾三句诗"颇好"。但事实证明,被朋友认可而未被胡适称好的诗作最后入选了《尝试集》,反而被胡适孜孜尝试的"颇好"的"三句转韵"之打油诗最终未能入选。从创作第一首打油意味的白话诗《答梅觐

---

① 胡适:《胡适留学日记》(下),安徽教育出版社1999年版,第378页。
② 同上书,第413—414页。

庄——白话诗》之后五个月时间内,胡适坚持创作打油诗并且得到了朋友的批评或唱和。但是,在实用主义尝试精神的影响下,胡适并未满足于这种旧体诗。因为古代打油诗的语言就是白话(古白话),胡适在朋友蜂拥而至的批判声中,意识到这种诗体古已有之,既然古代就已经有了这种俚俗的白话诗,而这一千多年来打油诗都未能取代古体诗,那么对这种诗体进行尝试又何来实质上的创新之意?其在新诗体的创建上没有丝毫贡献,又如何称得上是新的"尝试"?正是在朋友的嘲讽与论争中,胡适渐渐明确了建立新诗体的意识。这种意识从 12 月 20 日的打油诗唱和之后开始出现。

12 月 20 日,胡适创作《打油诗答叔永》:"人人都做打油诗,这个功须让'榨机'。欲把定庵诗奉报:'但开风气不为师'。"任叔永的原诗为:"文章革命标题大,白话工夫试验精。一集打油诗百首,'先生'合受'榨机'名。"当天日记胡适在任诗前记下:"昨得叔永一片,言欲以一诗题吾白话之集。"可见,胡适朋友圈内虽盛行互赠打油诗,但其朋友并不认可胡适的白话诗,任氏甚至以"一集打油诗百首"来题胡适的白话诗集。但胡适却认为既然朱、任、杨、陈皆作打油诗,那这个功劳也应该让给自己的"榨机",其宗旨是只求开创风气而不求为人师。不过这个"但开风气"究竟是否成立,其后胡适似有所思考。第二天,胡适在日记中写下《"打油诗"解》,对"打油诗"以"诗之俚俗者"进行界定,强调其语言的俚俗,也就是语言的白话化。奇怪的是,至《尝试集》成集,胡适几不曾再作打油诗。或许,这篇日记中对"诗之俚俗者"的界定,也是胡适自我反省的开始:诗的俚俗化是否就意味着开风气之先?古已有之的打油诗是否可以用来开创现代新体诗?

第三节　白话旧体破格律化尝试与小脚放大的编排

这种"反省"没过几日,即 12 月月末,胡适将《纽约时报》上《印象派诗人的六条原理》在日记中翻译过来:"用最普通的词,但必须是最确切的词";"创造新韵律,并将其作为新的表达方式,不照搬旧韵律,因为那只是旧模式的反映";力倡"自由体",追求"自由"原则,"相信诗人的个性在自由体诗中比在传统格律诗中得到了更好的表达","一种新的节奏意味着一种新思想";"允许绝对自由地选择诗的主题";"给出一种印象","表达出准确的个性,而非模糊的共性";"创作出确切、明朗、具体的,而不是模糊和不明朗的东西";"浓缩是诗的核心"。[①] 胡适记下:"此派所主张与我所主张多相似之

---

① 胡适:《胡适留学日记》(下),安徽教育出版社 1999 年版,第 445 页。

处。"①虽然关于胡适的"八不主义"与意象派的"六戒"的关系问题一直为后世争论不休,但我们从胡适的整体创作来看,胡适的白话诗尝试乃起步于中国传统旧体打油诗。尽管洛威尔早已于1915年4月《意象派宣言》的序言中提出意象派的六条基本理论,而胡适剪录并翻译《印象派诗人的六条原理》已晚至1916年年底,但重要的并不是胡适自称其与自己的主张颇多相似所带来的谁影响谁的问题,而是胡适为何于此时在日记中慎重地提出这六条原理,并于下一篇日记(1917年1月13日)创作《诗词一束》,其中包括1916年12月17日的旧作《沁园春·二十五岁生日自寿》、1917年元旦的《沁园春·过年》、1月2日的《沁园春·新年》、1月12日的《四言绝句》《译杜诗一首》、1月13日的《采桑子慢·江上雪》。

这组诗词主要为两种诗体,一类是白话词,一类是白话四言绝句。胡适曾在给钱玄同的信(1917年11月20日)中追忆:"吾于去年(五年)夏秋初作白话诗之时,实力屏文言,不杂一字。如《朋友》、《他》、《尝试篇》之类皆是。其后忽变易宗旨,以为文言中有许多字尽可输入白话诗中。故今年所作诗词,往往不避文言。"胡适既在起步之时,就已经创作出语言自然、趋向白话的打油诗,之后却又在诗中输入文言,并且摒弃打油诗体,转向词与绝句的创作,似有倒退之嫌。实则不然,打油诗古已有之,是一种成熟的旧诗诗体,虽然与胡适的"八事"相通,但胡适的这些打油诗创作却在新诗体的创建上毫无建树,而且这种"放脚"也是古人放的,并不是他自己放的,所以无甚创新之意,在朋友的批评下,也应该包括在"印象派诗人的六条原理"启发下,他对新诗体的建构逐渐明晰起来。胡适所说"力屏文言""不杂一字"的"白话诗"正是前文所论述的"打油诗"的尝试。这一阶段,胡适尝试的重点在语言的"白话化",在于"用的字"和"用的文法"。而当他的新诗体意识渐渐明晰起来之后,开始重视"句子的长短"与"音节"问题。不过,他并非一开始就打破旧诗词的齐言格式,自创出长短不齐之散文句式,而是在传统中寻找资源,采用古诗体与词曲体的破格律化来进行尝试。

一、古诗体的破格律化尝试

在古诗中做"放脚"的尝试,可以说,走的是中国古代文学常有的以复古来创新的路径。《尝试集》第一编中除了5首白话词,其余18首②均为齐言

---

① 胡适:《胡适留学日记》(下),安徽教育出版社1999年版,第446页。
② 这18首分别为《尝试篇》《孔丘》《蝴蝶》《赠朱经农》《他——思祖国也》《中秋》《江上》《黄克强先生哀辞》《十二月五夜》《病中得冬秀书》《论诗杂记》(3首)、《寒江》《"赫贞旦"答叔永》《景不徙篇》《朋友篇——寄怡苏经农》《文学篇——别叔永杏佛觐庄》。

或者杂言旧诗体,加上未选的 24 首齐言古诗,共创作 42 首,占此期诗歌创作总量的三分之一。如果说前文所论 1917 年 1 月 13 日的《诗词一束》其中 4 首白话词和 1 首白话四言诗可视为胡适走出打油诗转换路径的标志,那么,这一首《四言绝句》则是胡适的另一种尝试:"月白江明,永夜风横。明朝江上,十里新冰。"绝句每首四句,通常有五、七言两种,古风有四、五、七、杂言等,不要求对仗,平仄、用韵都比较自由。该诗将绝句与四言古风融合而成,语言简练,但并无甚新意,在其尝试中,尚算首次,后胡适未再作类似的诗作①,可见其对此种尝试并不满意。但观胡适此期的整体诗作,发现类似的写景诗尤多见于四句齐言古诗。

选入《尝试集》第一编的写景诗就有《中秋》(1916 年 9 月 11 日)、《江上》(1916 年 11 月 1 日)、《十二月五夜月》(1916 年 12 月 6 日)、《寒江》(1917 年 1 月 25 日)、《景不徙篇》(1917 年 3 月 6 日)②5 首。如果说《中秋》一诗打破了七言绝句的平仄,但句末"多""过""河"尚有押韵,那么《江上》(原名《写景一首》)只有首句符合绝句的平仄,句尾未押韵,语言清浅明白,自然流畅,有着旧诗"放脚"的特点。雨脚渡江而来,山头冲雾而出,雨过云雾尽散,天色晴朗,独自登江楼观赏落日,绮丽风光,令人喜悦。鲜明生动的自然景象显出诗人的闲情逸致,颇富诗意。《中秋》还是按古诗的排列没有分行,而《江上》则分行,且按照西方诗歌采用起头高低一格错落排列:

> 雨脚渡江来,
> 　山头冲雾出。
> 雨过雾亦收,
> 　江楼看落日。

《寒江》一诗也如此:

> 江上还飞雪,
> 　遥山雾未开。
> 浮冰三百亩,
> 　载雪下江来。

---

① 四言古风在胡适诗作中不多见。在"去国"时期,《题欧战讽刺画》组诗里第二、四、七首为四言:"身毒大象,帝国臣卜。敬告吾仇,防其反噬。""狂风吹我,我则唾汝! 丑尔英伦,上帝祸汝!""八岁卖肉,七岁卖面。父兄何在? 为国苦战。""尝试"时期,1917 年 3 月 20 日作《读报有感》:"挥金如泥,杀人如蚁。阔哉人道,这般慷慨!"这些诗作虽为四言,但均属古风,而非绝句。

② 其中,《十二月五夜月》《景不徙篇》均为三首五言四句古风合成。

该诗完全按照"仄起式"句式:"仄仄平平仄,平平仄仄平。平平平仄仄,仄仄仄平平。""开"与"来"两字押韵。从诗歌编排上看,《江上》在《寒江》之前,时间上一先一后,但若论哪首诗更能破除旧诗格律,自然《江上》略胜于《寒江》。难怪四版删诗时,胡适因"印象太深"而力排众议保留《江上》,终将《寒江》删去,大约正是因《寒江》与《中秋》相比,在诗歌格律上与绝句更加相近,而显现不出"尝试"的进化色彩,将之删去,则形象更加鲜明。

《十二月五夜月》与《景不徙篇》分别是由三首五言古诗联章而成,每一章中间空一行。《十二月五夜月》(原名《月诗》):"明月照我床,卧看不肯睡。窗上青藤影,随风舞娟媚。/我但爱明月,更不想什么。月可使人愁,定不能愁我。/月冷寒江静,心头百念消。欲眠君照我,无梦到明朝!"叙写月光下的景色和心境,表现寻常生活的闲趣,未见古诗词中望月怀乡的伤感。诗人被照在床上的月光吸引,卧看窗边青藤影随风舞动,姿态娇媚可爱,不禁生发爱月之情,想到自古望月生悲,自己却没有丝毫哀愁,清冷的月光下,寒江寂静,诗人的心也随之安宁,一觉无梦睡到明朝。胡适在作此诗当天日记中写道:"数月以来,叔永有《月诗》四章,词一首,杏佛有《寻月诗》《月诉词》,皆抒意言情之作。其词皆有愁思,故吾诗云云。"①亦可见此诗能体现胡适"不摹仿古人""不作无病之呻吟"的主张。《景不徙篇》(又名《艳歌三章》):"飞鸟过江来,投影在江水。鸟逝水长流,此影何曾徙。/风过镜平湖,湖面生轻绉。湖更镜平时,此绉终如旧。/为他起一念,十年终不改。有召即重来,若亡而实在。"表达对先秦哲学思想的理解:飞鸟渡江而来,投影在江上;江水流动了,飞鸟之影却未曾动。风过平湖,湖面生起轻绉;湖面恢复平静,轻绉却依然如旧。诗人并不完全为阐明哲思,还抒发了对于"他"的不改之念,即对祖国的深情。此诗亦印证胡适"须言之有物"的主张,体现了说理的思想性,也表达了爱国之情。

钱玄同曾批评《尝试集》中"有几首因为被'五言'的字数所拘,似乎不能和语言恰合;至于所用的文字,有几处似乎还嫌太文"②,并在与胡适讨论其"白话诗""犹未能脱尽文言窠臼"时专门指出"如《月》第一首后二句,是文非话;《月》第三首及《江上》一首,完全是文言"。尽管如此,特别看重朋友意见的胡适,在编选《尝试集》时仍然将此几首"未能脱尽文言窠臼"之诗选了进来,并且在四版删定之时,仍顽强地保留。钱氏着眼在白话而非诗,他在《尝试集》序言中特别强调第一集里的白话诗:"就是用现代的白话达适之自己的思想和情感,不用古语,不抄袭前人诗里说过的话。"其所理解的"现代

---

① 胡适:《胡适留学日记》(下),安徽教育出版社1999年版,第438页。
② 同上书,第10页。

的白话文学",是"使用现代的白话""自由发表我们自己的思想和情感"。①这自是与胡适的主张完全一致的。但胡适在选诗之时,却不能完全不顾及诗性,更何况胡适还要考虑通过编选《尝试集》来呈现线性的进化过程从而建构其尝试形象,自然会更注重"放脚"的过程,而不必完全呈现"放脚"之后的形态。

在创作《寒江》期间,胡适有另两首写景小诗未选,分别为《小诗》(1917年2月5日)和《落日》(1917年月2月17日)。前首为:"空濛不见江,但见江边树。狂风卷乱雪,滚滚腾空去。"似有半阕"生查子"的格局,与正格对照,第三句平仄不合。语言虽与《江上》《寒山》相近,比较清浅,但在诗意上则不如后者。后首为:"黑云满天西,遮我落日美。忽然排云出,团圞堕江里。"描写落日冲出黑云堕入江中的动态美景,虽然平仄不计,但意境、音韵都似乎未胜出一筹。《景不徙篇》之后有一首《绝句》(1917年5月17日)未选:"五月东风著意寒,青枫叶小当花看。几日暖风和暖雨,催将春气到江干。"十二天之后(5月29日),胡适将之改为:"五月西风特地寒,高枫叶细当花看。忽然一夜催花雨,春气明朝满树间。"并记云:"美洲之春风皆西风也。作东风者,习而不察耳。""东风"改作"西风"之理,正如胡适在提出"八不主义"之"务去滥调套语"时,质问"荧荧夜灯如豆"一句,言"此词在美国所作,其夜灯决不'荧荧如豆',其居室尤无'柱'可绕也",胡适志要言之有物,不作无病之呻吟,主张以写实为重,以自己耳目所亲见、亲闻、亲历之事物,自己铸词造句来形容描写,以"不失真","达其状物写意之目的"。"著意"改作"特地",语言更加口语化。"青枫叶小"虽然符合初春之境,然"高枫叶细"中的"细"与首句第六字"地"、第三句末尾"雨"押韵,此乃胡适在句中做双声叠韵尝试之例。"几日暖风和暖雨"改作"忽然一夜催花雨",与前句将高枫之细叶"当花看"相呼应,且语言更加自然流畅。"催将春气到江干"改作"春气明朝满树间","江干"属古文言词汇,"将"作助词用在动词"催"之后,是古文言的文法,改后的句子更加口语化,清浅明白,自然流畅。按理说,修改正是重视的体现,这首绝句经胡适斟酌完善后当属佳作,为何却没有入选《尝试集》呢?该诗的写作时间为1917年5月29日,从时间上并没有显示出进化的特征。此前有《沁园春·新俄万岁》(1917年4月7日),此后有《朋友篇·寄怡荪经农》(1917年6月1日)。从时间与编排上看,如果将此诗选入,则呈现为《沁园春》《绝句》《朋友篇》《文学篇》《百字令》,再往后便是第二编的起诗《一念》(1917年9月)。如前所述,胡适编选《尝试集》的目的正在于"历史

---

① 钱玄同:《尝试集·序》,《胡适全集》(第10卷),安徽教育出版社2003年版,第10页。

的用处",即如胡适所言"使人知道缠脚的人放脚的痛苦",要展现新诗从旧式诗词中一步步脱胎蜕变的历程。《尝试集》到了第二编,胡适才开始走向诗体解放之路,那么第一编末诗则应该成为一个过渡。这样一首七言绝句放在胡适所青睐的词体与古风体中间,无疑会破坏诗词曲的进化路线。更不消说同年12月5日还有为"和一年前诗"所作、由三首五齐言四句小诗组成的《十二月五夜月》。不过,值得一提的是,其第一首为:"去年月照我,十二月初五。窗上青藤影,婀娜随风舞。"自与一年前的《十二月五夜月》无甚差别。但看第二首:"今夜乍醒星,缺月天上好。江上的青藤,枯死半年了。"尤其是后两句,完全是白话。这个时候,胡适已经创作了《鸽子》《人力车夫》,努力在古诗词基础上进行长短句的"放脚"尝试,六日后又创作了《老鸦》,在这样一个就快要破茧成蝶的时候,胡适自然不会选入这首虽然已经很白话但仍然没有打破旧诗体的作品。

除写景一类,胡适还创作有论文论诗之作,如《孔丘》(1916年7月29日)、《中庸》(1916年7月29日)、《作〈孔子名学〉完自记》(1916年11月17日)、《论诗杂记》(1917年1月20日)、《读报有感》(1917年3月20日)。《孔丘》是胡适最早的一批白话诗:"'知其不可而为之',亦'不知老之将至'。认得这个真孔丘,一部《论语》都可废。"此诗是当日所作《杂诗二首》其中一首,另一首为《中庸》:"'取法乎中还变下,取法乎上或得中。'孔子晚年似解此,欲从狂狷到中庸。"两首诗作形式上完全一致,前两句均引征古语,后两句进行议论。编选《尝试集》时,胡适对两者进行选择,选了《孔丘》而未选《中庸》,究其原因,当为两诗在形式上完全一致时,则从内容上进行选择。两诗皆以经典之语总结孔子精神的真谛,一则是发愤忘食、乐以忘忧、意志坚定、乐观向上的精神,一则是持之以恒的进取与坚持操守。前诗显得更加昂扬乐观,对整部《论语》进行全盘否定,突显孔丘乐观进取的精神,更契合当时反封建、反礼教,追求自由、勇于进取、敢于创新的理性精神。再看《作〈孔子名学〉完自记》:"推倒邵尧夫,烧残'太极图'。从今一部《易》,不算是天书。"与前诗一样具有反封建思想,是对《易》学权威理论的大胆反叛,体现了科学理性精神。

作于1917年初的《论诗杂记》本为4首,选入《尝试集》时删去1首,而且有所修改。未入选的是第一首:"三百篇诗字字奇,能欢能怨更能思。颇怜诗史开元日,不见诗人但见诗。"前两句高度概括《诗》三百篇的特点乃一个"奇"字,表现在"欢""怨""思"三个方面;后两句转而议论,这部诗史上的开篇之作,虽然字字"奇",但因为大多"皆无名氏之作"①,因而只见诗篇而不见诗人。与后三首诗进行对比,如第二首论及荀子著作:"'从天而颂之,孰与制天命而用之?'我爱荀卿《天论赋》,每作倍根语诵之。"前两句引用古语,后两句作议论。前者虽然未按绝句进行平仄押韵,但仍然是七言古诗"二二三式"的基本句式,且每句末尾押韵;后者引用的古语却完全是散文句法。另外两首论韩愈诗及陈伯严诗也属此种尝试。前面的《杂诗二首》《孔丘》与《中庸》,相同的尝试情况下,择其一而用。此4首胡适竟选3首相同尝试之作,可见其对此种尝试之法特别偏爱。当然,从内容上来看,胡适论诗能反映其文学主张。如第四首论陈伯严之诗:"'学杜真可乱楮叶',便令如此又怎么?可怜'终岁秃千毫',学像他人忘却我。"前附云:"此一诗因读梨洲诗序而作。陈伯严赠涛园诗云:'涛园抄杜句,终岁秃千毫。……百灵噤不下,此老仰弥高。'可怜!"②此处"梨洲诗序",当指黄宗羲《南雷诗历》中的《诗历题辞》,其中黄梨洲提到:"夫诗之道甚大,一人之性情,天下之治乱,皆所藏纳。古今志士学人之心思愿力,千变万化,各有至处,不必出于一途。"他还对一味摹仿杜诗之"伪者"说:"有杜诗,不知子之为诗者安在?"③这恰与胡适的"不摹仿古人"观点一致,胡适于作此诗当日还曾在日记中抄录《南雷诗历题辞》④。此前,胡适在《文学改良刍议》中论到"不摹仿古人"时特别提到陈氏之诗,批评"涛园抄杜句""大足代表今日'第一流诗人'摹仿古人之心理也",指出其病根"在于以'半岁秃千毫'之工夫作古人的抄胥奴婢,故有'此老仰弥高'之叹",因此提倡"不作古人的诗,而惟作我自己的诗",只有"洒脱此种奴性",才"决不致如此失败"。⑤第三首:"'黄昏到寺蝙蝠飞……芭蕉叶大栀子肥。'此是退之绝妙语,何须'涂改《清庙》《生民》诗?"在其日记中原诗为:"义山冤枉朝退之,'涂改《清庙》《生民》诗'。'牵头曳足断腰膂,挥刀纷纭刌胗脯',三百篇中无此语。""牵头曳足,先断腰膂""挥刀纷纭,争刌胗脯"乃韩愈《元和圣德诗》中诗句,该诗用古文谋篇布局之法叙述一年中发生的种种军国大事,以四言形式和叙事内容进行创新。胡适以四言尝试创作,似受韩愈影响。李商隐在《韩碑》中有诗句云"点窜《尧典》《舜典》字,涂改《清庙》《生民》诗",胡适认为这是冤枉韩愈,三百篇中的《清庙》《生民》并

---

① 第一首前附云:"《诗》三百篇惟寺人孟子及家父两人姓名传耳,其他皆无名氏之作也。其诗序所称某诗为某作,多不可信。"《胡适留学日记》(下),安徽教育出版社1999年版,第450页。
② 胡适:《胡适留学日记》(下),安徽教育出版社1999年版,第451页。
③ 黄宗羲:《诗历题辞》,《南雷诗历》,中华书局1991年版。
④ 见胡适:《胡适留学日记》(下),安徽教育出版社1999年版,第449—450页。
⑤ 胡适:《文学改良刍议》,姜义华主编:《胡适学术文集·新文学运动》,中华书局1993年版,第22页。

无此语。诗前附言:"韩退之诗多劣者。然其佳者皆能自造语铸词,此亦其长处,不可没也。"可见胡适仍意在通过作诗彰显其诗学主张——"务去滥调套语",须"自造语铸词"。选入《尝试集》时,胡适对此诗做出修改,引用韩愈《山石》中的名句,且诗句由五句改为四句,句式上与其他两首相似,构成一组联章。

如果说胡适的诗歌创作在其尝试理念下大多还是因事触及,有感而发,那么其编选成集时则不能不说是精挑细选有意为之。正如编选时对《论诗杂记》第三首诗的修改,胡适还曾考虑过对同类旧作进行修改与编选。查其日记,1916年9月16日,胡适曾对旧诗进行修改。旧诗《读大仲马〈侠隐记〉〈续侠隐记〉》:"从来桀纣多材武,未必武汤皆圣贤。太白南巢一回首,恨无仲马为称冤。"改为:"从来桀纣多材武,未必武汤皆圣贤。那得中国生仲马,一笔翻案三千年!"旧诗《读司各得〈十字军英雄记〉》:"岂有酖人羊叔子? 焉知微服武灵王? 炎风大漠荒凉甚,谁更横戈倚夕阳?"改为:"岂有酖人羊叔子? 焉知微服武灵王? 十字军真儿戏耳,独此两人可千古。"两首旧诗均作于1908年,时隔八年,胡适再次回头修改,并在第二首诗后附言:"此诗注意在两个古典包括全书。吾近主张不用典也,而不能换此两典也。"①对改后的诗,他还特别注明:"此诗子耳为韵,父古为韵。""第一首可入《尝试集》,第二首但可入《去国集》。"②可见,胡适作诗时并不一定带着尝试理念,且个人趣味还偏向于旧诗绝句,但在编选成集时,胡适借改诗选诗与其主张之"八事"进行互证,以"不用典""不讲对仗"、打破旧诗格律来探索新诗形式。两诗修改前后的对比可以看到,前首成功将"太白""南巢"两个典故去掉,因遵循此三点乃被其认为可入《尝试集》;后者因明显的用典、押韵,被其认为可入《去国集》。按胡适的自我阐释,《尝试集》起于民国五年七月,"到民国六年九月我到北京时,已成一小册子了",这当指其第一编的诗作;民国五年七月以前,其将美国作的文言诗词"删剩若干首",合为《去国集》,"印在后面作一个附录"。这里给我们的感觉是,胡适带着"尝试"的目的去写诗,然后以时间为界限自然结集,结集时再对"去国"期间的诗作进行编选。其言辞似乎表明未对尝试时期的诗作做一番淘沙拣金的工作;而事实上,进入"尝试"时期的改旧作事件③恰可说明,其"尝试"的实际状况并非是以时间线性发展的进化式创作,而是一个刻意为之的人为性建构过程,其编选与实际创作有着明显

---

① 胡适:《胡适留学日记》(下),安徽教育出版社1999年版,第415页。
② 同上书,第416页。
③ 改旧作是1916年9月16日,《尝试集》起于1916年7月,因此,胡适是在已经开始创作《尝试集》期间修改旧作。

的裂隙。胡适在其创作基础上刻意建构一个"小脚放大"的尝试者形象,并以此探索新诗发展出路。"可入""不可入",就是一个筛选与判定的过程,也是在创作的基础上对历史的重构过程。在改诗这个时间前后,《尝试集》里的诗作有《虞美人·戏朱经农》(1916年9月12日)、《江上》(1916年11月1日),相比"此为吾所作白话词之第一首"①的《虞美人》,和"印象太深"②的写景诗《江上》,这首被胡适认为"可入《尝试集》"的《读大仲马〈侠隐记〉〈续侠隐记〉》,虽然不再犯《文学改良刍议》中"不用典"的戒律,但在语言的自然、破除格律、走向诗体解放上,未能呈现多少创新之处。如果将之放入《尝试集》这条作品链上,无疑会破坏胡适精心建构的"放脚"进化过程。

此期未选之作还有七言或五言绝句体的寄怀或记游之作,如《戏叔永》(1916年11月9日)、《寄经农文伯》(1917年2月)、《迎叔永》(1917年2月)、《游明末遗臣采薇子墓》(1918年1月11日)、《戏寄叔永莎菲》(1921年7月17日)、《贺叔永莎菲生女》(1921年7月31日)、《游安庆诗七首》(1921年8月7日)。入选《尝试集》中的寄怀、记游之作有《赠朱经农》(1916年8月31日)、《黄克强先生哀辞》(1916年11月9日)、《"赫贞旦"答叔永》(1917年2月19日)、《朋友篇·寄怡荪经农》(1917年6月1日)、《文学篇·别叔永杏佛觐庄》(1917年6月1日)、《三溪路上大雪里一个红叶》(1917年12月22日)、《新婚杂诗》(1918年1月)、《送叔永回四川》(1919年4月18日)、《许怡荪》(1920年7月5日)、《我们三个朋友》(1920年8月22日)、《湖上》(1920年8月24日)、《我们的双生日——赠冬秀》(1920年12月17日)、《死者》(1921年6月17日)、《晨星篇——送叔永、莎菲到南京》(1921年12月8日)。两相对比,我们发现,《戏叔永》《寄经农文伯》与《迎叔永》的创作时间是"尝试"前期,《尝试集》第一编中没有记游之作,寄怀之作分别为《赠朱经农》《黄克强先生哀辞》《"赫贞旦"答叔永》《朋友篇·寄怡荪经农》《文学篇·别叔永杏佛觐庄》。这些入选之作在诗体上都是古歌行体。古歌行体保留叙事特点,可以将记人、记言、议论、抒怀融为一体,内容充实而生动,语言一般比较通俗流畅,文辞比较铺展,形式比较自由,篇幅可短可长,句式比较灵活,可以杂言,在格律、音韵方面一定程度上冲破了格律诗的束缚,声律、韵脚都比较自由,平仄不拘,可以换韵。选择这种在格律与音韵上本身就一定程度"放脚"的诗体,再注入白话口语模式,恰恰是胡适在"尝试"前期所致力的。如《赠朱经农》缅怀朋友之谊,叙写少年不长进的时光以及海外留学的转变,末尾回忆朋友在一起时的闲暇与快乐,充满满足与留恋之

---

① 胡适:《胡适留学日记》(下),安徽教育出版社1999年版,第412页。
② 胡适:《尝试集·四版自序》,《胡适文集》(3),人民文学出版社1998年版,第173页。

情:"更喜你我都少年,'辟克匿克'来江边,赫贞旦水平可怜,树下石上好作筵,黄油面包颇新鲜,家乡茶叶不费钱,吃饱喝胀活神仙,唱个'蝴蝶儿上天'!"句末都押韵,读起来似有打油诗的腔调,语言俗白,语风轻松。叙写赫贞旦江边的美丽景色及闲散生活的《"赫贞旦"答叔永》也是如此,如"何如我闲散,开窗面江岸,清茶胜似酒,面包充早饭。老任倘能来,和你分一半。更可同作诗,重咏'赫贞旦'",诗句的语言富于口语化特点。《朋友篇》与《文学篇》是1917年6月1日胡适将归国时所作两首,回顾去国生涯,抒发朋友之谊,怀念与朋友的笔墨官司,表达坚持文学理想的志向:"前年任与梅,联盟成劲敌。与我论文学,经岁犹未歇。吾敌虽未降,吾志乃更决。暂不与君辩,且著尝试集。""回首四年来,积诗可百首。做诗的兴味,大半靠朋友:佳句共欣赏,论难见忠厚。如今远别去,此乐难再有。"诗句读起来清浅晓畅,句末仍押韵,但非一韵到底,节与节有换韵,一节内也有押不同的韵脚。将白话口语放入五、七言句式中,必然会由于"言"的限制而做必要的省略,如果我们将诗句补充完整,则完全成为现代散文句式,如前文所举《赠朱经农》的诗句:"更喜(欢)你(和)我都(是)少年(的时候),(我们一同)'辟克匿克'来(到)江边,赫贞旦(的)水平(静)(多么)可怜(爱),树下(的)石头(上)(正)好(用)作筵(席),黄油(和)面包颇(为)新鲜,家乡(的)茶叶不(花)费钱(财),吃饱喝胀(像)(个)活神仙,(再)唱个'蝴蝶儿上天'!"将现代汉语装入古体七言句式中,与其常见的"二二三式"的语音节奏模式和平共处,则不得不将现代汉语中的双音节词如诗句中的"喜欢""平静""筵席""花费""钱财"等简化为单音节词,对大量用于组合多音节词组的虚词包括介词、副词、助词等进行缩略。再如《黄克强先生哀辞》是杂言歌行体,交替使用四言、七言等不同形式的古诗节奏:

当年|曾见|将军|之家书,
　　　　　　　　　——四顿,三个两音节组加三音节组煞尾
字迹|娟逸|似大苏。　——三顿,两个两音节组加三音节组煞尾
书中|之言|竟何如?　——三顿,两个两音节组加三音节组煞尾
"一欧|爱儿,努力|杀贼":——　　——两顿,两音节组
八个|大字,　　　　　　　　　——两顿,两音节组
读之|使人|慷慨|奋发|而爱国。
　　　　　——五顿,四个两音节组加三音节组煞尾
呜呼|将军,何可|多得!　　——两顿,两音节组

同样的寄怀之作，未被选入《尝试集》的《戏叔永》，与《黄克强先生哀辞》作于同一天："不知近何事，见月生烦恼。可惜此时情，那人不知道。"查当天日记，乃知该诗是针对任叔永所作《对月》诗三章的末章戏改："不知近何事，明月殊恼人。安得驾蟾蜍，东西只转轮。"原诗表达月下怀人之情，胡适除认为"抒意言情之作，其词皆有愁思"外，大概更为重要的还是原诗的"殊""恼""安得""蟾蜍""转轮"等词颇显文言化与书面语化。"殊"是明显的文言词汇，"恼人"也常见于古典诗词中，如"因极欢馀，芙蓉帐暖，别是恼人情味"（柳永《尉迟杯》），"春色恼人眠不得，月移花影上阑干"（王安石《夜直》）。将"殊恼人"改作"生烦恼"，更加口语化；"安得驾蟾蜍"过于文言，"蟾蜍"喻指月宫，属于陈套语，怎么样才能驾车到月宫，远隔的重洋只需一转车轮就到了，此种写法与抒千万里相思化长风一线没有什么区别，改作"可惜此时情，那人不知道"，以诗歌主体直抒相思之意，语言平实而情感直白，改后无疑更加符合胡适的文学主张。此诗与同天所作的《黄克强先生哀辞》相比，内容上前者抒个人相思之意，后者借哀悼抒爱国之情，形式上前者对七言绝句进行"放脚"，后者尝试将几种古诗节奏交替使用来实现"放脚"，两相选择，必然是舍前取后。同样的情况也存在于《寄经农文伯》《迎叔永》二诗上，这两首作于1917年2月，与前文所论《小诗》《落日》同期。前首表现独自欣赏美景而朋友远在他乡无法分享的失落："日斜橡叶非常艳，雪后松林格外青。可惜京城诸好友，不能同我此时情。"七言"二二三式"，前两句写景，且对仗；后两句抒情，不出绝句格调。后首叙写朋友迁校相聚的喜悦之情："真个三番同母校，况同'第二故乡'思。会当清夜临江阁，同话飞泉作雨时。"两首诗作与《小诗》《落日》时间相近，前有体现不摹仿古人思想的七言诗联章《论诗杂记》，后有同为表现留学生涯及朋友之谊的古体诗《"赫贞旦"答叔永》，这两首从诗意上未能出《寒江》类的绝句，自然不能入选。

由此可见，胡适在古诗体的破格律化尝试创作中，并未特别倾向某一诗体，而在编选《尝试集》时则有意青睐古体排斥绝律。这自然是因为古体诗如歌行体本身就是对绝律近体诗的一定程度的"放脚"，胡适在此基础上纳入白话口语，打破原句式的格律平仄，再次进行一定程度的"放脚"。不过，在抒发个人情感时，其实胡适也很青睐绝句。作于1921年7月的两首寄怀诗《戏寄叔永莎菲》和《贺叔永莎菲生女》二首便是例证。任叔永、陈衡哲夫妇是胡适留美时期的诗友，归国后仍然交往甚密，单看《尝试集》我们就能感觉到胡适与任陈夫妇交情匪浅，诗题中涉及二人的就有《"赫贞旦"答叔永》《送叔永回四川》《将去绮色佳，叔永以诗赠别，作此奉和，即以留别》，副题涉及二人的有《文学篇·别叔永杏佛觐庄》《晨星篇·送叔永莎菲到南京》，还有注明"赠任叔永与陈莎菲"的《我们三个朋友》。但这些诗作之所以被选入集中,一乃形式上或从词体或从古诗体进行"放脚"来探索理想新诗形式,二乃内容上借寄怀而立意更远,或表达对留美生涯的留恋,从不长进的少年时光,到重抖擞的去国岁月,倚赖诸友力,论文学,相互唱和与辩难,同游赫贞旦江,胡适要表达的往往是新的生活状态、人生观念或文学革命的理想。而真正纯粹的唱和之作,则未选入。像此两首寄给朋友的贺喜之作,一是《戏寄叔永莎菲》:"遥祝湖神好护持,荷花荷叶正披离,留教客子归来日,好看莲房结子时。"莲房结子是古诗中的常见意象,莲子即"怜子",喻指爱情,也有祝福开花结果之意。如清代陈璨有《曲院风荷》:"六月荷花香满湖,红衣绿扇映清波。木兰舟上如花女,采得莲房爱子多。"蔡桓有《病中咏秋荷》:"出尘花品爱池荷,零落秋风可奈何;共羡莲房多结子,子多赢得苦心多。"对比起来,陈诗歌咏少女追求爱情的喜悦,蔡诗抒写病中的苦恼,胡适表达对朋友百年好合的美好祝福,在意境、格局、情思上,胡诗不失为一首轻松活泼、清新自然的绝句,与两首旧诗比起来未见有何明显创新。二是《贺叔永莎菲生女》:"重上湖楼看晚霞,湖山依旧正繁华。去年湖上人都健,添得新枝姐妹花。"此诗与前一首诗相比,平仄虽不严格,也颇能读出绝句的韵味,押韵均为一、三、四的三字押韵,尤其是这后一首,基本与七言绝句的仄起式、三字押韵吻合,读起来朗朗上口,俗白浅切,明畅通俗。作此两首绝句时,《尝试集》已经再版,再过半年将出增订四版。这个时候,胡适已经创作出他自己所认可的"真正白话的新诗",从"诗体的大解放"到"音节上的大胆尝试",已然开创"'新诗'成立的纪元"。在孜孜于自我回味"老槐树的影子,在月光的地上微晃"这样的诗句如何自然时,胡适仍然在创作与此截然相反的"旧诗"。另如《游明末遗臣采薇子墓》:"野竹遮荒冢,残碑认故臣。前年亡虏日,几个采薇人?"则是典型的吊古诗;《游安庆诗七首》是七首记游的古诗,记录游安庆所见所想,第七首言:"我戏作古语,和诸君新诗。此会良不易,明日各东西。"亦可见胡适作古诗是与诸友相会,乃朋友之间的酬唱。

胡适声言"最恨律诗",认为律诗方便用来应酬朋友。"尝试"期间胡适作过一首律诗,即1916年10月14日所作白话律诗《江上秋晨》:"眼前风景好,何必梦江南。云影渡山黑,江波破水蓝。渐多黄叶下,颇怪白鸥贪。小小秋蝴蝶,随风来两三。"此诗还有附言:"戏以白话作律诗,但任、朱诸人定不认此为白话诗耳。"我们知道,"去国"期间,胡适创作律诗亦不少,但一首未选入《去国集》。律诗隔新诗"尝试"是更远的,因为律诗建立在文言单音节词的基础上,而白话主要由双音节词构成,白话入律必然打乱律诗所严格要求的格律,无法生成固定的语音旋律和节奏模式;为了在律诗的形式中装入白话,则不得不将白话双音节词进行缩略,否则只能采用文言词汇。这样,就导致律诗不像律诗、白话诗不像白话诗的"四不像",难怪任、朱诸友否定白话入律这种尝试的合法性。

二、词曲体的破格律化尝试

除了对古诗体进行破格律化尝试,胡适还对词曲做"放脚"的尝试。胡适在1917年1月13日的《诗词一束》中所作的4首词,后入选《尝试集》的只有《沁园春·二十五岁生日自寿》。细读未选之作,《沁园春·过年》:"江上老胡,邀了老卢,下山过年。碰着些朋友,大家商议,醉琼楼上,去过残年。忽然来了,湖南老聂,拉到他家去过年。他那里,有家肴市酿,吃到明年。//何须吃到明年。有朋友谈到便过年。想人生万事,过年最易,年年如此,何但今年。踏月江边,胡卢归去,没到家时又一年。且先向,贤主人夫妇,恭贺新年。"上片叙写在友人家过年的情景,下片谈及人生,从题材上实已突破伤春悲秋的陈套。《沁园春·新年》:"早起开门,送走病魔,迎入新年。你来得真好,相思已久,自从去国,直到今年。更有些人,在天那角,欢喜今年第七年。何须问,到明年此日,谁与过年。//回头请问新年。那能使今年胜去年。说少做些诗,少写些信,少说些话,可以长年。莫乱思谁,但专爱我,定到明年更少年。多谢你,且暂开诗戒,先贺新年。"上片叙写去国七年迎新年的情景,想起远隔天涯那边,亲朋也正欢喜迎新春,下片与新年对话,如何才能使今年比去年更好,语气活泼轻松,没有去国天涯飘零之感,而显幽默诙谐之趣。胡适在后记中云:"曩见蒋竹山作《声声慢》以'声'字为韵,盖创体也。自此以来,以吾所知,似无用此体者。病中戏作两词,用二十五个'年'字,此亦一'尝试'也。"①此两首语言非常白话,诗意上还有着打油诗的诙谐之趣。3首词作均以《沁园春》词调做尝试,词调相同,时间相近,内容相似,一为自寿,一为恭贺新春。后两首贺新年之作,以胡适自言,用"二十五个'年'字为韵"进行"创体",也当属其"尝试"。再读《沁园春·二十五岁生日自寿》:"弃我去者,二十五年,不可重来。看江明雪霁,吾当寿我,且须高咏,不用衔杯。种种从前,都成今我,莫更思量更莫哀。从今后,要怎么收获,先那么栽。//忽然异想天开,似天上诸仙采药回。有丹能却老,鞭能缩地,芝能点石,触处金堆。我笑诸仙,诸仙笑我。敬谢诸仙我不才,葫芦里,也有些微物,试与君猜。"诗序言:"五年十二月十七日,是我二十五岁的生日。独坐江楼,回想这几年思想的变迁,又念不久即当归去,因作此词,并非自寿,只可算是一种自誓。"总

---

① 胡适:《胡适留学日记》(下),安徽教育出版社1999年版,第447页。

结过去的人生经验,"要怎么收获,先那么栽",自誓未来可与"诸仙"相比拼,怪诞调侃的语气中充满乐观情怀。与前两首比起来,此诗语言不如前者那么口语化,但诗意更浓,表达的情感较合于"五四"时期的乐观进取精神;体式上对《沁园春》进行创新,原词调上下两片中间由一领格字提起两组对句,"看江明雪霁,吾当寿我,且须高咏,不用衔杯"和"有丹能却老,鞭能缩地,芝能点石,触处金堆"都未遵守原词的规则。另一首《采桑子慢·江上雪》:"正嫌江上山低小,多谢天工,教银雾重重,收向空濛雪海中。//江楼此夜知何梦? 不梦骑虹,也不梦屠龙,梦化尘寰作玉宫。"上片描绘江上雪景,下片乃梦中幻觉,内容上无甚新意。附言云:"此吾自造调,以其最近于《采桑子》,故名。"这里的尝试,主要是指为打破原词句式,在上下片第三句分别加上一个衬字,即"教"和"也"。但用语上仍然显得文言化,其"天工""银雾""雪海""玉宫"等词均为传统文言诗词常用之语,难怪钱玄同在同年 7 月 2 日的信中指出胡适的"白话诗""犹未能脱尽文言窠臼"时,专门指出:"先生近作之白话词《采桑子》,鄙意亦嫌太文。"①打定主意"不避文言"作诗词的胡适,最终将语言过于白话的《沁园春》两首和过于文言化的《采桑子慢》,都排除在《尝试集》的编选范围之外。

  "尝试"期间,胡适共创作词体《虞美人·戏朱经农》(1916 年 9 月 12 日)、《沁园春·二十五岁生日自寿》(1916 年 12 月 17 日)、《沁园春》(两首)(1917 年 1 月 1 日、1 月 2 日)、《采桑子慢·江上雪》(1917 年 1 月 13 日)、《生查子》(1917 年 3 月 6 日)、《沁园春·新俄万岁》(1917 年 4 月 17 日)、《百字令》(1917 年 7 月 3 日)、《如梦令》(3 首,1918 年 8 月)、《生查子》(1919 年 1 月)共 12 首。入选《尝试集》第一编的有《虞美人·戏朱经农》《沁园春·二十五岁生日自寿》《生查子》《沁园春·新俄万岁》《百字令》,按 1917 年 9 月以前的时间来看,此期共作 8 首,只有前文所论的《沁园春》《采桑子慢·江上雪》3 首未选;入选《尝试集》第二编的有《如梦令》(3 首),按 1917 年 9 月以后的时间来看,此期共作 4 首,只有一首《生查子》未选。根据新发现的第二编初稿本,最初选诗时,胡适是选入了《生查子》这首诗的,初稿本用黑笔或红笔圈去的诗作中就有该诗。② 比较前后两期的《生查子》,作于 1917 年 3 月的《生查子》:"前度月来时,仔细思量过。今度月重来,独自临江坐。//风打没遮楼,月照无眠我。从来没见他,梦也如何做?"作于 1919 年 1 月的《生查子》:"前度月来时,你我初相遇。相对说相思,私祝长相聚。//今夜月重来,照我荒州渡。中夜睡醒时,独觅船家语。"后一首表达当初于月

---

① 钱玄同:《尝试集·序》,《胡适全集》(第 10 卷),安徽教育出版社 2003 年版,第 11 页。
② 参见陈子善:《新发现的胡适〈尝试集〉第二编自序》,《东方早报》2011 年 12 月 18 日。

下相遇相对,私下许下祝愿:长久相聚,永不分离。而此番月下却独自行船,听不到对方话语。前度与今夜形成落差,颇见相思之苦。而前首词中,虽也是前度与今度的对比,但"从来没见他,梦也如何做",可见心中"无他",没有后首诗作中的缠绵相思之意。从语言上看,前首诗作中还有"月照无眠我"如此典型的文言诗句,白话之意为月照使我无眠,纯粹为了押韵之故,将"无眠"倒装于"我"之前。"从来没见他,梦也如何做?"前句显得自然,后句本意为"如何做梦",为了凑整五言,倒装并增加"也"这个虚词。后首则不再有这些文言化的现象,语言显得更加白话而自然。按照胡适对词体的偏好,理应选入,但为何从初稿到初版,胡适最终删除了该诗呢?按石原皋考证,"这首词,只写明阴历十二月十七日夜,没有写明年份。大概是他丧母后,江冬秀因怀孕未能偕回北京,途经南陵县平渡礁,乘夜行船,有感戏作,抄给胡近仁的"①。如果是因其不足为外人道之情感,所以将词留赠好友胡近仁②,那么胡适根本没有必要在初稿中选入该诗,可见此说似站不住脚。笔者认为之所以删去,是因为胡适编选《尝试集》是要展示进化创作过程,塑造一个小脚不断放大的尝试者形象,如果一、二编同时选入同调之词,而具体创作上没有特别明显的进化痕迹,那么这个"小脚放大"的尝试者形象则并不鲜明。

　　胡适以白话入词,用词体进行白话诗的尝试,一方面是因为词最早起于民间,经历了由民间流行转到文人创作,终而在中国文学史上独立成为一体,与诗并行发展的过程,这个过程本身也体现了民间对抗主流的色彩。另一方面,也是更重要的方面,是词体语言俗白,长短参差的散文句法最近于自然。胡适在1920年代所编的《词选》序言中,特别欣赏苏轼、辛弃疾等"诗人的词",认为他们"都是有天才的诗人;他们不管能歌不能歌,也不管协律不协律;他们只是用词体作新诗"。③ 在胡适的观念里,词是最近自然的诗体。胡适深受进化论影响而强调创新,在不可逆转的"线性"时间观念之下,他用进化论考察中国文学史得出韵文史的六大革命,"诗之变为词,五大革命也",认为词是诗的进化,"五七言成为正宗诗体以后,最大的解放莫如从诗变为词。五七言诗是不合语言之自然的,因为我们说话决不能句句是五字或七字。诗变为词,只是从整齐的句法变为比较自然的参差句"。胡适认为作为"长短句"的词体,"其长处正在长短互用,稍近语言之自然耳","决非五言七言之诗所能及也",词与诗之别,"乃在一近语言之自然而一不近语言之自然也"。可见,胡适亲近词体,是因"长短无定之韵文"语气自然,且"调多体

---

① 石原皋:《闲话胡适》,安徽人民出版社1985年版,第153页。
② 参考施议对点评:《胡适词点评》(增订本),中华书局2006年版,第84页。
③ 胡适:《词选序》,《小说月报》1927年第1期。

多","可以自由选择"。所以胡适特别指出:"今日作'诗'(广义言之),似宜注重此种长短无定之体。然亦不必排斥固有之诗、词、曲诸体。要各随所好,各相题而择体,可矣。"胡适将诗歌发展演变的历史看作诗歌语言趋向白话的过程,词是在诗的格律基础上进行"放脚",元曲则完全口语化,从此意义上来看,词是对古诗"放脚",而曲是古诗"放脚"的终点,则古典诗的"放脚"在元曲那里就完成了,胡适要在此起点上进行新的"放脚"尝试,只有采用词体、曲体的破格律化方式来进行白话诗的试验。词曲体的白话化,虽然与古典诗词联系在一起,但在其基础上有所解放,比"难登大雅之堂"的打油诗更能为朋友们所看重。所以,胡适认定新诗的资源不是在打油诗中"油"来"油"去,而是在词曲体中逐渐解放。更重要的是,词曲体既有进化的"历史",又是中国旧诗体进化所达到的终点,在终点上前进,就是开创历史。这就完全不像打油诗,存在上千年,却没有时间的进化史,沿着打油诗往下走,也看不到前方存在新历史的曙光。于是胡适在《尝试集》的编排上,刻意建构了一个词曲体的"放脚"过程。

　　考察"去国"期间,胡适所用多为《翠楼吟》《水龙吟》《满庭芳》《水调歌头》《临江仙》《沁园春》等各类词调,词体创作占《去国集》近三分之一,且集中所作之词也展示了语言文言化向白话化的进化过程;"尝试"期间,则主要为《虞美人》《沁园春》《生查子》《百字令》《如梦令》几类词调,虽然《尝试集》中词体创作已不多见,但还是可以看到第一编中4首,用《虞美人》《沁园春》《生查子》《百字令》4个词调,第二编中一题3首,只用《如梦令》一个词调。《虞美人·戏朱经农》:"先生几日魂颠倒,他的书来了!虽然纸短却情长,带上两三白字又何妨?可怜一对痴儿女,不惯分离苦;别来还没几多时,早已书来细问几时归!"调皮的挖苦、善意的戏谑,也透露几分羡慕之情,与打油诗情旨相近。《沁园春·新俄万岁》以时事入词,抒写大题材、大感慨,上片记叙俄京大学生革命事迹,下片借十万囚徒获得赦免,赞颂自由与革命。"拍手高歌,新俄万岁,狂态君休笑老胡",白话化的语言中仍然残留"打油"气。《百字令·六年七月三夜,太平洋舟中,见月,有怀。》:"几天风雾,险些儿把月圆时孤负。待得他来,又还被如许浮云遮住!多谢天风,吹开明月,万顷银波怒!孤舟载月,海天冲浪西去!//念我多少故人,如今都在明月飞来处。别后相思如此月,绕遍地球无数!几颗疏星,长天空阔,有湿衣凉露。低头自语:'吾乡真在何许?'"这是归国途中所作,叙写月下怀人之情。"绕遍地球无数"乃科普常识,将之与相思之意联系起来,喻相思之多及相思之无穷无尽、无法了结,言平常之事、浅近之理来表达深远之思、抽象之理。综之,第一编中词体的破格律化尝试主要体现于语言的白话化,打破词体的庄重之风,注入诙谐幽默的调侃之气,在个别句式上进行改造;题材上尝试以时事、科学知识入词,打破旧词陈套。第二编中3首同题《如梦令》:"他把门儿深掩。不肯出来相见。难道不关情,怕是因情生怨。休怨。休怨。他日凭君发遣。""几次曾看小像。几次传书来往。见见又何妨,休做女孩儿相。凝想。凝想。想是这般模样。""天上风吹云破,/月照你我两个。/问你去年时,/为甚闭门深躲?/'谁躲?谁躲?那是去年的我!'"表现夫妻二人从生分到情浓的过程,描摹外在行为和内在心理的变化,语言通俗,颇富调侃情趣。前两首作于1917年8月,本为"尝试"前期(第一编时间)之作,与此期前几首词无甚差别;后一首作于1918年8月,为"尝试"后期之作(第二编以后时间)。胡适将之合并放入第二编中,乃刻意呈现进化的特点。细看三首词作,前两首全是按传统词作,不分行,只在片与片之间空格,而后一首分行排列为:

> 天上风吹云破,
> 月照我们两个。
> 问你去年时,
> 为甚闭门深躲?
> "谁躲?谁躲?
> 那是去年的我!"

这表明胡适有意识地将词体改造成自由体诗歌。旧作新作并列,除形式上的对比之外,内容上也呈现出很大的变化:诗中女主人公从闭门深躲到大胆俏皮地回答今非昔比,表现出大家闺秀刚刚冲破封建枷锁获得爱情自由后的喜悦心情,显然比前两首更具有反抗礼教和个性解放的色彩。

词曲的破格律化尝试,一方面包括直接对某一个词体进行"放脚",另一方面还包括采用某个词体的节奏或综合几个词体进行"放脚"。《小诗》:"也想不相思,可免相思苦。几次细思量,情愿相思苦!"用《生查子》词调,在句中尝试双声叠韵,第二句第二字"免"与第四句第二字"愿"押韵,第三句四字都是"齐齿音",产生"咬紧牙齿忍痛"之感,增强诗歌感染力。这番尝试还引来胡怀琛的改诗事件及诸人关于韵的讨论。胡适论述自己第二编里的诗"最初爱用词曲的音节",所举之例为《鸽子》《新婚杂诗》(二)(五)、《四月二十五夜》《十二月一日奔丧到家》《送叔永回四川》等,实际上这些都是采用词曲的节奏进行改良。《鸽子》的最后一句"忽地里,翻身映日,白羽衬青天,十分鲜丽!"《四月二十五夜》的最后一句"怕明朝,云密遮天,风狂打屋,何处能寻你!"均为"'三字逗加四字逗加五字逗'的扩张"①。胡适自己曾说,《送叔永回四川》的第二段"你还记得,我们暂别又相逢,正是赫贞旦春好?/记得江楼同远眺,云影渡江来,惊起江头鸥鸟?/记得江边石上,同坐看潮回,浪声遮断人笑?/记得那回同访友,日冷风横,林里陪他听松啸!""这四长句用的是四种词调里的句法"②。《十二月一日奔丧到家》的前半首,是"半阕添字的《沁园春》"。再比如《新婚杂诗》(二):

回首‖十四年前,　　　　　　　　　　——二字下领四字③
初春冷雨,
中村箫鼓,
有个人来看女婿。
匆匆别后便‖轻将|爱女|相许。　　　　　　　——一字逗
只恨我‖十年作家,归来迟暮,　　——三字下领两个四字句④
到如今,待‖双双|登堂|拜母,　　　　　　　　——一字逗⑤
只剩得‖荒草新坟,斜阳凄楚!　　——三字下领两个四字句
最伤心,不堪重听,灯前人诉,阿母临终语!
　　　　　　　　　　——"三字逗加四字逗加五字逗"的扩张⑥

这首诗并非直接对某个词体进行破格律化尝试,也没有综合几个词体进行"放脚",但其平仄、押韵都带有很深的词调烙印,其散文化的句式节奏是从慢词句式转换而来。

---

① 康林:《尝试集的艺术史价值》,《文学评论》1990年第4期。
② 胡适:《谈新诗》,姜义华主编:《胡适学术文集·新文学运动》,中华书局1993年版,第391页。
③ 如张耒《风流子·木叶亭皋下》中"空恨碧云离合,青鸟浮沉";史达祖《寿楼春·载春衫寻芳》中"最恨湘云人散,楚兰魂伤";张孝祥《雨中花慢》中"认得兰皋琼佩,水馆冰绡"。
④ 如苏轼《雨中花慢·邃院重帘何处》中"谁信道,些儿恩爱,无限凄凉";吴文英《高阳台修竹凝妆》中"自消凝,能几花前,顿老相如""莫重来,吹尽香绵,泪满平芜";王沂孙《高阳台·和周草窗寄越中诸友韵》中"但凄然,满树幽香,满地横斜""更消他,几度东风,几度飞花"。
⑤ 一字逗是词体句式的显著特点,一般指五字句,上一下四,把五字句分解为第一个字单独念,后四个字连起来念,这样,第一个字就是一字逗,而且必须用去声字领格。如周邦彦《忆旧游·记愁横浅黛》中"记愁横浅黛,泪洗红铅,门掩秋宵""渐暗竹敲凉,疏萤照晓,两地魂销"等句;胡适《沁园春·誓诗》中"任花开也好,花飞也好,月圆好,日落何悲""要前空千古,下开百世,收他臭腐,还我神奇"等句。
⑥ 如李清照《满庭芳·小阁藏春》中"难言处,良窗淡月,疏影尚风流";秦观《满庭芳·山抹微云》中"伤情处,高城望断,灯火已黄昏";胡适《满庭芳》中"频相见,微风晚日,指点过湖堤"。

第四节　白话新体的诞生与实际创作的取舍面貌

为了呈现进化过程,胡适以时间为基点编选《尝试集》,以1917年9月到北京以前的诗为第一编,以后的诗为第二编。从第一编到第二编的转变是《百字令》和《一念》二首。前者为词体的破格律化"放脚"尝试,后者为长短句式不齐的白话诗。胡适自己也说:"我在美洲做的《尝试集》,实在不过是能勉强实行了《文学改良刍议》里面的八个条件;实在不过是一些刷洗过的旧诗! 这些诗的大缺点就是仍旧用五言七言的句法。句法太整齐了,就不合语言的自然,不能不有截长补短的毛病,不能不时时牺牲白话的字和白话的文法,来牵就五七言的句法。"所以胡适才明确地意识到"诗体的大解放","非做长短不一的白话诗不可"。① 胡适将其白话作诗的实地试验阐释为:"做五言诗,做七言诗,做严格的词,做极不整齐的长短句;做有韵诗,做无韵诗,做种种音节上的试验",从"很接近旧诗的诗变到很自由的新诗"②,这个变化过程正是胡适编选《尝试集》所着意展现的。

前文已经具体讨论了胡适在第一编中主要通过五七言古诗和词曲体的破格律化来进行"放脚"的尝试,第二编的诗作已经全然是长短不齐的白话诗。但其中也包含有两个阶段,在《关不住了!》之前,从《一念》到《十二月一日奔丧到家》,虽句式已经长短不齐,但多还是保留着古诗词的味道。从译诗《关不住了!》之后,《尝试集》才真正走向了诗体解放之后形成的新诗体。

查第二编中的诗作,虽然其句式已经长短不齐,但很多诗作读起来仍然是靠旧有词调的味道来体现诗质。胡适自己说"虽然打破了五言七言的整齐句法,虽然改成长短不整齐的句子,但是初做的几首,如《一念》、《鸽子》、《新婚杂诗》、《四月二十五夜》,都还脱不了词曲的气味与声调","就是七年十二月的《奔丧到家》诗的前半首,还只是半阕添字的《沁园春》词"。所以胡适将这个时期称作"自由变化的词调时期"。③ 因此这个时期所作长短不齐的诗,虽然从形式上看不再是古诗词的"放脚",但也还只能称为"杂言",其骨子里仍然是传统的诗词味道。又如《送叔永回四川》这首诗,胡适在再版序中曾指出其结尾三句乃词调变换而来,尽管在《谈新诗》中,胡适认为其中诗句"这回久别再相逢,便又送你归去,未免太匆匆!/多亏得天意多留你两日,使我做得诗成相送。/万一这首诗赶得上远行人,/多替我说声'老任珍

---

① 胡适:《〈尝试集〉自序》,《胡适文集》(3),人民文学出版社1998年版,第126—127页。
② 同上书,第129页。
③ 胡适:《尝试集·再版自序》,《胡适文集》(3),人民文学出版社1998年版,第153页。

重珍重!'""这一段便是纯粹新体诗",但与前一节用几种词调转化而来的诗句合在一起,显得新旧杂糅,最终未消旧词意味。再如《人力车夫》虽然句式长短不齐,但读起来简直就是古乐府的现代翻版。细读其中诗句,发现这种"散文化"的节奏实际上掺和着大量的古诗"齐言"节奏:

> "<u>车子! 车子!</u>"<u>车来</u>|<u>如飞</u>。
> <u>客看</u>|<u>车夫</u>,忽然心中酸悲。
> <u>客问</u>|<u>车夫</u>,"你今年几岁? 拉车拉了多少时?"
> <u>车夫</u>|<u>答客</u>:"今年|<u>十六</u>,拉过三年车了,你老别多疑。"
> <u>客告</u>|<u>车夫</u>,"你年纪太小,我不坐你车,<u>我坐</u>|<u>你车</u>,<u>我心</u>|<u>惨凄</u>。"
> <u>车夫</u>|<u>告客</u>,"我半日没有生意,我又寒又饥。
> 你老的好心肠,饱不了我的饿肚皮,
> 我年纪小拉车,警察还不管,你老又是谁?"……

全诗共二十四句诗行,用四言古诗节奏的一共有十句,其他虽是散文句式,但由于句末又有"飞""悲""谁","时""疑""凄""饥""皮"两组交替押韵,使整首诗读起来回荡的仍然是古乐府的旋律与节奏。第二编前期颇令胡适满意的是《老鸦》和译诗《老洛伯》。前者可视为胡适心灵的自画像,通过描写不被人喜欢的乌鸦来刻画自己不识时务、与众不同却坚持自我个性的精神,虽然"天寒可紧,无枝可栖"这样的诗句"完全是两句古文","不能凑起来算作一行新诗",另除了第七行的"飞"字,其余七行都有协韵[①],但按胡适对新诗规范性的想象,此诗是其"用抽象的题目用具体的写法"的典范之例;后者是译诗,借一村妇口气表现下层女子的生活情感。

从这两首诗开始,到了《关不住了!》,以及《一颗星儿》《威权》《一颗遭劫的星》等,《尝试集》第二编已经开始出现现代汉语诗歌的雏形,后来增订四版中的诗作则是其延伸。在新发现的《尝试集》第二编自序中,胡适专门提到,此编与第一编最大的不同之处全在"诗体更自由了",这种诗体的自由,胡适也称其为"诗体的释放",即在其他论著中所言"诗体的大解放"。他指出诗体有四个部分:一是"用的字",二是"用的文法",三是"句子的长短",四是"音节"(音节包括"韵"与"音调"等)。第一编只做到了第一、二两层的一部分,胡适反省其不能不夹用文言的字与文言的文法正是因为没有做到第三步的"释放",所以他认识到:"要做到第一第二两层,非从第三层下手不

[①] 朱湘:《尝试集》,方铭主编:《朱湘全集》(散文卷),安徽文艺出版社2017年版,第172页。

可."所以第二编差不多全是长短不齐的句子,这是其所追求的"诗体大释放",只有达到这种释放,诗体才会更自由,达意表情才可能更加曲折如意。①将一切束缚自由的枷锁打破,有什么话说什么话,使诗的形式与白话的文法、自然的音节达成很好的统一,才能结出尝试的胜利果实。

从1917年9月,即第二编的起始之作开始算起,至《尝试集》四版,胡适共创作80首诗作(含4首译作),入选《尝试集》共52首。未选之作前文已列出,除已经论述过的古体诗《游明末遗臣采薇子墓》《戏寄叔永莎菲》《贺叔永莎菲生女》《游安庆诗七首》外,其余12首均为长短不齐的白话自由诗。分别为《胡说》(1918年2月)、《除夕》(1918年2月)、《戏孟和》(1918年4月)、《一涵!》(1919年4月)、《三年了》(1920年)、《五月二十三夜自西城回新屋》(1920年5月23日)、《戏代慰慈》(1920年6月23日)、《失望》(1920年11月6日)、《寿诗》(1920年12月)、《一个哲学家》(1921年7月16日)、《临行赠蜷庐主人》(1921年9月7日)、《小刀歌》(1921年11月6日)、《题学衡》(1922年2月4日)。

《除夕》这首诗原载于《新青年》1918年第4卷第3号。我们知道,《新青年》停刊四个月后于1918年1月15日出版第4卷第1号,此期开始推出诗专栏,发表9首诗歌,作者为胡适、沈尹默、刘半农,其中胡适与沈尹默的《鸽子》《人力车夫》乃同题诗;第4卷第2号发表6首诗,作者仍为此三位,其中有胡适的《老鸦》;第4卷第3号发表胡适、沈尹默、刘半农、陈独秀四首同题诗《除夕》。后来有学者将《新青年》推出诗栏目这一事件作为"白话自由诗"集体出场的标志,并认为是以新式白话写作的开端。② 这首《除夕》当是以"新式白话"写作的代表:"除夕过了六七日,/忽然有人来讨除夕诗!/除夕'一去不复返',/如今回想未免已太迟!/那天孟和请我吃年饭,/记不清楚几只碗,/但记海参银鱼下饺子,/听说这是北方的习惯。/饭后浓茶水果助谈天,/天津梨子真新鲜!/吾乡雪梨岂不好,/比起他来不值钱!/若问谈的什么事,/这个更不容易记。/象是易卜生和白里欧,/这本戏和那本戏。/吃完梨子喝完茶,/夜深风冷独回家,/回家写了一封除夕信,/预备明天寄与'他'!"用半带戏谑半带思索的笔墨叙写除夕吃年夜饭的情景,纯粹的白话近于流水账,似无太多深意。诗人看到天津的雪梨价昂于市,在京城人家充作时鲜佳品,由此想到家乡安徽的雪梨还在闭塞的乡村贱卖,至于谈话内容,则记得不清楚。喜庆与乡愁相杂,诗风轻松活泼,语言俗白晓畅,整首诗用

---

① 胡适:《〈尝试集〉第二编自序》,《现代中文学刊》2011年第6期。
② 参见刘纳:《新文学何以为"新"——兼谈新文学的开端》,《中国现代文学研究丛刊》2012年第5期。

"i""an""ian""a"四韵交替,读起来颇有打油诗味道,而句式又不像打油诗那样整齐,可以说是对打油诗进行长短句化的尝试。其实几首同题诗都有类似特点,如刘半农所作组诗之一:"除夕是寻常事,做诗为什么?/不当他除夕,当他平常日子过。/这天我在绍兴县馆,馆里大树甚多。/风来树动声,如大海生波,/静听风声,把长夜消磨。"可见这种尝试在当时是为读者所接受的。但此诗在《尝试集》的编选中却未入选,想是因为胡适在编选过程中,除了尽力展现"放脚"尝试的进化过程,内容也成为入选的标准之一。在内容上,这几首诗,因为语言的日常白话性所带来的内容的日常生活化,是七八十年后"第三代"诗歌的美学追求,但它与"五四"这个大时代精神所提倡的"须言之有物"(在"八不主义"中被列为第一条,可见胡适对其重视程度)的精神是不协调的。这所谓的"须言之有物"在那个时候应该是高远之思、真挚之情,这是救文弊的重要两点。类似的还有作于同期的《胡说》:"可怜陆士衡,/作诗爱拟古!/更怜现在的诗人,/作诗要'拟陆士衡拟古'!/不知最古的诗人,/作诗是'拟古'呢? 还是'拟古人拟古'?"拟古是胡适一大忌讳,"八不主义"第二条便是"不摹仿古人",此诗乃胡适读到"北京中华新报艺林门有'拟陆士衡拟古'及'拟江文通拟古'"之诗所戏作,调侃戏谑之意很浓,语言白话,句式也很自由,但最终未入选,亦可见胡适在编选时对新诗发展走向的思考中,并未考虑打油诗的长短句化这条路径。直到 1922 年 2 月,胡适正着手《尝试集》四版的增订,于撰写四版自序前一个月,还作有《题〈学衡〉》:"老梅说:/'《学衡》出来了,/老胡怕不怕?'/老胡没有看见什么《学衡》,/只看见了一本《学骂》!"以调侃语气批评《学衡》杂志主旨偏离"衡"而有失偏激。胡适在当天日记中写道:"东南大学梅迪生等出的《学衡》,几乎是攻击我的。出版之后,《中华新报》(上海)有赞成的论调,《时事新报》有谩骂的批评,多无价值。"①胡适抄录式芬《评〈尝试集匡谬〉》,并指出"末段尤不错",最后写道:"我在南京时,曾戏作一首打油诗题《学衡》。"原稿在"《学衡》出来了,老胡怕不怕?"一句旁边有括号注明"迪生同叔永如此"。② 胡适的调侃与戏谑乃表明自己并未把《学衡》的攻击与谩骂放在眼中,尽显其自信及一贯幽默诙谐的作风。但此诗未能入选,大约一方面因其乃私人纷争,即便如此轻松地回敬对方,终显得不甚宽容;另一方面更因胡适将其界定为"打油诗"的缘故。

除了排斥打油诗的长短句化尝试之作,胡适编选时也还考虑到诗美或内容方面的标准。虽然此期作品已经几乎实现诗体的解放,但并非所有足够解

---

① 胡适:《胡适日记全编》,曹伯言整理,安徽教育出版社 2001 年版,第 546 页。
② 同上书,第 549 页。

放的作品都能入选。如《戏孟和》这首诗,原发表于《新青年》第 5 卷第 1 号,戏仿两个人的对话,然后加入诗人的议论:"这个说,'我出了好几次'险',不料如今又碰着你。'/那个说,'我看你今番有点难躲避。'/这个说,'我这回就冒天大的险,也甘心愿意。'/我笑你俩儿不通情理,/就有了十分欢喜,若不带一分儿险,还有什么趣味?"根据新发现的第二编初稿本,最初选诗时,胡适是选入了《丁巳除夕》和《戏孟和》的,初稿本用黑笔或红笔圈去的诗作中就有此两首诗。① 胡适大笔一挥删掉这首本打算入选的诗作,想必正是因其虽然很好地实现了"诗体的大解放",但实在是"作文"而非"作诗"。《一涵!》原发表在《新青年》1919 年第 6 卷第 4 号上:"一涵!/月亮正在你的房子上,/正照在我的窗子上。/你想我如何能读书,/如何能把我的心关在这几张纸上!"短短几句借月怀人,抒发对朋友的牵挂与思念。1920 年 3 月《尝试集》出版至 1920 年 10 月再版,中间半年时间,胡适称半年来作诗很少,选了 6 首加入再版②,这未选的有 4 首,大抵都是一些表达个人情怀的作品。如《三年了》表达病中的无奈之情:"三年了!/究竟做了些什么事体?/空惹得一身病,/添了几岁年纪!"略露哀伤之色,显出悲观情绪。查 1921 年 7 月 8 日的日记,胡适称:"去年我病中曾有《三年了》诗,只成前几节。"又说:"我想我这两年的成绩,远不如前二年的十分之一,真可惭愧!"③想必这是其一贯乐观进取形象之外不为人知的一面,如果选入,似有无病呻吟之嫌,与诗集的整体精神面貌不符。《五月二十三夜自西城回新屋》《戏代慰慈作》《寿诗》内容上或为表现生活场景,或为表达内心隐秘的感情,或为朋友之父祝寿,与《尝试集》表现个性解放、积极进取精神、歌颂劳工神圣等思想比起来,过于个人化。如《戏代慰慈作》这首诗:"究竟爱情是什么?/我有生以来,不曾经过。/但是这几天来,/这个我好像已不是从前的我:/睡也不能好好的睡,/坐也不能好好的坐:/也不像是醉,/也不像是懒惰:——/只是我这心头,好像新添了人儿一个。——/难道这就是爱情了么?"这是初次经历爱情体验的独白,虽是戏为朋友所作,但将那种初遇爱情的懵懂、怀疑、不安与甜蜜曲折的情感表达得非常真切动人。《临行赠蜷庐主人》是寄赠友人之作。全篇以"我"为叙述主体,从否定陶渊明的"结庐在人境"一诗开始,自来到蜷庐,"我"的见解改变了,主人在此"凿池造山,栽花种竹",三年不出园子,"把聪明用在他的园子上","把寂寞寄在古琴的弦上"。诗人因此觉得打破了园中的幽静,但几天的大雨洗净了园子,诗人感到欣慰,离开之后,"满身又是北京

---

① 参见陈子善:《新发现的胡适〈尝试集〉第二编自序》,《东方早报》2011 年 12 月 18 日。
② 胡适:《尝试集·再版自序》,《胡适文集》(3),人民文学出版社 1998 年版,第 161 页。
③ 胡适:《胡适日记全篇》,曹伯言整理,安徽教育出版社 2001 年版,第 364 页。

的尘土了",与蜷庐的洁净形成对比,略露失落之色。诗歌写出诗人心理的转变,表达出对静隐生活的片刻陶醉与向往,但诗人毕竟不是耐得住寂寞之人,他无心于政治,却一直与政治有不解之缘,因此诗作也表现出诗人心中的矛盾。

《尝试集》入选的诗作在内容上多表现反抗封建礼教,颂扬人的价值与尊严的时代精神,即使表现个人情感,也多涉及的是个性解放、追求自由的主题。那些与旧式个人情怀区别不大的诗作,创作时间也大多是在《关不住了!》之后,其诗体上虽然已经得到完全的解放,但因游离于时代主流强音而在编选时被舍弃。

《尝试集》的编选存在着刻意的人为性,这种人为性为我们清晰地呈现了胡适"放脚"的进化过程,这个过程其实并非胡适整体创作的真实反映。从《去国集》到《尝试集》,胡适似乎有意要形成一个鲜明的死文学/活文学的对照。但不能疏忽的是,《去国集》本身作为一个附录附在《尝试集》之后,说明《尝试集》是一个自足的完整的建构过程。从前文的分析可以看到,《去国集》的编选本身也呈现了一个不断"放脚"尝试的过程,只不过,胡适是在有限的所谓"死文学"的内部刻意建构一个渐渐进化的过程。不能忽视的是,作为"《去国集》的尾声""《尝试集》的先声"的《沁园春·誓诗》,其解放程度并不亚于《尝试集》第一编中的某些诗作,然而,它虽然成为一首衔接历史环节的诗作,但经由这首诗衔接的《去国集》到《尝试集》并未形成连贯的历史延续性。细心的读者不难发现,《尝试集》第一编的一些诗作相对《去国集》后期的诗作,一定程度上走了回头路,连胡适本人似乎也有所意识,在再版自序中曾提到第一编作到后来的《朋友篇》"检直又可以进《去国集》了"。其实,并不是胡适在走回头路,而是胡适在实际创作中并没有清晰地呈现出进化过程,到了编选时才有了这种意识。所以,他在《尝试集》里建构了这样一个进化过程之后,在《去国集》里又同样建构了一个类似的进化过程,两个过程之间形成了裂隙,而这个裂隙是一种逻辑环节上的破绽,这个破绽正好反映了胡适编选过程中人为建构进化过程的动机。

第五节 新诗起点建构的另外几种讲述与文学史的接受

论及新诗的起点,晚出一年的郭沫若的《女神》对《尝试集》最具有挑战性。郭沫若告诉我们,在胡适尝试白话作诗之际,远在日本国的自己,也创作出了新诗,并且是比胡适更具"新"诗诗质。

正因为自己晚出于胡适而心存"影响的焦虑",在回顾创作新诗的过程时,郭沫若刻意屏蔽了胡适的存在。在《我的作诗的经过》中,郭沫若强调的是欧美诗歌对他的熏陶或是爱情对其创作的影响。比如,他回忆1913年读到美国诗人朗费洛的《箭与歌》时悟出"诗歌的真实的精神",在日本东京留学期间接触泰戈尔诗歌后的欢悦,到1916年因与安娜相恋后萌生"作诗的欲望",特别举出脍炙人口的《新月与白云》《死的诱惑》《别离》《维奴司》等诗,"都是先先后后为她而作"。① 我们且看以下这段详细的描述:

> 民八以前我的诗,乃至任何文字,除抄示给几位亲密的朋友之外,从来没有发表过。当时胡适们在《新青年》上已经在提倡白话诗并在发表他们的尝试,但我因为处在日本的乡下,虽然听得他们的风声却不曾拜读他们的大作。《新青年》杂志和我见面是在民九回上海以后。我第一次看见的白话诗是康白情的《送许德珩赴欧洲》(题名大意如此),是民八的九月在《时事新报》的《学灯》栏上看见的。那诗真真正正是白话,是分行写出的白话,其中有"我们喊了出来,我们做得出去"那样的辞句,我看了也委实吃了一惊。那样就是白话诗吗?我在心里怀疑着,但这怀疑却唤起了我的胆量。我便把我的旧作抄了两首寄去,一首就是《鹭鸶》,一首是《抱和儿在博多湾海浴》(此诗《女神》中似有,《诗集》中未收)。那时的《学灯》的编辑是郭绍虞,我本不认识,但我的诗寄去不久便发表了出来。第一次看见了自己的作品印成铅字,真是有说不出来的高兴。于是我的胆量也就愈见增大了,我把已成的诗和新得的诗都络续寄去,寄去的大多登载了出来,这不用说更增进了我的作诗的兴会。②

郭沫若在此强调"民八"(1919)以前的诗作的"潜写作"状态,特别指出"胡适们"在《新青年》上提倡白话诗并发表诗作,自己"因为在日本的乡下",不曾读过他们的作品。在此,他刻意撇清自己的创作与"胡适们"提倡白话诗的关系,为的正是强调自己的创作是与国内的新文化运动没有任何关系的一脉。当他终于在国内报刊上发表诗作而与胡适的白话诗运动发生了关联的时候,再次区隔自己与"胡适们"的关系,其策略是详细讲述自己如何读到康白情(而不是胡适,虽然我们有理由相信,当时最为读者所见的,当属白话诗领袖胡适无疑)的诗作,并且表示自己"委实吃了一惊",怀疑"那就是白话诗吗",正是这种"怀疑"唤起了他的"胆量",将"旧作"抄了两首寄去。这里,郭

---

① 郭沫若:《我的作诗的经过》,《郭沫若全集》(第16卷),人民文学出版社1982年版,第211—213页。
② 同上书,第214—215页。

沫若强调是自己的"旧作"与康白情(而非胡适)的偶然一致性,其目的还是要让自己的创作在来源上与国内的白话诗运动(显然特指胡适)保持距离。这是郭沫若确立其新诗起点的策略。

我们再继续阅读《我的作诗的经过》便会发现,郭沫若确立其新诗起点的第二步策略,便是强调自己创作的"天才性"。回忆创作《地球,我的母亲》一诗,他讲述自己在"民八"(1919)学校放年假时,上午到图书馆看书,"突然受到了诗兴的袭击",便跑出馆,在僻静的石子路上,"赤着脚踱来踱去,时而又率性倒在路上睡着,想真切地和'地球母亲'亲昵,去感触她的皮肤,受她的拥抱",他强调自己的"发狂""迫切"与"新生",这些临时性的、突发性的诗兴来袭从而无法阻止的狂热的创作,与胡适讲述自己如何在旧诗中进行"放脚"的尝试而产生的那些带着"血腥气"的半新不旧诗作的创作故事有着分明的不同。再看更著名的《凤凰涅槃》的创作过程:

> 那首长诗是在一天之中分成两个时期写出来的。上半天在学校的课堂里听讲的时候,突然有诗意袭来,便在抄本上东鳞西爪地写出了那诗的前半。在晚上行将就寝的时候,诗的后半的意趣又袭来了,伏在枕上用着铅笔只是火速的写,全身都有点作寒作冷,连牙关都在打战。就那样把那首奇怪的诗也写了出来。那诗是在象征着中国的再生,同时也是我自己的再生。诗语的定型反复,是受着华格讷歌剧的影响,是在企图着诗歌的音乐化,但由精神病理学的立场上看来,那明白地是表现着一种神经性的发作。那种发作大约也就是所谓"灵感"(inspiration)吧?①

对这首诗的讲述更为夸张。"突然""诗意""袭来""东鳞西爪""火速""作寒作冷""牙关都在打战""神经性的发作""灵感",这些是我们在胡适的自我阐述中从未见到过的词汇。更重要的是,郭沫若所反复强调的所谓"天才性"才会具有的种种表现,是受到"华格讷歌剧"的影响,它"象征着中国的再生"。显然,此处的"中国的再生"便是中国新诗起点的另一种讲述。这种讲述与胡适的讲述完全不同。郭沫若大肆渲染自己"天才性"的创作,强调"灵感"的作用,显示西方诗歌的影响,诸如此类,与胡适强调在传统诗歌中进行"放脚"的尝试殊然相异。

值得注意的是,在胡适的《尝试集》里,新诗的起点是一个过程,这个过

---

① 郭沫若:《我的作诗的经过》,《郭沫若全集》(第 16 卷),人民文学出版社 1982 年版,第 217 页。

程是由时间展开的。其过程的完成时点,是旧的束缚的挣脱和从西方诗歌的汉译获得灵感。郭沫若讲述的"天才"创作不能控制的爆发状态,把没有旧的束缚的"自由"的诗渲染到极致,并"定型"于西方"华格讷歌剧"的形式因素,不需要时间过程的"完成"却胜于胡适的时间过程的完成从而一定程度地弥补了时间滞后的缺陷。这就构成了中国新诗起点上另一"异军突起"之浪漫主义。

在发表上明显迟胡适一步,面对这说远不远的一步而不甘屈居追随者的身份,郭沫若也想将自己的创作讲述成新诗的历史起点。这时候只能通过破除胡适借助编选《尝试集》以垄断新诗起点的意图,提示新诗起点的多元性。就此而言,郭沫若的新诗起点故事讲得也很成功。

同样是在《尝试集》出版一年后,以《尝试集批评与讨论》为后世所知的胡怀琛出版了《大江集》,并冠以"模范的白话诗"之名:这个历史事件,在今天看来,早已湮没无声。"模范的白话诗"这种命名,意味着作者试与胡适的"尝试"及其所宣称的"'新诗'成立的纪元"比高下。胡怀琛为何在《尝试集》已广为普及时,在新文化派集中的场域里,响当当地甩出这么一本"重磅炸弹"式的诗集刺激人眼球——当然,在我们所熟知的知识结构中,这本诗集显然没能在当时带来任何影响,新文化派也应该是以蔑视乃至无视的态度待之。但胡怀琛有自己的新诗主张,所以他在新诗的起点问题上,不与胡适争先后,更没有郭沫若要摆脱的"影响的焦虑",他要争的是正统性。"模范"是表率的意思。这对胡怀琛来说,不是大言不惭,而是诗性正义。他通过《大江集》要"表"的是白话诗的中国文学本位之"率"。站在今天反思过去新诗发生的多种可能性时,我们认为,"模范的白话诗"是胡怀琛试图在新诗的起点上建构另一种可能性的努力。时势能造英雄,也能灭英雄。胡怀琛想做新诗英雄,但时势没给他这个机会。

讲述新诗起点故事而未造成影响者,还有其他人。一位在当下更不为人所知的凌独见,通过自己的《新著国语文学史》(商务印书馆1923年版),夹带"私货"地讲述了自己在新诗起源上的"贡献"。他在该著中论述新诗的成立过程时指出,1917年在《新青年》上发表的8首白话诗,其中胡适的《朋友》《他》《江上》,"有些人说:是新体诗的鼻祖,这话我不敢附和。这种白话诗,我在民国三年,就见过",举出所见之《骂狗》《无题》《送穷》诸诗(1914),并将自己于1915年所作之比较"卑劣"的"白话诗"《狂风》《城站酒家》——列出。① 虽然凌氏并未否定胡适在新诗上的成就,但他通过在文学史书写中展

---

① 凌独见:《新著国语文学史》,商务印书馆1923年版,第333—334页。

示先于胡适所作的诗歌来消解胡适"新体诗的鼻祖"地位,为新诗起点建立一种"模糊说",并将自己"模糊"到这个故事中去。凌独见的讲述在当时虽未获得认可,但于今回看,我们可以寻绎出当初新诗起点的复杂生态。

综观百年中国文学史著作,无论对胡适是臧是否,起笔多会从《尝试集》开始。在大多数时期,文学史著作认可胡适通过《尝试集》所讲述的新诗起点;但1940年代,尤其是1950—1970年代,《女神》取代《尝试集》成为新诗的起点。

新诗初创期,最早的文学史著作除胡适的《国语文学史》之外,还有前文所述凌独见的《新著国语文学史》,凌氏主观上想在新诗起源上呈现自己的"贡献",但客观上又不得不承认胡适讲述的新诗起点故事在社会上引起的广泛效应。早期文学史著作如胡毓寰的《中国文学源流》(商务印书馆1925年版)和赵祖抃的《中国文学沿革一瞥》(光华书局1928年版),编纂者并非新文化派,但在叙述新文学时,都认可《尝试集》之于新诗的首创之功。前者说胡适提倡以白话为诗,摆脱旧诗之一切格律,字句可随意长短,颇有西洋诗之风,"中国文学至此发生空前之一大革变矣"①。后者写道,"至绩溪胡氏,高唱文学革命,标八不主义以冶'国语'、'文学'为一炉'"②,"至白话诗亦有继《尝试集》而夥然出者"③。这些非新文化派的文学史书写者,在述及新文学运动,尤其是新诗起点时,都采纳胡适编选《尝试集》所讲述的新诗起点故事。1920年代比较详细叙说新文学的文学史著作如谭正璧的《中国文学史大纲》(泰东图书局1925年版),在其著作中称"新诗的成立",是胡适的"功绩"④。赵景深在《中国文学小史》(光华书局1928年版)中对早期诗歌进行分期时认为:"最早的是未脱旧诗词气息的,所谓缠足妇人放大的脚。开始作此者是胡适的《尝试集》……"⑤1930年代后,陈炳堃(子展)的《最近三十年中国文学史》(太平洋书店1930年版)、朱自清的《中国新文学大系·诗集·导言》(良友图书印刷公司1935年版)、杨荫深的《中国文学史大纲》(商务印书馆1947年版)等著作,都从胡适建构的新诗起点开始起笔,认可其"是第一个'尝试'新诗的人"⑥,认为《尝试集》"与人以放胆创造的勇气"⑦,"在中国文学史上开一新纪元"⑧。肯定《尝试集》为新诗起点的看法在1949年

---

① 胡毓寰:《中国文学源流》,商务印书馆1925年版,第330—331页。
② 赵祖抃:《中国文学沿革一瞥》,光华书局1928年版,第124页。
③ 同上书,第125页。
④ 谭正璧:《中国文学史大纲》,泰东图书局1925年版,第150页。
⑤ 赵景深:《中国文学小史》,光华书局1928年版,第212页。
⑥ 朱自清:《中国新文学大系·诗集·导言》,良友图书印刷公司1935年版,第1页。
⑦ 陈炳堃:《最近三十年中国文学史》,太平洋书店1930年版,第227页。
⑧ 杨荫深:《中国文学史大纲》,商务印书馆1947年版,第572页。

以前有着较多的一致性。

在肯定《尝试集》的起点时,诸文学史著作对其文学价值并不是一致认可,较多的看法为:"《尝试集》的真价值,不在建立新诗轨范,不在与人以陶醉于其欣赏的快感,而在与人以放胆创造的勇气。"①如谭正璧在很早就认为《尝试集》"对于诗的革命虽然成功了,然而他本身的文学的价值,一时颇难断定"②。1949 年以前的各种文学史著作,一方面肯定《尝试集》之于新诗起点的意义,一方面否定其文学价值,成为一种较为普遍的现象。

若论文学价值,比《尝试集》晚一年出版的《女神》,则更为文学史家所接受。其接受有两种情况。一种认为郭沫若是新诗"西化"的起点。他们一般将之与徐志摩相提并论,认为他们的诗作"或沾东化,或被欧风"③,《女神》"略开端绪"④"算是先导"⑤。朱自清在《中国新文学大系·诗集·导言》中将新诗分类为"自由诗派""格律诗派""象征诗派"时,无法将《女神》放入合适的位置,因而称郭沫若是"异军突起",也是由于其"西化"异端的独特性所致。另一种情形则是想推翻《尝试集》的起点地位,以《女神》为新诗起点。1928 年钱杏邨首次提出:"《女神》是中国诗坛上仅有的一部诗集,也是中国新诗坛上最先的一部诗集。"⑥周扬在 1941 年中共南方局策划的声势浩大的"郭沫若五十寿辰暨创作生活二十五周年"纪念活动中,写下了《郭沫若和他的〈女神〉》,称《女神》是"第一部伟大新诗集",是"号角""战鼓","在诗的魄力和独创性上讲,他简直是卓然独步的"。⑦ 显然,周扬是从文学价值的角度称赞《女神》的伟大性,"号角""战鼓"这些词汇正与《女神》的精神一致。但这还只是批评家对《女神》之为新诗起点的观点,文学史家在批评家的观点的影响下,进入一个游移时期:在《尝试集》的新诗起点叙述与《女神》的新诗价值叙述之间游移。从贺凯的《中国文学史纲要》(新兴文学研究会 1933 年版)到蒲风的《现代中国诗坛》(诗歌出版社 1938 年版)到周扬的《新文学运动史讲义提纲》(1939—1940),这些左翼文学史著作均认为郭沫若因其艺术的价值而成为"成功的诗人""伟大的诗人""形成期的代表人之一"。这些文学史著作虽然还没有改写《尝试集》的起点性质,但对 1949 年以后的文学史改写新诗的起点起到了非常重要的铺垫作用。

---

① 陈炳堃:《最近三十年中国文学史》,太平洋书店 1930 年版,第 227 页。
② 谭正璧:《中国文学史大纲》,泰东图书局 1925 年版,第 151 页。
③ 赵祖抃:《中国文学沿革一瞥》,光华书局 1928 年版,第 124 页。
④ 赵景深:《中国文学小史》,光华书局 1928 年版,第 213 页。
⑤ 陈炳堃:《最近三十年中国文学史》,太平洋书店 1930 年版,第 264 页。
⑥ 钱杏邨:《现代中国文学作家》,泰东书局 1928 年版,第 67 页。
⑦ 周扬:《郭沫若和他的〈女神〉》,《周扬文集》(第 1 卷),人民文学出版社 1984 年版,第 350 页。

就此铺垫作用而言，如果要在新诗起点上以《女神》替代《尝试集》，似乎只需要在新诗起点的鉴别上提高新诗之为新诗的艺术准入标准。但以进化论为基石的现代历史观告诉我们，这样做是反历史理性的。胡适通过编选《尝试集》所讲述的新诗起点故事，以进化论为据，将新诗的起点故事讲述成为一个过程，一个从旧诗的母体逐步挣脱出来而走向自由的白话新诗的过程。在这个过程中，西诗《关不住了!》反归化的汉译成为新诗获取"新"质的一个关键环节，即西化环节。后起的郭沫若虽强调《女神》没有胡适的影响而是直接来源于西诗，也仍然在胡适讲述的新诗起点故事的这个过程中，是这个过程之西化环节的一个"异军突起"。因此，1949年以前的诸种文学史著作在讲述新诗起点时，基本上不认为郭沫若所讲述的浪漫而传奇的"新诗"神话对《尝试集》的新诗起点意义构成否定性力量。

1950—1970年代的文学史著作之所以能够做到全盘以《女神》为新诗的起点，前提是对胡适的政治批判一定程度地屏蔽了胡适的新诗起点过程论，再加上当时社会风行的对革命历史传奇的偏好氛围降低了人们对历史理性的兴趣，使胡适通过《尝试集》编选所讲述的新诗进化论这一现代历史理性变得无足轻重，更加上郭沫若讲述的"天才性"的新诗起点的浪漫主义传奇投合了偏好革命历史传奇的时代口味，这才使得《女神》作为新诗起点的故事无所阻碍地通行起来。

当文学史家将郭沫若讲述的直接源于西诗的《女神》视为新诗的起点，新诗的道路就简化成了一条与中国传统诗词民歌无关的西化之路。这在当时必然招致路向性批评，结果引出了毛泽东对新诗发展路向的根本性否定——"我看中国诗的出路恐怕是两条：第一条是民歌，第二条是古典，这两面都提倡学习，结果要产生一个新诗。现在的新诗不成型，不引人注意，谁去读那个新诗。将来我看是古典同民歌这两个东西结婚，产生第三个东西。"①

其实，毛泽东强调从民歌与古典诗歌中寻求新诗发展出路，恰恰是胡适所讲述的新诗起点过程论之最早的发展环节。胡适通过《尝试集》的编选所讲述的新诗起点之进化过程，如果用黑格尔的螺旋式发展论来解释，新诗起于对传统诗体的革新是从"正"走出，在西化中获取"新"质是"反"，它还要走向"合"，即与传统的融合。这是它所完成的一个螺旋周期。当毛泽东提出他的新诗道路主张时，中国新诗正处于第一个周期之"合"的阶段。

由此可见，以《女神》为新诗起点，存在割裂历史之嫌。但必须说明的是，当毛泽东的上述新诗发展论成为当时最具权威的论断时，就将被割裂的

---

① 毛泽东：《在成都会议上的讲话提纲》，《建国以来毛泽东文稿》（第7册），中央文献出版社1992年版，第124页。

历史强化为"历史",从而巩固了《女神》新诗起点的历史地位。

1980年以来,《尝试集》重回文学史家视野,新诗在以《尝试集》为起点的历史道路上又将走完一个黑格尔式的螺旋周期。由此回望来路,胡适以《尝试集》的编选讲述的新诗起点过程论,其现代历史意识仍然值得重视。

第三章 《尝试集》的版本变迁与白话诗学凝结

《尝试集》单行本由上海亚东图书馆出版，初版于1920年3月，共收诗74首，第一编23首，第二编29首，《去国集》22首；再版于1920年9月，在初版第二编里增加了6首，共收诗80首，第一编23首，第二编35首，《去国集》22首；增订四版出版于1922年10月，将第一编删去8首，将《尝试篇》提出代序，将第二编删去16首，并将《许怡荪》《一笑》移入第三编，《去国集》删去8首，增加1首，共收诗64首，第一编14首，第二编17首，第三编17首，《去国集》15首。这个增订四版成为《尝试集》的最终善本。后来的出版发行情况无从考证，目前笔者能够查阅到的版本，新中国成立前有1923年12月第6版、1925年第7版、1927年10月第9版、1929年第11版、1935年第15版、1940年第16版，均由亚东图书馆出版发行；新中国成立后上海书店1982年、1985年重新影印出版，后来陆续有人民文学出版社1984年、1998年、2000年，台北远流出版事业公司1986年，中国文联出版公司1996年、1998年，浙江文艺出版社1997年，安徽教育出版社1999年、2006年，贵州教育出版社2001年，华夏出版社2009年、2010年等版单行本。《尝试集》的版本如此多，但最为关键的只有初版、再版和增订四版。诗集版本的变化源于诗人的不断修改与增删，版本变迁的过程也是文本最终形成的过程，其间自然与作者诗学观念的变化、文化环境的影响等多种因素相关。《尝试集》为新诗提供了第一个历史样本的同时，其版本变迁也很好地为我们呈现出胡适对自我"尝试者"形象的建构过程，对新诗发展道路的探索过程，以及当时新文化阵营对新文学的共同想象与塑造。

第一节　版本变迁中的改诗与新诗美学标准的建立

从零星发表诗作到结集，胡适对诗作进行过反复的修改，迄今为止，这个现象未引起足够的重视。其实，从《新青年》第2卷第6号发表《白话诗八首》、第3卷第4号发表《白话词四首》，以及第4卷第1号诗专栏开始发表诗作时,胡适虽已与朋友打过笔墨官司,下定决心攻克诗歌堡垒并付诸实践,但在创作白话诗时,胡适心中唯一的念头是如何将诗歌从文言诗词中解放出来,成为真正意义上的白话新诗,所以其意旨在"解放"、在如何挣脱与传统联结的脐带。而在《尝试集》成集及再版、四版的过程中,胡适已经建立起新诗体意识,对于理想新诗的模样已经更加清晰,这时回过头来改诗,已经不再是创作时的"解放"目的,而是要历史地将旧与新区别开来,让新诗在他的这个集子里最终具有全新的质地,这除了要建立新诗的合法性规范,还要建立起新诗的美学标准。再版之时,胡适宣布了"'新诗'成立的纪元"之作,从初版到再版到四版的版本变更过程,能够较清晰地呈现胡适对新诗发展路数日渐明晰的过程。以下采用个案的方式一一论证(《应该》一诗仅在四版时删去序言,未作任何修改,所以不列入以下专门分析)。

《尝试篇》

日记中的原稿	《尝试集》初版	《尝试集》四版
"尝试成功自古无",放翁这话未必是。我今为下一转语:"自古成功在尝试!"请看药圣尝百草,尝了一味又一味。又如名医试灵药,何嫌"六百零六"次?莫想小试便成功,天下无此容易事!有时试到千百回,始知前功尽抛弃。即使如此已无愧,即此失败便足记。告人"此路不通行",可使脚力莫柱费。我生求师二十年,今得"尝试"两个字。作诗做事要如此,今得"尝试"两个字。作诗做事要如此,虽未能到颇有志。作《尝试歌》颂吾师:愿吾师寿千万岁!	"尝试成功自古无",放翁这话未必是。我今为下一转语:"自古成功在尝试!"请看药圣尝百草,尝了一味又一味。又如名医试灵药,何嫌六百零六次?莫想小试便成功,那有这样容易事!有时试到千百回,始知前功尽抛弃。即使如此已无愧,即此失败便足记。告人此路不通行,可使脚力莫柱费。我生求师二十年,今得"尝试"两个字。作诗做事要如此,今得"尝试"两个字。作诗做事要如此,虽未能到颇有志。作《尝试歌》颂吾师:愿大家都来尝试!	"尝试成功自古无",放翁这话未必是。我今为下一转语:"自古成功在尝试!"莫想小试便成功,天下无此容易事!有时试到千百回,始知前功尽抛弃。即使如此已无愧,即此失败便足记。告人此路不通行,可使脚力莫柱费。我生求师二十年,今得"尝试"两个字。作诗做事要如此,今得"尝试"两个字。作诗做事要如此,虽未能到颇有志。作《尝试歌》颂吾师:愿大家都来尝试!

从日记原稿到收入《尝试集》改动有三处:一是将"六百零六次"和"此路不通行"二处的引号删除;二是将"天下无此容易事"改作"那有这样容易事";三是将最后一句"愿吾师寿千万岁"改作"愿大家都来尝试"。如果说日记中的原稿乃率性而作,那么,收入《尝试集》后将其提前到《孔丘》和《蝴蝶》之前,作为"尝试"的起始之篇,则是有意为之,呼应诗集的名字。过去强调贯彻师

意,改后更有起篇"尝试"的呼吁性,明确地表达出胡适"尝试"白话新诗以推动白话文运动的目的。增订四版将之提为代序时去掉序言,改动有两处:一是将原诗分成三节排列;二是删掉中间"请看药圣尝百草,尝了一味又一味。又如名医试灵药,何嫌六百零六次?"四句。分三节排列使得诗的内容表达更加清晰:第一节否定陆游诗句,提出"自古成功在尝试";第二节表达尝试的艰辛,尽管如此,却无怨无悔,因为自己的尝试可以为后来人铺路,表现尝试的精神;第三节总结作《尝试集》的目的。删去的中间四句,用了两处典故,药圣李时珍尝百草乃有《本草纲目》问世,"六百零六"原注注明乃为"花柳病药名","以造此药者经六百零六次试验,始敢行之于世,故名",入集时删去此两处典故,正符合胡适的"八事""不用典"之主张。诗歌的分节分行、标点均引自西方,胡适后来编选《词选》也大胆将传统词体进行分行与标点,这确实表现出一种西方的科学理性精神。此处作为《尝试集》的代序,更是贯彻此种尝试精神的典范。

《百字令》

日记中的原稿	收入《尝试集》
几天风雾,险些儿把月圆时辜负。待得他来,又苦被如许浮云遮住。多谢天风,吹开孤照,万顷银波怒。孤舟带月,海天冲浪西去。遥想天外来时,新洲曾照我故人眉宇。别后相思如此月,绕遍人寰无数。几点疏星,长天清迥,有温衣凉露。凭阑自语,吾乡真在何处?	几天风雾,险些儿把月圆时孤负。待得他来,又还被哪许浮云遮住!多谢天风,吹开明月,万顷银波怒!孤舟载月,海天冲浪西去!念我多少故人,如今都在明月飞来处。别后相思如此月,绕遍地球无数!几颗疏星,长天空阔,有温衣凉露。低头自语:"吾乡真在何许?"

此诗改动主要有:一是将"又苦被如许浮云遮住"改作"又还被哪许浮云遮住";二是将"吹开孤照"改为"吹开明月";三是将"孤舟带月"改为"孤舟载月";四是第二阙首句将"遥想天外来时,新洲曾照我故人眉宇"改作"念我多少故人,如今都在明月飞来处";五是将"绕遍人寰无数"改作"绕遍地球无数";六是将"几点疏星"改作"几颗疏星";七是将"长天清迥"改作"长天空阔";八是将最后一句"凭阑自语,吾乡真在何处?"改作"低头自语:'吾乡真在何许?'"收入集中时,多处修改均为将文言词汇改作更趋向口语的白话。如"孤照"乃一线微弱之光,为旧诗词的陈套语,改作"明月",更加口语化。"孤舟带月"改为"孤舟载月",更有意境。"人寰"即人世之意,改作"地球","绕遍地球无数",乃将科学知识化入诗作,更具现代气息,又更口语化。"几点疏星,长天清迥",改作"几颗疏星,长天空阔","几颗"更显口语色彩,"清

迥"是文言词汇,清明旷远之意,如"钟浮旷之藻质,抱清迥之明心"(鲍照《舞鹤赋》)、"清迥江城月,流光万里同"(张九龄《秋夕望月诗》),都有典型的文言诗性意味,而"空阔"更接近古白话,空远阔大之意,姜夔词云"双桨纯波,一蓑松雨,暮愁渐满空阔"(《庆宫春》),元稹诗云"穆满志空阔,将行九州野"(《八骏图》),改后语句去雅还俗。第二阙首句改动颇大,"遥想天外来时,新洲曾照我故人眉宇"与"念我多少故人,如今都在明月飞来处"相比,都表达思念故人之情,但前者含蓄温婉,后者清浅明白,更符合胡适的文学主张。最后一句表达近乡情更怯之感,胡适归国时曾说:"吾尝谓朋友所在即是吾乡。吾生朋友之多无如此邦矣。今去此吾所自造之乡而归吾父母之邦,此中感情是苦是乐,正难自决耳。"①原稿中"凭阑自语",是古诗词中常见之景,无论是"独自莫凭阑,无限江山"的凄凉落寞,还是"凭阑处、潇潇雨歇"的悲怆慷慨,凭阑远眺常常是思念故国或故乡的陈套语,改为"低头自语",则为白话用语。"吾乡真在何处"原出自陆游词"……重到故乡交旧少。凄凉。却恐他乡胜故乡",胡适在日记中记下:"此即吾'吾乡真在何处'之意。"改为"何许",有意破坏原词的格律,自创隔行押韵。原词第二阙"数""露""处"一路押韵下来,改"处"为"许",则与第一句"宇"间隔押韵。另有四处将"。"改成"!",增强语气,说明胡适特别注重标点符号使用的精准性,这是现代汉语有别于文言的重要精神。

《鸽子》

《新青年》4卷1号、《尝试集》初版	《尝试集》四版
云淡到高, 好一片晚秋天气! 有一群鸽子, 在空中游戏。 看他们三三两两, 　　回环来往, 　　夷犹如意,—— 忽地里,翻身映日,白羽衬青天,鲜明无比!	云淡到高, 好一片晚秋天气! 有一群鸽子, 在空中游戏。 看他们三三两两, 　　回环来往, 　　夷犹如意,—— 忽地里,翻身映日,白羽衬青天,十分鲜丽!

《鸽子》一诗将最后一句"鲜明无比"改作"十分鲜丽",音节显得更加柔和自然。

---

① 胡适:《归国记》,胡适:《胡适留学日记》(下),安徽教育出版社1999年版,第517页。

《人力车夫》

《新青年》第4卷第1号	《尝试集》初版
"车子,车子!" 车来如飞。 客看车夫,忽然中心酸悲。 客问车夫,"你今年几岁?拉车拉了多少时?" 车夫答客,"今年十六,拉过三年车了,你老别多疑。" 客告车夫,"你年纪太小,我不坐你车。我坐你车,我心惨凄。" 车夫告客,"我半日没有生意,我又寒又饥。你老的好心肠,饱不了我的饿肚皮。我年纪小拉车,警察还不管,你老又是谁?" 客人点头上车,说"拉到内务部西!"	"车子,车子!"车来如飞。 客看车夫,忽然中心酸悲。 客问车夫,"你今年几岁?拉车拉了多少时?" 车夫答客,"今年十六,拉过三年车了,你老别多疑。" 客告车夫,"你年纪太小,我不坐你车。我坐你车,我心惨凄。" 车夫告客,"我半日没有生意,我又寒又饥。你老的好心肠,饱不了我的饿肚皮。我年纪小拉车,警察还不管,你老又是谁?"……

收入《尝试集》时删去了最后一句"客人点头上车,说'拉到内务部西'"。改后句式上更加整齐,一二两句,分别是两个四字句:"车子,|车子!"车来|如飞。/客看|车夫,忽然|心中酸悲。"从第三句开始,每行以四字句"客看车夫""客问车夫""车夫答客""客告车夫""车夫告客"开头进行对话,整首诗看上去整饬中又有参差;从内容上看,客与车夫的对话,从客人询问车夫年纪,产生同情,不忍坐车,到小车夫告诉客人半日没有生意,已经又寒又饥,客人的心慈就是对自己的残忍,最后客人上车。改后以小车夫的叙说戛然而止,也并不说明客人是否坐上了车,大约是想留下想象空间,增强辛酸感,并在用韵上配合省略号,给人一种未完成性的结局,以达到对古乐府(比如"三吏三别"《卖炭翁》)之戏剧化结构的反抗与挣脱。现在看来,胡适对这首诗结尾的删除,确实注入了一种现代性戏剧的结构因素,那是以破坏诗的完美为代价的,是一种为了"新"不惜牺牲"美"的选择。其实,"拉到内务部西"一句所表达的被误解的无奈,人道主义同情心的无力,抑或感到自己好心被当作驴肝肺后的使气,应该是一句颇具潜台词的具有诗眼性质的结句。从这一句的删除,我们的确可以闻到胡适"放脚"的"血腥气"。

《老鸦》

《新青年》第4卷第2号	收入《尝试集》初版
（一） 我大清早起, 站在人家屋角上哑哑的啼。 人家讨嫌我,说我不吉利。—— 我不能呢呢喃喃讨人家的欢喜! （二） 天寒风紧,无枝可栖。 我整日里飞去飞回,整日里挨饥。—— 我不能替人家带着鞘儿翁翁央央的飞, 也不能叫人家系在竹竿头,赚一撮黄小米!	一 我大清早起, 站在人家屋角上哑哑的啼。 人家讨嫌我,说我不吉利。—— 我不能呢呢喃喃讨人家的欢喜! 二 天寒风紧,无枝可栖。 我整日里飞去飞回,整日里又寒又饥。—— 我不能带着鞘儿翁翁央央的飞, 也不能叫人家系在竹竿头,赚一把黄小米。

此诗改动有两处:一是"我整日里飞来飞回,整日里挨饥"改作"我整日里飞去飞回,整日里又寒又饥",后者语言上形成对称,显得更加和谐,与前面"天寒风紧,无枝可栖"两句对称一致;二是最后一句"赚一撮黄小米"改作"赚一把黄小米","把"与此句"叫""竿""黄"三字音节变换呼应,使之和谐,读起来更加富有音韵感。

《三溪路上大雪里一个红叶》

《新青年》第5卷第4号	《尝试集》初版
我行山雪中,抬头忽见你! 我不知何故,心里很欢喜; 踏雪摘下来,夹在小书里; 还想做首诗,写我欢喜的道理。 不料此理很难写,抽出笔来还搁起。	雪色满空山,抬头忽见你! 我不知何故,心里很欢喜; 踏雪摘下来,夹在小书里; 还想做首诗,写我欢喜的道理。 不料此理很难写,抽出笔来还搁起。

此诗改动为:第一句"我行山雪中"改作"雪色满空山",同样都用白话口语,后者更富于诗情画意,且音节上,"满"与"山"形成句中押韵,读起来加强了音乐感。

《看花》

《尝试集》初版	《尝试集》再版
院子里开着两朵玉兰花,三朵月季花; 红的花,紫的花,衬着绿叶,映着日光,怪可爱的。 没有看花,花还是可爱;但有我看花,花也好像更高兴了。 我不看花,也不怎么;但我看花时,我也更高兴了。 这是我因为见了花高兴,故觉得花也高兴呢? 还是因为花见了我高兴,故我也高兴呢?—— 人生在世,须使可爱的见了我更可爱; 须使我见了可爱的我也更可爱!	院子里开着两朵玉兰花,三朵月季花; 红的花,紫的花,衬着绿叶,映着日光,怪可爱的。 没人看花,花还是可爱;但是我看花,花也好像更高兴了。 我不看花,也不怎么;但我看花时,我也更高兴了。 这是我因为见了花高兴,故觉得花也高兴呢? 还是因为花见了我高兴,故我也高兴呢?

此诗改动有两处:第一处是将第三句"没有"改作"没人","但有我"改作"但是我",后者更加符合现代汉语的语言表达习惯,"人"与"我",形成物我对比,隐有哲意;第二处删掉了结尾两句。"人生在世,须使可爱的见了我更可爱;须使我见了可爱的我也更可爱!"这种纯粹抽象的议论,是胡适所反对的。到了增订四版时,胡适最终删掉此诗,大约仍是因为整首诗太偏向于说理的缘故。

《你莫忘记》

《新青年》第5卷第3号	《尝试集》初版	《尝试集》四版
我的儿,我二十年教你爱国,—— 这国如何爱得!…… 你莫忘记这是我们国家的大兵, 强奸了三姨逼死了阿馨 逼死了你妻子,枪毙了高升…… 你莫忘记:是谁砍掉你的手指, 是谁打死你的老子, 是谁烧了这一村…… 嗳哟,…… 火就要烧到这里,—— 你跑罢,莫要同我们一齐死! 回来! 你莫忘记: 你老子临死时,只指望快快亡国; 亡给哥萨克,亡给普鲁士——都可以,——总该不至——如此!……	你莫忘记: 这是我们国家的大兵, 强奸了三姨,逼死了阿馨, 逼死了你妻子,枪毙了高升! 你莫忘记: 是谁砍掉你的手指, 是谁把你老子打成这个样子! 是谁烧了这一村,…… 嗳哟,……火就要烧到这里,—— 你跑罢!莫要同我一齐死!…… 回来!…… 你莫忘记: 你老子临死时只指望快快亡国: 亡给"哥萨克",亡给"普鲁士"—— 都可以,—— 总该不至——如此!……	你莫忘记: 这是我们国家的大兵, 强奸了三姨,逼死了阿馨, 逼死了你妻子,枪毙了高升! 你莫忘记: 是谁砍掉你的手指, 是谁把你老子打成这个样子! 是谁烧了这一村,…… 嗳哟,……火就要烧到这里了,—— 你跑罢!莫要同我一齐死!…… 回来!…… 你莫忘记: 你老子临死时只指望快快亡国: 亡给"哥萨克",亡给"普鲁士"—— 都可以,—— 总该不至——如此!……

从在《新青年》第5卷第3号发表到收入《尝试集》初版,改动有:一是删去了开头两句"我的儿,我二十年教你爱国,——/这国如何爱得!……"发表时胡适在序中说明当时对此诗并不满意,因为觉得"太露",后来读到《太平洋》中"劫余生"的通信,"与此稿如出一口",所以又修改之后拿出来发表。成集时想必是觉得这前两句显得过于直露所以删去。二是几处标点的改动,如将"你莫忘记"后加上":",单独成行,"你跑罢"后面","改成"!"增强语气,又

将"哥萨克""普鲁士"国家的名字加上引号,指代更明确。三是将"是谁打死你的老子"改作"是谁把你老子打成这个样子!"此诗描写被自己国家大兵打伤的父亲告诫儿子不要忘记仇恨,希望推翻政府,解除百姓的苦难,改后当更符合事实常理。增订四版时删掉序言,又改"是谁砍掉你的手指"为"是谁砍掉了你的手指",改"火就要烧到这里"为"火就要烧到这里了",分别加上"了"字,虽然胡诗中"了"字特别多,后来屡遭诟病,但其特别看好"了"字乃是因为所信奉的"白话的文法"。胡适尝试新诗并不是为写诗而写诗,而是要证明白话可以写诗,他想从根本上改变文言,为汉民族语言注入一种科学理性精神,科学理性才是胡适所追求的白话文学的精髓所在。合乎文法,就是要使语言科学化、精准化,将语言的因果联系都明确地表达出来,将之运用在诗歌中,就是强调诗句的逻辑联系,祛除古代诗歌中的模糊性。虽然只是加入一个"了"字,看似简单,却能表现出胡适对现代汉语精准性的诉求,"了"表示过去时态,属于西方语言的文法。难怪胡适在四版序言中专门指出此处,并强调:"做白话的人,若不讲究这种似微细而实重要的地方,便不配做白话,更不配做白话诗。"

《关不住了!》

《新青年》第6卷第3号、《尝试集》初版、再版	《尝试集》四版
关不住了! 我说"我把心收起, 像人家把门关了, 叫爱情生生的饿死, 也许不再和我为难了。" 但是屋顶上吹来, 一阵阵五月的湿风, 更有那街心琴调 一阵阵的吹到房中。 一层里都是太阳光, 这时候爱情有点醉了, 他说,"我是关不住的, 我要把你的心打碎了!"	关不住了! 我说"我把心收起, 像人家把门关了, 叫爱情生生的饿死, 也许不再和我为难了。" 但是五月的湿风, 时时从屋顶上吹来; 还有那街心的琴调 一阵阵的飞来。 一层里都是太阳光, 这时候爱情有点醉了, 他说,"我是关不住的, 我要把你的心打碎了!"

《关不住了!》在《尝试集》四版时对第二节做出了修改。改动有两处:一是将前两行"但是屋顶上吹来,/一阵阵五月的湿风"改作"但是五月的湿风,/时时从屋顶上吹来";二是将后两行"更有那街心琴调/一阵阵的吹到房中"改作"还有那街心的琴调/一阵阵的飞来"。英诗原诗节为"But over the roofs there came/The wet new wind of May. And a tune blew up from the curb/Where the street-pianos play."前两行正常的散文句法应该为"The wet new wind of May came over the roofs"(五月的湿风从屋顶上吹来),因为押"ABAB"韵,为使"came""may"分别与后一句的"curb""play"押韵,所以原诗采用了倒装句式。胡适原来完全采取直译,也采用"ABAB"的押韵之法,"来"与"调"、"风"与"中"分别押韵,尽量保留诗中原味。而四版时,还原倒装的语序,更符合现代汉语的文法规范,表现胡适对白话理性、精准特质的追求。为了保留"ABAB"的押韵方式,自然对后两行也做出修改。改后第一行与第三行押头韵"但"和"还",第二行与第四行押尾韵"吹来"和"飞来",并且隔行句式非常相近,可谓胡适苦心孤诣的尝试。

《送叔永回四川》

《新青年》第6卷第5号	收入《尝试集》
你还记得绮色佳城,凯约嘉湖上, 山前山后,多少瀑泉奇绝,更添上远远的一线湖光; 瀑溪的秋色,西山的落日,真个无双; 还有那到枕的湍声,夜夜像骤雨打秋林一样? 那是你和我最难忘的"第二故乡"。 如今回想, 往日的交情,旧游的风景, 一半在你我的诗囊,一半在梦魂中来往。 你还记得,我们暂别又相逢,正是赫贞春好? 记得江楼同远眺,云影渡江来,惊起江头鸥鸟, 记得江边石上,同坐看潮回,浪声遮断人笑。 记得那回同访友,日暗风横,林里陪他听松啸? 这回久别再相逢,便又送你归去,未免太匆匆! 多亏得天意,多留你两日,使我做得诗成相送。 万一这首诗赶得上远行人, 多替我说声"老任珍重珍重!"	一 你还记得绮色佳城,我们的"第二故乡": 山前山后多少清奇瀑布, 更添上远远的一线湖光; 瀑溪的秋色,西山的落日, 还有那到枕的湍声,夜夜像雨打秋林一样? 二 你还记得 我们暂别又相逢,正是赫贞春好? 记得江楼同远眺,云影渡江来,惊起江头鸥鸟, 记得江边石上,同坐看潮回,浪声遮断人笑。 记得那回同访友,日冷风横,林里陪他听松啸? 三 这回久别再相逢,便又送你归去,未免太匆匆! 多亏得天意多留你两日,使我做得诗成相送。 万一这首诗赶得上远行人, 多替我说声"老任珍重珍重!"

原稿前五句回忆绮色佳城凯约嘉湖的美丽景致:奇绝的瀑布映衬着远远的湖光,西山的秋色写下落日的余晖,瀑溪的湍流声夜夜像雨打秋林一样在枕边回旋。接着四句,诗人抒发留恋之情,如此良辰美景,是你我的"第二故乡",

"往日的交情,旧游的风景,/一半在你我的诗囊,一半在梦魂中来往",短短两句写出二人以诗会友,以及分别后的思念,情真意切,耐人寻味。从形式上看,此节每句句末依次押"ang"韵,并且句中"还""佳""凯""嘉""上""山""少""上""光""双""那""到""湍""象""打""样""忘""乡""想""交""半""囊""往"叠韵,"约""前""绝""线""夜"叠韵,形成回环往复,像音乐一样缓缓流淌。第二节回忆暂别又重复的情景:在赫贞旦的春天,江楼远眺,云影江鸥,江边石上,看潮起潮落,湮灭了欢快的笑声,黄昏风林,听松涛一片。如此美丽的回忆,第三节回到现实,这次久别重逢,你又要匆匆归去,我作这首诗歌送你,如若它远寄到你手中,请道声珍重。

收入《尝试集》时,此诗第一节改动颇大。将第一节原来的九句压缩成五句,与第二节的五句、第三节的四句,句数相近,形式上更整齐。第一节基本保留前五句,将第一句与第六句合并,删去最后三句抒情,将第二句中"瀑泉奇绝"改作"清奇瀑布","清""奇"双声,"瀑""布"叠韵。第四句删去"真个无双",使中间二、三、四句字数相近,第五句与第一句句式、字数相近。为了区分每一节的意思,诗人在每一诗节上加上序号,形成组诗形式。这样,内容依次为回忆绮色佳城欣赏瀑布、赫贞旦踏春、临别相送。第二节、第三节未做大的改动,只有第二节最后一句原句"日暗风横"改作"日冷风横","横"与"冷"都是白话词汇,"日冷风横"中"冷"与"横"形成句中叠韵,读起来更富音乐感,也颇有诗味。胡适在再版中提到第二编中的诗"最初爱用词曲的音节"时所举之例,就有此诗第二节后三句,指出其乃从三种词调化用,这种音节自有它的好处,"懂音节的自然觉得有一种悲音含在写景里面"。"暂""相""好""江""眺""来""鸟""上""看""潮""浪""断""笑""那""访""他""啸",与第一节中的句内叠韵一样,都是开口呼音,感觉情感奔腾而又有所节制。这当是胡适写得最好的新诗,即使拿它与1980年代朦胧诗派的代表诗人舒婷最杰出的赠送友人的诗歌相比,也绝不逊色。这首诗是在胡适已经经由《关不住了!》确立了现代汉语全新的新诗体之后,不再有必要把旧诗词作为欲极力挣脱的魔鬼,作为新诗的敌对势力的时候,以新诗体的自信适当吸纳旧词体所积淀的汉语诗美元素而成就的新诗华章。这首诗经过再修改,更显简练蕴藉,体制上也更匀称,显示出胡适此时在创作新诗上已经获得了一种悠然自由的心态。

《一颗星儿》

《晶报》 1919年5月9日	《每周评论》 1919年8月10日①	《新青年》第6卷第5号 （1919的9月）	《尝试集》初版
我喜欢你这颗顶大的星儿， 可惜我叫不出你的名字。 我只记得，每月月圆时， 月光遮尽了满天星， 总不能遮住你。 今朝风雨后， 闷沉沉的天气， 我望遍天边，寻不见一点半点光明， 回转头来， 只有你在那杨柳高头依旧亮晶晶地。	我爱你这颗顶大的星儿， 可惜我叫不出你的名字。 平日黄昏时候， 霞光遮尽了满天星， 总不能遮住你。 今天风雨后， 闷沉沉的天气， 我望遍天边，寻不见一点半点光明， 回转头来， 只有你在那杨柳高头依旧亮晶晶地。	我喜欢你这颗顶大的星儿， 可惜我叫不出你的名字。 我只记得，每月月圆时，月光遮尽了满天星，总不能遮住你。 今朝风雨后，闷沉沉的天气， 我望遍天边，寻不见一点半点光明…… 回转头来， 只有你在那杨柳高头依旧亮晶晶地！	我喜欢你这颗顶大的星儿， 可惜我叫不出你的名字。 平日月明时，月光遮尽了满天星，总不能遮住你。 今天风雨后，闷沉沉的天气， 我望遍天边，寻不见一点半点光明， 回转头来， 只有你在那杨柳高头依旧亮晶晶地。

可以看到，此诗四个版本的区别主要在于第一行、第三行和第四行。第一行在"喜欢"与"爱"二词之间反复游移，二者都是白话语词，可以说是在白话文体的范围内在情致意韵的表达上做考量，倘用"爱"，则"我爱你这颗顶大的星儿"与"可惜我叫不出你的名字"字数相等，为造成句式长短不齐之感，以及出于现代汉语多用双音节词以区别于古汉语这一点，最终收入《尝试集》时还是用了"喜欢"这个双音节词。第三行，在《晶报》和《新青年》上发表时，多一句"我只记得"，后删去，可以显出胡适作诗时追求简练之风，后面既为"平日"，自然是由此刻回想过去，所以无须"我只记得"；在《每周评论》上发表时为"平日黄昏时候"，后在《新青年》上发表时还是改为"每月月圆时"，收入《尝试集》初版时改为"平日月明时"，想是既然有满天星斗，自然不可能是黄昏时候，因此后句由"霞光遮尽了满天星"改回为"月光遮尽了满天星"，才符合客观事实。第四行改"今朝"为"今天"则显然关乎的是文白问题。当然，如果纯粹只是出于文白的考虑，则不会反复游移，其中自然还有音节上的考量。整首诗中叠韵主要为"ao""an""ang"等开合音，如"欢""大""叫""光""满""望""半""光""来""杨""高""亮"；叠"ian"音，如第五句"遍""天""边""见""点"；叠"i""ing"等音，如"你""星""名""字""日""明""尽""你""雨""气""明""依""晶"；叠"ou"音，如最后一句"有""柳""头"

---

① 本诗录自1919年8月10日《每周评论》第34期，该刊此时所有"，"全用作"、"，想是当时标点符号还未规范之故。这里所录《一颗星儿》，笔者将原诗中的"、"全改正为"，"以求规范。

"旧"。还有双声的尝试，如第五句中"遍""边""半"；最后一句中"你""那"、"有""杨""依"。此诗算是胡适音节尝试的代表之作。

《上山》

《尝试集》初版	《尝试集》四版 ——一首忏悔的诗
"努力！努力！ 　努力望上跑！" 我头也不回， 汗也不揩， 拼命的爬上山去。 "半山了！努力！ 　努力望上跑！" 上面已没有路， 我手攀着石上的青藤， 脚尖抵岩石缝里的小树， 一步一步的爬上山去。 "小心点！努力！ 　努力望上跑！" 树桩扯破了我的衫袖， 荆棘刺伤了我的双手， 我好容易打开了一线路爬上山去。 "好了！上去就是平路了！ 　努力！努力望上跑！" 上面果然是平坦的路， 有好看的野花， 有遮阴的老树。 但是我可倦了， 衣服都被汗湿遍了， 两条腿都软了。 我在树下睡倒， 闻着那扑鼻的草香， 便昏昏沉沉的睡了一觉。 睡醒来时，天已黑了， 路已行不得了， "努力"的喊声也灭了。…… 猛省！猛省！ 我且坐到天明， 明天绝早跑上最高峰， 去看那日出的奇景！	"努力！努力！ 　努力望上跑！" 我头也不回， 汗也不揩， 拼命的爬上山去。 "半山了！努力！ 　努力望上跑！" 上面已没有路， 我手攀着石上的青藤， 脚尖抵岩石缝里的小树， 一步一步的爬上山去。 "小心点！努力！ 　努力望上跑！" 树桩扯破了我的衫袖， 荆棘刺伤了我的双手， 我好容易打开了一线路爬上山去。 上面果然是平坦的路， 有好看的野花， 有遮阴的老树。 但是我可倦了， 衣服都被汗湿遍了， 两条腿都软了。 我在树下睡倒， 闻着那扑鼻的草香， 便昏昏沉沉的睡了一觉。 睡醒来时，天已黑了， 路已行不得了， "努力"的喊声也灭了。…… 猛省！猛省！ 我且坐到天明， 明天绝早跑上最高峰， 去看那日出的奇景！

此诗塑造了一个努力往上跑的登山者形象，赞颂积极向上、努力进取的精神。

四版时加上了副标题"一首忏悔的诗",与最后三节相照应——登山者因为疲累,在树下昏沉地睡着,醒来时努力的喊声都灭了,于是"猛省",下定决心坚持天明继续前行,一定要看到"日出的奇景"。"忏悔"正在于登山者一时的懈怠,加上副标题,更能够表现锲而不舍、坚持不懈、奋发向上的精神,在人生路途坎坷、国家遭逢国难时,具有鼓舞人心的力量。删去初版时第七节:"好了!上去就是平路了!/努力!努力望上跑!"改后前半部分出现三次"努力"的警醒,从"努力!努力!"到"半山了!努力!"到"小心点!努力!",登山者"好容易打开了一线路爬上山去"。上山之后,因为山上是平坦的路,有好看的野花、遮阴的老树,于是登山者懈怠了,闻着花香睡着,醒来后才猛省、忏悔。所以,删去第七节,即第四次出现的"努力"的声音,能够更好地为登山者的懈怠做铺垫,正因为已经上山,"努力"的警醒声不再出现,登山者才可能出现暂时的懈怠。

《一笑》

《尝试集》再版	《尝试集》四版
十几年前, 一个人对我笑了一笑。 我当时不懂得什么, 只觉得他笑的很好。 那个人不知后来怎样了, 只是他那一笑还在: 我不但忘不了他, 还觉得他越久越可爱。 我借他做了许多情诗, 我替他想出种种境地: 有的人读了伤心, 有的人读了欢喜。 欢喜也罢,伤心也罢, 其实只是那一笑。 我至今还不曾寻着那笑的人, 但我很感谢他笑的真好。	十几年前, 一个人对我笑了一笑。 我当时不懂得什么, 只觉得他笑的很好。 那个人后来不知怎样了, 只是他那一笑还在: 我不但忘不了他, 还觉得他越久越可爱。 我借他做了许多情诗, 我替他想出种种境地: 有的人读了伤心, 有的人读了欢喜。 欢喜也罢,伤心也罢, 其实只是那一笑。 我也许不会再见着那笑的人, 但我很感谢他笑的真好。

此诗改动有两处:一是将"那个人不知后来怎样了"改为"那个人后来不知怎样了";二是将"我至今还不曾寻着那笑的人"改为"我也许不会再见着那笑的人"。前一处胡适在四版自序中曾专门提出乃蒋百里提议所作修改,说原句排列不好读。胡适作诗讲求文法,这个文法实乃西方的语法规则,西方诗歌最明显的特点就是文法接近散文,句子成分非常齐全,主谓宾定状补等成分的位置大多固定,且时态区分特别清晰明了。"后来"作句子状语,一般用

在谓语之前,此句"不知"作谓语成分,所以将状语"后来"放在谓语前,读起来自然更符合现代汉语的语法规范。后一处的修改将"至今还不曾寻着"改为"也许不会再见着",不仅语言更加口语化,读起来显得更加自然流畅,而且增添一种撩人心怀的情绪,的确是在现代汉语自然的形态里致力于诗味的经营。

《例外》

《新青年》第8卷第3号	《尝试集》再版
自从我闭门谢客, 果然客渐稀疏。 最顽皮的是诗神, 挡驾也挡他不住。 我把酒和茶都戒了, 近来戒到淡巴菰; 本来还想戒新诗, 只怕我赶诗神不去。 诗神含笑说: "我来决不累先生。 谢大夫不许你劳神, 他不能禁你偶然高兴。" 他又涎着脸劝我: "新诗做做何妨? 做得一首好诗成, 抵得吃人参半磅!"	我把酒和茶都戒了, 近来戒到淡巴菰; 本来还想戒新诗, 只怕我赶诗神不去。 诗神含笑说: "我来决不累先生。 谢大夫不许你劳神, 他不能禁你偶然高兴。" 他又涎着脸劝我: "新诗做做何妨? 做得一首好诗成, 抵得吃人参半磅!"

这首诗表达诗人对诗歌的喜爱之情,将诗歌拟人化,拟想一个诗神与自己对话。诗人明明喜欢诗歌,却说想戒诗歌,可是酒茶、烟草都能戒掉,就只赶不走诗神。"顽皮的诗神"劝告诗人,说诗歌不会让诗人劳神,还会令诗人心情愉悦,并且"涎着脸"相劝:做一首好诗"抵得吃人参半磅"。诗人反其道而行之,假借诗神反劝自己作诗来衬托诗歌的魅力。收入《尝试集》时将发表在《新青年》上的原稿第一节整个删去,这一节是总结性的内容,平铺直叙表达闭门谢客却挡不住诗神,后面二、三、四节则是具体拟人化地描写诗神生动活泼的对话,并且第一节与第二节略有重复,前一节写自己闭门谢客而门庭渐稀,就是挡不住诗神;第二节写自己把酒和茶都戒了,最近还戒掉了"淡巴菰"(烟草),本来还想着戒掉诗神,可是却事与愿违;后面两节开始描写诗神何以戒不掉,只因太缠人的缘故。相比起来,一、二节内容大致相同,但后一节先抑后扬,表达自己连最爱的生活习惯都已戒掉,却戒不掉新诗,可见新诗的魅力,这样更能衬托诗人对新诗的热爱之情。

《我的儿子》

《每周评论》第 33 期①	《尝试集》初版
我实在不要儿子, 儿子自己来了。 "无后主义"的招牌, 于今挂不起来了! 譬如树上开花, 花落天然结果。 那果便是你, 那树便是我。 树本无心结子, 我也无恩于你。 但是你既来了, 我不能不养你教你, 那是我对人道的义务, 并不是待你的恩谊。 将来你长大时, 这是我所期望于你: 我要你做一个堂堂的人, 不要你做我的孝顺儿子。	我实在不要儿子, 儿子自己来了。 "无后主义"的招牌, 于今挂不起来了! 譬如树上开花, 花落天然结果。 那果便是你, 那树便是我。 树本无心结子, 我也无恩于你。 但是你既来了, 我不能不养你教你, 那是我对人道的义务, 并不是待你的恩谊。 将来你长大时, 莫忘了我怎样教训儿子: 我要你做一个堂堂的人, 不要你做我的孝顺儿子。

收入《尝试集》时,将"这是我所期望于你"改作"莫忘了我怎样教训儿子",前者句式严格意义上并不符合现代汉语规范,应表达为"这是我对你的期望",改后句式整齐,"忘""样""教"与前一句句间"来""长""大"及后两句"要""堂""教"都是开口音,形成大致的叠韵感,并且"我要你……""不要你……"是斩钉截铁的语气,用"教训"比用"期望"更合适。

第二节　版本变迁中的删诗与分歧中的标准呈现

《尝试集》增订四版时,胡适请周氏兄弟等当世名流参与,最终删去第一编中的《孔丘》《他——思祖国也》《虞美人·戏朱经农》《论诗杂记》(三首)、《寒江》《沁园春·新俄万岁》8 首;删去第二编中的《一念》《人力车夫》《新婚杂诗》(四首)、《四月二十五夜》《看花》《送叔永回四川》《自题〈藏晖室札记〉十五册汇编》《我的儿子》《周岁——祝〈晨报〉一年纪念》《示威?》《纪梦》《蔚蓝的天上》《外交》16 首诗;删去《去国集》中《去国行》(二首)、《翠楼吟·庚戌重九》《水龙吟·绮色佳秋暮》《游影飞儿瀑泉山作》《送许肇南归国》《墓

---

① 本诗录自 1919 年《每周评论》第 33 期,该刊此时所有",",全用作"、",想是当时标点符号还未规范之故。此处笔者将原诗中的"、"全改正为",",以求规范。

门行》(译诗)、《水调歌头·今别离》8首。

第一编中所删之诗,有论诗文的《孔丘》《论诗杂记》,有情感个人化的戏作《虞美人·戏朱经农》,有语言过于文言化的《寒江》《沁园春·新俄万岁》。细看第二编所删16首诗,一类是带有旧诗词味道的诗作,包括《一念》《人力车夫》《新婚杂诗》(五首)、《四月二十五夜》《送叔永回四川》《纪梦》,一类是说理之作,包括《看花》《我的儿子》,一类是自题诗或寿诗,包括《自题〈藏晖室札记〉十五册汇编》《周岁——祝〈晨报〉一年纪念》。

这增订四版到1940年印行第十六版,到1982年上海书店刊行影印本,到今日学界普遍引用,已然成为《尝试集》"经典化"的定本,其间的删诗事件自然隐含胡适对自家诗集的历史定位以及第一代白话诗人的审美眼光,对新诗发展趋向、白话诗理论与实践等问题的理解①,可以说这是集合第一代白话诗人的共同努力而将《尝试集》"经典化"的过程。然而,更耐人寻味的其实是胡适与周氏兄弟等人关于新诗理解的分歧问题。俞平伯建议删去《虞美人》《江上》《寒江》《一念》《送叔永回四川》《我的儿子》《蔚蓝的天上》,主张保留《鸽子》《看花》《示威?》,除《江上》《看花》,其余均为胡适所采纳,虽然两人诗文趣味不同,但对白话诗的意见大致相似。任叔永、陈衡哲建议保留《虞美人》《寒江》《送叔永回四川》等,虽二人意见也略有差别,但大致都出于对过去留学生涯的缅怀,而胡适基本未采纳任、陈意见,乃见其编选并非出于纪念友情,而是为新诗发展确立典范与标本。鲁迅建议删去《江上》《我的儿子》《周岁》《蔚蓝的天上》《例外》《礼!》,保留《去国集》。主张删去《周岁》乃因其属寿诗一类,不希望刚刚建立起来的新诗又回到传统的应酬工具;主张删去《我的儿子》《礼!》大约因其纯粹说理之故;保留《去国集》并不因为其能够呈现"死文学"而反衬白话自由诗的鲜活魅力,乃因为"内中确有许多好的"②。周作人建议删去《我的儿子》,主张保留《鸽子》《蔚蓝的天上》。比较周氏兄弟的意见,《我的儿子》因为说理味道浓厚而被一致建议删去,胡适最终也采纳了。对《蔚蓝的天上》这首诗,俞平伯、鲁迅、任叔永、陈衡哲都建议删除,只有周作人主张保留,胡适最终还是删去,也许是听从了多数人的意见。《去国集》的留存,当然并不如周氏兄弟所言因内有好诗。周作人本觉得《去国集》是"旧式的诗",主张删去,后听从长兄意见认为也可保存。周氏兄弟都是立足于诗美原则,而不是以新旧为标准,这与胡适最终保存《去国

---

① 对删诗问题的深入探讨,见陈平原:《经典是怎样形成的——周氏兄弟等为胡适删诗考》,《鲁迅研究月刊》2001年第4,5期。

② 北京大学图书馆编:《北京大学图书馆藏胡适未刊书信日记》,清华大学出版社2003年版,第176页。

集》的意旨是相去甚远的。

这样看来，胡适对于众贤的意见，尤其是同一首诗有不同意见的，有的听取，有的则未听取，细细捉摸，其中倒颇有意味。对照各方意见与第二编诗作的实际去留，俞、鲁均建议删《江上》，原因大约与之前钱玄同批评《江上》"还嫌太文"一样，既是白话诗集，则自然删去文言意味颇浓的诗作。而胡适并未采纳，一般认为乃由于"主人的个人偏好"，其理由是胡适的自我阐释："我因为当时的印象太深了，舍不得删去。"① 但若细看第一编的编排，《孔丘》《中秋》《江上》《寒江》4 首均为四句的白话旧体小诗，删去纯粹说理的《孔丘》和未脱格律束缚的《寒江》，保留 2 首，哪怕众人一致认为该删《江上》，胡适也一意将之保留作为新诗进化过程中的一个环节——五七言小诗的代表。同样之理，五言八句诗《蝴蝶》与《他——思祖国也》曾被胡适在再版自序中称赞：除此两诗，其他都不过是"一些刷洗过的旧诗"。此时删去更注重押韵尝试的《他——思祖国也》②，保留"有成效的实地试验"③之《蝴蝶》，作为新诗进化过程中的一个环节——五言旧体诗的代表。此外《十二月五夜月》《病中得冬秀书》《景不徒篇》作为五言组诗的代表；《"赫贞旦"答叔永》《朋友篇》作为五言古体诗的代表；《赠朱经农》《文学篇》作为七言古体诗的代表；《黄克强先生哀辞》作为歌行体的代表；《沁园春·二十五岁生日自寿》《生查子》《百字令》作为词体的代表——至此，第一编的白话旧体诗词的尝试过程得以清晰展现。

在第二编中，何以对《我的儿子》《蔚蓝的天上》诸诗，胡适听从了朋友的意见，而对《鸽子》《礼！》等诗，却未听从呢？俞平伯、周氏兄弟都主张删去《我的儿子》，乃因其为说理之故。该诗旨在重新界定亲子观念："我实在不要儿子，儿子自己来了"，"树本无心结子，我也无恩于你"，在胡适眼中，子女之于父母并不是传宗接代或实现某种功利目的的工具，而是爱情瓜熟蒂落自然而然的结果，就如同树与果的关系——"花落天然结果"；子女虽系父母所生，但并不意味着为父母所占有，子女也是独立的个体；"我不能不养你教你，

---

① 见陈平原：《经典是怎样形成的——周氏兄弟等为胡适删诗考》，《鲁迅研究月刊》2001 年第 4、5 期。

② 《他——思祖国也》通首用"他"字押韵，钱玄同与刘半农在《新青年》第 4 卷第 3 号中所唱的"双簧戏"中，提及此诗，不忘借机赞扬一番。钱玄同化名王敬轩攻击白话诗时，指责《他》"通首用他字押韵"乃"异想天开"，"取旧文学所绝无者而强以凑人耳"，虽贬实褒。（王敬轩[钱玄同]：《文学改革之反响》，《钱玄同文集》[第 1 卷]，中国人民大学出版社 1999 年版，第 118 页）刘半农在复信中则指出该诗"均以'他'字上一字押韵"，认为对方误以为以"他"押韵，"不知是粗心浮气，没有看出来呢？还是从前没有见识过这种诗体呢？"（刘半农：《复王敬轩书》，《钱玄同文集》[第 1 卷]，中国人民大学出版社 1999 年版，第 130 页）

③ 胡适：《胡适留学日记》（下），安徽教育出版社 1999 年版，第 394 页。

那是我对人道的义务,并不是待你的恩谊",抚养与教育乃父母的义务,并不能视之为对子女的恩情,并且要求子女回报;"我要你做一个堂堂的人,不要你做我的孝顺儿子",教育儿子堂堂正正做人,而不仅仅是做到以顺为孝。该诗从思想上打破了传统忠孝观念,宣扬人性解放,与"五四"时代精神非常吻合。但除了以树、果作喻之外,全篇乃直白的说理。《我的儿子》在《每周评论》上发表后,汪长禄专门作文论辩,其论辩点并不在于诗的好坏,而是诗中所涉及的孝悌人伦关念。① 建议删去该诗时,周作人还在信中指明"只有说理,似乎与诗不大相宜",可见,《我的儿子》的去留问题,关乎的实乃早期新诗人的审美趣味以及对新诗的理解和规范问题的思考。在《尝试集》已经名满天下,白话作诗已经具备不可颠覆的合法性之后,新诗之所以成其为"诗"而非"白话",或者说新诗"新"在何处,除了语言的以白代文、诗体的解放之外,是否还存在其他约定俗成的规范？这无疑在不同人那里有不同的答案。周氏兄弟更注重新诗的"诗"性,即诗歌的审美问题。周作人的倾向非常明显,即诗与说理无关,他在《〈扬鞭集〉序》中指出其喜好:"新诗的手法,我不很佩服白描,也不喜欢唠叨的叙事,不必说唠叨的说理,我只认抒情是诗的本分,而写法则觉得所谓'兴'最有意思,用新名词来讲或可以说是象征。"②实乃将纯粹的说理诗排除在新诗大门之外。同样为说理诗的《礼!》,鲁迅建议删去,说:"与其存《礼!》,不如存《失望》。"《礼!》以叙事口吻,描写主人公"他"死了父亲"不肯磕头",也没有"现成的眼泪"而"只好跑了",受到人们的责骂,借此嘲讽和批判封建礼教对人的无情压迫。比起《我的儿子》,《礼!》并非如此直白的说教,它有生动的叙事场面,有主人公,有矛盾冲突,诗人只是作为旁观者描述事件,刻画了一个反抗礼教的"逆子"形象。即便如此,借事生发议论,仍然是不符周氏兄弟的审美标准的。《失望》作于1920年11月6日,早于《礼!》的创作近二十日,全篇为:"菊花叶上沾着点尘土,/永儿嫌他们的颜色不好,/他就用水来洒他们,/说,'给他们洗一个澡!'//过了几天,梦麟见了大笑,/他说,'适之家里那配种菊花!/把菊花的叶子都烂掉了,/这难道是种花的新法!'//我也有点难为情,/便问,'这是谁干的事？/怎么把水淋菊花,/教叶子烂成这个样子!'//永儿有点不服气,/他说,'菊花不是能"傲霜"吗？/怎样几滴水都禁不起？/这不是上了诗人的当吗？'"同样的叙事口吻,同样的白描手法,语言纯粹是口语,但显得生动活泼,叙事性更强。鲁迅主张选《失望》而舍《礼!》,当是欣赏前者的生动及诗

---

① 汪长禄与胡适的通信内容,参见《胡适全集》(第1卷),安徽教育出版社2003年版,第653—658页。
② 周作人:《〈扬鞭集〉序》,杨扬编:《周作人批评文集》,珠海出版社1998年版,第222页。

性,反感后者的说理之风。但胡适最终并未采纳鲁迅的意见,执意保留,在致周作人的信中,他专门说明:"你们两位对于我的诗的选择去取,我都极赞成。只有'礼'一首,我觉得他虽是发议论而不陷于抽象说理,且言语也还干净,似尚有可存的价值。其余的我都依了你们的去取。"① 对于保留《礼!》的理由,胡适后来再次写入《尝试集》的四版自序,诚如陈平原所说,胡适最为看重,无疑是周氏兄弟的意见,在书信及序言中再三解释为何没有采纳其意见,便是很好的证明。②《失望》最终未入选《尝试集》,与《礼!》相比,大约因其在内容上不像《礼!》能反映时代精神的缘故。胡适本身也反对抽象说理,主张诗需要用具体的作法,他认为"凡是好诗,都能使我们脑子里发生一种——或许多种——明显逼人的影像",并将之命名为"诗的具体性"。③他针对当时许多说理诗进行批评,并曾批评学生俞平伯长于描写却偏爱说理的毛病,称其"本可以作好诗,只因为他想兼作哲学家,所以越说越不明白,反叫他的好诗被他的哲理埋没了"④。当然,胡适并非完全否定说理诗,以胡适清楚明白的大脑,哲学家的底子,并不会否定说理,但他反对抽象地说理,而主张借助具体的写法。他所一以贯之的"明白清楚"的语言与文体、"平实淡远"的意境和风格,与说理并不排斥,他还特别强调意旨不嫌深远,说话留一点余味,只要能明白清楚地表达。《尝试集》第三编中的《梦与诗》《醉与爱》也都算说理诗的佳作。在康白情写信说《看花》一诗很好,俞平伯也主张保留的情况下,胡适始终不满意而删去,也正因其抽象说理之故。周氏兄弟与胡适的分歧说明,当时对于说理诗能否成立以及说理诗的审美问题还没有形成统一的观念。历史证明,说理诗在新诗里也能站住脚,并且可以具有诗性美,1930年代废名将文言运用到新诗中并活用典故,以禅入诗,追求晦涩的理趣,正是说理诗得到诗性绽放的例证。

对于《鸽子》,胡适本已圈去,看上去最终得以留存乃完全由于俞、周二君的保荐。胡适为何删去《鸽子》?在那些反复论说缠脚妇人放脚痛苦的言论里,《鸽子》总是被拿来作为反面例证阐释其如何"脱不了词曲的气味与声调"。对比《尝试集》初版与四版,不难发现,第二编所删大多如《一念》《人力车夫》《新婚杂诗》(五首)、《四月二十五夜》《送叔永回四川》《纪梦》这些带

---

① 胡适:《胡适致周作人》,中国社会科学院近代史研究所中华民国史组编:《胡适来往书信选》(上),中华书局1979年版,第124页。
② 陈平原:《经典是怎样形成的——周氏兄弟等为胡适删诗考》(二),《鲁迅研究月刊》2001年第5期。
③ 胡适:《谈新诗——八年来一件大事》,姜义华编:《胡适学术文集·新文学运动》,中华书局1993年版,第397页。
④ 胡适:《俞平伯的冬夜》,《胡适文集》(第3卷),人民文学出版社1998年版,第192页。

有旧诗词味道的诗作,这就不难理解为何胡适原本删去同样不脱词调味道的《鸽子》。不过,保留《鸽子》是否如胡适致周作人信中所说,除了《礼!》对其兄弟的意见都极赞成?且不说胡适未听从鲁迅意见删去《江上》,也未听从周作人意见保留《蔚蓝的天上》,对于《鸽子》这首诗,俞、周二氏的保荐自然起到了很好的作用,但最终得以保留,想必还是有胡适自己的考量。俞、周二氏主张留存,是从《鸽子》这首诗作本身的诗性而言。胡适在再版自序中主要论及的是"历史的兴趣"以及"音节上的试验"。《鸽子》虽文白夹杂,每句句尾"气""戏""意""丽"均有押韵,句末"忽地里,翻身映日,白羽衬青天,十分鲜丽"是胡适常常化用的词体结尾句"三字逗加四字逗加五字逗"的变体。但是,"夷犹如意"此类诗句,实乃胡适音节上的尝试,类似姜白石的词句"渐响我一叶夷犹乘兴",胡适自我欣赏说"'一叶夷犹'四字使人不能不发生在平湖上荡船"之想象。双声叠韵之法是胡适尝试中的重要环节,"看他们三三两两,回环来往,夷犹如意"一句中,"三""环"叠韵,"两""往"叠韵,"夷""意"叠韵,"回""环"双声,"夷""犹""意"双声,读来虽有旧词韵味,但未受平仄限制,音节上一气贯注下来,相当自由流畅,确实颇具音乐上的美感。整首诗描写洁白的鸽子在蓝天上嬉戏的情景,也很有画面上的美感,所以整首诗颇有意境,耐人寻味。看来,俞、周二人纯粹从诗美而非新旧问题出发,主张保留此诗;而胡适删除的本意是要对《尝试集》进行"净化",尽量斩断与传统旧诗词的联系。胡适在再版中着实要展现"历史的兴趣",将"小脚放大"的过程一一呈现,而在四版时却尽量删去那些"半新不旧"的诗作,为何有如此大的转变呢?《尝试集》增订四版时已经是1922年,此时郭沫若的《女神》(1921年8月)、康白情的《草儿》(1922年3月)、俞平伯的《冬夜》(1922年3月)都已陆续出版,胡适在四版序中说:"我现在看这些少年诗人的新诗,也很像那缠过脚的妇人,眼里看着一班天足的女孩子们跳上跳下,心里好不妒羡!"胡适之所以再次回过头来对已经成名的诗集进行删诗,除了"精益求精",再度确立"权威性",从而稳固其"经典"地位之外,并不排除此时对新诗理想形态的新的思考与界定,他不再以传统形式的转换为出发点,而是寻找到新的路径——西化。

至于《蔚蓝的天上》一诗,俞平伯、任叔永、陈莎菲和鲁迅都一致建议删掉,唯独周作人认为可存。周作人专门提到《鸽子》与《蔚蓝的天上》两首写景诗可留,恰与否定《我的儿子》说理类的诗作形成对比。细读该作:

蔚蓝的天上,
这里那里浮着两三片白云;

> 暖和的日光,
> 斜照着一层一层的绿树,
> 斜照着黄澄澄的琉璃瓦:——
> 只有那望不尽的红墙,
> 衬得住这些颜色!
>
> 下边,
> 一湖新出水的荷叶,
> 在凉风里笑的狂抖。
> 那黝绿的湖水
> 也吹起几点白浪,
> 陪着那些笑弯了腰的绿衣女郎微笑!

再版时补入的6首近作《示威?》《纪梦》《蔚蓝的天上》《许怡荪》《外交》《一笑》,四版时删除四首,只剩下《许怡荪》《一笑》,并移入第三编。如果说删去叙事性较强而没有多少诗意的《示威?》《外交》,乃四版时对新诗审美性的某种追求;如果说删去略显突兀的齐言诗歌《纪梦》,乃对第二编整体上做长短自由句式的一致性追求,那么,《蔚蓝的天上》这首纯粹写景之作,确比第二编前半部分保留的《鸽子》《三溪路上大雪里一个红叶》形式更自由,更可以说是摆脱了词调的味道真正做到了自由的体式,但最终却难逃被删的命运,想是与其他留存的写景之作相比,不能很好地代表其言之有物的诗学观念吧。第二编后半部分保存下来的有两篇写景之作《一颗星儿》与《一颗遭劫的星》。《一颗星儿》描写无论是月光遮尽还是风雨沉闷的环境,这颗星儿总是亮晶晶地挂在杨柳枝头,表现一种执着乐观的精神;《一颗遭劫的星》描写风雨前的闷热与烦躁,轻细的马缨花须静谧无声,突然一颗大星出现,夜凉的希望安定了人们躁动的心,而积起的乌云遮尽一天明丽的云霞,终于迎来一场大风雨,之后满天的星光齐放,大星终于得到解脱,虽为写景实为有所寄托,其诗引言中说明乃为《国民公报》的孙几伊君被捕事件而作。再版时胡适还欣然以后一诗为例说明其"音节试验"的成果。不过,此后第三编中的写景诗《湖上》与《十一月二十四日夜》更显成熟之风,颇能代表"胡适之体"的特点。从再版自序至数十年后的《谈谈"胡适之体"》,胡适一直念念不忘向读者推荐《十一月二十四日夜》这首最能代表其平实淡远之风的诗作。"现在他们说我快要好了。那幽艳的秋天早已过去了。"这样的诗句,语言平淡,略含生命的忧伤,表现出过往一去不返的无奈心境,意境平实、含蓄、淡远,非常禁得起咀嚼。相比之下,这首《蔚蓝的天上》被以抒情为重的周作人称好，想是其意象的鲜明、可爱的情调，打动了周作人。蓝天白云下，绿树、琉璃瓦衬着望之不尽的红墙，一湖新荷在凉风里妖娆，黝绿的湖水激起层层白浪，随风摆动的荷叶更有说不清的楚楚风姿。相比胡适那些明白清楚、"晶莹透彻得太厉害"的诗作，这首诗确还有些"余香与回味"。但出于"净化"原则，要使其新诗探索的痕迹更加清晰，并且展现其所思考的新诗理想形态，胡适将之大笔删掉了。

有趣的是，在再版中，胡适"戏台里喝采""老着面孔"所指出的14首"纯粹的白话新诗"中，四版所删诗作篇目里的《周岁》一诗，是赫然在列的。再版时，胡适自说自话，指出哪些是"旧诗的变相"，哪些是"词曲的变相"，哪些是"纯粹的白话新诗"，一来再次阐释成集经过，塑造新诗从旧诗词中挣脱而来的过渡形象，以表明其"历史的兴趣"和进化的真谛；二来为区别第二编与第一编的不同，专门论述为作长短不齐的句子、使诗体更自由、达意表情更曲折如意所做的"音节的试验"。出于此两点，胡适所列《周岁》属于其自我肯定的"纯粹的白话新诗"，既然为"新"，那必然包含胡适所理解的"新质"。将现代汉语的语法秩序与诗歌的句子章法融合起来，从而产生质的飞跃的《关不住了！》被称为"'新诗'成立的纪元"之作，按此种模样，《周岁》描述了一个婴儿周岁众人庆祝的热闹场面，通篇不再考虑押韵，不再考虑句中的双声叠韵，使诗的音节完全顺着诗意的自然曲折、轻重、高下，真正展示了一种"自然的趋势"，因此被其看好。而在四版之时，新诗由"草创期"的稚嫩进入了发展成熟的阶段，当初以"'新诗'成立的纪元"而自喜的胡适回过头来对已经成集的《尝试集》进行"净化"时，自然摆脱了新诗草创期那种尝试的艰辛，虽还带着"放脚的痛苦"记忆，但此时他对新诗的理解自然是发生了变化。《周岁》从被认可到被删除，可说明胡适对新诗的理解已经由从旧诗词中挣脱出来确立新诗的合法性转而思考新诗西化的规范性问题。鲁迅建议删除《周岁》乃因其"也只是寿诗一类"，言辞之间流露出对传统"寿诗"的鄙夷态度。这说明在鲁迅的理解中，新诗俨然成为纯文学的一种文类，而不再是传统文人之间的酬唱工具，这也代表了一代新文化人对新诗审美自律性的要求。也许胡适是听从了鲁迅的建议而"忍痛割爱"，但细读被删的诗作《周岁》与《自题〈藏晖室札记〉十五册汇编》会发现，一乃为《晨报》一周年纪念而作，一乃借自题札记而悼念亡友。从内容上看，前者前两节先描写《晨报》周年纪念时的场景，唱大鼓、变戏法，男嘉女宾好不热闹，后两节写诗人祝贺对方平安健全、奋斗到底；后者写诗人将十五册札记钉好，因过去都是怡荪收藏，而现在友人已故，诗人汇编札记时平添了几丝伤感。无论是祝寿还是悼友，与《尝试集》二、三编所留存的诗作中表现个人情感的《如梦令》《奔丧到家》

《我们的双生日》、怀友之作《许怡荪》《我们三个朋友》相比,从诗意上讲逊色一筹;从情感上讲,所留诗作即使缅怀亡友也显出其一贯的乐观态度。

  《尝试集》的"经典化",与胡适在版本变迁中所运用的修改和删诗策略分不开。胡适本人通过从发表到成集到再版过程中的修改,以及邀请周氏兄弟等人参与删诗,使《尝试集》由个人文本上升为"五四"一代人共同的新诗价值决策,成为一代人"公认"的新诗样品。在删诗过程中,胡适与众贤意见多有不一之处,与众不同的编选理念与目的,使他不愿意完全从新诗的审美性与艺术性上着眼,而是为呈现新诗从旧向新蜕变的进化过程而考虑诗作去留。胡适坚持这种理念,并通过自我阐释,而最终冠以"五四"一代杰出之士的智慧光芒,产生了广泛的传播效应,从而成就了《尝试集》的时代"权威性"并凝结了现代白话诗学。

第四章　胡怀琛《尝试集批评与讨论》与胡适新诗观念的转变

本章对1920年代一个非常重要而长期被忽略的案例详加探讨，这就是胡怀琛的《尝试集批评与讨论》。以此典型案例，重新审视胡适尝试并开创新诗道路之后引发的第一次集中性的讨论。这场在当时被归类为"新"与"旧"之争的事件，站在今天的立场返观，实际上涉及的是新诗的"美"与"新"的冲突。通过厘清这个讨论过程，本章寻绎出胡适所开创的以"新""西""现代"三位一体互证价值的逻辑为主导的新诗路径之外的另一种可能的发展路向。这一路向便是在新诗中建立与传统血脉的新型关系，以释放汉语经由历史储蓄而来的诗性魅力。从表面上看去，胡适对这场讨论似乎采取了一种超然甚至不屑的态度，但他后来的《尝试后集》不能说没有受益于这次讨论。

《尝试集》作为新文学史上第一部个人新诗专集，1920年3月正式出场亮相前就有新文学阵营各方为其造势。此前《新青年》已经开始积极倡导、运作白话新诗①，1918年第4卷第2号、1919年第6卷第5号先后刊载的钱玄同《尝试集·序》、胡适《我为什么要做白话诗》（《尝试集·自序》）两文相继流布于世。《新潮》杂志于1919年第1卷第4号的版权页上还登载《尝试集》即将出版的广告：

> 诸君要知道胡适之先生个人主张文学革命的小史吗？
> 不可不看　胡适之先生的《尝试集》。
> 书分两集。民国六年九月，胡适之先生到北京以前的诗为第一集，以后的诗为第二集。还有民国五年七月以前胡适之先生在美国做的文言诗词，合为《去国集》，印在后面，作一个附录。②

由于白话文的推广以及新文学阵营的宣传与普及，这样强势的媒体效应下应该是有许多读者写信求购《尝试集》，于是《新青年》第6卷第6号封面

---

① 比如译介外国诗歌，整理民间歌谣，开辟诗栏目，大量发表白话新诗，开展白话诗歌讨论及批评。
② 《新潮》第1卷第4号版权页，原广告没有标点，文中标点为笔者所加。

与目录页之间登载一则《胡适启事》:

> 我因为先登了《尝试集》的两篇序,故有许多朋友来问我这书在何处出售。其实这书不曾印好,狠抱歉的。这书大概阴历年底可以出版,归上海亚东图书馆发行。

果然,在这般造势之下,《尝试集》一经出版行销非比寻常,1920 年 9 月再版,1922 年 10 月增订四版,据胡适在四版自序中称,两年内销售到一万册。1923 年 12 月六版,1927 年 10 月九版,1935 年十五版,1940 年至十六版,印次之多,影响之大,在现代新诗史上着实罕见。《尝试集》为新诗提供了第一个历史样本,代表着当时新文化阵营对新文学的共同想象与塑造。正是由于《尝试集》出版与行销的风风火火,对其的批评之声也随之而来。

最先对《尝试集》展开批评的是南社诗人胡怀琛。他于 1920 年先后在《神州日报》和《时事新报·学灯》上发表《读〈尝试集〉》及《〈尝试集〉正谬》,对《尝试集》中诗作的具体字词进行修改和批评,引起一场论争。这场论争历时半年之久,参与之人众多,最后,胡怀琛将论争文章编纂成集——《尝试集批评与讨论》。这本诗学论争集当属现代新诗史上伴随第一部新诗集而生的第一部诗学争论专集,其意义当然不可小觑。只是从争论之初至今,该书一直未受到重视。当初,胡适只是将胡怀琛视为"不收学费的改诗先生"付之一笑,予以漠视。后来在《中国新文学大系·文学论争集》的"白话诗及其反响"里,收录了反对新文学的学衡派胡先骕的《评〈尝试集〉》,而对并不那么反对新文学,相反,还曾再三提倡"新派诗"的胡怀琛的论争,却未曾留一席之地。此后,这场笔墨官司一直沉埋在历史深处,学界少有人关注。稍有提及的多散见于钩沉旧闻的文章①,2001 年始有《给胡适改诗的笔墨官司》②一文重提旧事,介绍性地论述了这段公案。后有学者陈平原在研究《尝试集》如何"经典化"的长文里简略提及③。对此有专门研究的是姜涛的《"为胡适改诗"与新诗发生的内在张力——胡怀琛对〈尝试集〉的批评研

---

① 如赵景深的《胡怀琛》(《文坛回忆》,重庆出版社 1995 年版)、《记胡怀琛》(《我与文坛》,上海古籍出版社 1999 年版);徐重庆的《胡怀琛与新诗》(《文苑散叶》,东南大学出版社 2002 年版);薛冰的《大江集》(《金陵书话》,东南大学出版社 2002 年版);李力夫的《胡怀琛与大江集》(《民国杂书识小录》,上海远东出版社 2011 年版)。
② 黄德生:《给胡适改诗的笔墨官司》,《读书》2001 年第 2 期。
③ 陈平原:《经典是怎样形成的——周氏兄弟等为胡适删诗考》,《鲁迅研究月刊》2001 年第 4、5 期。

究》①，姜文以"改诗"事件为切入点，从胡怀琛的身份及发言姿态，还原新诗发生期新旧诗坛碰撞的复杂格局，论述其"改诗"背后隐藏着的对诗歌之"新"的发明权的争夺；再从诗学层面挖掘其争论所暴露出来的新诗发生期的基本困境——"音节"问题所呈现出来的旧诗的"阅读程式"，以及新诗表意方式的改变所导致的"意义"与"声音"之间的内在张力。姜涛后在其专著《"新诗集"与中国新诗的发生》中，专门以"'新诗集'与新诗的阅读研究"开辟章节，以"为胡适改诗：胡怀琛的'读法'"为其中一节，从"音节"争论所体现的以"声音"为中心的传统诵读方式，为新诗以"意义"的逻辑关联和转换而导致的"私人性的阅读"所取代入手，揭示出新诗成立的合法性关键。

　　无论是简略提及，还是著文论述，对"改诗"事件的理解都基于一个相同的前提，即将之自然而然地放在新旧之争的场域来进行考察。由于胡怀琛及讨论者计较于"音节"等细枝末节问题，而关于音节的讨论又与传统诗韵问题缠绕在一起，在"五四"文学场域那种与传统誓相决裂的西化氛围中，胡怀琛最终只落得个"守旧的批评家"的归属。然而，这看似琐细微末的"音节"之争的背后，却实在涉及对新诗发展道路的不同理解与设想。胡怀琛计较于诗中某个字改或是不改，其理念是基于汉语诗美原则。与反对新诗的旧派的不同在于，他是在承认"新诗"的前提下，甚至是在自己也积极地尝试新诗的前提下，讨论新诗之为新诗的"美"的问题。所以，本书将这场争论定义为新诗内部的路向之争。我们知道，古代汉语诗的音乐美以声调体现，当新诗抛弃了传统诗词以声调体现的音乐美，以口语为基础的现代汉语新诗，便只能以"音节上的试验"来体现其区别于散文的音乐性了。② 所以，音节问题在这个时候上升成为新诗得以成立的基本问题。胡怀琛的争论实际上是要求新诗从音节声韵上获得更多的与传统诗美相匹配的要素，或者说，他是在向新诗实践索要汉语诗歌特有的语言声韵之美。可以说，这场在当时被归类为"新"与"旧"之争的事件，如果站在今天的立场返观，实际上涉及的是新诗的"美"与"新"的冲突。因为胡怀琛立足于汉语诗美，所以他的"美"不能不以传统汉语诗美为参照；而以胡适为旗帜的新诗派，立足于出离汉语传统诗歌的"新"，所以他的"新"不能不借力于西方。因此，这"美"与"新"冲突的背后，涉及的便是新诗的中西血脉问题了。新诗在当下所面临的种种困惑，诸如汉语诗魂何在，汉语诗性的失落与再生问题，全球化语境中新诗的文化身

---

① 姜涛：《"为胡适改诗"与新诗发生的内在张力——胡怀琛对〈尝试集〉的批评研究》，《北京大学学报》（哲学社会科学版）2003 年第 6 期。
② 参见刘纳：《新文学何以为"新"——兼谈新文学的开端》，《中国现代文学研究丛刊》2012 年第 5 期。

份焦虑问题……所有这些，我们都可以通过重新回到新诗发生的现场，检点那些曾经被新文化正统力量所压制了的历史碎片，在解释的循环中，既获得对历史的新的认知，也获得对现实的新的启示。基于这样的想法，我们回过头来重新阅读《尝试集批评与讨论》，回顾胡怀琛为胡适改诗事件的始末。

第一节　《尝试集批评与讨论》的论争焦点

由胡怀琛所引发的围绕《尝试集》的批评讨论，从1920年4月起到1921年1月止，先后有刘大白、朱执信、朱侨、刘伯棠、胡涣、王崇植、吴天放、井湄、伯子等在《神州日报》《时事新报》《星期评论》等报刊发表论辩文章。按照胡怀琛的弟子王庚的说法，这次大的笔墨官司分为两大派，胡适一派分别为刘大白、朱执信、胡涣、王崇植、吴天放、井湄、伯子，胡怀琛一派分别为朱侨、某某、刘伯棠。① 参与论争的12人中，除刘大白为著名诗人、文学史家，朱执信为早逝的革命家、思想家外，其余人都不为我们今天所熟知。换句话说，参与讨论的都是我们今天看起来陌生的、非新文化阵营领头人物的一般读者，他们的言说为我们打开了新文学主流阵营之外的另一番天地。从派别人员分布来看，支持胡适的人明显多一些。联系前文所说《尝试集》出场前的铺垫与出版后的畅销，不难理解，《尝试集》作为新文学的产物，其被广泛接受，代表了当时趋新者的普遍心理。然而，当胡适在一边"傲慢"地沉默时②，这些胡适的"代言者"们究竟于新诗如何理解？他们是否就代表胡适的声音？胡怀琛所争论的焦点又在何处？双方在琐细末微之处不厌其烦的争论所反映的又是怎样不同的诗学观念？

《尝试集批评与讨论》分为上下两编，上编主要围绕音节问题，下编主要围绕用字问题。上编的起点是胡怀琛于1920年4月发表在上海《神州日报》上的《〈尝试集〉批评》。在文中，胡怀琛申明讨论的是诗好不好的问题，并不是文言和白话的问题，也不是新体和旧体的问题。这个出发点与胡适截然不同，胡适尝试新诗的目的正在于用白话取代文言，希冀创造出能够容纳现代汉语的新体诗。但无法忽略的事实是，早期白话自由诗确实在诗美问题上存在困境，过分的白话化与散文化使其丧失了汉语诗歌固有的诗性之美。胡怀琛之所以这样表态，是出于强调自己的立场——对新诗不排斥。也就是说，他是在认可胡适所倡"新诗"的前提下，从诗美角度对胡诗进行字词的修改。我们且看胡怀琛究竟如何改的：

---

① 王庚：《尝试集批评讨论的结果到底怎样？》，《诗学讨论集》，中山图书公司1971年版，第76页。
② 从后文的论述来看，胡适对这场论争其实并非无动于衷。

《黄克强先生哀辞》(胡适)	《黄克强先生哀辞》(胡怀琛)
当年曾见将军之家书， 字迹娟逸似大苏。 书中之言竟何如？ "一欧爱儿，努力杀贼："—— 八个大字，读之使人慷慨奋发而爱国。 呜乎将军，何可多得！	当年见君之家书， 字迹雄逸似大苏， 书中之言为何如。 "一欧爱儿，努力杀贼" 读此八字，使人精神奋发而爱国， 呜呼，此言何可再得。

《黄克强先生哀辞》这首诗改动有五处：第一处，将第一行九个字改作七个字，与下面两句七个字相对应，其理由是："既然九个字与七个字无分别，就用七个字，使得更整齐。（如万不得已，要用九个字，也无妨用九个字。）"第二处，将"娟逸"改作"雄逸"，其理由是：亲眼见到黄克强先生的书法，"很硬很健，不能算娟"。第三处，将第三行"竟"字改"为"字，其理由是："竟字下得太重，太着力，这里用不着。"第四处，将"慷慨"二字改为"精神"，其理由是：下文"奋发"二字，是说"精神奋发"，"倘没此二字，奋发二字便无根"。第五处，将末行"何可多得"改作"此言何可再得"，其理由是，照原文看，全首并没有说到黄先生死了，"何可再得"便明确说到他已死了，并且，将"将军"改为"此言"，与前两行联系得更紧密，"再"字也和开场"当年"二字联系起来，改后全首诗便首尾贯串了。

《蝴蝶》(胡适)	《蝴蝶》(胡怀琛)
两个黄蝴蝶，双双飞上天。 不知为什么，一个忽飞还。 剩下那一个，孤单怪可怜； 也无心上天，天上太孤单。	两个黄蝴蝶，双双飞上天。 不知为什么，一个忽飞还。 剩下那一个，孤单怪可怜； 无心再上天，天上太孤单。

《蝴蝶》这首诗最后一句"也无心上天"改为"无心再上天"，其理由是："读起来方觉得音节和谐。"

《小诗》(胡适)	《小诗》(胡怀琛)
也想不相思，可免相思苦。 几次细思量，情愿相思苦。	也要不相思，可免相思恼。 几度细思量，还是相思好。

《小诗》成为后来争论的焦点，其改动有三处：第一处，将第一句"想"字改为"要"，其理由是：和下文"相"字同是"一声"（一平一上），读起来很不顺口。第二处，将第三句"次"改作"度"，其理由是：原文"次"和"思"音相近，读不上口。第三处，将两个"苦"分别改作"恼""好"，其理由是：免去两句末尾同用一个"苦"字。这里胡怀琛专门指出："我也不是说一定不能用，不过能够

免去,还是免去的好,若是天生成的一种诗句,便是两句完全相同,也决不能硬改。"

《送叔永回四川》第三节(胡适)	《送叔永回四川》第三节(胡怀琛)
这回久别再相逢,便又送你归去,未免太匆匆。多亏得天意多留作两日,我做得诗成相送,万一这首诗赶得上远行人,多替我说声"老任珍重珍重"。	这回久别再相逢,便又送君归去,未免太匆匆。多亏得天公多留作两日,我做得诗成相送,万一这首诗赶得上远行人,多替我说声"老任珍重珍重"。

《送叔永回四川》这首诗改动有两处:第一处,将"你"字改为"君"字。第二处,将第二行"意"字改为"公"字。其理由是:"君"比"你"、"公"比"意"声音都长些,"读起来方有天然的音节"。另外,胡怀琛批评其第四行完全是"西皮二簧","决不是新诗"。

平心而论,胡怀琛所改之处有他一定的道理。其所改的标准是汉语的"诗美",而这个"诗美"原则是读起来"音节和谐"。新诗成立之后,音节问题曾一度成为争论的焦点。白话取代文言之后,大量双音节、多音节词取代了文言的单音节字,文言本身有一种诗性的美,白话却偏向于口语,白话替代文言必然导致传统诗歌里那种天然的多义而模糊的诗性美的缺失。胡怀琛的"改诗"正是意识到新诗白话化和散文化之后所带来的汉语诗美的丧失,所以如此执着地纠缠于个别字句的修改。当然,胡怀琛改诗的标准,没有脱离传统诗词审美标准的参照,因为传统诗词将汉语的诗性之美发扬到极致,虽然这里有文言、白话之别,但白话新诗毕竟也是汉语诗歌,针对胡适所开创的在"断裂"中求新,胡怀琛显然更倾向于在"联系"中葆有汉语诗美。比如,《黄克强先生哀辞》将九字改为七字,以使上下两句整齐;《小诗》中避开两个"苦"字重复——字形相同的字互押是文言诗所避讳的;《送叔永回四川》中最后一句因接近"西皮二簧"而被其否定等。但其最为核心的标准,还是读起来和谐与否。新诗的音节问题事实上确实是新诗诗美的核心所在,从这一点来看,"改诗"实不为过。其改诗冲突,起于"新""美"之异,实际上涉及的是中西之路。这样,两人的对话就产生了文化路向上的偏差,而双方的支持者为反驳对方所拿出的证据,虽显得琐细,有些甚至看似意气无理,却都能从文化路向上寻绎出大致的审美趣味或诗学观念。

首先,诗歌是否应该修改和能否修改,这个问题涉及的是中西不同诗学批评方法。

就"改诗"本身而言,从胡适的复信来看,他对胡怀琛是不满的。胡适并未直接复信,而是写信给编辑张东荪,指出:"他这篇书评却也别致,他不但批评,还替我大大的改削了好几首诗,这种不收学费的改诗先生,我自然很感谢。但是我有一点意见,想借你的学灯栏发表。评书的人是否应该替作者改书,这个问题,我暂且不讨论。我的意思以为改诗是很不容易的事,我自己的经验,诗只有诗人自己能改的,替人改诗至多能贡献一两个字,很不容易,为什么呢,因为诗人的'烟士披里纯'是独一的,是个人的,是别人很难参预的,我想做过诗人的人大概都能承认我这话。"①胡适强调诗是个性表现,是个人性的独创活动,其立论依据是个人主义,这也是西方现代文化的基石。胡怀琛同样致信张东荪就此问题说:"当改与不当改的问题,照普通说,处在批评的地位,是不能改作者的文字。但是我现在所批评的,是文字好不好的问题,我处在批评的地位,可以评他不好,这句话想是公认的。然好不好没有界限,是因比较而生的。我现在评他不好,读者必要问我,如何才算好,这是我不得不立个好的标准。所以我改他的诗,便是立个好的标准,和普通的改写不同。"②显然,胡怀琛的回应也有道理,批评者修改别人的作品,属于中国传统文学的一个小传统,古代题壁诗常常引来网络跟帖式的意见,其中就不乏改诗的动作,古人诗话词话里也有改别人诗的举动,金圣叹评点《水浒》并腰斩《水浒》,也是连评带改的范例。所以,胡怀琛的诗评里流的是传统中国文学批评的血脉。这血脉在倡导个性主义的胡适看来,确实有不尊重个性的文化基因包含在内,所以为胡适所不屑。关于新诗规范性的确立,当然不是胡怀琛个人所能完成的,然而胡怀琛的这番话却表达出他试图通过改诗来思考"怎样的诗才是好的新诗"这个问题。胡怀琛的支持者们却并未意识到其初衷。朱侨强调改诗只要和作者原意不矛盾即可,既然改,一定是不好才会改,他认为胡怀琛在没有违背原意的情况下改得好。而未署姓名的某位读者甚至批评胡适的"傲慢"心理,认为其提倡文学革命以来"风头出得十足","惯受人家恭维",成为青年的"新偶像",大家都是拿他的话做"金科玉律",没有人敢去批评的。胡怀琛这两个支持者并未在诗学问题上讨论具体问题,虽也是谈改与不改的问题,但似并未理解胡怀琛的本意,而略有意气争论之嫌。

其实,西人的文学批评长于逻辑演绎,常常是宏阔大论,胡怀琛的批评与"改诗"却是琐细的字斟句酌。庄子有言,道之"无所不在","在蝼蚁""在稊稗""在瓦甓""在屎溺"③,中国人强调的是于微末与不起眼之处见精神。因

---

① 《胡适致张东荪的信》,胡怀琛编:《尝试集批评与讨论》(上),泰东图书局1925年版,第13—14页。《尝试集批评与讨论》于1923年3月初版,1925年3月三版,本章所涉及该书内容均引自1925年第三版。这本书分为上下两编,上编与下编都是单独重起页码,所以本章凡引用该书标注页码时,都分别标上上、下。

② 《胡怀琛致张东荪的信》,胡怀琛编:《尝试集批评与讨论》(上),泰东图书局1925年版,第15—16页。

③ 《庄子·知北游第二十二》,郭象注:《庄子注疏》,中华书局2010年版,第399页。

此中国的诗歌批评尽是诗话词话等琐琐碎碎的一类，古有贾岛苦吟"推敲"的佳话，历代诗论家有"红杏枝头春意闹"一句中"闹"字的争论。称赞者如王国维在《人间词话》中说："'红杏枝头春意闹'，著一'闹'字，而境界全出。"①反对者如李渔说："若红杏之在枝头，忽然加一'闹'字，此语殊难着解。争斗有声之谓闹。桃李争春则有之。红杏闹春，予实未之见也。……予谓'闹'字极粗极俗，且听不入耳，非但不可加于此句，并不当见之诗词。"②刘熙载认为："词中句与字，有似触著者，所谓极炼如不炼也。晏元献'无可奈何花落去'二句，触著之句也。宋景文'红杏枝头春意闹''闹'字，触著之字也。"③同一"闹"字便引来诗学研究者那么多不同的理解，可见，对字词的斟酌本身就是传统诗学的题中应有之义。胡怀琛为胡适改具体字词，其背后无疑有着传统诗学方法的参照尺度，而胡适强调诗人灵感的独一无二性，强调他人很难参与，无疑是以西方现代性的自我表现观念或重逻辑推演的批评方法为参照尺度。

其次，对"音节上的美感"的不同理解，这个问题涉及的是对新诗诗美标准的分歧。

新诗的特点首先是以白话取代文言。古代汉语以单音节词为主，具有简洁、庄重而典雅的美学特点。当然，古代汉语词汇中也有双音节词，如"仓皇""窈窕"之类的联绵词，"琵琶""可汗"之类的外来词，"公姥"之类的偏义复词，"天子""布衣"之类的特定称谓等等。但大多情况下，传统诗词仍以凝练简洁的单音节文言词汇为主。白话接近日常生活语言，具有口语化的特点，其词汇、句法与韵味都与文言有着很大区别。如何在新诗中最大限度地释放白话口语的生命力与诗性，到现在都是一个无法彻底解决的重要问题。胡怀琛似并未纠缠于白话或者文言的问题，其"改诗"以是否符合"音节上的美感"为标准，而这种标准也是来自传统。不独胡怀琛如此，胡适及"胡适派"都实质上在传统诗词押韵规范的参照下进行言说。胡适为求"自然的音节"之美而在用韵方面进行尝试，其寻找合法性依据时都会回溯到传统诗词上。

胡适在复信中未提及其他诗作，唯独回应了《小诗》的修改，称胡怀琛改得"都错了"：

---

① 王国维：《人间词话》，上海古籍出版社 2008 年版，第 2 页。
② 李渔：《窥词管见》，陈良运主编：《中国历代词学论著选》，百花洲文艺出版社 1998 年版，第 359 页。
③ 刘熙载：《艺概·词概》，陈良运主编：《中国历代词学论著选》，百花洲文艺出版社 1998 年版，第 584 页。

> 我的原题是"爱情与痛苦",故有"情愿相思苦"的话,况且"想相思"三个字是双声,"几次细思"四个字是叠韵,胡先生偏要说"想"与"相"、"次"与"思"读不上口,所以要改。这是他不细心的错处,他又嫌我二四句都用苦字煞尾,故替我改押"恼""好"两字,他又错了。我这首诗是有韵的,押的是第二句和第四句的第二字,"免"和"愿"两字,这种押韵法是我的一种尝试,好不好是另一个问题,但他的改本便把我要尝试的本意失掉了。①

这样,便将双声叠韵和句中押韵问题摆上了台面。在胡适的观念中,白话由于双音节词汇的增加,要摆脱传统诗词固定语音结构的束缚,自然很大程度上依赖于双声、叠韵所形成的音乐之美以及不独遵循于句末押韵,尝试在句中进行押韵。然而,这与传统诗词的审美规范发生了冲突。胡怀琛依循传统语法规范指出:利用双声字,一般是形容词相连,如"叮咚""玲珑";叠韵如"苍茫""迷离"一类,并没有像他如此双声叠韵的。而对于句中押韵的问题,胡怀琛认为"第二句的第二字和第四句的第二字"这种押韵,看不出来"是他创造"的,即使认可这样的格式,"读起来也不好听":

> 我们读的时候,在"可免""情愿"两处,不得不停顿一下,而且这两个要读重些,下面各三字要读轻些。这样一读,便变成上七下三的两句诗。而且下三字都是几几等于无声。(因为须读得轻的缘故)。这还成个甚么音节。②

胡怀琛之言表达出两点意思:其一,在诗中运用双声叠韵以及句中押韵,并非胡适首创;其二,即使如此利用,如果不能增强诗歌的音节之美,则这种尝试并无必要。

胡适的支持者刘大白则从六朝诗句到张衡、沈括、杜甫的诗作等举例论证双声、叠韵自古有之,如沈括的"几家村草里,吹唱隔江闻",四个双声,并不是连绵的形容词;"月影侵簪冷,江光逼履清"两个叠韵,也不是"苍茫""迷离"一类的叠法。并指出,句中用韵在毛诗里也多见。他还以杜甫的《杜鹃》诗"西川有杜鹃,东川无杜鹃。涪万无杜鹃,云安有杜鹃"为例,说明其中

---

① 《胡适致张东荪的信》,胡怀琛编:《尝试集批评与讨论》(上),泰东图书局1925年版,第14—15页。
② 《胡怀琛致张东荪的信》,胡怀琛编:《尝试集批评与讨论》(上),第18页。

"川""安""万"都是押韵。① 但胡怀琛指出刘大白忽略了他所说的"利用"二字。对于"叮咚""苍茫"一类的词,他是指除了这样的字,其他不必利用。因为"利用"二字"是用了能增加文字的优美,倘然不能增加文字的优美,又有他字可代,落得不用,像胡适之先生的诗,便是可以不用,他却特别说出来,这是双声,这是叠韵。所以我不赞成"②。针对刘大白在古人成句中找到的例证,胡怀琛指出古人这样的用法大致有三个原因:

（一）并非有意用双声叠韵,增加文字的优美,刚巧那两字是双声叠韵,却也无法用它字代。……

（二）古人故意用双声叠韵字做诗,算一种游戏诗,和回文、限字、全平、全仄,是一类的。……

（三）古人的成句如此,或者是古人的毛病,我们也不能全认他是好。(好不好另有真理,不能将古人做标准)……③

在胡怀琛看来,增加文字优美的双声叠韵需要两字性质相同,声调同轻重,并且一句诗里,用双声叠韵字不能超过半数,否则读起来好像"口吃"④。胡怀琛还指出刘大白所援引之例《大雅》中的"文王曰咨,咨汝殷商"一句,"文""殷"是押韵,"王""商"是押韵,这是很复杂的问题,《大雅》因要谱入管弦,也许是受了乐谱的牵制生出这种变化。古诗中有很多是因为声调的牵制形成倒装才有了句中碰巧押韵的情况,而胡适的诗与此并不相同。⑤ 至于《杜鹃》诗,胡怀琛认为"川""安"押韵显得牵强,因《杜鹃》是无韵诗,像古诗"鱼戏莲叶东,鱼戏莲叶西,鱼戏莲叶南,鱼戏莲叶北",也都是无韵的诗。胡怀琛还指出,胡适在《小诗》跋语中称其乃用《生查子》词调所谱,既然是依词调,就不能在中间押韵。⑥ 这里,胡怀琛对新旧的区分意识特别鲜明,他不反对无韵诗,也就是说,押不押韵并不重要,但若要押韵,就应该遵从押韵规律,否则,不如写完全自由的新诗。

胡怀琛的支持者刘伯棠也论及音节之美的实质问题。他指出《小诗》中的押韵方法,显得"奇异",诗歌押韵是为了使音节和谐,以此表现诗人的优

---

① 《刘大白致李石岑的信》,胡怀琛编:《尝试集批评与讨论》(上),泰东图书局1925年版,第19—22页。
② 《胡怀琛致李石岑的信》,胡怀琛编:《尝试集批评与讨论》(上),泰东图书局1925年版,第23页。
③ 同上书,第23—24页。
④ 同上书,第29页。
⑤ 同上书,第26页。
⑥ 同上书,第29—30页。

美情感,使读者有美的享受,"所以从来做诗人,都是把押韵在句尾的一个字"。刘伯棠的言外之意,实际上是认为中国古诗之美在于句末的押韵,古诗中并不排斥句中押韵,然而,如何押韵才美,却不得不落实在句末。他又质疑胡适用的这种"特别的押韵法","既是第二字押得韵,那么第三第四个字也都可押得么"? 那么,"白话诗"长短不一,究竟如何押韵? 刘伯棠强调其并不反对白话诗,只是对于新诗的"押韵"方法存在疑问,在他眼中,不押韵就可以不押,也能形成一种"自然的天籁",但既然押了韵,就要体现出押韵之美。刘伯棠还指出,将胡适的诗"平心静气的吟诵",确是如胡怀琛所言读起来有不和谐的弊病。①

胡适的支持者胡涣则认为胡适用尝试之法,将韵押在中间,"正如前人和诗步韵,可以不照元韵的次叙",所以,可以用《生查子》词调来试验尝试的押法。② 胡怀琛在反驳时以胡适的另一首诗歌《他——思祖国也》为例,指出其价值所在,正可以说明押韵在中间,但其格式和《小诗》不同。其一、八句都是"他"字在尾;其二、"爱""害""对""待"都在第四字,读到这几个字,自然而然会读得重些;其三、此诗读起来很自然,没有一丝勉强做作,所以觉得好。并举出《我的儿子》一节:

> 我实在不要儿子,
> 儿子自己来了,
> 无后主义的招牌,
> 于今挂不起来了。

胡怀琛指出:"这节是'自''起'两字押韵呢? 还是两个'来'字押韵呢? 还是两个'了'字押韵呢? 还是竟没有韵?"胡怀琛之意为,这些诗是自由诗体,无须在韵上去研究。但如若是依《生查子》所谱就应该严守其韵律规范,否则"那便无所不可了,一切的问题都不用讨论了"。③

与其他人不同的是,朱执信对"自然音节"有着不同的看法。他针对胡适在《谈新诗》中所说"白话诗里只有轻重高下,没有严格的平仄"④,并未像其他人那样纠结于新诗用韵的问题,而是一针见血指出胡适对"音节"的含

---

① 《刘伯棠致胡适之函》,胡怀琛编:《尝试集批评与讨论》(上),泰东图书局1925年版,第58—59页。
② 《胡涣致李石岑函》,胡怀琛编:《尝试集批评与讨论》(上),泰东图书局1925年版,第64页。
③ 《胡怀琛致李石岑函》,胡怀琛编:《尝试集批评与讨论》(上),第67—69页。
④ 胡适:《谈新诗——八年来一件大事》,《胡适全集》(第1卷),安徽教育出版社2003年版,第171页。

混之处,"似乎诗的音节,就是双声叠韵",而且对"平仄自然""自然的轻重高下","说得太抽象","领会的人恐怕不多"。① 他敏锐地看到新诗如果仅仅只是寻求在双声叠韵上如何和谐,并没有真正抓住新诗音律的要领。他提出"声随意转","要使所用字的高下长短,跟着意思的转折来变换"②,将诗歌的声律从外在声律转向了内在声律论。传统诗论主张"无韵者为文,有韵者为诗",其固定的语音结构框架是中国古典诗歌的基本生存点。汉语诗歌独立自足的"诗语"系统是以外在声律为中心的,所以诗歌都是以外在音节的和谐为宗旨。内在声律论使语义成为诗歌声律的中心,这也正合于胡适所谓"丰富的材料,精密的观察,高深的理想,复杂的感情,方才能跑到诗里去"的主张。朱执信实质上是将不同于古代诗歌语音节奏模式的"语义"逻辑明确地阐释出来③,胡适对此非常认可,他在《〈尝试集〉再版自序》中写道:

> 我极赞成朱执信先生说的"诗的音节是不能独立的"。这话的意思是说:诗的音节是不能离开诗的意思而独立的……所以朱君的话可换过来说:"诗的音节必须顺着诗意的自然曲折,自然轻重,自然高下"。再换一句话说:"凡能充分表现诗意的自然曲折,自然轻重,自然高下了,便是诗的最好音节"。古人叫做"天籁"的,译成白话,便是"自然的音节"。④

至此,胡适才明确了"自然的音节"与传统诗歌语音节奏模式的根本区别,这是其传统诗体的大解放所必须经历的环节,这个环节并非朱执信一语道破,而是胡适在译诗《关不住了!》的音节模式中寻找到的,从而与朱执信形成回应。当意识到这一点时,在双声叠韵问题上,胡适坦然承认双声叠韵"偶然顺手拈来"可以增加"音节上的美感",唐宋诗人作的双声诗和叠韵诗,都只是游戏,不是作诗。这不正与胡怀琛所说一致吗?但不同的是,胡适指出其不同于传统诗词双声叠韵的根本之处在于:诗的音节不能离开诗的意思而独立。为回应胡怀琛的批判(依"生查子"谱词则不应该尝试句中押韵),胡适举出《生查子》一诗表示其中一、五句都不合正格,但由于其依着词意的自然音节的缘故,而并不觉得它不合音节。⑤ 正是由于二者的出发点与参照系不同,对于"音节上的美感"问题才产生了如此大的分歧。《尝试集》挣脱传统

---

① 朱执信:《诗的音节》,《尝试集批评与讨论》(上),泰东书局1923年版,第31页。
② 同上书,第34页。
③ 参见姜涛:《"新诗集"与中国新诗的发生》,北京大学出版社2005年版,第106页。
④ 胡适:《〈尝试集〉再版自序》,《胡适全集》(第1卷),安徽教育出版社2003年版,第202页。
⑤ 同上。

的痕迹本身也表明胡适在中西血脉问题上的复杂性,传统成为胡适欲摆脱却又无法完全摆脱的阴影,西化是胡适最终挣脱传统的方法和路向。而胡怀琛则是在不排斥旧诗的前提下,以传统诗美规范为参照来要求新诗。这些"音节"之争,看似细微琐屑,背后却隐藏着各自对新诗美学规范问题的思考。

再次,对新诗中现代汉语规范问题的思考。

"音节"之争方兴未艾,胡怀琛又在《时事新报·学灯》上发表《〈尝试集〉正谬》一文。如果说在《〈尝试集〉批评》中,胡怀琛以音节是否和谐为标准为胡适改诗,那么此文则是以用字是否准确为标准。这次所改诗作为《一颗遭劫的星》《我的儿子》《三溪路上大雪里一个红叶》《病中得冬秀书》4首。《一颗遭劫的星》所改之处为"那颗星再也冲不出去了"中的"去"字改为"来",其理由为:原来星被云遮了,人在云下,星在云外,我们恨看不见星,前面说"好容易一颗大星出来"中的"来"字用得不错,后面却错了,想是押韵之故,但也不应该如此。《我的儿子》所改之处为"儿子自己来了"的"自己"改为"偶然"或"偏偏",其理由为:按照语言习惯,用到"自己"二字,当是表明和以外的人完全没有关系,而"儿子自己来了"一句在事理逻辑上有误;"花落偶然结果"一句中"偶然"改为"自然",其理由为:照理说,开花结果是自然之事,开花不结果,才是偶然的。《三溪路上大雪里一个红叶》所改之处为"雪色满空山"中的"雪色"和"抬头忽见你"中的"抬头"改为"举目",其理由为:雪色并不是雪的整体,色是浮在空中可见不可即的东西,凡用色字,大都是远景。"雪色满空山"后接着说"踏雪摘下来",那踏雪自是身在雪中,非远景而是近景了。"抬头"二字,既然要抬头,那红叶便很高了,既然很高,如要摘下,一定要爬树,所以不合常情。想象当时情形,当是一株很矮的小树,树上一个红叶,他随手摘下来,所以不用"抬头"而应该用"举目"。《病中得冬秀书》中"也是自由了"中的"自由"误当动词用,不合语法规范。

胡怀琛的此次改诗再次证明了其立场并非旧派,他并非站在旧的立场上反对新诗,而是站在"新诗"的立场上来谈"新诗"。此时的胡怀琛似乎不再纠缠于音节美不美的问题,而是讨论白话用字当不当的问题。新诗的成立是白话战胜文言的战利品,胡怀琛作为汉语诗美的守护者,似乎也被"五四"那个时代裹挟而下的"西化"潮流所带动。看上去,他是在思考新诗语言的规范性问题。新诗既然用白话写成,白话成为取代文言的现代汉语,在诗歌中成为一种诗性的新的书面语,规范性的建立是必需的。那么在新诗中,如何让现代汉语规范而精准地表达诗意,既是现代汉语在当时面临的重要课题,也是新诗必然面临的基本课题,在新诗草创时期由胡怀琛批评引发,形成争论,当属于新诗历史上不应忽视的一页。

胡怀琛针对王崇植批评其过于机械,将他人的诗拿来删改是专攻词藻之举指出,胡适的诗从王崇植所论诗的"意"与"形"两方面看,属于"意美形式不美",不能算"上诗",严格说起来,导致这种情况的原因就是其"用字错",而非"词藻问题"。胡怀琛强调"词"而非"藻",表明其意在新诗的用词规范,即现代汉语规范问题。他还指出胡适在《寒江》一诗中"浮冰三百亩,载雪下江来",胡适原注:"亩字杨杏佛所改。原作丈,不如亩字远矣。"在这一点上,无论胡怀琛改得是否合适,其初衷与胡适是一致的。《尝试集》是胡适为了造就"文学的国语"而创造"国语的文学"所发起的攻坚战的代表性果实。新诗成立之初,适应新时代的新需要的"欧化的白话",充分吸收了西洋语言的"细密的结构",以表达"复杂的思想、曲折的理论",成为当时白话文学语言的主要趋势。胡适遵从杨杏佛之意将"丈"改为"亩",正是出于强调新诗之现代汉语的精准性。胡怀琛身处那样一个西化的时代,虽坚守汉语诗美阵线,也难免会受整体趋势的影响。对于"来"与"去"的问题,他指出乃是方向的差误,应该纠正,并举例道:"譬如有人在门外,我们要他进来,应该说:请进来! 在英文说 Come in! 无论在中文在英文,同是一样,同是不能差误的。又举例道,譬如我在上海,我的情人在济南,我写信给伊,说道:我很想见见你! 希望你向南边来走一遭! 这样便不差,又如说道:我很想见见你,希望你向北面去走一遭! 这样说请问差不差? 果然他往北走去,那愈走愈远,愈不能见面了。"① 胡怀琛强调,诗里的事实可真可假,但用字决不能错。当现代汉语取代古代汉语之后,如何在西化的新诗中发展汉语之美,这种美已经不同于古代汉语多义而模糊的诗性美,而是偏于西化,讲求精准的美。胡怀琛自身在无形中受到西化影响的同时,在讲求新诗语言的精准化的同时,其诗学出发点还是诗美的原则。这看似有些迂腐的纠缠,其背后的立场,仍然是出于思考与维护新诗的汉语诗性之美。

当胡怀琛亲近新诗,出于对现代汉语的规范性的思考而为胡适改诗时,胡适的支持者却有从传统韵律方面来反驳他的。如井湄在反驳胡怀琛对"来"与"去"的辩论时,认为胡适原字"去"用得好,是因为押韵之故,显得声好,改句不押韵,反而不好。"举目"没有"抬头""响亮","读起来便觉得拗口了"。② 井湄的批评主要从意、色、声三个方面,虽则维护胡适,其评价参照实为传统。伯子在反驳时认为胡适用"去",是"以星对云而言,不是以星对人

---

① 《胡怀琛给王崇植的信》,胡怀琛编:《尝试集批评与讨论》(下),泰东图书局 1925 年版,第 19 页。
② 井湄:《评〈尝试集正谬〉及〈尝试集〉里的原作》,胡怀琛编:《尝试集批评与讨论》(下),泰东图书局 1925 年版,第 52 页。

而言",若是改为"来",便没有"神气","不但声韵不好罢了"。① 伯子在这里强调的"神""气",都是中国传统诗学体系中的概念术语。与胡怀琛比起来,胡适的支持者批评的参照倒似乎显得暧昧不明。

最后,对新诗性质的不同思考,这个问题涉及的是新诗的文学性与科学性。

针对胡怀琛的《〈尝试集〉正谬》,王崇植指出其评诗过于"机械":"文学不比科学,另有文学的特彩。"新诗应该具有文学性,如果用科学眼光看诗,则其诗意全失。用机械的方法评诗所指出的"差误"并非"诗"的"差误",因为"诗里的事实可真可假,只要其意可取就够了"。王崇植所理解的新诗的"文学性"重在"内感"而非形式。在他看来,诗应该定义为"一种天籁或者是自然的歌曲",兼具"内感"和"形式"两个方面,"内感"是指"造意","形式"则包括"修辞谐韵"。两者兼具才是"上诗","意美而形式不美者次之","专攻辞藻斯其下矣"。② 对诗的等次所做的分类,可以看出王崇植对新诗"意"的重视,他指出:"评诗的立足点是应先在作意上,再推到形式上去,你却专站在机械方面,且把他人的诗来删改,改了做成首笨诗罢了。"③诗人作诗凭着一时的灵感和冲动,这种诗性思维是不受日常逻辑定势的束缚的,在此方面,诗歌中的文学性常常与科学性相冲突。

其实,胡怀琛并非不知诗的文学性问题,他所举之例如"竹外桃花三两枝""轻舟已过万重山",也是为说明桃花究竟有几枝,到底有几重山,是断说不清楚也不需要说清楚的。但他强调需要"拿科学的方法来说文学的构造",其理由是,中国旧文学家不知道科学的方法,他们说的话,大半是糊糊涂涂,知其然而不知其所以然。所以,胡怀琛表示很想矫正这种现象,处处采取分析评论好不好,并指出所以然的理由。既然研究哲学精神学的人,都拿科学做根据,都用着科学的方法,那么研究文学,也要用科学的方法,才能矫正中国旧文学家的弊病。④ 胡怀琛的这种理解想是当时风气所致,果然其后吴天放作文批评时还画了图形表示人、云、星的距离和位置,来证明究竟该用"来"还是"去"。吴天放在反驳胡怀琛对《我的儿子》中"自己"一词的批评时,还指出当时的特殊情形:"我辈青年,男女间有一种'床笫行为'确不像老

---

① 伯子:《读胡怀琛先生的〈尝试集正谬〉》,胡怀琛编:《尝试集批评与讨论》(下),泰东图书局 1925 年版,第 55 页。
② 《王崇植给李石岑的信》,胡怀琛编:《尝试集批评与讨论》(下),泰东图书局 1925 年版,第 10 页。
③ 同上书,第 11 页。
④ 《胡怀琛给王崇植的信》,胡怀琛编:《尝试集批评与讨论》(下),泰东图书局 1925 年版,第 26 页。

年人为嗣续主义所驱迫,生子育儿,有时难为因果关系,不过是附带而来。适之先生更会挂有无后主义的照牌,说是'实在不要儿子',而儿子不由他竟来了。所以他说'儿子自己来了'。"①此说可见当时青年对于性和婚姻不同于传统的新观念。吴天放批评胡怀琛没有把上下文前后句贯穿检点,设身处地想象作者所处情境,便贸贸然对于上面私意的某字某词抽出来作零碎的抨击,并说"地理关系的诗《三溪路上大雪里一个红叶》,至少要把三溪路的情形闭着眼去神游一番才是"②。将诗歌批评落实到字词、语法规范以及物理、地理等科学范畴,也表明"五四"那个时期追求科学的"西化"风气之盛。吴天放一方面强调诗是一种心声,应该没有拘束的规律和一定的标准,也没有好与坏的区别,所以不该用"谬"或"不谬";但另一方面,他也不自觉地认可胡怀琛对于雪、雪色等的地理空间的区分,试看其对《三溪》一诗的辩护:

> 论雪色一段可取的部分理也甚明,想适之先生应早懂这些,但怀琛先生何以见得"雪色"仅仅用于远景?何以见得"雪色满空山"一句一定近景?因下句紧接"抬头忽见你"吗?请问,这个"你"——红叶,是一定在"雪山满空山"的"空山里"?批评者苟细心把全诗省察,似可勿说"抬头"两字毛病。你看,诗题不是《三溪路上大雪里一个红叶》?首句不是"雪色满空山"?从溪山两字可想知这条路不是康庄大道,多许是斜面渐高的小路,适之先生走这路也许像登岭升阶,红叶在前似必须"抬头"却可不必爬上树去。下句"踏雪摘下来"用"踏雪"两字便可明白了。"举目"二字虽可通用,然终不及"抬头"二字之神情若现,盖走"上路"的人,凡举目可见而有时往往仰面抬头,如不信,试登岭看。③

胡怀琛在反驳时仍然说:"他(吴天放)所给的图,仍旧人在下,云在中,星在上,既然如此,人欲看见星,一定要说他冲出云来,决不能说冲出云去,他的图完全无用。"④又说:"红叶一诗,作者看见红叶时,并不限定在近处,也许是向斜面的山上慢慢走上去,我说不对,因为一个红叶,是很小的,在满山的大雪里,很不容易看见,人能看见他时,一定离他不多几步了。如说'雪色满

---

① 吴天放:《评胡怀琛的〈尝试集正谬〉》,胡怀琛编:《尝试集批评与讨论》(下),泰东图书局1925年版,第34页。
② 同上书,第38页。
③ 同上书,第36页。
④ 《胡怀琛解释胡涣、吴天放二君的怀疑》,胡怀琛编:《尝试集批评与讨论》(下),泰东图书局1925年版,第40页。

空山'是离开山好几里路望雪的口气,这样那里看得见红叶。"①

这种说法看似流于琐屑微末的辩护,其实正是五四"科学"与"民主"之科学精神在新诗批评中的体现。细读之,我们发现此种批评遍及《尝试集批评与讨论》一书之中,可见这样的思维是当时读者的普遍心态。它以一种近乎饶舌的争辩,推进着时人对于新诗应该如何在文学性与科学性之间获得平衡的认知。这样的论辩,有时候显得牵强和跑题,有时候又显得真理越辩越明。胡适的支持者伯子在《读胡怀琛先生的〈尝试集正谬〉》中,对"雪"与"雪色"的分析就显得颇有些道理:

> "雪色满空山,抬头忽见你"这两首诗,就是说:所看见的,是满山的雪色,后来偶一抬头,却看见一个红叶,都是视觉所接受着的东西。所以下句用"见"字,上句用"色"字,"色"字和"见"字,是互相照应的,我们读这二首诗想见他当日的景色,那一个红叶,在一片白色的中间,便觉得非常好看,那末适之先生,用这个"色"字,来衬托下面的"你"字,把当日的景色,活画得毕真,难道是不好吗?假使我们把"雪色"二字,改做"大雪",便不成诗……②

这里从意象、意境的角度来论述"雪色"二字,从文学性出发进行批评,与其他人在科学性问题上较真略显出些不同。不过,更多的言论,仍然计较于胡适当日与红叶上下距离的远近高低等内容,此处不必赘言。

第二节 不同诗学观念与新诗的两条发展路向

奇怪的是,素来以谦和著称的胡适,对于"改诗"事件及其热闹的讨论保持"傲慢的沉默"③。在这场沸沸扬扬的讨论中,胡适只是简单回复了两封信件,一般学者也都认为胡适不屑与胡怀琛争论,在《尝试集》的再版序言中,也只是以"守旧的批评家""轻轻打发,甚至不提论敌的姓名"④。但其实,胡适并非"傲慢",也没有不屑,相反,我们细细阅读,会发现胡适其实是有所

---

① 《胡怀琛解释胡浚、吴天放二君的怀疑》,胡怀琛编:《尝试集批评与讨论》(下),泰东图书局1925年版,第41页。
② 伯子:《读胡怀琛先生的〈尝试集正谬〉》,胡怀琛编:《尝试集批评与讨论》(下),泰东图书局1925年版,第61页。
③ 姜涛曾指出:"这似乎是新文学家一致的态度。"所引证之例为钱玄同写给胡适的信中说:"我觉得胡怀琛这个人知识太浅,'国故'尤非其所知,他的话实在是'不值得一驳',大可不必去理他。"(姜涛:《"新诗集"与中国新诗的发生》,北京大学出版社2005年版,第82页)
④ 陈平原:《经典是怎样形成的——周氏兄弟等为胡适删诗考》(二),《鲁迅研究月刊》2001年第5期。

回应的。所谓在《〈尝试集〉再版自序》中不点名地批评胡怀琛为"守旧的批评家",是指以下这段:

> 不料居然有一种守旧的批评家一面夸奖《尝试集》第一编的诗,一面嘲笑第二编的诗;说《中秋》、《江上》、《寒江》……等诗是诗,第二篇最后的一些诗不是诗;又说,"胡适之上了钱玄同的当,全国少年又上了胡适之的当!"我看了这种议论,自然想起一个很相类的故事。当梁任公先生的《新民丛报》最风行的时候,国中守旧的古文家谁肯承认这种文字是"文章"?后来白话文学的主张发生了,那班守旧党忽然异口同声的说道:"文字改革到了梁任公派的文章就狠好了,尽够了。何必去学白话文呢?白话文如何算得文学呢?"好在我的朋友康白情和别位新诗人的诗体变的比我更快,他们的无韵"自由诗"已很能成立。大概不久就有人要说:"诗的改革到了胡适之的《乐观》、《上山》、《一颗遭劫的星》,也尽够了。何必又去学康白情的《江南》和周启明的《小河》呢?"……①

胡适要表明的大约是讥讽胡怀琛跟不上时代滚滚向前的车轮,以胡适此时的心境,早认为《尝试集》第一编中的诗近于旧诗,"检直又可以进《去国集》了",即便是第二编的诗,也还大多"脱不了词曲的气味与声调",而胡怀琛居然认为这样一些诗乃是"诗",从而否定胡适津津乐道的"纯粹的白话新诗"。胡适编选《尝试集》旨在刻意塑造出一个小脚放大的进化的创作过程,以表现新诗如何挣脱传统而成立,直到《关不住了!》才找到新诗成立的纪元。至此,胡适对新诗的想象终在西化的路向上完成。胡适在再版自序中批评胡怀琛的"守旧",是站在"新"的立场上的,而这个"新"实质上是一种"西化"立场。"五四"是一个"西化"的时代,在新文化人的观念里,新旧问题是等同于中西问题的。新者就是外来之西洋文化,旧者就是中国固有之文化,两者势如水火,绝不相容。虽然胡适的尝试一直与传统有着千丝万缕的联系,但他的背后却有着强烈的摆脱传统的意图,所以他之批评胡怀琛的"守旧"是以西化为参照背景。

胡适一方面不指名道姓地冷嘲热讽一番,另一方面又接着用大量的篇幅大谈特谈其音节的尝试:从双声叠韵到"自然的音节",还特别提到《小诗》的用韵问题。回顾胡适第二封答胡怀琛的信中所说:"尝试集里的诗,除了《看

---

① 胡适:《〈尝试集〉再版自序》,《胡适全集》(第1卷),安徽教育出版社2003年版,第198—199页。

花》一首之外,没有一首没有韵的。我押韵有在句末的,有在倒数第二字的,都不用举例。还有在倒第三字的(如《应该》一首的'望着我'押'想着我'),有在倒第四字的(如《小诗》的'免'押'愿'),有在倒第三和第四字的(如《我的儿子》一首诗'教训儿子'押'孝顺儿子'),有完全在句里的(如《一颗星儿》的'我望遍天边,寻不见一点半点光明'一句中押韵七次)。"①对于胡怀琛所要求的"最后的解决",胡适回敬道:"照先生的话看来,先生既不是主张新诗,既是主张'另一种诗',怪不得先生完全不懂得我的'新诗'了,以后我们尽可以各人实行自己的'主张',我做我的'新诗',先生做先生的'合修词物理佛理的精华共组织成'的'另一种诗',这是最妙的'最后的解决'。"②既然胡适表示各行各的主张,既然他对胡怀琛这种"守旧的批评家"不屑一顾,又何必花篇幅花笔墨大谈特谈诗中用韵问题呢? 不仅如此,胡适在再版自序中还自称"戏台里喝彩","老着面孔",自己指出"旧诗的变相""词曲的变相""纯粹的白话新诗",并且道出其中缘由:"我自己觉得唱式做工都不佳的地方,他们偏要大声喝彩;我自己觉得真正'卖力气'的地方,却只有三四个真正会听戏的人叫一两声好! 我唱我的戏,本可以不管戏台下喝彩的是非。我只怕那些乱喝彩的看官把我的坏处认做我的好处,拿去咀嚼仿做,那我就真贻害无穷,真对不住列位看官的热心了!"③这岂不是再次回应了对《尝试集》的批评与讨论吗?

由此可见,胡适对于《尝试集》的批评与讨论,并非漠不关心,他之所以采取表面漠视的态度,一方面因为觉得那些争论,批评也罢,赞成也罢,似乎与他进化论的新诗观相去甚远。既然如此,就没有必要对话。在胡适眼中,胡怀琛完全不懂他的"新诗",二者并没有交集。另一方面,胡适并非不想争论,只是在这场看似琐碎的讨论中,胡适在没能凝结成总体性的文章予以全面回应的情况下,不想轻率地融进这种琐碎之中。这也符合胡适一贯的治学态度与风格,他所受到的学术训练,强调历史的、总体的、宏观的理论性与逻辑性的思考,而不是流于这种琐细的微末之争。果然,在《〈尝试集〉再版自序》中,胡适就予以了全面的回应。

相较于新文化阵营其他人而言,胡适对论敌的态度有一种西人伏尔泰所主张的诚恳与尊重;像钱玄同、郑振铎等人则表示根本不应该理睬。钱玄同在 1920 年 10 月给胡适的信中提到:

---

① 《胡适答胡怀琛先生的信》,胡怀琛编:《尝试集批评与讨论》(下),泰东图书局 1925 年版,第 47 页。
② 同上书,第 46 页。
③ 胡适:《〈尝试集〉再版自序》,《胡适全集》(第 1 卷),安徽教育出版社,第 204 页。

> 再版的《尝试集》收到了。谢谢。我觉得胡怀琛这个人知识太浅，"国故"尤非其所知，他的话实在"不值得一驳"，大可不必去理他。①

钱玄同在提及《尝试集》再版时劝胡适不必理睬他，认为其知识浅，不知"国故"，想必也是因为看到胡适的再版序言感觉到胡适有所回应之故吧。《文学旬刊》1921 年第 19 期上的一则通讯，也能看出当时新文化派对胡怀琛的不屑。有一位署名孙祖基的读者在致西谛(郑振铎)的信中说：

> 胡怀琛君《新文学浅说》先生曾经看过么？我很想就自己所见到的畅畅快快做一篇评论；无如事情太忙，几天晚上在十一点钟后预备伸纸磨墨，但是终不成文。我们自己虽在文学上没有天才和研究，但是有些地方实在看不过，也想说几句话(你不知道厦门一带当他是现代文学家；此间有许多学生也是这样随声附和)，然又被时间所压迫，真好使我们苦恼到极顶呀！②

这位读者究竟为何要批评胡怀琛的著作，其语焉不详。此信间接传达出胡怀琛当时身份的暧昧与尴尬：在新文化阵营看来，胡怀琛无疑属于旧派；而对于另一部分人来说，他却是"现代文学家"，并且追随之人不少。这位读者想必是力挺新文化派之人，对于胡怀琛享有"现代文学家"的称号极感不满。胡怀琛在当时著述确实不少，1920 年代关于新诗及新文学研究就出版有《白话诗文谈》(广益书局 1921 年版)、《新文学浅说》(泰东图书局 1921 年版)、《尝试集批评与讨论》(泰东图书局 1923 年版)、《新诗概说》(商务印书馆 1923 年版)、《诗学讨论集》(晓星书局 1924 年版)、《小诗研究》(商务印书馆 1924 年版)等，俨然以"新诗"代言人的姿态出现在读者面前。这对于新文化阵营来说，自然是件令人反感与不屑的事情。西谛在复信中说：

> 前接先生来信，即购《新文学浅说》来略看了一下。胡君似乎把文学的定义定得过于宽泛离奇了。所以竟把火车的行车时刻表和学校里的课程表都举以为例，当时也很想把他批评一下。因为没有时间，且以此为不大重要之故，至今未能下笔。今又得你的来信，极想乘此即把他

---

① 钱玄同：《钱玄同文集》(第 6 卷)，中国人民大学出版社 2000 年版，第 96 页。
② 《通讯》，《文学旬刊》1921 年第 19 期。笔者查证此信收入《郑振铎全集》时有改动，改动之处为：将"无如"改作"无奈"，将"十一点钟后"改作"十一点钟以后"。(《郑振铎全集》[第 16 卷]，花山文艺出版社 1998 年版，第 486 页)

批评批评。但是仔细想了一下,又犯不着费许多工夫去批评这本小册子。因为胡君的书虽是有许多错误之处,而根本上尚无与我们绝端背驰,如礼拜六等贻毒青年的地方,所以无必需指摘的理由。且现在大家的毛病,在于毫无文学常识。所有文学的定义和原理,大家都还未能弄得清楚。所以对于胡君之言,信者尚多。如果正确的文学原理能够普通的灌输于大家脑中,这种学说就会自然而然的消灭无存了。我们现在的责任,不在于作这种劳而无大效的空批评,乃在极力介绍这样正确的文学原理。……①

西谛的不屑是显而易见的。他批评胡怀琛没有"文学常识",对文学的理解与定义过于"宽泛离奇",但又不屑于著文批评,虽说并未将之置于如"礼拜六"那样毒害青年的一派,但也根本未放在眼中。在新文化派看来,胡怀琛的追"新"是滑稽可笑的,而在当时新文学刚刚建立之初,对新文学的常识、定理还没有统一的规范时,如胡怀琛一类的人其实还很多,所以郑振铎认为更重要的是如何建设新文学,普及新文学常识问题。作为新文学之重要部分的新诗,在挣脱旧诗格律束缚之后,将中国几千年来所形成的诗国传统的精髓——声律丢弃之后,如何在刚刚成立的新诗中重铸现代汉语的诗美,这个问题相当复杂。胡适之所以反复不厌其烦地谈论其诗是如何如何押韵,如何如何进行音节的尝试,所要证明的无非是新诗同样具有音节之美。然而,对于当时的人来说,一个深入人心的诗美原则被打破后,新诗作为新的事物,由于没有形成统一的规范,各人心中对新诗的想象不尽相同,因而对于什么样的新诗才是好的新诗,并没有一致的解决,才会引来不断的争论。在旧诗审美成规的影响之下,一种深入人心的集体无意识——诗歌需要音节之美而能唱的问题被摆上台面。这恰恰就是《尝试集批评与讨论》中一个纠缠得没有结果的问题。西谛的话间接地道出了新文化先锋们对胡怀琛不屑的缘由:这种"劳而无大效的空批评"是没有必要的,必要的是极力介绍"正确的文学原理"。那么,何谓"正确"? 新诗究竟该如何建设? 这些问题却并未得到很好的解决。

对应于《尝试集》的批评与讨论,《文学旬刊》也登载过不少关于新诗问题的通信。如在第 24 期有一位署名郑重民的读者来信说:

---

① 《通讯》,《文学旬刊》1921 年第 19 期。笔者查证此信收入《郑振铎全集》时有改动,改动之处为:将"竟把火车的行动时刻表……都举以为例"这句后面的标点"。"改为"!";将"当时也很想把他批评一下"这句后面的标点"。"改为",";将"极想乘此即把他批评批评"一句中的"极"字删去。(《郑振铎全集》[第 16 卷],花山文艺出版社 1998 年版,第 485 页)

> 有许多稍有旧式文学的根底(?)的青年,都不十分反对新诗,但他们有个共通的不满意于新诗的地方,就是说旧诗可以上口吟诵而新诗则不能。我以为真的新诗,少不了音节;有了音节,岂有不可吟诵之理?……①

这种说法与胡怀琛是一致的,可见持此论调的人在当时非常普遍,但是声援胡怀琛的人却寥寥无几,更多的是像孙祖基那样的读者,刻意划清界限,虽摆明西化立场却又并未真正摆脱传统。就像胡怀琛在给胡适的信中总结《尝试集》的批评与讨论时所说,讨论者"大抵是迷信着先生罢了",正道出了时人的驱新心理。《文学旬刊》第25期登载了这位郑重民的《我的诗说》,文中特别提出诗的四个要素之一"文字的音节",其文指明是"为'新旧之争'而发","他们的争点,好像集中于音节和格律二者"。这里的"新旧之争"当正是指胡怀琛改诗所引发的批评与讨论。这一方面反映当时《尝试集》的批评与讨论影响之大之广,另一方面也可见出当时读者对"新诗"的"音节"问题普遍存在疑问,胡怀琛对于新诗的认识代表的其实是当时新文化阵营之外的这些更多的读者。他们认为新诗必须继承古典诗歌"可唱""可诵"的传统,这实际上是在传统诗歌体系的参照之下,对新诗之美的一种想象,而这种想象与新文化阵营的胡适们对新诗的想象是不同的。新文化阵营对于新诗的想象是完全摆脱传统,使中国诗歌产生一种与传统截然不同的"新"质,这种"新"质的产生必须借助于西方资源才能完成。西化的诉求在他们那里常常是与传统二元对立、水火不容的,所以,在对"新诗"好坏、美丑进行判断的尺度上,他们追求"绝端的自由",彻底丢弃传统诗歌的韵律。西谛在回复郑重民的信中就说:

> 关于诗是否必须上口吟诵的问题,我想很应该讨论。现在抱这种思想——新诗不能吟诵——的人太多了。不可不把他们的疑惑打破。新诗的不好,我很承认;自有新诗以来,实没有几首好诗出现。但这决不是有韵无韵的关系。大部分的新诗,都是有脚韵的,但是不配称作诗;周作人君有一首《小河》,是散文诗,不用韵的,但确是一首很好的诗。诗不一定要韵,更不一定要上口吟诵。②

---

① 《通讯》,《文学旬刊》1922年第24期。
② 同上。

西谛的回信也透露出这个信息,即当时的读者普遍对新诗抱持怀疑态度,而这种疑惑,正是来自新诗的不能吟诵。然而,西谛在此巧妙地将音节问题置换为"韵"的问题,强调新诗之"新"与传统的"韵"要划清界限,从而避开了读者对新诗音节问题的质疑。"音节"与"韵"确实是缠绕在一起的复杂问题。西谛之认为新诗不一定要韵,不一定要"上口吟诵",并未能回答前面读者所提出的音节问题。胡适曾反复说过,新诗押现代的韵,有韵固然好,无韵也可,这样的论述,我们已经耳熟能详。胡适重视音节而非韵,并不以吟诵为根本。然而,正如《文学旬刊》1922年第25期上一位叫敷德的读者信中所说,诗不必须有韵,但诗必须上口吟诵,这是诗与散文的区别。然而,如若诗没有韵,又怎样才能上口吟诵呢?这位读者接着说:"我以为'诗'虽然没有那种死的——呆板的——韵,却另有一种自然的音节。这种自然的音节,是不能够强求的。……我想:我所谓自然的音节,或者就藏在一个所谓最能传达,最美丽的形式里面。"①此说略似拾胡适之牙慧,"最能传达""最美丽的形式"究竟是什么样的"形式"呢?这个说法是抽象而理想化的。胡适在《尝试集》里确实给出了一种答案,但招来了胡怀琛及众多读者对音节问题的质疑。有趣的是,赞同新诗应该以音节为美、适宜上口吟诵的读者大有人在,而在《尝试集》的批评与讨论中,持同样主张的胡怀琛却几乎是孤军奋战。

　　这里的讨论看上去与围绕《尝试集》引发的论争关联不甚紧密,但更深一层看,无论是围绕《尝试集》的论争,还是《文学旬刊》上读者的争鸣,都反映了当时读者对新诗诗美规范性的诉求。新诗在打破旧诗格律束缚之后,只能在音节上重新建立美感,这是新诗立足于口语书面化的性质决定的。但是,如何建立新诗的音节之美,看上去呼声一致——能吟诵,但是吟诵本身就建立在传统诗词四声八病的声律规范之上。而新诗在胡适的《尝试集》中破茧而出,走向西化的路向,其音节的建构来自对西洋诗"印欧语系"诗歌音节美的移植。胡适之所以反复在双声叠韵上尝试,也正是因为当打破了古代文言的声律之后,以双音节为主的现代汉语要以音节的轻重来传达音乐之美,大多只能借助于叠词、虚词一类来区分轻重音,从而形成自然节奏。而这些完全不同于传统诗词的音节体系。胡适欣喜于在《关不住了!》中找到"'新诗'成立的纪元",其实是发现了真正不同于旧诗的"新"的元素。而这个"新",其参照坐标是西洋诗的自然语音律。

　　胡怀琛的诗学观念,其参照坐标却源自传统。胡怀琛认为诗有两点至关

---

① 《通讯》,《文学旬刊》1922年第25期。

重要,一是要表达感情,二是可以唱。他特别强调音乐的问题:"能唱所以有声,能合律所以声能和。可见诗的重要部分在乎音节。"①他并不认同用有韵和无韵来区别诗与非诗②,而是将"情"与"音节"摆在首位。诗本来就是有音节而能唱的文字,胡怀琛强调格律音韵不必拘,而格律音韵之外,要有"有音节而能唱叹"这样一个必需的条件。③ 胡怀琛并不是反对新诗,他认为旧诗是必定要革命的,新诗的好处"便是能够扫除旧诗的种种流弊",其特点为:由特别阶级的解放到普通社会的;由雕饰的解放到自然的;由死文学的解放到活文学的。④ 其中,尤其重视"自然"这一点,认为旧诗雕饰太过,所以要解放,回归自然,这里的"自然"除了字句组织的自然,更重要的是音节的自然。但他也毫不留情地批评当时新诗"解放得太过分"⑤,强调旧诗需要革命,也强调新诗"非改造不可",这种各打五十大板的态度,难怪不为新文学阵营所接受。不过,不能忽略的是,胡怀琛依循"自然"的原则,强调古诗、律、旧体、新体、自由诗都一律可打破,但其最重要的原则是能唱与否,不能唱的断然不算诗,他称:"如此做下去,便有真的新诗出现了。"⑥看来,能唱不能唱,才是其认定的新诗成立的标准。

基于这样的标准,胡怀琛提出了"新派诗"之说。其"新派"一词,既是对"旧体诗"的反叛,又是对"新体"的不满。在对"旧体诗"的反叛上,胡怀琛与胡适有相近之处,他反对旧诗的典丽、炼字、炼句、巧对、巧意、格调别致、险怪、生硬、乖僻、香艳等流弊,却也批评新诗体繁冗、参差不齐、无音节的弊端。他指出,新体诗纯用白话,能够向社会普及,扩大了诗歌的功能,但实际上旧体诗中也有白话诗,那么新体诗从什么维度上体现出与旧体诗不同的"美"呢?这里,胡怀琛特别否定了"西化"的风气。他指出,"许多人喜欢拿外国诗体来绳中国诗。我说既然谈中国诗,当然用中国诗做主体,外国诗只能可供参考罢了"⑦。当然,将外国诗作为一种参考,使中国诗加入欧洲输进来的元素,"要经过一番融化的工夫,才能成熟",胡怀琛认为"现在离成熟的时期

---

① 胡怀琛:《诗与诗人》,《大江集》"附录",国家图书馆1921年版,第2页。
② 如章太炎在讲授国文课时,将诗与文用有韵无韵来区分:"称之为诗,都要有韵,有韵方能传达情感,现在白话诗不用韵,即使它有美感,只应归入散文。"(章太炎演讲、曹聚仁编:《国学概论》,泰东图书局1923年版,第30页)
③ 胡怀琛:《新诗概说》,大华书局1935年三版,第6页。
④ 胡怀琛:《诗与诗人》,《大江集》"附录",国家图书馆1921年版,第14页。
⑤ 同上书,第16页。
⑥ 同上书,第19页。
⑦ 同上书,第22—23页。

还远得很,也许是永远做不到"。① 他更强调的是中国文字特有的美:整齐是中国文所独有的,诗歌是文字中尤其整齐的文类。新体诗的格式来自欧美,所以大多参差不齐。对此,他认为:"殊不知欧洲文字不能整齐,中国文字能整齐,正是彼此优劣之分。今奈何自去吾长,而学其短耶?然在欧文不能整齐之中,偶有整齐之式,彼亦惊为天造地设之妙文,吾人读之,亦最便于上口。"②胡怀琛还强调古诗之所以美,全在于其节奏的长短、音韵的高下,一定是求合乎五音六律,而这种声律是"便于口而悦于耳"的。胡怀琛这样说,当然有"守旧"之嫌,但其本意是在这种比较与参照中,强调新体诗如若不能得"天然之音节","读之不能上口","听之不能入耳",则有何汉语之美哉?胡怀琛从新体诗的特点——白话、写实两个方面,将新体诗与旧体白话诗和旧体写实诗进行比较,用以说明,旧体白话诗人人能解,其结构整齐,声调悠扬,比新体诗要美;旧体写实诗也有表现社会现实的,而中国文字天然简洁明净,传于闾巷歌谣,自成节奏,可咏可歌,其音节格调均不逊于新体诗。③ 批评"新体诗",其矛头所向很大程度上就是指胡适。胡怀琛指出"胡适之派"的两个缺点:"不能唱。只算白话文,不能算诗";"纤巧。只算词曲,不能算新诗"。实际上胡怀琛所指向的是胡适之派的两类诗作:一类是完全"西化"的自由体,这种诗体失去了传统诗词的"音节"之美而不能唱(在胡怀琛及当时的很多读者看来,能不能唱是区别诗与非诗的根本);另一类诗则是胡适那些从词曲里转换而来的诗作,胡怀琛认为这类诗作虽然也能唱,然和词曲差不多,不能算质朴的"新诗",不免流于词曲的"纤巧"。④ 既然新体诗未从根本上显示出与旧体诗不同的美感,那么何"新"之有呢? 在此基础上,胡怀琛提出"新派诗"之说法,以之"别于旧体,亦别于新体"。其特点为"不假雕饰,天然优美",以祛除新体"冗繁,不整齐,无音节"等弊端。在体例上以五言七言为正体,亦作杂言,但以自然为主。绝对废除律诗。在音韵上,"初学不可不知平仄;学成而后,可以不拘"。在词采上,不用僻典,不用生字。⑤ 看上去,胡怀琛关于"新诗"的想象显得半"新"不"旧",难怪其对《尝试集》第一编的诗特别称好。但是,我们也可以看出,二胡的根本出发点是不一样的。胡适旨在挣脱传统,胡怀琛也并非站在"旧"的立场上,他是以传统诗词的声

---

① 胡怀琛:《小诗研究》,商务印书馆 1924 年版,第 19 页。
② 胡怀琛:《新派诗说》,《大江集》"附录",国家图书馆 1921 年版,第 35 页。
③ 同上书,第 39—43 页。
④ 胡怀琛:《胡适之派新诗根本的缺点》,《诗学讨论集》,中山图书公司 1971 年版,第 22—24 页。
⑤ 胡怀琛:《新派诗说》,《大江集》"附录",国家图书馆 1921 年版,第 44—46 页。

韵之美为参照,企图在"新"的立场上保留汉语诗性之美。这就不难理解他为何既反对旧诗也不看好新诗了。在新诗的发展路向上,胡怀琛与胡适截然相反,他特别强调新诗与传统的承续关系,认为好的新诗,其实质仍旧是中国固有的实质,或者从固有的形式脱胎而来,比如他赞叹胡适的《希望》从五言古诗变化而来,吴芳吉的《湖船》从《离骚》而来,刘大白的《秋意》从佛学而来……"比较好的新诗,都是渊源于旧诗。其由西洋诗变化而来的,实在不多。"①在他眼中,与传统有着血脉联系的新诗,相较于从西洋诗变来的新诗,其汉语诗性之美能够得到更好的展现。

胡怀琛之不认同西化,与守旧派之不认同新诗是不同的。旧派是从根本上认为新诗走不通,而胡怀琛从本质上承认旧诗必然走向新诗的趋势,只是不认可中国新诗被西人牵着鼻子走,他之称赞《尝试集》第一编、反对第二编,他之赞成中国新诗的音节美,都反映了他对新诗发展走向的另一种思考——坚持汉语诗性之美。胡怀琛不是没有意识到现代汉语替代古代汉语的根本发展趋势,他关注的是,新诗如何在语言转变后仍然保持汉语固有的诗性之美。当胡适欣喜于在译诗中开创新纪元,欣喜于外来的自由体终于能够容纳现代汉语从而使白话化和散文化得到最终的统一时,胡怀琛关注的却是这样一种纪元是否能充分地展现汉语的诗性魅力。他固执地认为,汉语声调与西方语言确实不同,而汉语性是中国这个诗国所特有的,古代汉语自四声八病之后,其汉语声韵之美发展到了一个极致,这种古典主义的美学规范最充分地展现了古代汉语的声律之美。而当新文化运动要求摆脱传统,颠覆这种美学规范时,是否这种汉语的声律模式都该随着文言的边缘化而式微?新诗之"新"难道只能是西化一路?新诗之"新"能否与发扬汉语特有的声韵之美并行不悖?胡怀琛在新诗发展初期想探索的这另外一条路向,由发难《尝试集》为切入点,本是一个具有战略性的行动,而且他也像胡适一样富有实验精神地介入创作,但这显然是一条无比艰难的道路,一不小心就会被淹没到"旧"的泥潭里中,而他本人又理论装备不足,不时在论辩中犯糊涂,同时又创作才力有限,所以完全抵挡不住以进化论为武装、以西化为先进和新质的新文化主流的冲击,最终使其所坚守的汉语诗性路向掩藏在那些琐碎的争论之中而被历史遗弃。

---

① 胡怀琛:《小诗研究》,商务印书馆1924年初版,1927年第三版,第23—29页。

第三节　读者意识与胡适新诗观念的内在转变

处于那个时代潮流之中的胡怀琛,并未将自己对汉语诗美的坚守上升到清晰的理论层面,更不用提其他人对他的理解了。他所提倡的"新派诗",也并未引起多少关注。在《尝试集》的批评讨论中,胡怀琛就曾认真地提出:"我现在主张,不是主张旧诗,也不是主张新诗,是主张另一种诗。"①他怀着诚恳之心介绍自己的文章,期冀自己的诗学主张能够引起共鸣。无奈,这个称自己"当了衣服买诗集"、二十多年来"在诗里讨生活"的狂热而固执的诗歌崇拜者,并未得到多少坚定的拥护者。胡适代表新文化阵营的略带嘲讽的回敬,从根本上否定了他所主张的"另一种诗"的性质,使之从一个汉语诗美的守护者转身变成历史尘滓的守旧批评家——尽管胡怀琛曾再三澄清,自己谈诗时喜欢引用旧诗,也是因为想要追究源流,而不是叫人家拿旧诗做模范。②

胡怀琛并非只在主张上倡导"新派"之诗,他还像胡适一样拿出了实实在在的成果。《大江集》初版时,其副标题"模范的白话诗"着实刺激人的眼球。如果说胡适编选《尝试集》有着为一个时代"立碑"的宏远志向,这种志向是通过其反复自我言说、自我回顾、自我塑造而彰显出来的,那么胡怀琛则有些近乎狂妄地将自己想要为新诗树立典范的野心从《大江集》的副标题中彰显出来。《大江集》序言中,胡怀琛明言"我的新诗""和普通的新诗有些不同"。且看他的"新诗"实践究竟是什么样,与《尝试集》又有什么样的不同。

《大江集》的命名来自其首篇《长江黄河》:

长江长;黄河黄。滔滔汨汨;浩浩荡荡。来自昆仑山;流入太平洋。灌溉十余省,物产何丰穰。浸润四千载,文化吐光芒。长江长!黄河黄!我祖国我故乡!

这样的诗作,虽则朗朗上口,确乎能唱能吟,的确彰显了汉语的声韵之和谐,但类似歌谣,也可以说是歌词。当时评此诗集的吴江散人称其"最陋劣":

---

① 《胡怀琛给王崇植的信》,胡怀琛编:《尝试集批评与讨论》(下),泰东图书局1925年版,第27页。
② 胡怀琛:《诗与诗人》,《大江集》"附录",国家图书馆1921年版,第22页。

"吾人试任检一种小学唱歌集,其有赞颂黄河扬子江者,无不比此高一筹也。"①胡怀琛也承认其诗没有什么很深刻的含义,但好处在于对偶和押韵的地方,"完全是天生成的,没一字是人工做成的"②。同样的指责也发生在文学泰斗鲁迅那里。1922 年,鲁迅在《晨报副刊》上署名"某生者"发表《儿歌的反动》一文,即针对胡怀琛诗歌的浅显幼稚。胡怀琛有一首新诗《月亮》:"'月亮!月亮!/还有半个那里去了?'/'被人家偷去了。'/'偷去做甚么?'/'当镜子照。'"鲁迅以"小孩子"为名以俗乱雅:"天上半个月亮/我道是'破镜飞上天',原来却是被人偷下地了。/有趣呀,有趣呀,成了镜子了!/可是我见过圆的方的长方的八角六角的菱花式的宝相花式的镜子矣,/没有见过半月形的镜子也。/我于是乎很不有趣也!"鲁迅以"小孩子"的名义戏谑,似有意捣乱让胡怀琛出丑,诗后一段评论:"谨案小孩子略受新潮,辄敢妄行诘难,人心不古,良足慨然!然拜读原诗,亦存小失,倘能改第二句为'两半个都那里去了',即成全璧矣。胡先生夙擅改削,当不鄙言为河汉也。"③这"夙擅改削"四字即指胡怀琛为胡适改诗一事。鲁迅以彼之道还施彼身,也替其改诗以讽刺胡怀琛看似认真却不伦不类的"儿歌"。

具体诗作的好坏,当关乎着诗人的才情秉性,我们不能因此指责胡怀琛尝试"新诗"的赤诚。实践才力不逮,使其与所倡之诗学主张黯然失色。在新诗的建设上,《大江集》欲开辟汉语诗美的新路却走回到传统歌谣的老路上,没有显示出任何的创新之处。不仅如此,《大江集》的编排还受到有模仿之嫌的批评。吴江散人在评论《大江集》时就指出其创作与理念脱节的现象,称其论诗文章动辄成单行本,近乎十万字,而"作品之少,至为可骇"。在批评其编排时,语气和方式与胡先骕《评〈尝试集〉》如出一辙:"《大江集》中之创造品,共为二十二题,四十三章(或首)而二十字一章(或首)者,已占去二十三首。其余皆无笔力为雄厚之作,何可进出诗集乎。全集共计一百零六页,附录汗漫无稽之论文占去六十四页,序与目录又占去十二页,所译短诗十一首及英法原文又占去二十页,创作品乃只占十页而已。即是创作品之篇幅不及全集篇幅十分之一。而可诵之诗不及全创作品二十分之一。"④在编排上,胡怀琛并不避讳此点,在序言中,他就曾明言其所作旧诗因为太多,"不能照《去国集》的办法,附载在新诗集后面"。值得一提的倒是集中的译诗,其中《荒坟》《爱情》两诗分别是胡适在《尝试集》所收录的《墓门行》与《关不住

---

① 吴江散人:《评大江集》,《诗学讨论集》,中山图书公司 1971 年版,第 103—104 页。
② 胡怀琛:《答吴江散人》,《诗学讨论集》,中山图书公司 1971 年版,第 112 页。
③ 鲁迅:《儿歌的"反动"》,《鲁迅全集》(第 1 卷),人民文学出版社 1981 年版,第 390—391 页。
④ 吴江散人:《评大江集》,《诗学讨论集》,中山图书公司 1971 年版,第 106 页。

了!》原诗翻译而来：

墓门行 ——胡适译	荒坟 ——胡怀琛译
伊人寂寂而长眠兮， 　任春与秋之代谢。 野花繁其弗赏兮， 亦何知冰深而雪下？ 水潺湲兮， 　长杨垂首而听之。 　鸟声喧兮。 　好音谁其应之？ 风鸣咽而怒飞兮， 陈死人安所知兮？ 　和平之神， 　穆以慈兮。 　长眠之人， 　于斯永依兮。	荒坟何寂寞！春秋自来去。不知有芳菲，那管风雪暮！垂杨长俯首，终日听溪声。清歌破寂寥，好鸟空自鸣。一任悲风号，墓中人无语；应是长眠客，爱此安乐土。

　　胡怀琛特别在诗作后面附上胡适的序及原译以示对比，充分表明其并不满意胡适的翻译。《墓门行》乃《去国集》中的诗作，是胡适展示所谓"死文学"的作品，该诗用骚体翻译，句式参差，错落有致，且分行排列，吸收西诗排行特点，每节第一句与下三句形成高低一格。骚体比齐言古风在句式上更显自由，这也算是胡适的一种有意尝试。他在用骚体翻译《乐观主义》时就曾专门论述过用骚体翻译说理诗辞旨畅达，可谓"辟一译界新殖民地"。胡怀琛用五言古风所译之诗，其目的并不在诗体上的尝试，或者企图开辟译界的"新殖民地"，他的旨意全在于试图在诗美上一比高低。事实上，两相对比，无论是意象的选用、意境的营造，还是音节语感，在同样都采用古体的情况下，胡怀琛的译作确实显得更加凄婉哀切，很好地展现了汉语诗性之美。这首译作发表在《时事新报·学灯》1920年8月的"诗学讨论号"上，后曾入选《初级中学国语文读本》教材中的"新体诗"单元，同时入选的还有胡怀琛的另一首诗《明月》，以及胡适的《鸽子》《奔丧到家》，沈尹默的《人力车夫》，刘复的《学徒苦》，周无的《过印度洋》。① 可见，在汉语诗美上，这首诗在当时是得到一定认可的，尤为重要的是，该诗当时是作为"新体诗"被读者接受的。

---

① 振镛：《初级中学国语文读本序例及目录》，《时事新报·学灯》1923年10月12日。

关不住了！ ——胡适译（初版）	爱情 ——胡怀琛译
我说"我把心收起， 像人家把门关了， 叫爱情生生的饿死， 也许不再和我为难了。" 但是屋顶上吹来， 一阵阵五月的湿风， 更有那街心琴调 一阵阵的吹到房中。 一层里都是太阳光， 这时候爱情有点醉了， 他说，"我是关不住的， 我要把你的心打碎了！"	摄心如闭门，防彼情来袭。春风不解事，又送琴声入。春晖淡荡中，爱情为我说：不让我自由，便使汝心裂。 按原文 Wind of May 作五月风，或薰风。今以西国五月适当中国旧历三月，仍为春日，故译作春风。不让我自由的我字，是爱情自称。

如果说胡怀琛将《墓门行》原译放在《荒坟》后面，以示鲜明对比，那么对于这首影响甚大的"'新诗'成立的纪元"之作，胡怀琛则没有公然叫板，收入《大江集》时，《爱情》一诗显得不那么起眼，并未像《荒坟》一诗将胡适的原译附在其后。究其原因，一方面，《关不住了！》已经得到广泛认可，《大江集》初版时间为1921年3月，这时《尝试集》已经再版，其畅销盛况可以想见，加之胡适是新文化运动的领军人物，追随者众多，胡适对新诗反复自我阐释，新文化阵营加以运作与推广，西化的"新诗"似乎已渐入人心，胡怀琛此时显然有些心虚。但是，他的重译，本身就代表了对《关不住了！》一诗在路向上的否定。对比两诗，胡适用西诗体，正式宣告摆脱了传统，开创了新纪元，其翻译为新诗带来了真正不同于传统诗词的新质。此译诗不仅诗体上自由无拘，而且呈现出白话口语的自然音节，确实不能否认它的成功之处。但是胡怀琛之重译，想必仍然是在其诗学观念及对新诗的想象中，对《关不住了！》在诗美上不能认同。在胡怀琛看来，这种以西方为参照建立的新诗，在汉诗传统的参照下，不能不说是对汉语诗美的一种丢失，于是不将它理解为创新而重译。他的翻译仍然采用齐言古风形式，相对于《关不住了！》确实显得"旧"了。胡怀琛不认同西化，努力与传统进行对接，虽然一定程度上继承了传统诗词的汉语诗性美，但这种倾向于旧体化的创作确乎无法为"新诗"带来不同于传统的"新"质。如果汉语诗性美不能在白话中获得更新的话，那么其创作的生命力便难以得到认同。或许胡怀琛也在胡适所倡之"新体诗"迅速普及的氛围中意识到了这个问题，三年后，即1923年8月，《大江集》再版，胡怀琛将初版时的副标题"模范的白话诗"一题删去，并谦逊地表示：

> 我这书初版的时候，所有已出版的新诗集，只有《尝试集》一部；现

在隔了两年多,继续而出的已有很多部,我承认各有各的特色;但是我也希望他人不要说我的诗全无是处。我希望以后再有许多不同体裁的诗集出版,以饱我的眼福。

胡怀琛似乎感觉到《大江集》已经被扑面而来的更"新"的新诗集所湮灭,但他仍然想从"各有各的特色"上为自己的诗作寻找立足依据。想为新诗开创汉语诗美的别一路向而与传统不离不弃,却始终又未能从根本上走出旧诗格局,未能真正从传统中创造出立得住的"新诗",这便是胡怀琛的尴尬吧。

《尝试集批评与讨论》中虽则支持胡适的人较多,但胡怀琛所提出的"音节"问题却是新诗成立之初直到现在都至关重要的问题。那些看似细枝末节的讨论,其中改与不改或怎么改的内容本身也许不那么重要,重要的是它们反映出当时的读者对"新诗"及"新诗"音节的重视。其实这个问题至今也并未得到彻底的解决。胡怀琛的立场乃出于维护汉语诗性之美,所以他再三强调两点,一是其讨论的重点不在文白,不在新旧,而在美不美;二是强调新诗的传统血脉。从胡适宣布《关不住了!》为"'新诗'成立的纪元"之后,中国的新诗走向了西化的道路。虽然新诗发展道路上也有向民族化、传统化回归的阶段,但建立在现代汉语基础上的新诗,很长时间内、很大程度上随着其语言中欧化要素的大量介入,而难以避免导致汉语诗美诗魂的丢失。

今天站在全球化所带来的文化身份焦虑的立足点上,回顾新诗上路之初围绕《尝试集》所引发的论争及其牵扯出的胡怀琛的诗学观念及创作所反映出的新诗另一可能的走向,我们发现,与胡适并行不悖、可以互补的这条路向,在最初就已被掩埋。很长一段时间里,胡怀琛被当作"鸳鸯蝴蝶派"的旧派文人①或"守旧的批评家",人们不能理解也无法认同胡怀琛本人的一向坚持以"新"派自许。1920年5月《小说月报》第11卷第5期发表了胡怀琛的

---

① 如人民文学出版社1981年版的《鲁迅全集》中,《儿歌的"反动"》一文对胡怀琛的注释为"国学家","鸳鸯蝴蝶体"作家之一,在1922年9月给郑振铎信中曾攻击新文学运动:"提倡新文学的人,意思要改造中国的文学;但是这几年来,不但没有收效,而且有些反动。"1979年,胡从经在《鲁迅与中国新诗运动》(《文艺论丛》[第6辑],上海文艺出版社1979年)中有一段提及胡怀琛的文字:"鲁迅为维护新诗运动健康发展的战斗,可以追溯得更早的则是对所谓'国学家'胡怀琛的批判。胡怀琛原是'鸳鸯蝴蝶派'中擅写'言情小说'的老手,摇身一变居然戴上'新派诗人'的桂冠。鲁迅十分愤慨他的卑劣行径,揭露了这个善于投机的'拆白文豪',是一条'拟态'的'变色龙'。就是这样一个封建文化的余孽,在文学革命浪潮的拍击下也'趋时'起来,接连抛出了所谓新诗集《大江集》,以及《新诗概说》《诗学讨论集》等,俨然以新诗人与诗学权威自居。他公然宣扬新诗必须'养成温和敦厚的风教',妄图仍以孔家店的'诗教'来主宰诗坛,以达到其篡改新诗反帝反封建方向的卑劣目的。这个骨子里轻视新文化的封建文人,果然一当风向有变就立即倒戈:一方面与文学栽倒的叛徒胡适互相唱和,编辑出版了《尝试集批评与讨论》,一方面则攻击新文学运动'不但没有效,而且有些反动'。鲁迅遂作《儿歌的'反动'》,给予干扰、诬蔑新诗运动的胡怀琛之流以有力的回击。"

《燕子》《明月》二诗,这期间胡怀琛正与论敌进行《尝试集》的激烈论争。且看这两首诗:

燕子

一丝丝的雨儿,一阵阵的风,
一个两个燕子,飞到西,飞到东。
我怎不能变个燕子,自由自在的飞去?
燕子说:你自己束缚了自己,怎能望人家解放你?

明月

明月!明月!你为甚的圆了又缺?
月光露出半面,含笑向我说:
圆时借着日光,缺时乃被地球隔。
我本来不明,又何曾灭。
他人扰扰,同我无涉。

读此两诗,我们惊讶地发现,它们与胡适所倡"新体诗"实无二异,而且在声韵上颇显成熟。在《燕子》的后面有一段按语:

> 案新体诗我本来怀疑,我早做过好几篇文章说明了,但是我也要亲自做过,方知道他的内容是怎样。原不敢毫无研究,一味乱说,这一首便是我试做的成绩了。我做过之后,知道新体诗决不易做,不是脱不了词曲的旧套,便是变了白话文。都不能叫新体诗,像我上面一首,前半段还是新体诗,后半段便是白话文了。再有天然音节,也是很难。譬如前面一首,第一行里的一个"儿"字,似乎可以不要,岂知不要他便不谐。因为"儿"字上的"雨"字,和"儿"字下的"一"字,同是一声,读快了便分不清,读慢些又觉得吃力,所以用个"儿"字分开,读了"雨"字之后,稍停的时候,顺便读个"儿"字,毫不费力,且觉得自然好听,这也是天然音节的一斑,不懂这个,新体诗便做不好。

《明月》诗后也有一段评语:

> 此诗音调急促,好像是词中的"霜天晓角""清商怨"。全不是旷达,乃是寂灭。第四行便是佛家不生不灭之理。所以无妨。至于为甚么急

促,有两个原因:一是押入声韵,一是句子极短。这首诗虽然是新体诗,但是他的意思,也可用五言古诗写出如下:明月复明月,如何圆又缺。月光露半面,含笑向我说。圆借日之光,缺被他所隔。我本不能明,我又何曾灭。他人徒扰扰,于我终无涉。两诗相比,不知那首好。

原来,胡怀琛以身示范作此两首诗,意在批评新体诗不够"美",这也回应了其所批评新体诗的"繁冗"、无音节美之弊。他所坚守的,仍然是新诗的汉语诗美问题。到了1930年代,新诗已经流派纷呈,相较于草创期的蹒跚学步的幼稚,此时的新诗已经渐近成熟,但胡怀琛仍然坚持认为,旧诗已被打倒,而新诗还没有建设起来,会产生这样几个疑问:一是新诗作不作得好的问题;二是新诗产生的时代还不久,有没有成熟的问题;三是由于时代的关系,旧诗已成为冢中枯骨,但旧诗自有其永远不消灭的价值,是否应该和如何继承其价值的问题。① 正是出于珍视传统诗歌的价值,此时的胡怀琛以汉语诗性之美为基准而对各种体裁的汉语诗歌采取了一种兼收并蓄的态度:诗的体裁有新旧,作诗的对象有新旧,而诗的原理无新旧。能合于原理的无论新旧都好,不合于原理的无论新旧都不好。于是,他将胡适的《希望》视为旧式五言诗,将刘大白的《八月二十二日月下》视为旧式七言绝诗,并说:"有人当他是新诗看,也可以;有人当他是旧诗看,也可以。这样说来,体裁的新旧是没有多少的问题。"但共有的前提是"他们的诗不能说不是好诗"。② 对于"近于词的新诗"(如刘大白的《秋意》)、"近于散文的新诗"(如修人的《听高丽玄仁槿女士奏佳耶琴》)、刘大白、冰心等人的小诗,拟作的民歌等:"这种种的体例虽然各不相同,但我以为都是好诗。"③时过境迁,胡怀琛无法不顺应时代的潮流,但是,他对新诗的想象自始至终都基于对汉语诗性之美的坚守,这是无法被忽视的,虽然它曾一度被历史湮没过。

若干年后,茅盾在一段回忆《小说月报》革新的文章中提及上文胡怀琛在《小说月报》上发表的那两首诗作及其诗论,有这样一番感慨:

> 胡怀琛这番话,有积极意义。第一,他承认如要反对新体诗,必须自己做过新体诗;第二,自己做过以后,才知道新体诗决不易做,不是脱不了词曲的旧套,便是变了白话文,都不叫新体诗。第三,他又提出天然音节问题,承认是"很难"。胡怀琛是做旧体诗词的,在当时的旧体诗词

---

① 胡怀琛:《诗的作法》,世界书局1931年初版,1932年三版,第11—12页。
② 同上书,第27页。
③ 同上书,第28—31页。

中,他的作品只能算是第二、三流。但我们不以人废言,应该承认他在彼时彼地提出的对新诗三条意见,不但是当时新诗人所要解决的问题,甚至在六十年后的今日,也还没有完全彻底解决。①

站在今天的立场,我们很容易理解茅盾对胡怀琛这番话意义的肯定,因为直到现在,它一样是新诗人没有完全解决的问题。不过,回到八十年前的历史现场,想必茅盾也会毫不犹豫地将胡怀琛打入守旧的冷宫吧。这是时代使然。

传统中国向现代转型的过程中,建立在"进化论"基础上的"时间神话"让"新"获得了不证自明的价值。胡适们孜孜以求摆脱落后现状,迈向西方"先进"文明,欲使衰败的中华民族重新崛起。"新纪元""新殖民地"种种类似的概念术语成为新一轮的时尚词汇,表达出他们对于"新"的无限渴望。新旧问题的背后是中西问题,它成为衡量一切事物好坏的标准。"新纪元"意识,是想要用一种"全新"的眼光来重估甚至创造新的历史,与"过去"的一切彻底决裂。所以,"时间神话"里的"新诗"重点在于"新",有了"新"质,既是合法的依据也是美的依据。这时的新诗美不美,全在于其不同于"旧"的"新"的内涵。难怪胡适在译出《关不住了!》后欣喜地宣布"'新诗'成立的纪元",翻译《乐观主义》时也称开辟了译界的"新殖民地"。在他们眼中,传统诗词写得再美,也是半老徐娘的美,也因为"旧"而应该被丢弃,而"新诗"作为与传统决裂后的战利品,越脱离传统,才越显得富有新的活力与生命力。"新"的尺度就在于与传统决裂的程度。这正是胡适通过《尝试集》在进化论基石上建立起来的旧/新、中/西、传统/现代的二元对立,并构造出以"新""西""现代"互证价值的逻辑。胡怀琛在那样一个进化论的场域,在"时间神话"深入人心的时代,无意识地对此种三位一体的价值逻辑产生了深深的怀疑。他追求的不是"新诗"有多么"新",多么不同于"传统",而是在意"新诗"有多"美"——超越"时间神话"的美,因而是与"传统"不离不弃的美。在他不合流俗的批评中,他坚持的是在新诗中如何丰富汉语的诗性之美。尽管他没有拿出能够体现其诗学观念并且获得成功的作品,但我们既然能够对胡适在其诗学观念主导下的作品的好坏优劣不作评判,而重视其作品呈现出来的历史演变之文学史意义,那么,为什么不能对新诗的另一路向的探索者胡怀琛给予同样的观照呢?

《尝试集批评与讨论》是胡适尝试并开创新诗道路之后引发的第一次集

---

① 茅盾:《革新〈小说月报〉的前后》,《我走过的道路》(上),人民文学出版社1997年版,第176页。

中性的讨论，它是反映《尝试集》在当时读者中接受状况的典型案例。我们通过厘清这个讨论过程，寻绎出胡适所开创的新诗道路之外另一种可能的发展道路。这个可能性，当初在新旧之争的层面被否定了。随着时间的推移，当我们今天回过头来返观这场讨论时，发现在传统中国走向现代化的过程中，"时间神话"虽然在打败旧派、反抗封建传统的革命方面起到了积极作用，但是，建立在唯"时间神话"基础上的价值观，最终导致了新诗母语文化根性的不足。当我们已经从胡适们的文化场抽身出来，站在这个"时间神话"坐标之外来审视时，新旧似乎变得不再那么生死攸关。旧的文言诗词曾经将中华民族语言之美发挥到极致，新诗能否在现代汉语的基点上发扬传统诗词的汉语之美，应该是汉语诗歌在新的历史时代的重大课题吧。当年的胡怀琛引发的《尝试集》讨论，就是在这个层面提出了如何在新诗中保持汉语之美的问题，这种超越"时间神话"的新诗观念否定了"唯新"之美的主流①，让我们从另一种价值层面思考新诗的发展道路，即如果我们不参照西方诗体，不通过译诗开创"'新诗'成立的纪元"，不构造"新""西""现代"三位一体互证价值的逻辑，能否建立起自己的与传统诗歌有着深刻血脉联系的新诗？

过去，我们一直谈"新诗"，既然"新诗"是用汉语所写，那么怎样才能保留诗歌中的汉语之美，这个问题在当下这个全球化时代显得格外突出。站在新诗发展的路口，我们看到，新诗所面临的身份焦虑和汉语诗性问题，与当年胡怀琛所面临的焦虑，显然存在着历史的交集。这个时候，回顾胡怀琛所引发的《尝试集》的批评与讨论，我们看到，在那些琐屑的细枝末节的争论背后，隐藏的其实是关于新诗发展道路的宏大问题。最终，我们看到，新诗的缺陷在最初胡怀琛引发的争论中就已经显露出蛛丝马迹。而胡适在《尝试集》之后，并未沿着他最初所津津乐道的"'新诗'成立的纪元"那个路向一路走下去。三十年后，当他检点《尝试集》之后的诗作编选《尝试后集》时，他对新诗的想象与理解已经发生天翻地覆的变化。当初回望自己带着缠脚妇人血腥气的诗作而惭愧的胡适，为在西洋诗中开创新诗纪元而欣喜的胡适，在《尝试后集》中却转而创作与传统血脉有着更加深刻联系的诗作，这种变化在一定程度上，是对其在《尝试集》中所建构的三位一体价值逻辑的质疑与否定，或者，也可以将之视为对当年《尝试集批评与讨论》所隐藏的新诗发展可能性的某种呼应吧。

---

① 当年的胡怀琛并不可能有如此清晰的反"时间神话"的观念，相反，身处那样一个时代潮流之中的他，可能还是进化论的信奉者。不过，他在论争中就曾指出，朱执信、刘大白之外的人"大抵是迷信着先生罢了"。他所指出的是当时青年读者对胡适的盲从，而胡适作为新文化领袖，其实代表的是一个时代的大方向，这个方向，就是西化。

第五章 《尝试后集》的编选与个人审美趣味

1952年9月,胡适曾检点1922年以来所作新诗编成《尝试后集》,没有正式付印,但据毛子水在《〈胡适之先生诗歌手迹〉后记》中说,《尝试后集》"所录的诗,只有几首不是先生的亲笔;即在这几首里,亦多有先生自己校改的地方。凡见于以前各稿件里的诗而收入这个后集的,差不多每首都有字句上的变动",所以似可将该集看作其"第二诗集的最后定本"。① 胡适曾为《尝试后集》写下题词:

> 《尝试集》是民国九年三月出版的。十年再版后,我稍有增删。十一年三月,《尝试集》四版,我又有增删,共存《尝试集》四十八首,附《去国集》十五首。
>
> [1952年]九月,我检点民国十一年以来残存的诗稿,留下这几十首,作为《尝试后集》的"初选"。

胡适似有意将两集并列,作为其"尝试者"形象的一个完整呈现。难怪陈平原指出,"前、后集的'珠联璧合',使得胡适诗歌的主要面貌十分清晰"②。但仔细对比两集发现,胡适对新诗的理解其实存在着细微却明显的变化。如果说《尝试集》着意体现的是胡适如何从旧诗词的束缚中进行艰难的"放脚"尝试,最终在西洋诗中找到了新诗的归宿,那么,按照这样一个线索,胡适似应继续走西化的道路才对。而事实上,胡适编选《尝试后集》所呈现的,却不是这样一个面貌。

《尝试后集》虽检点于1952年,但所选诗歌多作于1936年以前,作为该集附录的《谈谈"胡适之体"的诗》一文,也正作于1936年"胡适之体"论争之时,对理解"胡适之体"的定型是必不可少的。

---

① 毛子水:《〈胡适之先生诗歌手迹〉后记》,台北商务印书馆1964年版。
② 胡适著、陈平原导读:《尝试集·尝试后集》,贵州教育出版社2001年版。

第一节 从时代到个人的转变

1930年代诗坛发生了"胡适之体新诗"的讨论,这对当时已经边缘化的作为诗人的胡适来说,可谓是不小的意外。针对其中"挺胡派"的陈子展主张"胡适之体可以说是新诗的一条新路",胡适写下《谈谈"胡适之体"的诗》作为回应与澄清。胡适对自己的创作风格做出三点总结:"说话要明白清楚""用材料要有剪裁""意境要平实"。清楚明白的语言是胡适一以贯之的美学风格,自不必赘言;至于剪裁,胡适表示出对短诗与小诗的青睐,所谓"增之一分则太长,减之一分则太短",这种剪裁的意义,实则还是对语言的要求;胡适强调"平实""淡远""含蓄"这种"最禁得起咀嚼欣赏"的境界,也是指平平常常地说老实话,说话留一点余味,不说过火的话,只疏淡地画几笔。这种"胡适之体"的说法并非首次。最早在《去国集》的《老树行》跋语中,胡适提及留美写诗招来朋友嘲笑,以至于"他们都戏学'胡适之体',用作笑柄"的,乃是"既鸟语所不能媚,亦不因风易高致"这种诗句。再次提及是1924年在《胡思永的遗诗》序中,胡适指出胡思永的诗"明白清楚""注重意境""能剪裁""有组织、有格式","如果新诗中真有胡适之派,这是胡适之的嫡派"。直到发生这"胡适之体"的论争时,胡适再次进行说明。长期以来,胡适的关注点是白话诗如何成其为"白话"的语言问题,而当"白话新诗"已经成立之后,伴之而来的必然会有新诗美学规范诸问题。对"胡适之体"的界定,可以看作胡适对新诗语言及美学问题的一种理解。

对应"胡适之体"的论述,我们来看《尝试后集》的编选。从内容上看,《尝试后集》与《尝试集》最大的不同,是抒写个人化情怀诗作的大量入选。《尝试集》的诗作以表现反抗封建礼教、个性解放、积极进取精神、劳工神圣等主题为多,而《尝试后集》则大多是表现个人情趣的日常之作,表现社会交往的酬唱之作以及表现对大自然感受的作品。从主要表现时代精神到回归日常生活,是其内容上的一个转变。尤其是那些私下遣怀之作,《尝试集》里几首表现个人情感的,都是围绕与江冬秀从相识到新婚的经历,但《尝试后集》中表现私人情爱的作品就非常多了。对胡适婚姻之外生活的挖掘非本章旨要,笔者并不想考证其诗为哪位女性而作,但就《尝试集》《尝试后集》的编选来看,后者确有许多情诗入选。如《秘魔崖月夜》的睹景思人;《小诗》的梦魂牵萦;《江城子》的自遣哀思;《多谢》对山中神仙生活的难以忘怀;《也是微云》中去年游伴不在身边,不敢出门看月以勾起相思之情的苦楚;《无心肝的月亮》中"跳不出他的轨道"的无奈;《扔了》中担不了的相思情债……虽然写得含蓄隐秘,但确实已经不再是《应该》那种尝试之作,而是个人私隐情感的宣泄与排遣。还有表现日常生活或者自然景色之作,如《大明湖》《烟霞洞》《旧梦》《夜坐》《十月九夜在西山》《飞行小赞》《从纽约省会回纽约市》……朋友间的酬唱之作或怀人之作,如《高梦旦先生六十岁生日》《祝马君武先生五十生日》《写在赠唐瑛女士的扇子上》《戏和周启明打油诗》《寄给北平的一个朋友》《素斐》《狮子》《大青山公墓碑》《哭丁在君》《追哭徐新六》……另一类诗作,如《努力歌》(1922年5月7日)、《后努力歌》(1922年5月25日),沿袭《尝试集》中《上山》《四烈士冢上的没字碑歌》等诗的风格,洋溢着乐观热烈的时代情绪:"不怕阻力!/不怕武力!/只怕不努力!/努力!努力!"(《努力歌》)"你没有下手处吗?/从下手处下手!/'干'的一声,连环谢了!"(《后努力歌》)作为新文化运动领导人为群众指明道路,倡导人们奋力振作,表现从具体问题入手解决中国社会问题的激情。但此二诗并未入选。

　　内容上的明显变化可以看出,如果说胡适从最初与朋友的论争中产生白话作诗念头、进行亲身实践,到《尝试集》的初版、再版及众贤删诗,是一个时代众人参与的文化现象,尤其是其四版时遵循朋友意见增删诗作,可以说是"五四"时期所崇尚的科学民主、理性主义精神的彰显,那么,到了《尝试后集》,新诗已经成立并沿着多元的轨道继续向前发展,胡适已经不再是当初那个时代的文化先锋,他不必再通过编选诗集苦心建构其新诗领袖形象,这时的胡适致力于整理国故等学术事业,新诗写作更多地成为一种日常化的个人兴趣。换句话说,《尝试集》是一个时代的声音,而《尝试后集》则是胡适个人的声音。

　　胡适个人的声音也代表着他历经数十年后对新诗发展道路的一种思考。在《尝试集》中,我们很明晰地看到胡适所建构的小脚不断放大、从旧诗词曲里痛苦挣脱与蜕化而出的新诗形象。这个新诗形象是借鉴西洋诗而建构成功的,也就是说,在《尝试集》里,胡适最初是在旧体诗词里进行放脚尝试,但最终还是择取了西化路径才彻底摆脱传统找到理想的白话自由新诗。我们读到的《尝试后集》从形式上来看,并不是延续着"'新诗'成立的纪元"一路西化而来,而是一定程度地向传统回归。这表现在《尝试后集》所体现的艺术特色,及胡适编选《尝试后集》所呈现出来的诗歌观念上。

第二节 "胡适之体"与传统小令

翻阅整个《尝试后集》，很容易发现，相对于《尝试集》里长短不一的诗作，《尝试后集》以短诗为主。经统计，《尝试后集》所选诗作最短的只有 2 行，这样的诗有 1 首；5 行的诗有 1 首；4 行的诗共 7 首，占《尝试后集》编目的 9%；8 行的诗最多，共 19 首，占 44%，这类诗一般分为 2 节，每节 4 行；10 行的诗有 3 首；12 行的诗 8 首，占 19%，这类诗均分 3 节，每节 4 行；14 行的诗 1 首；最长的诗有 16 行，一共 3 首，这类诗分为 4 节，每节 4 行。从 1922 年 3 月①至 1952 年 9 月，胡适共作诗 114 首，选入《尝试后集》的有 43 首，翻阅其间整体诗作，发现也是以短诗居多。除了最长的诗作《南高峰看日出》(1923 年 7 月 31 日)共 46 行，其次有《别赋》(1923 年 1 月 1 日)28 行，《努力歌》(1922 年 5 月 2 日)26 行，以后的诗作大多不出 20 行，绝大多数为 4 行、8 行的小诗。

按照胡适对"胡适之体"的阐释，他青睐短诗和小诗，是因为重视语言的清楚明白、材料的剪裁以及意境的含蓄。细读其在《谈谈"胡适之体"的诗》中强调删除一切"浮词凑句"，用最简练的语言表达最精彩的材料的例证，就是这首只有两句的《小诗》，据胡适所说，该诗在十几年前的初稿是 3 节 12 行，后来改削成 2 节 8 行，后来又删成 1 节 4 行："放也放不下，/忘记也忘不了：——/刚忘了昨儿的梦；/又分明看见梦里的一笑。"最后入选时把前两行删了，只留下最后两行。如果说此诗的入选，是作为其"胡适之体"剪裁的佐证，那么占整部诗集近一半的 2 节 8 行的诗作，才是"胡适之体"最鲜明的代表。让我们看一看引起"胡适之体"论争的源头——《飞行小赞》这首诗：

> 看尽柳州山，
> 看遍桂林山水，
> 天上不须半日，
> 地上五千里。
>
> 古人辛苦学神仙，
> 要守百千戒。
> 看我不修不炼，

---

① 《尝试集》增订四版出版于 1922 年 10 月，但出版需要周期，此处以胡适作四版序言时间开始算起。

也腾云无碍。

该诗描写诗人乘飞机游览名胜的感受,语言浅白,言辞略带幽默调侃,乃胡适一贯的风格。这首作于 1935 年 1 月的诗作,确实明显带着词调的味道,难怪引来诗坛批评之声。批评大抵盖过称赞,大多认为这是新诗的"倒退",在"旧诗词的骨架中翻筋斗",而陈子展以该诗作为"胡适之体"的例子,其眼力着实过人。他指出:

> 像《飞行小赞》那样的诗,似乎可说是一条新路。老路没有脱去模仿旧诗词的痕迹,真是好像包细过的脚放大的。新路是只接受了旧诗词的影响,或者说从诗词蜕化出来,好像蚕子已经变成了蛾。即如《飞行小赞》一诗,它的音节好像辛稼轩的一阕小令,却又不像是有意模仿出来的。

该诗确实是用《好事近》词调写成,不过,词的规矩是上下两节同韵,而胡适换了韵脚。词起源于民间,是一种适合抒情的诗体,配合音乐可以歌唱。许多诗余小令吸收了民歌艺术的长处,写得朴素自然,洋溢浓厚的生活气息。虽然也有脂粉气息浓烈而偏于浓辞艳句的词体,但胡适所偏爱的《好事近》是双调四十五字,上下阕各两仄韵,一般是入声韵,两阕的结句都是上一、下四的句法。《好事近》的"近"本指舞曲前奏,属于大曲中的一个曲调,因与词相近比较短小,韵密而音长,当词与音乐脱离之后,"近"就成为词调名本身的组成部分。胡适指出爱用《好事近》词调写小诗,是因为它句式不整齐,颇近于说话的自然,而且非常简短,用它作诗,就必须语言简练,不许有一点杂凑堆砌,所以是作诗的最好训练。胡适并未在这些诗的题目上标明词调①,这意味着他认定这些创作是新诗而非旧词,也就是说,胡适是通过对传统的词体进行现代汉语的转化来创作新诗的。带着这种观念,《尝试后集》近一半的诗作都是 2 节 8 句,这与《尝试集》尤其是《关不住了!》之后的诗作常常不分节,或者分 3 节及以上②很不同。上下相对,句式比较整齐,句尾变换押韵,读起来既有词调的意味,又有着现代汉语的活力,与《尝试集》里那些语言白话化、诗体散文化,却始终诗性不足的诗作比起来,这个时期的此类诗作

---

① 此期以词调命名的有 3 首,分别为:《江城子》(1924 年 1 月 27 日)、《鹊桥仙·七夕》(1924 年 8 月)、《水调歌头》(1938 年)。前 2 首都入选了《尝试后集》。

② 《尝试集》中《关不住了!》之后的诗作除了《小诗》《湖上》比较短小外,其他都相对比较长,如《上山》有 9 节,《示威?》有 7 节,《乐观》《一颗遭劫的星》有 5 节。

反而更有极强的诗性特点,难怪被陈子展一眼看出"胡适之体"的特点来。

作于1924年的《多谢》:

> 多谢你能来,
> 慰我山中寂寞,
> 伴我看山看月,
> 过神仙生活。
>
> 匆匆离别便经年,
> 梦里总相忆。
> 人道应该忘了,
> 我如何忘得!

在字数、句法、上下两阕结句都依循《好事近》词调,采用入声韵,音律谐婉,语言清新浅白,淡然中有一种哀婉的情思,非常切合词调声情,境界平淡,却耐人寻味。

胡适在依循词调作诗时并未严格按照词调"填"词,而是根据诗的语式、音节做出调整与创新。如作于1927年的《旧梦》:

> 山下绿丛中,
> 瞥见飞檐一角,
> 惊起当年旧梦,
> 泪向心头落。
>
> 隔山遥唱旧时歌,
> 声苦没人懂。——
> 我不是高歌,
> 只是重温旧梦。

此诗也是依《好事近》词调所作,但押韵与末尾句式并不严格。上阕本应该二、四句押仄韵而改作一、三句押平韵,二、四句只是仄声,并未押韵;下阕末尾两句应分别为六字、五字,诗中相反。尽管在押韵与句式上略作修改,但词的意味还是浓厚。此诗大有英雄迟暮之感,想必此时,物是人非,当年意气风发的新文化领军者退守学术,难免遭受批判与责难,其心中的信念与理想无人能解,这种难以言传的孤寂与凄凉,通过绿丛一角而偶然迸发,自是有一番独特滋味。

再如《夜坐》：

> 夜坐听潮声，
> 天地一般昏黑。
> 只有潮头打岸，
> 涌起一层银白。
>
> 忽然海上放微光，
> 好像月冲云破。
> 一点——两点——三点——
> 是渔船灯火。

该诗描写夜坐听潮所见之景。仍然是依《好事近》词调所作，但很明显的是，上阕最后一节本应该为五字，诗中却用六字，并未二、四句押仄韵；下阕依原调作，但第三句"——"的使用恰到好处，将渔船灯火一点、两点、三点由少而多、由远而近的动态变化过程表现出来，生动形象，显得活泼可爱，结句仍为上一下四，读起来韵味颇佳。

除了依《好事近》词调创作或改作，胡适还用词体化用古诗词来创作新诗。如《瓶花》（1925年6月6日）：

> 不是怕风吹雨打，
> 不是羡烛照香熏。
> 只喜欢那折花的人，
> 高兴和伊亲近。
>
> 花瓣儿纷纷谢了，
> 劳伊亲手收存，
> 寄与伊心上的人，
> 当一篇没有字的书信。①

诗以范成大《瓶花》二之一作为引子："满插瓶花罢出游。莫将攀折为花愁。不知烛照香熏看，何似风吹雨打休？"范诗从折花人角度出发表达惜花之情；

---

① 原诗在《现代评论》第2卷第49期上发表时，为："不是怕风吹雨打，/不是羡烛照香熏：/只喜欢那折花的人，/高兴和伊亲近。//花瓣儿纷纷谢了，/劳伊新手收储，/寄与伊心上的人，/当一篇没有字的情语。"

折来花枝,插入花瓶,如若不懂烛照香熏好好欣赏,又与在风吹雨打中折损有何不同? 胡适反其意,从花的角度出发,认为花瓣虽纷纷凋谢,却还可以成为没有字的书信寄给所爱之人。

同样明白地标示其诗学渊源的另一首《八月四夜》(1925年8月4日):

> 我指望一夜的大雨,
> 把天上的星和月都遮了;
> 我指望今夜喝的烂醉,
> 把记忆和相思都灭了。
>
> 人都静了,
> 夜已深了,
> 云也散干净了,——
> 仍旧是凄清的明月照我归去,——
> 我的酒又早已全醒了。
>
>> 酒已都醒,
>> 如何消夜永?
>> ——周邦彦

末尾引周邦彦的《关河令》结句,进行"巧妙的文体挪用"。《关河令》原诗为:"秋阴时晴渐向暝,变一庭凄冷,伫听寒声,云深无雁影。//更深人去寂静。但照壁、孤灯相映。酒已都醒,如何消夜永?"看上去似乎是胡适对《关河令》的改写:酒醉后醒来,春梦无痕,人在何处,不知如何度过凄清无尽的寒夜,同样孤单寂寞的韵味。胡适用白话改写并不比原诗差。陈平原在引述梁启超欣赏胡适"依着词家旧调谱下来的小令"所提及的"妙绝"的两诗时,也不忘称赞两诗是"以理智冷静著称的适之先生平生少有的好情诗"。① 但检点诗作时,胡适选了前者而放弃后者,也许正是因为在两诗同样化用古诗词的情况下,前首词调味道更为浓厚,而后者诗句更加散文化的缘故,特别是"了"

---

① 陈平原根据梁启超1925年7月3日复胡适的信中所说"两诗妙绝,可算'自由的词'",判断梁氏所说乃为《瓶花》与《八月四夜》,赞同梁氏的审美眼光。(胡适著、陈平原导读:《尝试集·尝试后集》,贵州教育出版社2001年版,第42—43页)此处存疑:《八月四夜》作于1925年8月4日,而梁氏复信为1925年7月3日,此时胡适还未作此诗。

字韵的反复使用,乃其《尝试集》遗留的特色。① 可见胡适明显从形式上更钟情于 2 节 8 行的词调味小诗。

化用小令作短诗,可以使浅近明白的语言变为"诗的语言"②,恰到好处地解决新诗解放后的散漫化问题,读起来既有韵味,又利于传达幽深微妙的意味。另一些 2 节 8 句的短诗,并不是化用小令而来,但从语式与趣味上来看,仍然有词的特色。如脍炙人口的《秘魔崖月夜》(1923 年 12 月):

> 依旧是月圆时,
> 依旧是空山,静夜;
> 我独自月下归来,——
> 这凄凉如何能解!
>
> 翠微山上的一阵松涛
> 惊破了空山的寂静。
> 山风吹乱了窗纸上的松痕,
> 吹不散我心头的人影。

此时胡适任职北大,月下独游秘魔崖,月圆、空山、静夜,触动了往昔的情怀,于是思念之情涌上心头。而这种思念用此种词体的形式表达出来,使情感与形式很好的贴合在一起,从而使其真情真意之声升华为普遍性的共同情感经验,显得格外动人和刻骨铭心。1970 年代它曾被谱成曲,由民谣歌手包美圣演唱,成为著名民谣。还曾有人将其改作旧体诗:

> 依旧月圆时,仍复空山夜。
> 踏月独归来,凄凉如何解?

---

① 批评胡适作诗爱用"了"字"韵尾"的大有其人。先有朱湘指出《尝试集》里的新诗"有一种特异的现象引起我们的注意":"十七首诗里面,竟用了三十三个'了'字的韵尾。(有一处是三个'了'字成一联)不用说'了'字与另一字合成的组同一个同样的组协韵时是多么刺耳,就是退一步说,不刺耳;甚至再退一步说,好;但是同数用得这么多,也未免令人发生一种作者艺术力的薄弱的感觉了。"(朱湘:《尝试集》,方铭主编:《朱湘全集》[散文卷],安徽文艺出版社 2017 年版,第 173 页)后来有学者周策纵批评胡适"最大一个毛病或痼疾":"就是用'了'字结句的停身韵太多了。"周氏对《尝试集》和《尝试后集》略加统计:"总计新体诗(旧体诗词不算)共六十八首,有'了'字结的诗行共一百〇一条好汉,平均几乎每诗快到两行,不为不多'了'。"(周策纵:《论胡适的诗》,唐德刚:《胡适杂忆》,广西师范大学出版社 2005 年版,第 229 页)

② 后来的学者周策纵曾批评胡适立志写"明白清楚的诗"是"走入了魔道",认为"明白清楚的语言,却不一定是明白清楚的诗"。(周策纵:《论胡适的诗》,唐德刚:《胡适杂忆》,广西师范大学出版社 2005 年版,第 222 页)

> 松涛喧翠微,惊破空山寂,
> 窗上松影摇,心上人难灭。

可见胡适新诗之"新"与旧诗之"旧"之间,其实有着千丝万缕的联系。另一首《从纽约省会回纽约市》(1938年):

> 四百里的赫贞旦,
> 从容的流下纽约湾,
> 恰像我的少年岁月,
> 一去了永不回还。
>
> 这江上曾有我的诗,
> 我的梦,我的工作,我的爱。
> 毁灭了的似绿水长流。
> 留住了的似青山还在。

1938年胡适出任驻美大使,途经纽约州赫贞江,想起前尘往事,不禁一番感慨。此时的胡适已年近五旬,重游故地,不再少年意气,且时逢国家多事之秋,身负救国重任,自然多了一份中年的沧桑与沉重。但穿越时光的羽翼,那些少年岁月虽随着时间的河流远去,不变的真情却永在心间。

《尝试后集》里的诗作越来越倾向短小精悍,语言省练,不用多余之字,布局上下对称,平仄押韵比较随意,但句式上多化用词调而来。这些诗作除以上几首,还有《大明湖》(1922年10月15日)、《也是微云》(1925年)、《生疏》(1927年)、《高梦旦先生六十岁生日》(1929年3月16日)、《写在赠唐瑛女士的扇子上》(1930年10月)、《狮子——悼志摩》(1931年12月4日)、《扔了?》(1925年)。未选入集中的还有《小词》(《好事近》,1929年月2月13日)、《水仙》(1932年1月25日)、《猜谜》(1932年2月13日)、《无题》(1936年1月23日)、《燕》(1936年7月22日)。有些诗作形式上虽然极为散文化,读起来却仍然有很强的词韵味,如下面这首《龙井》:

> 小小的一池泉水,
> 人道是/有名的龙井。
> 我来这里两回游览,
> 只看见/多少荒凉的前代繁荣遗影。
> 小楼一角,/可望见半个西湖。

想当年/是处有/画阁飞檐,/行宫严整。
于今只见/一段段的断碑铺路,
石上依然还认得乾隆御印。
峥嵘的"一片云"上,
风吹雨打,/蚀净了皇帝的题诗,
只剩得/庚子纪年堪认。
斜阳影里,/游人踏遍了山后山前,
到处开着/鲜红的龙爪花,
装点着/那瓦砾成堆的荒径。

乍看上去是一首白话自由体新诗,看不出任何诗词的痕迹。但细细读来发现,大部分诗句都有领字格,这是词体的重要特征。词中的领字格称"逗",一般分为一字逗、二字逗、三字逗,以一字逗最为常见。领字格一般置于词句开头,在语气上起停顿作用,在词意上起着转折、递进以使上下句形成转承过渡的联结作用。不同的是,胡适将词体中的领字格与现代汉语很好地结合起来,用"人道是""只看见""想当年""只剩得"等提领全句,使本来散漫无章的句式不显呆板生硬,富于声律感。这首诗词韵浓厚,但因为不够精短而未能入选。

从编选上看,不仅词调意味浓重的短诗被选进来,连当初颇引来嘲笑而最终不得不放弃尝试的打油诗,也入选了《尝试后集》,如《陶渊明同他的五柳》(1928年4月9日)、《戏和周启明打油诗》(1934年1月17日),想必这是当初的胡适始料未及的。"当年有个陶渊明,/不惜性命只贪酒,/骨硬不肯深折腰,/弃官回来空两手。/瓮中无米琴无弦,/老妻娇儿赤脚走。/先生吟诗自嘲讽,/笑指篱边五株柳:/'看他风里尽低昂!/这样腰肢我无有。'"①此诗为1928年胡适游庐山,探访陶渊明故居途中读《归宗寺志》,见宋人周必大《庐山后录》中有前人题诗云:"五字高吟酒一瓢,庐山千古想风标。至今门外青青柳,不为东风肯折腰。"胡适感慨:"陶渊明不肯折腰,为什么却爱那最会折腰的柳树?"于是戏作此诗。② 反其意而用之,表面戏谑嘲讽,实为赞赏其高风亮节。《戏和周启明打油诗》是1930年代与周作人唱和之作。未入选《尝试后集》的还有:《再和苦茶先生的打油诗》《苦茶先生又寄打油诗来再叠韵答之》《和周启明"二十五年贺年"打油诗》,另还有带打油诗意味的《读

---

① 由于收录此诗的各种版本错漏较多,故此处引用最初发表在1928年《新月》第1卷第3号的原诗。
② 胡适:《庐山游记》,《胡适全集》(第3卷),安徽教育出版社2003年版,第178页。

李慈铭的〈越缦堂日记〉》(1922年7月21日)、《题半农买的黛玉葬花画》(1922年7月)、《恭送赤脚大仙》(1931年8月12日)、《丁先生买帽》(1931年8月12日)、《和半农的自题画像》(1934年3月27日)、《打油诗》(1934年6月20日)、《赋得父子打苍蝇》(1935年7月5日)、《题陈援菴所藏程瑶田题程子陶画的雪塑弥勒》(1937年4月1日)、《答胡健中》(1938年7月)、《无人认得胡安定》(1939年12月13日)、《元任韵卿银婚贺诗》(1941年5月)。看来,此期作打油诗完全出于一种生活意趣和朋友唱和,而不再像"去国"与"尝试"时期那样在打油诗里做放脚的尝试。

当年删诗事件中,鲁迅力主删去《周岁》乃因其属寿诗一类,不希望刚刚建立起来的新诗又回到传统的应酬工具,可见在当时的新诗人眼中,新诗作为刚刚成立的文类应该摒弃功利建立纯文学审美性。四版中胡适遵从了鲁迅的意见,但《尝试后集》却选入《高梦旦先生六十岁生日》(1929年3月16日)、《祝马君武先生五十生日》(1930年7月17日),另如《戏和周启明打油诗》也纯粹属于友人之间的酬唱之作。《写在赠唐瑛女士的扇子上》(1930年10月)、《钞新六遗书三篇题此诗》(1938年10月16日)、《题在自己的照片上,送给陈光甫》(1938年10月31日)全是古代常有的"题诗"。并且值得注意的是,以上6首诗全是传统诗体,《高梦旦先生六十岁生日》《写在赠唐瑛女士的扇子上》用《好事近》写成;《钞新六遗书三篇题此诗》《题在自己的照片上,送给陈光甫》是绝句;《戏和周启明打油诗》《祝马君武先生五十生日》分别是六言、七言的8句古诗。类似的未入选的还有五、七言绝句《题章士钊胡适合照》(1925年2月9日)、《和董康柳之间吊秀次诗四章》(1930年6月28日)、《答叔鲁先生》(1931年5月21日)、《和丁文江》(1931年8月4日)、《答和在君》(2首,1931年8月23日)、《〈西游记〉的第八十一难诗》(3首,1934年7月1日)、《题陈明菴画〈仿石田山水卷〉》(1934年5月25日)、《寄题相思岩》(1935年1月24日)、《大青山公墓碑》(1935年7月5日)、《和范石湖题传记》(2首,1935年12月15日)、《哭丁在君》(2首,1936年2月)、《四十七岁生日》(1938年12月17日)、《题陈树棠先生的朴园》(1943年1月)、《戏改杨联陞〈柳〉诗》(1944年6月29日);五、七言律诗《和丹翁捧圣诗》(1929年3月19日)、《题龚含真先生画册》(1930年11月16日)、《题唐景崧先生遗墨》(1931年9月19日);还有五言、六言、七言古体诗如《亡友钱玄同先生成仁周年纪念歌》(1927年8月)、《题陆小曼画山水》(1931年7月8日)、《题罗文干来信》(1932年10月)等。

第三节　个人风格的变化与凝定

无论是依小令所作短小精悍的词体味的小诗，还是幽默诙谐的打油诗，抑或祝寿、酬唱的旧体诗，三种类型都代表了胡适的个人兴趣，而这种兴趣无疑与中国传统诗歌有着丝丝缕缕的联系。其实，在同一时期，胡适也创作有《关不住了！》一类"西化"的诗作。《尝试后集》中收入 4 首译作，分别是《译白郎宁的〈清晨的分别〉》(1925 年 3 月)、《译白郎宁的〈你总有爱我的一天〉》、《译葛德的 Harfenspieler》、《一枝箭，一只曲子》。4 首诗都不长，以 4 句为主，如《清晨的分别》《Harfenspieler》，其余为 12 行、16 行。这些诗作，胡适注重的还是音节与押韵。如《清晨的分别》：

Round the cape of a sudden came the sea, And the sun look'd over the mountain's rim: And straight was a path of gold for him, And the need of a world of men for me.	刚转个湾，忽然眼前就是海了， 　　太阳光从山头上射出去： 　　他呢，前面一片黄金的大路， 我呢，只剩一个空洞洞的世界了。

原诗句末"sea"与"me"、"rim"与"him"分别押韵，为"abba"的抱韵，胡适翻译时注意保留了这种形式：第一、四行押"了"字韵，第二、三行"去"与"路"押韵。为了突出这一特点，胡适还特别将二、三两句缩后两格，使句式参差，押韵清楚。再如译葛德的《Harfenspieler》(《竖琴手》)：

Who never ate his bread in sorrow, Who never spent the midnight hours Wepping and waitng for the morrow, He knows you not, ye heavenly powers.	谁不曾含着眼泪咽他的饭， 谁不曾中夜叹息，睡了又重起， 泪汪汪地等候东方的复旦，—— 伟大的神明呵，他不会认识你。

原诗句末"sorrow"与"morrow"、"hours"与"powers"分别押韵，为"abab"的交韵，胡适翻译时保留了这种形式：第一、三行"饭"与"旦"押韵，第二、四行"起"与"你"押韵。《尝试后集》在收录此诗时，胡适还附上了徐志摩的两次翻译以做对比，其目的都是做新诗押韵的探讨。新诗为了挣脱旧诗词的束缚，努力向自由突破，而 1930 年代，朱自清却强调新诗对押韵的继承，认为新诗在"以解放相号召"中独独接受了押韵这宗遗产，说到底，中国诗还是需要韵。① 但此时的新诗常常隔行押韵，或交替押韵，不再像旧体诗词那样逐行押韵，不能不说是受现代生活和外国诗歌的影响。

其实，此期胡适也创作过特别散文化的白话诗。如《小诗两首》其一：

---

① 朱自清：《诗韵》，《新诗杂话》，广西师范大学出版社 2004 年版，第 77 页。

"开的花还不多,且把这一树嫩黄的新叶,当作花看罢。"据胡适当天日记,称这一首是从六年前在美国写的一句诗"高枫叶细当花看"衍化而来,并称当时是将这句诗硬凑成七绝:"当日若用'小诗'体,便不须那样苦凑了。"①但编选《尝试后集》时,该诗并未能入选,大约因其过于散漫而无甚诗意的缘故。再如《送高梦旦先生诗为仲洽书扇》(1923年8月2日):"在我的老辈朋友之中,/高梦旦先生要算是最无可指摘的了。/他的福建官话,我只觉得妩媚好听;/他每夜大呼大喊地说梦话,/我觉得是他的特别风致。/甚至于他爱打马将,我也觉得他格外近人情。/但是我有一件事不能不怨他:/他和仲洽在这里山上的时候,/他们父子两人时时对坐着,/用福州话背诗、背文章、作笑谈,作长时间的深谈,象两个最知心的小朋友一样,——/全不管他们旁边还有两个从小没有父亲的人,/望着他们,妒在心头,泪在眼里!/——这一点不能不算是高梦旦先生的罪状了!"则干脆如说话一样,简直是"做诗如作文"了。《南高峰看日出》全诗40行,为最长的诗,最长的诗行有21字,几乎就是一篇散文。那种未能摆脱词调影响的味道,是胡适在《尝试集》中反复检讨的,而这些已经没有任何传统词调影响的诗作,却未能入选《尝试后集》,这说明《尝试后集》的编选体现出胡适的新诗观念已经不同于"尝试"时期,其个人风格发生了转变并最终凝定为立足于转化旧诗传统的新诗观念,从而试图建构起汉语诗歌在现代汉语阶段与传统保持更多血脉联系的新诗学。

---

① 曹伯言整理:《胡适日记合编》(3),安徽教育出版社2001年版,第613页。

第六章 《尝试集》《尝试后集》与三位一体互证价值的逻辑

本章对《尝试集》与《尝试后集》进行比较研究，重点考察被忽略的《尝试后集》与《尝试集》所体现出来的新诗观念和诗艺路向的不同以及选本视野中两者的传播状况。《尝试集》之所以产生广泛的传播效应，成为新诗的样本，是因为经过胡适编选所呈现出来的多方尝试路线终于在译诗中开创了"'新诗'成立的纪元"。在这样一种编选过程中，胡适为中国诗歌建立了一种新的价值逻辑，即在旧/新、中/西、传统/现代的二元对立中，构造了以"新""西""现代"三位一体互证价值的逻辑，从而开启了新诗的历史纪元。它使"新诗"成其为"新"而与旧诗产生了本质的不同，并获得了优于旧诗的价值。而1950年代的《尝试后集》则代表着《尝试集》所建立的这种三位一体价值逻辑在胡适自身的分裂。《尝试后集》对传统资源显现出兼收并蓄的包容。胡适通过《尝试集》确立现代汉语全新诗体之后，一方面，已经没必要再把旧诗词作为极力挣脱的魔鬼，作为新诗的敌对势力了；另一方面，他的整理国故工作又给予其理性地系统重审传统的机会，从而使他对《尝试集》所确立的以"新""西""现代"三位一体互证价值的新诗逻辑产生疑问。在这样的背景下，胡适对词体小令素有的特别偏爱和极好的词学修养成为一种积极的创作要素进入他的新诗写作中来，他自觉地吸纳与灵活地化用传统词体所积淀的汉语诗美的元素，以新诗边缘人的心态抒写自己个人情感深处的隐秘情愫而成就新诗抒情的华章。这些平实、洗练、蕴藉，富含汉语诗性的抒情小诗，采用了建立在词体小令化用基础上的新诗体，并融入个人情感的沉淀，使其新诗创作达到了他个人诗歌创作的新水准。如果说《尝试集》建构了一个开创"历史"的重要诗人形象，那么《尝试后集》则纠正了胡适有名无篇的印象，使其真可位列那一时代优秀抒情诗人的行列。只有将《尝试集》与《尝试后集》结合，我们才能完整地定义胡适的诗人形象，并完整地理解他的新诗探索道路。

第一节　新诗成立纪元与三位一体的价值取向

仔细阅读《尝试集》初版、再版及四版的序言,我们可以看到胡适对于新诗理解的"历史"痕迹。初版强调"实验的精神",从作五言诗、七言诗,作严格的词,作极不整齐的长短句,从有韵到无韵,胡适的目的在于看"白话是不是可以做好诗"的问题;再版则强调"历史的兴趣"及"音节上的试验",并且对于"新"与"旧"的区别更加明显,指出从"自由变化的词调时期"之后,其诗"方才渐渐做到'新诗'的地位",并认定《关不住了!》为其"'新诗'成立的纪元"。胡适还指出《威权》《乐观》《上山》《周岁》《一颗遭劫的星》,"都极自由,极自然",称得上其"'新诗'进化的最高一步",事实上,《尝试集》中《关不住了!》其后的诗作,也确实皆为这种诗歌形态的一种延伸。这样,胡适从尝试白话作诗到新旧转变的历史痕迹更加明显,既而才又有四版的删诗事件。由《尝试集》的编选以及胡适的再三自我阐释所建构的新诗"进化"过程中,《关不住了!》这首译诗,可谓最为关键的环节。

《关不住了!》作于1919年2月26日,是翻译美国女诗人Sara Teasdale 的 *Over the Roofs*。这首诗作之所以被胡适誉为"'新诗'成立的纪元",最重要的乃是其诗体与现代汉语的有效结合。之前胡适孜孜于白话诗的放脚尝试,但这些尝试都囿于传统诗体而无法使"反文言的'白话化'与反诗歌的'散文化'"获得彻底的统一。直到胡适意识到:"若要做真正的白话诗,若要充分采用白话的字,白话的文法,和白话的自然音节,非做长短不一的白话诗不可。这种主张可叫做'诗体的大解放'。诗体的大解放就是把从前一切束缚自由的枷锁镣铐,一切打破:有什么话,说什么话,话怎么说,就怎么说。"[①]此时,胡适才建立起明晰的新诗体意识,也就是说,只有现代诗体才能容纳现代白话口语,在传统诗体里试验白话口语,实在无法将以双音节为主的白话舒放自如地装入旧诗体中,形成与现代语言、现代生活、现代情感互为表里的节奏韵律,无法从本质上产生真正意义上的"新诗"。新诗体如何建立,实在关涉如何在新诗中建立现代汉语的文法秩序问题。现代汉语与古代汉语是两种不同的语言体系,传统诗体的格律规范最适合模糊而具诗性的文言语汇,而要打破传统,建立新诗体,则必然是在新诗中建立起适合现代汉语的文法规范。

《关不住了!》最大限度地保留了原诗的语法特征,尤其是其语法关系:

[①] 胡适:《尝试集·自序》,《胡适文集》(3),人民文学出版社1998年版,第127页。

关不住了!	OVER THE ROOFS
我说"我把心收起, 　像人家把门关了, 叫爱情生生的饿死, 　也许不再和我为难了。" 但是屋顶上吹来, 　一阵阵五月的湿风, 更有那街心的琴调 　一阵阵的吹到房中。 一层里都是太阳光, 　这时候爱情有点醉了, 他说,"我是关不住的, 　我要把你的心打碎了!"	I said,"I have shut my heart, 　As one shuts an open door, That Love may starve therein 　And trouble me no more". But over the roofs there came 　The wet new wind of May, And a tune blew up from the curb 　Where the street-pianos play. My room was white with the sun 　And Love cried out in me, "I am strong, I will break your heart 　Unless you set me free."

对照英文原诗,我们可以看到,连"as""that""no more""but""and"这样的词也分别转换成相应的汉语白话词汇"像""叫""不再""但是""更",这些指示语句之间的逻辑关联的介词、连词,在中国旧诗词中是没有的。传统诗歌讲求藻饰、含蓄、模糊的诗意美,而英语文法讲求精准性,所以英诗中会有这些指示语句关系的词汇。胡适将这种文法关系移植过来,就是要将其理性的精神、精准的逻辑注入现代汉语诗歌中。胡适尝试新诗就是为倡导白话取代文言,建立起全新的不同于古汉语的现代汉语才进攻诗歌这个最大的难关的。现代汉语与古代汉语文法最大的不同之一,就在于虚词的增加,如量词越来越丰富,介词、语气词基本上被完全更换,代词系统明显简化,词类活用现象显著减少,句子的连带成分增多,结构更加复杂等等,这些都决定了现代汉语的表意更为准确与精密。这种准确与精密,可以说就是从胡适译诗开始实现的。为了追求句子的完整性,将系词(如句中的"一层里都是太阳光"中的"是"由"was"翻译而来,"我是关不住的"中的"是"由"am"翻译而来)、动词、冠词、物主代词(如"我要把你的心打碎了"中的"你的"),还有动词的时态、语态(如"我要把你的心打碎了"这句用的是将来时态"will"),名词的数、格(如将"the"翻译成"一阵阵")等都译出。英语语法中为求格律也会将句子倒装,如"But over the roofs there came/The wet new wind of May"这一句,其正常的散文句法应该为"The wet new wind of May came over the roofs"(五月的湿风从屋顶上吹来)。① 但该诗押"ABAB"韵,为使"came"与"curb"、"may"与"play"分别押韵,所以采用了倒装的句式。尽管如此,其各个成分之间的

---

① 《尝试集》增订四版时,果然对此处做出修改,使句子更加符合现代汉语文法规范。详见前改诗部分。

语法关系仍然是非常清晰而一目了然的。译诗也遵从"ABAB"韵,如第二节中"来"与"调"、"风"与"中"分别押韵,又如"关了"与"难了"、"醉了"与"碎了",隔句末字重复中又略有变化。译诗还按照原诗一样排列句式,4 行一节,每两行高低一格来区别不同韵脚。这样,散文化的句法真正主宰了整首诗,而不再像过去的尝试中,为了迁就传统诗体而不得不将散文化的语汇进行"缩略"。通过翻译《关不住了!》,胡适找到了承载现代汉语的新诗体,这种体式不再如传统诗体由固定音组与音顿来严格控制字数、平仄与押韵,从而形成固定的旋律,诗歌的语义节奏只从属于语音结构;在这首译诗中,诗的音节"顺着诗意的自然曲折,自然轻重,自然高下",语义节奏成为全诗音组的构成、划分及组合搭配的主宰,从而真正实现了胡适所向往的"自然的音节"。

　　胡适在对各种传统诗体进行"放脚"的尝试之后,最终在译诗中找到了新诗的理想形态。新诗之所以成立,是因为找到了不同于旧诗的"新"质。其"新"质来自对西洋"印欧语系"诗歌音节美的横向移植。"印欧语系"以音节为基本单位,其音乐美来自音节轻重变化,而古代汉语的音乐美来自声调,当胡适要反抗以平仄声调所形成的音调美之时,其努力尝试的正是"音节上的试验"。无论是古诗体还是词曲体的"放脚"尝试,都未从根本上脱离传统声调形式的束缚。只有当翻译《关不住了!》时,胡适在直译中模拟英诗的音节,用叠字、虚词、轻重音等增强诗句的音节,这样,便成功地在"汉藏语系"的语言中建立了"新诗"的音节性。"新诗"的这种"新",是完全摆脱了传统,并以胡适宣称的"纪元"性开拓之名而被赋予了优于传统的价值。这种现代价值,是在旧/新、中/西、传统/现代的二元对立中,以背弃旧的、中的、传统的,追求新的、西的、现代的为意旨。

　　新诗在西洋诗歌的模式中建立起来,并不是偶然的。胡适并非久经尝试未成而转向译诗探索,在《关不住了!》之前,胡适已经尝试翻译了许多西洋诗歌,从整体来看,《关不住了!》实在只是众多译作中的普通一首,时间大为靠后,在《尝试集》第二编中处于中间位置,加上胡适反复阐释其创作的历史进化过程,读者自然而然把这一时间想象得大为后延。其实,《去国集》中就收录有译诗《哀希腊歌》(1914 年 2 月 3 日)、《墓门行》(1915 年 4 月 12 日),《尝试集》中收录有译诗《老洛伯》(1918 年 3 月 1 日)、《关不住了!》(1919 年 2 月 26 日)、《希望》(1919 年 2 月 28 日)。回望胡适的整体诗歌创作之路,在"去国"之前便翻译了《六百男儿行》(1908 年 10 月)、《军人梦》(1908 年 10 月)、《缝衣歌》《惊涛篇》(1908 年 11 月)、《晨风篇》(1909 年 1 月)等;1910 年 8 月赴美到 1916 年 7 月"去国"期间,共有译诗 4 首,分别为《乐观主义》

(1914年1月29日)、《哀希腊歌》《康可歌》(1914年9月7日)、《墓门行》；1916年7月以后的"尝试"期间，共有译诗4首，分别为《老洛伯》《关不住了！》《奏乐的小孩》(1919年)、《节妇吟》(1920年8月30日)。

这三个阶段的译诗各有特点。"去国"之前的诗作都是用当时所流行的古体翻译；"去国"期间的几首诗作，主要是用骚赋体来翻译，虽然与前期用齐言古风来翻译相比，句式长短不齐，使感情的表达更加恣肆自如，但由于没有突破文言，本质上没有什么太大区别；第三个阶段是"尝试"时期，由于胡适已经形成明确的白话观念和新诗体的建构观念，在《老洛伯》《关不住了！》等诗中，胡适将西洋诗歌的语法横移过来，终于寻找到适合表达现代感情和容纳现代汉语的新诗形态。新诗的理想形态最终是在译诗探索中找到的。胡适的译诗最初一直采取"归化"的方式，这种方式在当时是非常自然的。林译小说已经将用文言翻译西洋小说推到了顶峰，而用文言翻译西洋诗，亦非胡适首创。但胡适经由一番尝试后，在"异化"的翻译方式中找到了"'新诗'成立的纪元"，也就是说，在胡适的观念中，新诗其实是在西方模式中建立起来的。

胡适早期译诗是在就读上海中国公学期间，在竞业学会的白话刊物《竞业旬报》上发表的。总的来说，这个时期的译诗主要是从思想内涵上表现一定的政治诉求，在形式上未见何创新，只是一种"因袭"与"归化"。① 有表现爱国情感之作，如《六百男儿行》；有表现贫苦人民悲惨境遇以及对被压迫者的同情之作，如《缝衣歌》；有批判封建礼教、追求自由恋爱之作，如《惊涛篇》。

《六百男儿行》保留古歌行体特征，描写英军在克里米亚战争巴拉克拉瓦战役中的英雄气概。前两节描写六百男儿抱着必死的决心驰骋入死地的情景；中间两节描写六百男儿在战火纷飞中奋死作战的情景；最后一节再次感慨英雄赴死如归的精神。整首诗作回环反复出现"六百好男儿"一句，跌宕回旋，有一唱三叹之感，"步骤驰骋，疏而不滞"，有着铺陈的气势。用韵比较自由，平仄不拘。读其诗仍可见其韵式变化，如"刀光何熠爚，杀敌如犬羊。/孤军当大敌，声名天下煌。/蒙弹冒矢石，陷阵复冲坚。怯哉哥萨克，逡巡不敢前"。"羊"与"煌"、"坚"与"前"两句一换韵，此四句英诗为"Flash'd all their sabers bare,/Flash'd as they turn'd in air,/Sabring the gunners there,/Charging an army, while/All the world wonder'd/plunged in the battery-smoke/

---

① 关于这个方面的研究，见廖七一《论胡适诗歌翻译的转型》，《中国翻译》2003年第5期，《胡适译诗与新诗体的建构》，《四川外语学院学报》2005年第6期。廖七一认为胡适早期译诗阶段主要因袭古典诗歌体式，并没有形成自己独特的翻译风格。

right thro'the line the broke/Cossack and Russian",试用现代汉语译为:"他们的军刀都是如此光亮,在空气中寒光闪亮,砍杀敌人的枪炮手,冲向敌军,全世界也为之震惊,他们在炮火纷飞的硝烟中突击,冲破了敌军的防线,哥萨克人、俄罗斯人。"两相对比,虽然大致意思遵从原诗,但译成中文后,采取文言语汇和句式,仍然发生了很大的改变。这种"归化"的翻译方式,实际上未出当时林译的窠臼。

《军人梦》描写军人在满目疮痍的战场上,于悲凉的胡笳声里酣然入梦,梦见自己离开行伍回到家乡与亲人团聚的情景。整首诗情思凄恻,将边疆战士的思乡之苦表达得淋漓尽致。试从前四句对比原诗、现代汉语译文与胡适的翻译:

原诗	现代汉语译文	胡适译诗
Our bugles sang truce, for the night-cloud had lower'd, And the sentinel stars set their watch in the sky; And thousands had sunk on the ground overpower'd; The weary to sleep, and the wounded to die.	我们的号角声唱过了休战曲,夜色中的云儿低沉,哨兵望着天上闪闪的群星,成千上万的战友沉埋在地底,疲倦的人睡着了,受伤的人死去了。	笳声销歇暮云沉, 耿耿天河灿列星。 战士创痍横满地, 倦者酣眠创者逝。

对比现代汉语译文与胡适的译诗可见,胡适以中国本土表现边地之情的传统诗词常用的文言词汇进行"归化",如用胡笳置换号角,用天河置换天空,使整首诗读起来与表现边战的古体诗无论就意象还是意境来看都没有什么太大区别。此期译作大多如此,胡适所选择的诗作大多反映实事,如《惊涛篇》的"序译"里写道:"篇中大旨盖讥切今世婚姻制度而作。其诗为纪叙体,类吾国《孔雀东南飞》诸作。共十四章,译为五言。"①

"去国"期间的4首译作《乐观主义》《哀希腊歌》《康可歌》《墓门行》,除《康可歌》之外,其余3首均用骚体翻译。

未选入《去国集》的两首诗作为《乐观主义》和《康可歌》。前者为胡适首次尝试用骚体翻译,他认为骚体与五七言古体相比起来,形式更为自由,因而颇为自得地认为该诗"辟一译界新殖民地"②。不过,胡适最终并未选此诗,而是选择了五日之后同样用骚体翻译的更具代表性的《哀希腊歌》。后者为

---

① 胡明编注:《胡适诗存》,人民文学出版社1989年版,第386页。
② 胡适:《胡适留学日记》(上),安徽教育出版社1999年版,第145页。

翻译爱麦生的《康可歌》，乃用五言作成："小桥跨晚潮，春风翻新斾。群嚚此倡义，一击惊世界。"未选此诗显然是因为在编选《去国集》时，胡适已经从语言到诗体对新诗有了比较明晰的认识，既然是为了呈现从文言性的词作到篇幅较长的古风，再到骚体的译诗，最后到长短更加自如的白话诗这样一个进化创作过程，这种译诗在胡适自己创作的诗作中还能寻到很多，并无入选的必要，未选也是自然之理。

入选《去国集》的两首诗中，胡适选择译《哀希腊歌》的初衷我们已无从考证，但他在日记中曾说："裴伦（Byron）之《哀希腊歌》，吾国译者，吾所知已有数人：最初为梁任公，所译见《新中国未来记》；马君武次之，见《新文学》；去年吾友张奚若来美，携有苏曼殊之译本，故得尽读之。"①选用一首已经有好几种译本的英诗来翻译，无疑是一种挑战。胡适还逐一评论："兹三本者，梁译仅全诗十六章之二；君武所译多讹误，有全章尽失原意者；曼殊所译，似大谬之处尚少。而两家于诗中故实似皆不甚晓，故词旨幽晦，读者不能了然。"②胡适认为自己的翻译"自视较胜马苏两家译本"，并指明："一以吾所用体较恣肆自如，一以吾于原文神情不敢稍失，每委曲以达之。至于原意，更不待言矣。能读原文者，自能知吾言非自矜妄为大言也。"③这里，胡适对译诗的观念已经非常明确，内容上要严守原意，形式上要自如的"体"。然而，这种"体"，虽如胡适所说"较恣肆自如"，却仍然无法真正打破本土的语言常规而全然保留原诗的异域性。比如，第一节中的前4句：

The isles of Greece, the isles of Greece! Where burning Sappho loved and sung, Where grew the arts of war and peace, Where Delos rose, and Phoebus sprung!	嗟汝希腊之群岛兮， 实文教武术之所肇始。 诗媛沙浮尝咏歌于斯兮， 亦羲和素娥之故里。

我们很明显能看出，尽管胡适强调严守原意，但事实上却与原意相去甚远。我们对照查良铮的译本：

希腊群岛呵，美丽的希腊群岛！
火热的萨弗在这里唱过恋歌；
在这里，战争与和平的艺术并兴，
狄洛斯崛起，阿波罗跃出海面！

---

① 胡适：《胡适留学日记》（上），安徽教育出版社1999年版，第145页。
② 同上。
③ 同上书，第153页。

查氏的译本最接近原诗。胡适采取的仍然是"归化"的翻译：起首用文言助词"嗟"，表达感叹，这是古诗常用的方式；第二、三、四句所涉及的 Sappho、Delos、Phoebus 有关句子全部"归化"为中国常用典故。胡适自己也在诗后注明："沙浮古代女诗人"，"Delos 即 Artemis，月之神；Phoebus 即 Apollo，日神也；吾以羲和、素娥译之，借用吾所固有之神话也"。① 将日神阿波罗、月神狄洛斯分别替换为中国传统神话中类似的神话人物太阳神羲和与嫦娥，这无疑是为了适合本土读者的语言和文化习惯。

其译诗中也有如其所言内容遵从原意且感情奔放自如的，如第五节："往烈兮难追；/故国兮，汝魂何之？/侠子之歌，久销歇兮，/英雄之血，难再热兮，/古诗人兮，高且洁兮；/琴荒瑟老，臣精竭兮。"胡适颇以此章自得，"以为有变征之声"，特别指出第二句原文"非用骚体不能达其呼故国而问之之神情也"。② 读此颇有发愤以抒情、慷慨而悲昂之感。整首诗以 6 字句为主，兼有 8 字或 8 字以上的诗句，"兮"字的反复使用增强了诗句的语气，使节奏起伏变化，使声律更加参差跌宕。尽管如此，从诗体的革新上来讲，此时的胡适还未形成白话文学观念，只是朦胧地意识到追求诗体的自如畅达，因此仍然运用文言、袭用古体。

另一首《墓门行》本来是一首墓碑题诗，胡适在其序中提到，读《纽约晚邮报》时，"有无名氏题此诗于屋斯托克(North woodstock N. H)村外丛冢门上，词旨凄惋，余且读且译之，遂成此诗"。胡适用赋体翻译此诗，句式参差不齐，错落有致，吸收西诗的排行特点，每句分行，每节第一句与下三句形成高低一格。与五七言的古诗相比，胡适用长短不齐的赋体来译诗，确实在句式上显得更加自由，但其语言仍然是诗性文言，如该诗第二节：

    水潺湲兮，
     长杨垂首而听之。
    鸟声喧兮。
     好音谁其应之？

"潺湲"一词常见于古诗，如"荒忽兮远望，观流水兮潺湲"(《九歌·湘夫人》)，"寒山转沧翠，秋水日潺湲"(《辋川闲居赠裴秀才迪》)。单音节词"喧"是典型的文言词汇，如"竹喧归浣女，莲动下渔舟"(《山居秋暝》)，"结庐在人境，而无车马喧"(《饮酒》)。"而""之""兮"这些文言音节连词与助

---

① 胡适:《胡适留学日记》(上)，安徽教育出版社1999年版，第146页。
② 同上书，第149页。

词虽增强了诗歌的音乐感,但仍然萦绕着浓重的古典气息。难怪《尝试集》四版所删诗作中,就有《墓门行》这首译诗。

胡适最终转变观念,是从对《老洛伯》《关不住了!》的翻译开始的。《关不住了!》一诗前文已有论述,《老洛伯》与《关不住了!》一样,也是一首爱情诗。诗中女主人公锦妮独语式地自述自己的爱情悲剧,与前一首表达冲破牢笼大胆追求自由爱情有所区别的是,这一首偏向于叙事性地表现下层劳动人民对爱情的向往与苦难命运。诗中充满哀怨之气,姑娘对不幸遭遇的叙述缠绵恳切,十分感人,其序乃称"此诗向推为世界情诗之最哀者"。《尝试集》四版时,胡适仍然保存这两首译诗,可见对其的偏爱。但保留《老洛伯》并不仅仅因为其诗所表达的内容与情感,更因其乃胡适第一次尝试用白话翻译英诗,胡适在诗序中说:"全篇作村妇口气,语语率真,此当日之白话诗也。"该诗共9节,第三、六、九节为5行,其余诗节为4行。每句诗行参差不齐,又并不如骚体那样读起来仍带古味,而是将现代口语自然流畅地表达出来,较好地做到了"白话化"与"散文化"的统一。如该诗第一、二节:

> 羊儿/在栏,牛儿/在家,
> 静悄悄地/黑夜,
> 我的好人儿/早在/我身边/睡了,
> 我的心头/冤苦,都进作/泪如雨下。
>
> 我的吉梅/他爱我,要我/嫁他。
> 他/那时/只有一块/银元,别无/什么;
> 他/为了我/渡海/去做活,
> 要把银子/变成金,好回来/娶我。

由于都是使用白话口语,在原诗自由诗体的基础上,胡适改变了古典诗词中常常使用的二音节和三音节的音组形式。从以上两节音组的划分可以看出,全是自由组合与建构,有一音节组、二音节组、三音节组、四音节组,而且是随意自由搭配,不拘一格。音节组与音节组之间的停顿,有两顿、三顿、四顿,全然没有固定的格式,使诗的节奏完全随语义的节奏自然变化。

《希望》发表在《新青年》第6卷第4号时,前有一篇序,序中提到原作者Omar Khayyam,介绍其五百首"绝句",胡适注明:"原名 Rubaiyat 乃是四句体的诗,一二四句押韵,第三句没有韵,很像中国的绝句体,故借用此名。"试对比原作和胡适的译诗:

第六章 《尝试集》《尝试后集》与三位一体互证价值的逻辑

Ah! Love, could you and I with Him conspire To grasp this Sorry Scheme of Things entire, Would not we shatter it to bits——and then Remould it nearer to the Heart's Desire?	要是天公换了卿和我, 该把这糊涂世界一齐都打破, 要再磨再炼再调和, 好依着你我的安排,把世界重新造过!

胡译无论内容还是形式都与原诗相去甚远。原诗句式非常整齐,胡译却长短参差不齐;原诗一、二、四句"conspire""entire""desire"押韵,胡译押"o"韵一韵到底。此前两日,胡适在英诗《关不住了!》中通过直译成功地移植了英诗音乐美,让现代汉语获得了与古代汉语完全不同的旋律之美,那么这首诗何以改动如此之大呢?胡适既然已经找到了最适合承载现代汉语,既充分舒展而又不完全散漫的诗体形式,使现代汉诗既有了自然的白话又形成了自然的音节——胡适意识到它就是新诗之所以为"新"的新质,所以对于这首异国的"绝句"反而采取意译,从而达到直译所无法达到的效果。反之,如果他也像译《关不住了!》一样采取直译,那么,翻译出来的自然又会回归到旧诗格律中去。一言以蔽之,胡适在西诗的自由体中找到了新诗解放的是其所是的体貌——音随意转且和谐自然的音节,在他的观念中已经形成了新诗理想的模样。《希望》打破原诗形式进行翻译,正是胡适找到新诗发展路径的表现。《尝试集》一版再版都仍然保留《希望》这首译诗,也充分证明了胡适确定新诗成立的纪元所依赖的正是西化的路径。此前无论是被删的《墓门行》,还是一直保留的《哀希腊歌》,最终都无法从根本上走出旧诗窠臼,至《老洛伯》用白话译诗开始,在《尝试集》编目上则可以看到:《一念》《鸽子》《人力车夫》《三溪路上大雪里一个红叶》《新婚杂诗》《老洛伯》《四月二十五夜》《看花》《你莫忘记》《如梦令》《十二月一日奔丧到家》《关不住了!》《希望》,这样一个顺序,从传统词体的长短句"放脚"尝试,到最终在译诗中找到"'新诗'成立的纪元",其转变的历史痕迹清晰可见。

在翻译《老洛伯》与《关不住了!》之后,胡适还曾有一首译诗《奏乐的小孩》。该诗的具体翻译时间不可考,但可以确定的是与《关不住了!》翻译于同一年。《关不住了!》载《新青年》第6卷第3号,该诗载于第6卷第6号。当时《新青年》登载这首译诗时,胡适署名"天风",《新青年》是将两种不同的译稿一起发表出来的:

THE CHILD-MUSICIAN	沈钰毅译本	天风(胡适)译本
He had played for his lordships levee, He had played for her ladyships whim, Till the poor little head was heavy, And the poor little brain would swim. And the face grew peaked and eerie, And the large eyes strange and bright, And they said——too late——"He is weary! He shall rest for, at least, to-night!" But at dawn, when the birds were waking, As they watched in the silent room, With the sound of a strained cord breaking, A something snapped in the gloom. 'T was a string of his violincello, And they heard him stir in the bed:—— "Make room for a tired little fellow Kind God!——" was the last that he said.	他为了爵爷的夜会奏乐, 他顺着太太的意旨奏乐, 直到他苦恼的小头沉重了, 和他苦恼的小脑要昏晕了。 直到他面色惨白,失去了神, 直到他两只大眼,放出奇怪的光, 于是他们说——太迟了——"他疲倦了! 他应当休息至少要今一夜!" 到天明时,鸟儿醒了, 他们正在静室中观看, 昏暗里有些碎裂声音, 像是断了一根绷紧的线。 那是他"大四弦琴"上的一条弦, 他们听见他在床上说: "仁慈的上帝,留些地位给疲劳的小孩罢!" 那便是他最后所说的话。	爵爷的宴会要他奏乐, 太太不时高兴又要他奏乐。 直到后来他的小头发疼, 他的小脑要昏晕了。 他的脸儿渐渐瘦削, 他的大眼睛也变了样子了, 他们方才说:"他乏了,让他今晚休息一天。"——太迟了! 到天明百鸟醒时, 他们正在病房里守着, 愁惨里绷的一声, 一根绷紧的线断了。 他的大琴上断了一根弦, 他在床上微微翻动, 他最后的话是:"好上帝! 一个疲劳的小孩子来了。"

《奏乐的小孩》描写一个小孩因不堪日夜为主人奏乐而病死的故事,表现下层劳动人民被压迫的苦难命运。沈译本与胡译本意思一致,但诗句有细微区别。对照原诗,不难发现,沈译本完全采取直译的方式,从细节上更遵从于原诗,而胡适略有改动。如:第一节第三行的"heavy",沈译为"沉重",胡译为"发疼",两相比较,胡译的改动加重了主人公所受的压迫;第四行句首"and",沈译为"和",胡译删去;第二节第二行"strange and bright",沈译为"放出奇怪的光",胡译为"变了样子了";第二节第三行"he is weary",沈译为"他疲倦了",胡译为"他乏了",与前面"大""样""方"形成句中叠韵;第三节第二行"watched in the silent room",沈译为"在静室中观察",胡译为"在病房里守着";第四节第三、四行"Make room for a tired little fellow/Kind God!——was the last that he said",沈译为"'仁慈的上帝,留些地位给疲劳的小孩罢!'/那便是他最后所说的话",胡译为"他最后的话是:'好上帝!一个疲劳的小孩子来了'"。胡译的结尾把原诗倒装的句子还原过来,以小孩子之口告诉上帝自己要来了,然后戛然而止,更加显得凄凉而耐人寻味。综观整首诗

作的翻译,沈译本显然完全忠实于原诗,而胡适稍作改动,甚至偏离于原诗,乃为铸就诗意。比如第二节第三行"太迟了"本在句中,原诗表达等小孩子已经面露病色时,主人们才意识到他累了,可为时已晚,将"too late"倒装进句中,是要使"weary"与第一句"eerie"形成 ABAB 的押韵。胡适将之调换到末尾,使"太迟了"与前句"太晚了"形成音节上的回环,增强音乐感,这也是出于对诗歌音节美所做的考量。

由此可见,胡适通过直译催生了新诗体,找到了符合现代汉语的自然音节而又不过于散漫的形式。当建立起这样一种新诗体的概念后,翻译时也要归化到他的这种关于新诗体的观念中来,而不是一味采取直译。换句话说,沈译完全采取直译,其实心中并没有建立起中国新诗体的意识,而胡适则是已经建构起汉语新诗体的概念,对符合这新诗体的采取直译,而对于不符合的则采取意译。

从胡适的种种尝试来看,以《关不住了!》为"'新诗'成立的纪元",表明新诗的成立最终需要借鉴西方。将《希望》这样的英语"绝句"意译成白话自由新诗,将《奏乐的小孩》也根据自己对白话自由新诗的理解进行归化。胡适已经做到将现代汉语的白话语法秩序与汉语诗歌的章节结构融合在一起,并且意识到新诗之所以为"新",是因为它不仅要摆脱旧体诗的各种规范模式,并且要重新塑造汉语的音乐美。①

第二节 新白话的思维训练与"八事"的核心理念

胡适在留学期间读过不少英文书籍,尤其是诗歌作品,也写作、翻译过不少英文作品。如其日记所言,1911 年 2 月 17 日读报《树穀》,撷译为中文。2月 26 日,用英文作一辩论体之文《美国大学宜立中国文字一科》。12 月 8日,听 Robert E. Speer 演经,译报一节。再如 1914 年 7 月 18 日,留学生发起读书会,会员每周最少须读英文文学书一部,每周之末日相聚讨论一次,会员有任鸿隽、梅光迪等人,胡适第一周就阅读了 Hawthorne 的 *The House of Seven Gables* 和 Hauptmann 的 *Before Dawn* 两本著作。1914 年 8 月 25 日,其日记言:"昨夜译法国都德(Daudet)著短篇小说《柏林之围》(Le Siège the Berlin)寄与《甲寅》。此君之《最后一课》(La Derniére Clàsse)余已译之;改名《割地》,载《大共和》。"②这样的例子不胜枚举。

---

① 参见刘纳:《新文学何以为"新"——兼谈新文学的开端》,《中国现代文学研究丛刊》2012年第 5 期。
② 胡适:《胡适留学日记》(上),安徽教育出版社 1999 年版,第 345 页。

1914年12月22日康奈尔世界学生会(Cornell Cosmopolitan Club)成立十年,胡适作了一首英文诗"A SONNET"。这是一首十四行商籁体,在诗节、音尺、韵法等规则上下了不少功夫。胡适为了韵脚问题两易其诗,"诗成以示相知数人及英文文学教员罗刹先生,乞相削改,皆无大取舍",这说明在语法结构上,诗歌本身没有什么问题。然问至文学教长散仆生先生时,则被指出七八两句"意既复沓,字亦雅俗悬殊,不宜并立"。因此,胡适主要改动了两处,将七、八两句:

No! It expects us all to be the yeast
To leaven this our world and lead the van!

改为:

No! It prepares us for the knightly quest.
To leaven this our world and lead the van!

将九、十两句:

"What have you done in these ten years?" you say.
Little:'tis no single grain that salts the sea.

改为:

Little we did, and then years passed away:
No single grain it is that salts the sea.

二十四日,通过与散仆生先生的通信,又将七、八两句改为:

But each man of us vowed to serve as priest
In Mankind's holy war and lead the van.

将九、十两句改为:

What have we done in ten years passed away?
Little, perhaps; no one grain salts the sea.

最后一稿终令胡适满意,但他谦逊地指出六、七句乃先生(散仆生)所为。从所改之处,可以很清晰地看到胡适用语越来越流畅,语法运用越来越规范和灵活。尤其是诗歌倒数第二句,从"And to this tune the Muses shall all play:"(所有的缪斯将击节欢唱)到"And ev'ry people on the earth shall say:"(地球上的人们将一起呼喊)再到"And every nation on the earth shall say:"(地球上

第六章 《尝试集》《尝试后集》与三位一体互证价值的逻辑　155

的人们将一起呼喊)①,十四行诗虽被称为"英语的律诗","为体裁所限制",但无论是音尺还是用韵,我们都可以看到,在有限的诗体空间里,胡适的用语越来越趋向简洁规范,思维明确清晰。可见,老师的指导使胡适数易其稿后,其白话思维受到英语语法规范的影响而更加清楚明朗。英语的"律诗"虽然有各种规范,但毕竟句式长短不一,不像文言诗歌那样有严格的限制。

之后胡适又创作了"TO MARS"一诗,每句诗行的转折处,多以虚词连接,反复使用"to""and"等,这些是文言诗中不曾出现的现象。两个月后,胡适又重改诗稿,原诗12句,3节分别为5句、4句、3句;改后为20句,4句一节,每节一、四句与二、三句交错排列,采用抱韵。② 胡适还曾用英语创作打油诗《塔诗》:③

Right!
You Might
Freely write,
In scorn and spite,
To your heart's delight,
On what "Oil of midnight"
Has made to shine in daylight.

试着译成汉语为:

好!
你尽管
自由写罢,
以讥嘲怨恨
使你称心如意,
将"夜半的蜡烛"
点至白昼,大放光明!

对比来看,胡适所用词汇简洁明了,偏向英语口语,灵活运用虚词和时态。在异域语境受到的这种英语语法思维的训练,显然为后来翻译《关不住了!》打

---

① 以上所引均出自胡适:《胡适留学日记》(上),安徽教育出版社1999版,第469—475页。
② 胡适:《胡适留学日记》(下),安徽教育出版社1999年版,第32—35页。
③ 同上书,第424页。

下了良好的基础。

除了创作英文诗歌,胡适还曾先后将自己所作之律诗《春朝》以及《诗经·木瓜》、杜甫的《绝句》等古典诗歌译成英诗。比如,1914年5月31日,他将《春朝》译成英诗①:

| 叶香清不厌,鸟语韵无嚣。
柳絮随风舞,榆钱作雨飘。
何须乞糟粕,即此是醇醪。
天地有真趣,会心殊未遥。 | Amidst the fragrance of the leaves comes Spring,
When tunefully the sweet birds sing,
And on the winds oft fly the willow-flowers,
And fast the elm-seeds fall in showers.
Oh! Leave the "ancients' dregs" however fine,
And learn that here is Nature's wine!
Drink deeply, and her beauty contemplate,
Now that Spring's here and will not wait. |

试把胡适的译作再回译成中文:"在叶子的清香中春天来临,当鸟儿在枝头甜美地歌唱,在温柔的风中柳絮飞扬,榆钱洒落在雨中。啊!远离那些古代的沉滓吧,要知道这里就有自然的佳酿!深深地品味她的美味与芳醇吧,现在春天就在你身边不必再等待。"在中译英的过程中,胡适严格遵循英诗的规范,我们可以看到其清晰畅达的白话思维。为了将文言诗歌翻译成英语自由格律诗,他应该先将固定形式的文言进行一次转换,即转换成脱离文言形式的同义白话口语,然后再遵从英语语法规范,注重各种关联词的运用、轻重音的谐调等,从而将拆开的白话句式译成英语。这种转换的训练,对其后来将西洋诗直译、横移到现代汉语世界从而建立起新诗体式,有着不可忽略的作用。

又如,1914年12月3日,他将《诗经·木瓜》译成英诗②:

| 投我以木桃,报之以琼瑶;
匪报也,永以为好也。 | Peaches were the gifts which to me you made,
　And I gave you back a piece of jade——
Not to compensate
　Your kindnesses, my friend,
But to celebrate
　Our friendship which shall never end. |

其英语译诗的大意为:

---

① 胡适:《胡适留学日记》(上),安徽教育出版社1999年版,第196—197页。
② 同上书,第447—448页。

>你送给我蜜桃做礼物,
>>我回赠了你一块美玉——
>
>这并不是为了报答
>>你的好意,我的朋友,
>
>只是为了祝福
>>我们的友谊地久天长。

译文前有一段序言:"偶思及《木瓜》之诗,检英人 C. Francis Romilly Allen 所译观之,殊未惬心,因译之如下。"由此得知,此乃因不满英人所译而译。我们看到,在将古典文言诗歌译成英文时,除了遵循英诗语法规范,加入"and""not to""but""which"这些联结词,又将 2 句诗行改译成 6 句,使得文言诗词中的各种省略和含蓄的风格发生了转变。其译诗句式完整而清晰,可以想见中间转换环节——将原文言诗拆解成白话更加得心应手。

胡适还将他喜欢的杜甫的《绝句》译成了英诗。1917 年 1 月 12 日,胡适感慨"此诗造语何其妙","因以英文译之"①:

| 漫说春来好,狂风大放颠。
吹花随水去,翻却钓鱼船。 | Say not Spring is always good,
For the Wind is in wild ecstasy:
He blows the flowers to flow down the stream,
Where they turn the fishman's boat upside down. |

《诗经》的语言本来就偏于古白话,与现代白话思维较为接近,将之先转译成现代汉语并不困难,然而杜甫此首《绝句》,虽不像其他绝句那样遵循形式规范,但毕竟以文言书面语为主。胡适的英译回译成汉语大致如下:

>春天不总是那么美好,
>因为春风总是如此狂野:
>他把花儿吹落到水中,
>也吹翻了水中的渔船。

这种畅达的白话语句,已经深深烙进胡适的脑中,使之将文言诗歌翻译成英诗时的中间环节——白话的转换变得如此自如。其英译之诗句,在语法规范上更加严谨:"for""where"引出的从句,词组的搭配,虚词的运用,使整首诗仿佛说话一样近于口语,清晰简洁。胡适特意选取的是杜甫最白话的诗歌,

---

① 胡适:《胡适留学日记》(下),安徽教育出版社 1999 年版,第 447—448 页。

杜甫有更多的作品因奇特的句法而闻名。比如《登高》《宿府》《秋兴》等七言律诗,像"香稻啄余鹦鹉粒,碧梧栖老凤凰枝"这类故意颠倒语序、打破语法规范的诗句,因其陌生化而达到独特的审美效果,但显然与逻辑的文法相抵牾,所以,这类诗作在重逻辑理性的训练中是为胡适所排斥的。这种排斥最终体现在其理论结晶《文学改良刍议》之"八事"中。

另一方面,胡适也进行英诗汉译。胡适在中国公学期间的翻译,少有形式上的创新。而在留美期间,英语环境显然给胡适的思维西化提供了良好的土壤,使之充习得通过翻译而带来的白话思维的转换。当然,进行了白话思维成功转换训练的胡适,在英译汉时,并不是马上就开辟出了现代汉诗的新诗体。1913 年 1 月 29 日,他将英国 19 世纪诗人 Robert Browning 的诗句译成汉语时,仍采用的是古骚体:

| One who never turned his back but marched breast forward,
Never doubted clouds would break,
Never dreamed, though right were worsted, wrong would triumph,
Held we fall to rise, are baffled to fight better,
Sleep to wake. | 吾生惟知猛进兮,未尝却顾而狐疑。
见沉霾之蔽日兮,信云开终有时。
知行善或不见报兮,未闻恶而可为。
是三北其何伤兮,待一战之雪耻。
吾寐以复醒兮,亦再蹶以再起。 |

胡适在日记中记道:"此诗以骚体译说理之诗,殊不费气力而辞旨都畅达,他日再试为之。今日之译稿,可谓为我辟一译界新殖民地也。"①可见,胡适此时译诗除了选取内容之外,已经尤为重视诗体,特别是以骚体为其译诗之"新殖民地",是符合其尝试过程中的转变的。五七言古体虽较近体自由,但字数一致仍然有所限制,而骚体一般篇幅较长,形式比较自由,多用"兮"字来助语势,特别适宜表现自由奔腾的激情、陈述或悲吟。五日之后胡适又用骚体翻译了拜伦《哀希腊歌》。

在胡适将中国古典诗歌或自己创作的古体诗翻译成英文诗,或者将英诗用古体翻译成汉语诗时,他还没有形成明确而正式的白话观念。但这种转换无形中加强了他的白话思维训练,这为其后他在英诗汉译中彻底摆脱中国传统束缚做好了铺垫。当他建立起白话观念,将尝试白话作诗作为白话取代文言所需攻克的一个堡垒时,这种创造一种新的诗体的强大动力,使他孜孜于各种类型的尝试。此时,他对待翻译,思考的是如何做到将英诗翻译成汉语

---

① 胡适:《胡适留学日记》(上),安徽教育出版社 1999 年版,第 144—145 页。

后,在汉语中还能成其为诗。在尝试与翻译中,他放弃了古体,渐渐明白在古体之外,现代汉语应该建立起新的诗体形式。当这种意识越来越明晰后,他不可能再用归化的古汉语翻译方式,而是开始沿袭西洋诗体的模板,这时他探索的是如何遵循西洋诗体特征来翻译,又能在现代汉语的阅读习惯中让人感觉读起来是诗而不是散文。最终,胡适在西洋诗的翻译中找到了新诗的归宿与理想之路。这与其新白话思维的形成是紧密相关的。

胡适揭开"五四"新文化运动新篇的《文学改良刍议》与其从留学期间的打油诗创作到英汉互译训练中逐渐形成的新白话思维是有紧密相关性的。这种相关性到目前为止还没有被充分揭示。胡适在1915年8月21日将其白话诗学主张汇聚提炼为"文学革命八条件",这便是"八事"的雏形。《文学改良刍议》里正式公之于众:

    一曰,须言之有物。
    二曰,不摹仿古人。
    三曰,须讲求文法。
    四曰,不作无病之呻吟。
    五曰,务去滥调套语。
    六曰,不用典。
    七曰,不讲对仗。
    八曰,不避俗字俗语。①

细读之,这"八事"新意不多。第一项所谓"言之有物",即见于《周易·家人》:"君子以言有物,而行有恒。"虽然胡适一再强调这里的"物"与传统"文以载道"有别,是说文学创作要有情感、有内容,情感、内容都要有文学价值,但这种"须言之有物"的主张是古来文章时有强调的。第二项"不摹仿古人"与第五项"务去滥调套语"几乎就是韩愈等人古文运动所标举的主张,诸如"自创新意新词,不避'怪怪奇奇'"(《送穷文》),反对模仿因袭,"惟陈言之务去"(《答李翊书》),"唯古于词必己出,降而不能剽窃"(《南阳樊绍述墓志铭中》)等等。第四项所谓"不作无病之呻吟",可以说是语出辛弃疾,却没有辛弃疾"少年不识愁滋味,爱上层楼,爱上层楼,为赋新词强说愁"(《丑奴儿·书博山道中壁》)和"百年光景百年心。更欢须叹息,无病也呻吟"(《临

---

① 胡适:《文学改良刍议》,《胡适全集》(第1卷),安徽教育出版社2003年版,第4页。

江仙·老去浑身无着处》)的辩证,且中国历来不乏对"无病呻吟"的批评:朱熹批评"《七谏》、《九怀》、《九叹》、《九思》虽为骚体,然其词气平缓,意不深切,如无所疾痛而强为呻吟者"(《楚辞辨证》上);元代刘埙曾说:"读书万卷,下笔有神,此作诗之本领。然亦必有为而作,有关涉而作,若无病而呻吟,虽奔涛走石,冶叶倡条,动可人心,于道何补"(《隐居通议》卷六《桂舟评论》);明代李贽也说:"文非感时发已,或出自家经画康济,千古难易者,皆是无病呻吟,不能工"(《续焚书》卷一《复焦漪园书》)。可以说胡适的"八事",其一、二、四、五,基本上是一些中国传统文学批评标准的重申。

通常认为,《文学改良刍议》的根本宗旨乃白话取代文言,而在胡适的"八事"里,却是将之放在第八项——"不避俗字俗语"。试看其对"俗字俗语"的阐释:

> 中国之文学最近言文合一,白话几成文学的语言矣。使此趋势不受阻遏,则中国几有"活文学出现",而但丁、路得之伟业,(欧洲中古时,各国皆有俚语,而以拉丁文为文言,凡著作书籍皆用之,如吾国之以文言著书也。其后意大利有但丁[Dante]诸文豪,始以其国俚语著作。诸国踵兴,国语亦代起。路得[Luther]创新教始以德文译《旧约》、《新约》,遂开德文学之先。英法诸国亦复如是。今世通用之英文《新旧约》乃一六一一年译本,距今才三百年耳。故今日欧洲诸国之文学,在当日皆为俚语。迨诸文豪兴,始以"活文学"代拉丁之死文学;有活文学而后有言文合一之国语也。)几发生于神州。①

此种"言文合一"的思想与黄遵宪三十年前的论述如出一辙:

> 余闻罗马古时,仅用腊丁语,各国以语言殊异,病其难用。自法国易以法音,英国易以英音,而英法诸国文学始盛。耶稣教之盛,亦在举旧约、新约就各国文字辞普译其书,故行之弥广。盖语言与文字离则通文者少,语言与文字合则通文者多,其势然也。②

甲午战败后,人们纷纷寻求弱国变强的出路,希望在《日本国志》中找到

---

① 胡适:《文学改良刍议》,《胡适全集》(第1卷),安徽教育出版社2003年版,第14—15页。
② 黄遵宪:《学术志二》,《日本国志》(下),天津人民出版社2005年版,第810页。

答案。后有裘廷梁在《无锡白话报》上刊发《论白话为维新之本》一文,倡导"崇白话而废文言"。一时间,"言文合一""办白话报"声势浩大。据统计,清末民初,出现了370种以上的白话报刊,如《广州白话报》《湖南白话报》《无锡白话报》《杭州白话报》《苏州白话报》《芜湖白话报》《常州白话报》《京话报》《官话报》等。①

由此看来,"八事"中,"不避俗字俗语"一项与晚清所倡之"白话"似无根本区别。这可能也是胡适将其置于"八事"之尾的原因吧。

胡适《文学改良刍议》之"八事"中真正有新意的是第三项"须讲求文法"。虽然胡适的解说有些过于简陋:

> 今之作文作诗者,每不讲求文法之结构。其例至繁,不便举之,尤以作骈文律诗者为尤甚。夫不讲文法,是谓"不通"。此理至明,无待详论。②

胡适所谓的"讲求文法",就是要像西语一样遵循一套语法规则来运用汉语,这样才能使语言思维的表达逻辑化、科学化、精准化,使之"清楚明白"。将"讲求文法"运用于诗歌,就是强调诗句的逻辑联系,祛除古代诗歌中的含混歧义。相比中国传统诗歌讲求藻饰、含蓄、模糊的诗意美,英语文法更讲求逻辑性、精准性,将英语的文法精神移植过来,就是要将西语追求的思维的逻辑性和其语言所闪耀的理性精神注入新的汉语文学中。胡适自谓其尝试新诗的目的是为倡导一种国语的文学和文学的国语。也就是说,他的"须讲求文法"的主张实际上是要将一种科学理性的精神注入晚清以来所兴起的"俗字俗语"的白话诗文之中,从而建立起全新的现代汉语。现代汉语的表意更为准确与精密。

这种准确与精密,可以说就是从胡适在异域语境中所做的诸种训练起步的。除了英汉互译过程中文言、白话、英文的三向转换训练,胡适还写有关于"时"与"间"有别、"证"与"据"之别、"反"与"切"之别、"尔汝"二字之文法、"我吾"二字之用法等文,撰写多则论文字符号的札记。对梅光迪(觐庄)之文学革命四纲,胡适最欣赏其"复用古字以增加字数",即将古代单音节字转换为现代汉语的双音节词。早在"八事"提出前四个月,胡适在日记中就曾

---

① 胡全章:《清末民初白话报刊研究》,中国社会科学出版社2011年版,第30页。
② 胡适:《文学改良刍议》,《胡适全集》(第1卷),安徽教育出版社2003年版,第7—8页。

撰《作文不讲文法之害》一文。他对《论语》中"先行其言,而后从之"一句提出质疑:"其言"是谁之言?"之"指何物?"从"字无主语。这些模糊之处导致该句产生诸多歧义。他列出四种说法,将句式补充完整,并一一对应相应的英文;比如"(君子)先行其言,而后(言)之",对应"He puts words into deeds first, and sorts what he says to the deeds";而"(君子)先行其言,而后(顾行而言)",对应两个不同译本:"What he first says, as a result of experience, he afterwards follows up." "He acts before he speaks, and afterwards speaks according to his actions."即便将文言句式填充完整,也有可能导致两种不同的英文译本,胡适感慨:"作文不讲文法之害如此。"①此时的胡适,已然在英文精准的语法中,感受到古代汉语缺乏逻辑理性的缺点。当然,胡适的这些训练也与其实用主义哲学的学术背景不无关联。

这就不难理解为什么胡适要将"不用典""不讲对仗"这样看起来很枝节却又是反汉语特色修辞的内容列入其"八事"之第六项与第七项。因为讲求文法、追求语言清楚明白的逻辑理性与对仗和用典的汉语美学是矛盾的。讲求对仗会牺牲汉语的文法,追求用典则徒增汉语的歧义。这种在讲求文法的科学理性精神与汉语诗意美的矛盾对立中构建文学的国语的追求和选择,甚至导致了后来百年新诗屡遭诟病又找不到解决之路的困局。

这样看来,胡适唯独语焉不详的"须讲求文法"与"不用典""不讲对仗"才是"八事"重点所在。而这个重点的实质,正是新的白话思维的核心——科学理性精神。胡适正是凭借这种创造性的新白话思维,才得以开启声势浩大的白话文运动。因为它们的存在,《文学改良刍议》才成为如此具有开创性的白话诗学宣言。

值得一提的是,"尝试"期间胡适还有一首特别的译诗《节妇吟》,这应该算作古诗今译的开风气之作。当时这首译作作为《〈尝试集〉集外诗五篇》之一发表在《新青年》1920 年第 8 卷第 3 号,五首分别为《我们三个朋友》《湖上》《译张籍的〈节妇吟〉》《艺术》《例外》。《尝试集》再版之时将其余四首都收录进去,唯独没有收入此诗。

---

① 胡适:《胡适留学日记》(下),安徽教育出版社 1999 年版,第 310—311 页。

节妇吟 张籍	译张籍的《节妇吟》 胡适
君知妾有夫，赠妾双明珠。 感君缠绵意，系在红罗襦。 妾家高楼连苑起，良人执戟明光里。 知君用心如日月，事夫誓拟同生死。 还君明珠双泪流，恨不相逢未嫁时。	你知道/我有/丈夫， 你送我/两颗/明珠。 我感激/你的/厚意， 把明珠/郑重/收起。 但我/低头/一想， 忍不住/泪流/脸上： 我虽知道/你没有/一毫私意， 但我/总觉得/有点/对他不起。 我噙着眼泪/把明珠/还了，—— 只恨/我们/相逢/太晚了！

胡适在诗跋中说明选择此诗的理由：中唐注意社会问题的诗人中，"最有文学天才的要算张籍"，"张籍做'妇人问题'的诗，用意都比别人深一层"。胡适声称自己最爱的是《乌夜啼》和《节妇吟》，认为它们都是"中国文学里绝无仅有的'哀剧'"。他指出，该诗"妾家高楼连苑起，良人执戟明光里"一句，还不能完全脱去古诗《陌上桑》里的俗套，所以将之删去。胡适反复申明此诗的长处在于"有哀剧'Tragedy'的意味"，并将之与《老洛伯》并论。细读胡译，可以看出胡适的一番用心。该诗本为政治诗，乃张籍婉言谢绝军阀陈师道的拉拢，以有夫之妇自喻，表明对钟情于自己的男子的情意无以为报的矛盾心情，并做出无奈选择的痛苦，以此取得陈师道的理解。胡适将之视为"妇人问题"的诗作，无疑与"五四"那个时代追求个性解放、婚恋自由的社会文化氛围相关。如果仅将之作为爱情诗来解读，原诗平淡白描却感人至深，不着修饰却凄美哀绝。胡译删去落《陌上桑》俗套的两句，全诗一共10句，分为两节：前一节头4句自叙身份，感激对方情意，郑重地将明珠收好；五六两句一转，情感上忽地低沉；七八两句表达自己对丈夫的愧疚之感；后一节两句，噙着眼泪将明珠还给对方，表达相逢恨晚之意。整首诗在保留原意的基础上，略作修改，如原诗"感君缠绵意，系在红罗襦"写女主人公感激对方深情，将明珠挂在自己的红罗裙上，胡适改作"把明珠郑重收起"；原诗"事夫誓拟同生死"写女主人公表达对丈夫忠贞不渝之志，胡适改作"但我总觉得有点对他不起"。此两处在内容上的改动，将原诗由礼教伦常与个人情感上的矛盾而最终压抑自己的情感，转变为女主人公个体内心的情理冲突，虽然最终仍然压抑情感，但在胡译中，已经不再有"事夫誓拟同生死"这种观念，译诗中的女主人公是有着情感需求与理智判断的独立个体，其最终拒绝对方示爱，并不是缘于封建礼教的妇德观念。在形式上，此诗两句一韵，前6句形式整齐，每句皆三顿，后4句分别为三顿、四顿、三顿、四顿，形成一种音节上的

节律,但每一顿音节不限,大多由三音节组与二音节、五音节组组成,整饬中又有参差,读起来能感觉到白话的韵味。我们不能准确地知道胡适在编选《尝试集》时为何没有选入该诗,大约胡适发表此诗时也将之与《老洛伯》相提并论,认为两诗结尾处都是"同样的哀剧"。《尝试集》要展示的是胡适如何"放脚"的进化创作过程,在编选时,选入的译诗已经有表达类似之意的《老洛伯》;再者,从对传统诗词的放脚化尝试到翻译《关不住了!》,胡适最终确定新诗之所以为"新",在其用由西方移植过来的诗体装入现代汉语以表达自然音节之美,这条西化道路是在《尝试集》的编选中一步一步从旧体诗词的"放脚"中艰难转换而来,《尝试集》中《关不住了!》之后,全部是其个人的创作,不再有译诗,此时的胡适俨然已经找到他所想要的那种诗体,所以就不会再选此译诗了吧。

《节妇吟》以白话而改文言诗,以新诗体来重塑古典诗歌,是想进一步证明用白话创作诗歌的可能性。但用现代汉语把古诗的意味传达出来,成不成功,有没有必要,在胡适那里还是未知的。难怪此诗一发表,就引来批评不满之声。如王无为在给吴芳吉的信中就对胡适任意为古人改诗不满,认为胡适"并不知原诗的来历"①。在不知晓原诗历史的情况下,胡适的翻译,"处处抱着自尊的观念,来批评一切","以表现自己的文学天才"②,最后得出的结论是:"至以白话而改文言诗,我是极其怀疑的。我觉得文言有文言的味,白话有白话的味,这两种味,截然不同。在适当范围内,以白话改白话诗,以文言改文言诗是可以的。倘用白话改文言诗,或用文言改白话诗,都不能不有方枘圆凿,格格不入的现象。"③但我们知道,古诗今译之风随后而起。郭沫若的《卷耳集》(泰东图书局1923年版),将《诗经》中的"国风"译成白话诗。1930年代有陈漱琴编译的《诗经情诗今译》(女子书店1932年版)(选译《诗经》中的情诗,其译者还有刘大白、顾颉刚、魏建功、钟敬文、汪静之等),江荫香的《诗经》全译本(广益书局1934年版),《千家诗》白话译本(大达图书供应社1934年版),陈子展的《诗经语译》(太平洋书店1934年版)。1940年代有周仁济《离骚今唱》(中西文化印书馆1943年版)。1950年代有文怀沙的《屈原九章今译》《屈原九歌今译》(棠棣出版社1952年版)、《屈原离骚今译》(上海新文艺出版社1954年版),李长之的《诗经试译》(上海古典文学出版社1956年版),陈子展的《国风选译》《雅颂选译》(上海新文艺出版社1957年版),郭沫若的《离骚今译》(人民文学出版社1958年版)……直到现在,还

---

① 胡怀琛等:《诗学讨论集》,中山图书公司1971年版,第87页。
② 同上书,第92页。
③ 同上书,第97页。

盛行古诗今译之风。当然,当初胡适们尝试古诗今译时,本身有着良好的古代文学素养,他们的古诗今译是在进行新文学创作,而不是为古诗做普及工作。像陈子展翻译《诗经》时就在其序中指出,其翻译并不为"妄想大众都能够读它,或作为青年必读书",而只是尽其最大之力,"从翻译古诗来实验","看看纯粹的白话是不是可以创作诗歌"。① 而当下的古诗今译不一样,在现代汉语已经普及,人们离文言越来越遥远的时候,这些古诗今译其实只是翻译出来让人读懂,就像不懂英语的人需要参考书一样,人们需要读懂古诗的参考书,这其实只是一种无可奈何的借鉴,而不再是对新诗园地的开垦与拓展。

《尝试集》中的译诗夹杂在胡适的个人创作中,而不作为专辑,在胡适所反复描述的"进化"的写作历程中,《关不住了!》是作为其个人新诗尝试的原创性作品,这也体现出胡适对新诗这种文类边界的观念与认识,也就是说,他认为译诗也是创作。基于这个观点,他也会认为汉语文学、新文学,是包括翻译文学的。这种观念不仅存在于胡适那里,当初《新青年》的诗专栏就没有严格地区分创作与译诗,如第6卷第4号上同时发表苏菲译的《德国农歌》、胡适译的《希望》。《尝试集》作为中国现代新诗史上的开风气之作,不仅具首倡新诗之功,其编选方式所体现的文学观念也深刻影响了民国文学史的编纂。民国文学史论述新文学时,都会讲到翻译文学,甚至专辟章节,如王哲甫的《中国新文学运动史》等,将之作为中国文学的一部分。但1949年后随着新中国高度统一的意识形态的形成,文学史的编纂也急遽政治化,加之胡适思想被彻底清算,此后的诸种文学史没有再论及翻译文学。但《尝试集》中译诗的存在及胡适对其的认可,至少影响了整个民国文学史对新文学的看法,这一点我们不能小觑。

第三节 尝试之后的实践与三位一体的质疑

从《尝试后集》的编选所体现出来的诗学观念可以看到,一方面,相对于《尝试集》对挣脱传统、与传统相决裂的强烈诉求,《尝试后集》所显现出来的是一种兼收并蓄的包容;另一方面,《尝试集》呈现从旧向新嬗变的痕迹,最终在西化中找到新诗的理想模式,但《尝试后集》却呈现出明显向传统回归的倾向。胡适通过《尝试集》的编选,着意建构了小脚不断放大最终在西洋诗中成功放脚的进化过程,这个过程是要努力走出传统,体现的不是胡适的

---

① 陈子展:《诗经语译·序》,太平洋书店1934年版,第8页。

个人旨趣,而是早期白话诗人对新诗的共同想象。等到编选《尝试后集》时,新诗早已不是草创之初那个蹒跚学步的婴孩形象,胡适当初的创作也有许多与旧诗难分难解的诗,但未选入《尝试集》,形成其编选原则与个人兴趣兴味一定范围的裂缝,而当新诗已经成熟之后,胡适不再肩负开创新诗的重任,他不必再刻意通过诗集的编选来塑造某种公众形象。这个时期他写了更多的与旧诗血肉相连的诗,也选进了《尝试后集》,说明此时的胡适更加重视新诗的传统血脉。这实质上也是对《尝试集》的编选中所体现的线性历史进化观念的某种怀疑与调整。

编选《尝试后集》时,胡适特别将《谈谈"胡适之体"的诗》附在集后,其意正是要强调该集所体现的诗学观念。此时胡适所理解的"白话诗"仍然看重语言的"白话",明白清楚乃其一生坚持的美学风格。即便是在流派纷起的1930年代,新诗已经从草创期的蹒跚走向了成熟的书面语化和精致化时期,胡适仍然强调清楚明白的"语言"的重要性。在他眼中,现代汉语虽然已经成立,"国语的文学,文学的国语"作为其构想的"中国的文艺复兴"大工程的一部分却远远没能完成。所以他指出,"现在有许多人,语言文字的工具还不会用,就要高谈创作,我从来没有这种大胆子","我们今日用活的语言作诗,若还叫人看不懂,岂不应该责备我们自己的技术太笨吗"。但是,在总结并阐释"胡适之体"的风格时,胡适指出这种境界并不是多数少年人能赏识的,他强调只作自己的诗,"不迎合别人的脾胃",也不想劝别人作他的诗,不妄想别人喜欢他的诗。这样谦逊的态度,已然不似当年那个意气风发,在《尝试集》各版序言、《谈新诗》等有关"文学革命小史"的论述中强调自己如何冒众人之大不韪,首开风气,单枪匹马闯荡新文学领域的新诗领袖形象了。

将新诗创作只作为个人兴味爱好,而不再是新文学冲锋陷阵的旗号,并不应该导致如批评者所言胡适涉猎广泛而研究不深,或者不再写诗、没有什么诗才等如此简单化的理解。我们看到,胡适一直在写诗,且写出了好诗。陈子展当年评价《尝试集》的真价值,"不在建立新诗的轨范,不在与人以陶醉于其欣赏里的快感,而在与人以放胆创作的勇气"[①]。胡适成为新诗领袖,不是因为其诗写得有多大的审美价值,而是因为他首开风气做了第一个吃螃蟹的人;而且经由他在各种著述中的反复强调,其新诗领袖形象已经根深蒂固。到了1930年代,胡适经由整理国故对传统文化的价值进行再审视、再发掘,虽然其中含有西方标准,但其对传统的认同是非常明显的。然而这种认同在当时的新诗发展道路上,已经不可能成为主流。新诗发展到1930年代,

---

① 陈炳堃:《最近三十年中国文学史》,太平洋书店1930年版,第227页。

已经流派纷呈、众声喧哗,胡适基于"白话"口语所建立的白话新诗已经向着更为精致的文人书面语发展,新诗的语言美学也向着更深和更新的方向开拓。此时的胡适还在以新诗领袖的身份批评"看不懂的新文艺"①,难怪反会被人批评在新诗发展太快的时代,"老前辈对它已渐渐疏忽隔膜"②了。语言一旦进入书面语化,就不仅是一个语言问题,而是涉及风格美学、文化程式、艺术范式等问题,此时的新诗会向多元化掘进,必然导致"读不懂"。胡适对于诗歌美学的建构却还始终停留于在语言和意义层面强调清楚明白,而忽略了在新的时代新诗美学多元化发展的广阔空间。

当胡适终于意识到用清楚明白的白话口语诗来对抗日新月异、迅猛发展而走向多元化的新诗无异于以卵击石时,只能退守个人的园地,坚持"这一个方向的尝试",使之成为一种个人化的风格。在众多的流派中,他无法否定别人。新诗已经进入向着多元化的美学掘进的阶段,胡适明白其探索只是个人的爱好,而非时代洪亮的声音,所以只能作自己的诗,不可能再领导别人。这个时候编选《尝试后集》,其姿态就完全不一样了。从历史建构回归到个人旨趣之后,无须再苦心积虑塑造自我形象,而是最真实地反映创作的实际状况。

"五四"时期,新文化派是借助于西方思想来反叛传统文化,但是在文学革命取得了胜利,打破了旧的价值系统之后,如何建设新文化,成为亟待解决的问题。打破旧传统后,是否能简单地移植和拼凑西方文化而不论其是否适宜中国土壤,答案是显而易见的。当真正开始实践"立新"时,再激进再极端的西化派也无法回避传统的巨大存在。新文化不得不建立在源远流长的中国传统血脉的基础之上,因此,在历经狂飙突进的彻底破坏之后,在实际的建设过程中,极端西化者最终也不得不走向中西融合,这是历史必然的趋势。胡适始终将"五四"新文化运动诠释为一场文艺复兴运动,他终其一生所坚守的是"中国的文艺复兴"这个理想事业。那么,在以西方为参照复兴中国传统文化这个理想蓝图的设计中,整理国故成为必不可少的重要环节。胡适进行整理国故的工作之后,对传统的态度发生了转变。整理国故是对中国传统文化的价值进行重估,虽然这种重估有西方的标准,但其过程毕竟有对传统文化价值的重新发现与认同。如何将传统文化转化为现代性的有效资源,

---

① 胡适在 1937 年 6 月《独立评论》"编辑后记"中回应"絜如"(周作人)的《看不懂的新文艺》,指出:"这个问题确是今日最值得大家注意的一个问题……我们觉得,现在做这种叫人看不懂的诗文的人,都只是因为表现的能力太差,他们根本没有叫人人看得懂的本领。"(胡适:《二三八号编辑后记》,《胡适全集》[第 22 卷],安徽教育出版社 2003 年版,第 568 页)

② 沈从文:《关于看不懂》,张兆和编:《沈从文全集》(第 17 卷),北岳文艺出版社 2002 年版,第 145 页。

在新诗方面，胡适渐渐从"西化"的路径又回归到传统词体的现代汉语转换这条路径上来，便是很好的证明。

《谈谈"胡适之体"的诗》虽然只是在明白清楚的风格美学上做文章，但我们可以明显地感受到胡适对传统的某种认同。在论述其"胡适之体"的美学主张时，他援引《尝试集》中"不曾得着一般文艺批评家赏识"的《十一月二十四夜》《梦与诗》，而非《关不住了!》等"西化"一类的诗作。"胡适之体"其实来源于中国传统词曲体。中国正统的诗学观念中，韵文用于抒情，散文用于叙事，所以中国古典诗词少有叙事之作。我们知道，胡适也很少写叙事诗，《尝试集》中少有的如《人力车夫》这类叙事性的诗作，也尚属古乐府的现代翻版，而乐府体本源于民间。胡适非常认同民间资源，他对当时大规模的搜集民间歌谣故事很是赞同，认为其有益于开拓新文学。但胡适在实践中并未走向民间，而还是回归传统词曲体的道路。与此绝然不同的是，西方的叙事诗是文学正统，真正走"西化"道路的诗人常常写很长的叙事诗，如郭沫若的新诗中就有很多戏剧化的叙事，而且篇幅非常长，相比之下，胡适的诗歌都是短章，这与其诗才无关联，而是与其对传统的认同和对新诗发展道路的思考有关。在他的诗学观念中，坚守传统始终是一种潜在的影响和规范。

"胡适之体"代表胡适对新诗的理解一定程度上回归传统，在现代诗艺探索上侧重于开掘丰富的传统资源，这在新诗发展历程中也有着一定的回响，但是这种回响已经不可能再度成为一个时代的主流。"胡适之体"凝定于1930年代，其代表之作《飞行小赞》一经发表便引来争议，其友陶行知在上海某报刊发表戏作《两个安徽佬》："流尽工人汗，流尽工人血。天上不须半日，地上千万滴。辛苦造飞机，不能上天嬉。让你看山看水，这事大希奇。"陶氏的思想明显是左倾的，因此对胡适的那种悠闲自得感到不满。不过，胡适本人并不介意，晚年提及此事时，还笑其友"一点幽默感也没有"①。事实上，当时的诗坛已经流派纷呈。一批在内容上追随时代主潮的左翼诗人，主张诗歌成为救亡的工具；而另一批在形式和诗体上追求现代汉语书面语化的现代派诗人，重视诗歌的蕴藉、淡远的朦胧性和多义性及曲折幽深之美。新诗的发展走向多元化。这意味着新诗这个文类不再有统一的规范。

从《尝试集》到《尝试后集》的转变，我们看到的是"新""西""现代"三位一体价值逻辑在胡适自身所体现出来的从建立到分裂的过程。胡适虽然在《尝试集》中以西化为发展路径建立了新诗的现代性体系，但他在《尝试后集》中对传统资源的重视，又实质上对这种现代性体系提出了质疑。百年新

---

① 胡明：《胡适传论》（下），人民文学出版社1996年版，第772页。

诗在走向西化与回归传统的两极之间徘徊与左右摇摆,在某种意义上,就是在《尝试集》与《尝试后集》之间徘徊与摇摆的缩影。

将《尝试集》与《尝试后集》结合起来,我们才看到了胡适对于新诗发展路向与现代诗艺的探索的整体面貌。尤其对于诗人胡适的形象,我们得以改变过去的文学史定见。《尝试集》成功地建构了一个开创新诗伟大"历史"的重要诗人形象,但这种开创性是以审美性的缺失为前提,众所周知,《尝试集》虽在新诗史上具有首开风气之功,但在审美价值上却屡遭否定;而《尝试后集》则以那些平实、洗练、蕴藉、富含汉语诗性之美的新诗作品,纠正了这一偏见,丰富了胡适的诗人形象。将《尝试集》与《尝试后集》结合起来,我们才能完整地定义胡适的诗人形象,并完整地理解其对新诗路向与现代诗艺的探索。

第四节 选本视野中《尝试集》《尝试后集》的传播

关于胡适新诗的流播与接受,还未有过相对完整的研究。一方面,一段时间以来,研究者只把关注的眼光凝聚在《尝试集》上,而且,常常聚焦在《尝试集》的《人力车夫》《蝴蝶》《鸽子》这些鲜明的带有过渡性质的文本上,忽视了《尝试集》中其他更为成熟的诗作,比如《梦与诗》《希望》等,并且完全忽视了《尝试后集》的存在[①],从而使诗人胡适刻板化为单一的、漫画化的"尝试者"形象。另一方面,虽然我们知道不将大众读者的接受纳入研究视野,是无法较为全面地呈现文学接受原貌的,但是在互联网的大众跟帖式评论出现以前,这一块似乎难以受到重视。本章通过爬梳与钩沉各种新诗选本,试图对胡适新诗百年来在读者中的流播状况做一相对完整的观察。这里的选本既包括精英选本也包括为大众的选本。精英选本包括专家、学者编选的为新诗立碑、为文学史存照的选本,或者大学教材读本;为大众的选本则是面向市场的大众图书或用于文学欣赏的读本。这里涉及的是海量的诗歌选本,其中包括213种选入胡适诗歌的选本,以及25种选入胡适诗歌的歌词选本。通过定量与定性相结合的实证研究方法,笔者发现,胡适那些较好的化用传统词曲声韵的诗作,在坊间获得了比中国新诗史上众多著名诗人作品更为广泛的传唱。胡适被专家学者和教材所"经典化"的诗作,与他在大众读者中被

---

① 从选本视野考察《尝试后集》的传播,针对的是《尝试后集》所选入的具体诗作。前文已有专门论述:《尝试后集》虽编于1952年,但所选诗歌多作于1936年以前(见本书第五章引言部分)。为避免读者产生《尝试后集》编于1952年,如何在二三十年代接受的疑惑,故于此处说明,后文不再赘述。

广为传唱的诗作,形成明显偏差。这种偏差说明,专家与大众对诗人胡适"经典化"的方向明显不同,在大众视野中,胡适是一个至今还有艺术生命力的优秀抒情诗人。

一、新诗"尝试者"的漫画像

笔者以第一部新诗选集——1920 年 1 月新诗社编辑部出版的《新诗集(第一编)》为始,以 2010 年 9 月人民文学出版社出版的《中国新诗总系》为终,对其间出版的众多新诗选本进行统计,计有 213 个选本选了胡适总计 49 首新诗①。笔者虽竭尽努力,这统计仍不敢说是竭泽而渔,但也足以真实地反映出《尝试集》《尝试后集》自诞生以来入选各种诗歌选本的历史面貌。

这 49 首诗作在 213 个诗歌选本中的入选情况如下:

表一 入选总频次

诗作	入选总频次	普通选本入选频次	高校教材入选频次
蝴蝶	47	32	15
人力车夫	45	17	28
鸽子	45	29	16
威权	35	17	18
梦与诗	33	29	4
老鸦	32	21	11
一念	26	25	1
湖上	21	21	0
乐观	17	13	4
一颗星儿	17	13	4
上山	14	10	4
希望	14	11	3
一笑	11	11	0
四烈士冢上的没字碑歌	9	8	1

---

① 笔者统计的这 49 首诗作中,《秘魔崖月夜》《小诗》《也是微云》《旧梦》出自《尝试后集》,《除夕》原载于《新青年》1918 年第 4 卷第 3 号,《戏孟和》原载于《新青年》1918 年第 5 卷第 1 号,《米桑》《十月二十三日的日出》原载于 1924 年《晨报六周年纪念增刊》,其他诗作均出自《尝试集》。

(续表)

诗作	入选总频次	普通选本入选频次	高校教材入选频次
小诗(生查子)	7	7	0
一颗遭劫的星	10	9	1
应该	9	8	1
看花	5	5	0
新婚杂诗	5	5	0
四月二十五夜	5	5	0
三溪路上大雪里一个红叶	5	4	1
江上	4	4	0
十一月二十四夜	6	4	2
老洛伯	4	4	0
关不住了！	4	4	0
十二月一日奔丧到家	3	3	0
他	3	3	0
你莫忘记	3	3	0
许怡荪	2	2	0
我们的双生日	2	2	0
周岁——祝《晨报》一年纪念	2	2	0
如梦令	2	2	0
虞美人	2	2	0
送叔永回四川	1	1	0
自题《藏晖室札记》十五册汇编	1	1	0
病中得冬秀书	1	1	0
论诗杂记	1	1	0
示威？	1	1	0
"赫贞旦"答叔永	1	1	0
双十节的鬼歌	1	1	0
晨星篇	1	1	0
秘魔崖月夜	6	6	0
小诗	2	2	0
也是微云	4	4	0
旧梦	1	1	0
除夕	3	3	0
戏孟和	1	1	0
米桑	1	1	0
十月二十三日的日出	1	1	0

入选总频次最高的3首分别为《蝴蝶》《人力车夫》《鸽子》。如果我们以胡适

当年的自我阐释为参照,就会发现,这3首诗如此频繁地入选,着实耐人寻味,因为选家反复选入的诗作实际上并不是胡适自己感到满意的诗作。在《〈尝试集〉再版自序》中,胡适一一列出自己满意的作品:"我自己承认《老鸦》《老洛伯》《你莫忘记》《关不住了!》《希望》《应该》《一颗星儿》《威权》《乐观》《上山》《周岁》《一颗遭劫的星》《许怡荪》《一笑》——这14篇'白话新诗'。其余的,也还有几首可读的诗,两三首可读的词,但不是真正白话的新诗。"①

我们先来看入选频次居二的《人力车夫》。这首诗不得不先说的特殊之处在于,它不仅不是胡适的自得之作,相反,在《尝试集》增订四版中已经被胡适亲笔删掉。相对删诗事件中的《鸽子》《一念》《看花》等颇有争议的诗篇,这首诗在胡适的删诗事件中未起任何波澜,也未见胡适引此诗做任何阐述。包括为胡适删诗的周氏兄弟、俞平伯等众贤那里,也没有产生质疑《人力车夫》去留的声音。为什么这样一首后来被选家反复选入的作品在《尝试集》出版后不久竟然被胡适毫不留情地删掉?我们知道,胡适尝试白话新诗,最看重的是不同于古诗文言的"新",可是,《人力车夫》在貌似自然的白话口语下,采用主客问答体,其白话句式中回荡着四言古诗的节奏;它所表达的对民生疾苦的关怀,全然是杜甫"三吏三别"、白居易《卖炭翁》似的新乐府的现代翻版。面对千年古诗巨大的"影响的焦虑",它的被删应是难逃的劫数。然而,这首被作者删除的诗作频繁出现在20世纪八九十年代高校教材选本中,同该诗所表现的主题与后来时代语境特别是与高校文学教育的思想诉求相契合,有着直接的关系。

我们再来看入选频次最高的《蝴蝶》。仍然是在《〈尝试集〉再版自序》中,胡适提到:"第一编的诗,除了《蝴蝶》和《他》两首之外,实在不过是一些刷洗过的旧诗。"②也就是说,《蝴蝶》的确呈现出了一些新诗的气象,但胡适还是未将它列入最满意的白话新诗之中,因为其新质有限。这首诗借一只蝴蝶失去同伴后的孤单与惶惑书写个人化的寂寞苦恼的内心感受,较为口语化。但这种新诗气象却不幸没能与五言打油诗的诗形格调划清界限。如果说《人力车夫》的频繁入选,还与其"劳工神圣"的进步思想有关,那么,在选家与文学史家眼中,《蝴蝶》虽新犹旧,更具"尝试"的过渡性、实验性,以至《中国现代文学三十年》的配套教材《中国现代文学作品精选》修订时也坚定不移地保留了该诗。选入该诗的选本十分广泛,有兼具普及和学术参考两种功能、为一般读者广泛接受的鉴赏类辞典,如《中国新诗名篇鉴赏辞典》(唐

---

① 胡适:《〈尝试集〉再版自序》,《胡适全集》(第10卷),安徽教育出版社2003年版,第42页。
② 同上书,第34页。

祈主编,四川辞书出版社 1990 年版);有专事新诗研究的诗人学者所编的选本,如《新诗三百首》(牛汉等主编,中国青年出版社 2000 年版);有学术视野新颖的学人选本,如《中国新诗:1916—2000》(张新颖编选,复旦大学出版社 2001 年版);也有诗人、作家或者诗歌权威机构编选的选本,如《中华诗歌百年精华》(《诗刊》编辑部选编,人民文学出版社 2002 年版)、《百年百首经典诗(1901—2000)》(杨晓民主编,长江文艺出版社 2003 年版);还有低年级一般语文教育读本,如《新语文读本·小学卷》(王尚文等主编,广西教育出版社 2002 年版)。如此,《蝴蝶》被选之繁杂,影响之深入,阅读之广泛,估计是胡适始料未及的。

我们再看入选频次居三的《鸽子》。当谈到自己不成功的尝试时,胡适首当其冲提到《鸽子》,他说,"我最初爱用词曲的音节,例如《鸽子》一首,竟完全是词"①。在《谈新诗——八年来一件大事》中,胡适又以《鸽子》为例说明"我自己的新诗,词调很多,这是不用讳饰的"②。可见,入选频次如此之高的《鸽子》不仅不是其满意之作,反而成为其自我审视与检讨的证据。《鸽子》本已被胡适删去,是周作人、俞平伯极力举荐因而得以存留。周作人、俞平伯何以要极力举荐呢? 也许是因为这首诗活泼鲜丽的画面和流畅自然的口语令人留恋吧,但它却被突然夹杂其中的一句"夷犹如意"的生硬文言给破坏了,仿佛鲜美的点心里埋伏着一颗硌牙的沙子。这也是一种典型的"尝试"的过渡性特点。这首诗不仅入选频繁,而且还在中小学基础教育中普及,如《中学生阅读文选(高中三年级用)》(山东教育出版社 1999 年版)、《青少年诗词高手·新诗卷》(益创教育科学研究所编,西苑出版社 2001 年版)、《〈语文〉学习指导与练习》(乔正康、顾仲义主编,东北财经大学出版社 2003 年版)、《新语文读本·小学卷 5》(王尚文等主编,广西教育出版社、陕西人民出版社 2007 年版)、《自读课本·第三册·在山的那边》(人民教育出版社中学语文室编著,人民教育出版社 2008 年版)等大量中小学教辅书籍均选入该诗。

总之,这 3 首诗作都极鲜明地残留着这位新诗尝试者从旧体诗词里挣扎出来的胎记,最典型地代表了胡适自己所谓"鞋样上总还带着缠脚时代的血腥气"的过渡时代尝试诗的特点。

这 3 首诗特别受青睐,与编选者所采用的"文学史"立场相关。一般而言,从文学史的立场选入诗人诗作,其选本常常采用两种不同的标准把两种诗人诗作编选进来,一是以佳作传世的优秀诗人与其代表诗作,再是诗作水

---

① 胡适:《〈尝试集〉再版自序》,《胡适全集》(第 10 卷),安徽教育出版社 2003 年版,第 36 页。
② 胡适:《谈新诗——八年来一件大事》,《胡适全集》(第 1 卷),安徽教育出版社 2003 年版,第 165 页。

平不高,但为诗歌发展史做出了不容忽视的贡献的诗人诗作。从上述《尝试集》3 首入选频次最高的诗的情况来看,多数选家显然是将胡适归入后者因而秉持的是后一标准。这意味着,编选者的取舍,不在胡适诗歌的审美价值而在其所具有的作为新诗第一个尝试者不成熟的过渡性作品的文学史化石意义。编选者通过对这种特别具有文学史化石意义诗歌的选取,有意无意之间凸显、塑造了胡适不同于其他诗人的独特的新诗"尝试者"形象,即推动中国诗歌由文言格律诗向白话自由诗转型、身体力行地以白话口语实验写作自由新诗的"尝试者"。这个"尝试者"敢为人先,但诗艺并不高超,并没有写出诗美意义上的优秀作品。选家关注其作品,选录《尝试集》中的诗作,不是因为它们的诗性美,而是由于它们是最初的一批新诗,是过渡时代的开拓性作品,属于幼稚的尝试性作品。

上述众多选本反复选取《蝴蝶》《人力车夫》《鸽子》这 3 首诗,反复放大胡适新诗"尝试"的过渡性、实验性,使其成为"尝试者"形象最核心的内容。其实,任何诗人的性格、创作都有多面性,不可能是简单划一的,尝试者也有多重性,但一代又一代的新诗选本有意无意间反复呈现、放大胡适诗人形象的过渡性、实验性,无视作为"尝试者"的别的性格,简化其特征,"放大"与"简化"致使胡适的"尝试者"形象漫画化,也就是说新诗选本合力塑造出了一位漫画化的"尝试者"形象。

二、新诗"尝试者"漫画像的形成

历史地看,这一漫画化的"尝试者"形象有一个形成过程。

下表显示 213 个诗歌选本选入 49 首诗作的具体情况是:1920 年代 8 种,选入 38 首;1930 年代 10 种,选入 26 首;1940—1960 年代未选;1970 年代末 1 种①,选入 6 首;1980 年代 51 种,选入 21 首;1990 年代 56 种,选入 23 首;21 世纪 88 种,选入 25 首。

表二 不同年代入选频次

诗歌 \ 年代	诗歌选本					
	20	30	40—70	80	90	21 世纪
蝴蝶	1	0	0	13	15	18
人力车夫	3	0	0	23	15	4
鸽子	3	2	0	6	12	22

① 笔者在下文将 1979 年由北京大学、北京师范大学、北京师范学院三校中文系中国现代文学教研室编选的《中国现代文学史参考资料》之《新诗选》划分进新时期 1980 年代选本。

(续表)

诗歌 \ 年代	诗歌选本					
	20	30	40—70	80	90	21 世纪
威权	3	0	0	14	11	7
梦与诗	0	1	0	3	10	19
老鸦	4	2	0	13	6	7
一念	2	3	0	4	7	10
湖上	0	3	0	5	5	8
乐观	4	0	0	8	2	3
一颗星儿	1	1	0	3	5	7
上山	2	1	0	5	2	4
希望	1	2	0	0	2	9
一笑	1	3	0	1	3	3
四烈士冢上的没字碑歌	0	1	0	3	4	1
小诗(生查子)	3	1	0	0	1	2
一颗遭劫的星	1	0	0	2	3	4
应该	3	2	0	1	3	0
看花	2	0	0	0	2	1
新婚杂诗	3	1	0	0	0	1
四月二十五夜	2	1	0	0	0	2
三溪路上大雪里一个红叶	3	0	0	1	0	1
江上	2	1	0	1	0	0
十一月二十四夜	0	2	0	0	0	4
老洛伯	3	1	0	0	0	0
关不住了!	2	1	0	0	0	1
十二月一日奔丧到家	2	0	0	0	1	0
他	2	0	0	0	0	1
你莫忘记	2	1	0	0	0	0
许怡荪	0	2	0	0	0	0
我们的双生日	0	2	0	0	0	0
周岁——祝《晨报》一年纪念	2	0	0	0	0	0
如梦令	1	1	0	0	0	0
虞美人	1	1	0	0	0	0
送叔永回四川	1	0	0	0	0	0
自题《藏晖室札记》十五册汇编	1	0	0	0	0	0
病中得冬秀书	1	0	0	0	0	0
论诗杂记	1	0	0	0	0	0

(续表)

诗歌 \ 年代	诗歌选本					
	20	30	40—70	80	90	21世纪
示威？	0	0	0	0	1	0
"赫贞旦"答叔永	1	0	0	0	0	0
双十节的鬼歌	0	0	0	1	0	0
晨星篇	0	1	0	0	0	0
秘魔崖月夜	2	1	0	0	1	2
小诗	1	0	0	1	0	0
也是微云	0	0	0	1	1	2
旧梦	0	0	0	1	0	0
除夕	1	1	0	0	1	0
戏孟和	1	0	0	0	0	0
米桑	1	0	0	0	0	0
十月二十三日的日出	1	0	0	0	0	0

从 1920 年代到 21 世纪，《蝴蝶》在上述不同年代入选率分别为 0.4%、0%、0%、5%、6.8%、8.2%；《人力车夫》为 1.4%、0%、0%、10.7%、7%、1.8%；《鸽子》为 1.4%、0.9%、0%、2.7%、5.5%、10%。从不同时期的入选率来看，这 3 首诗都经历了一个起落回升的曲线变化过程。它们在 1920 年代入选，大部分在 1930 年代后就不再受关注，1940—1970 年代完全消失，1980 年代开始受到很高的重视。

由此，我们大致可以将胡适的形象建构过程做这样的归纳：1920—1930 年代，《尝试集》的接受视野尚未定向化，胡适的诗人形象相对开放多元；1940—1970 年代，胡适要么被排斥在主流诗界之外，要么被高度统一的政治意识形态所压制，其"尝试者"形象淡出了历史的舞台；1970 年代末以来，经由选家与文学史家合力，其诗人形象走向单一化、定型化、漫画化的"尝试者"的形象被建构起来。

1920—1930 年代，这个时期的选家是作为历史的参与者对历史进行描述。当事人虽然具有最真切的感受，但近距离观察文学现象，遴选作家作品，编纂文学史，就像坐在火车上观看眼前的树木房屋，飞快地一晃而过，显得眼花缭乱，全然不如看远处山色景致在获得相对稳定的图像后形成简明的印象。因而，这时候选家的眼光显得杂陈而多样，选诗的尺度宽容模糊，致使《尝试集》中各种不同类型的诗歌都进入选家的视野。

1. 从入选的诗歌数量上看，这个时期虽然选本非常少，但入选的总篇目却多于后来年份。《分类白话诗选》（许德邻，上海崇文书局 1920 年版）选入

35首;《新诗集(第一编)》(上海新诗出版部1920年版)、《新诗年选》(北社,亚东图书馆1922年版)、《中国新文学大系·诗集》(朱自清,良友图书印刷公司1935年版)分别选入9首;《现代新诗选》(笑我,上海仿古书店1936年版)选入8首;《(新式标点)新体情诗》(大中华书局1930年版)选入7首;《中学国语文读本》(世界书局1925年版)、《恋歌》(丁丁、曹锡松,上海泰东书局1926年版)、《初期白话诗稿》(刘半农,北平星云堂书店1933年版)分别选入6首。像《老洛伯》《你莫忘记》《许怡荪》《我们的双生日》《晨星篇》《周岁——祝〈晨报〉一年纪念》《如梦令》《虞美人》《送叔永回四川》《自题〈藏晖室札记〉十五册汇编》《病中得冬秀书》《论诗杂记》《"赫贞旦"答叔永》这些在新时期选本中几乎绝迹的诗歌,都曾入选这个时期的选本。

2. 从编选原则上看,有一个从最初的分类杂选到力图展现述史模式的演变过程。比如1920年代初最早的两个选本,1920年1月新诗社编辑部出版的《新诗集(第一编)》与1920年8月崇文书局出版的《分类白话诗选》,均按写实、写意、写情这种诗歌内容分类的方式编选,前者选入《尝试集》9首,后者选入35首,选家的诗歌史主体意识尚未鲜明凸显。1922年亚东图书馆出版的《新诗年选》,开始表达严格选诗的愿望,但具体选择的标准却还模糊难辨。1928年泰东图书局出版卢冀野编的《时代新声》,序中言明"求其成诵,求其动人,有情感,有想象,有美之形式,蜕化诗之沉着处,词之空灵处,曲之委婉处,以至歌谣鼓词弹词,有可取处,无不采其精华"[1],由此可见编者是以诗美为选择标准。1933年上海亚细亚书局出版的《现代中国诗歌选》,开始将十年诗歌历史划分为"尝试时期""自由诗时期""新韵律诗时期",试图以"诗歌进化的轨迹"为标准,所选胡适诗作是《江上》《老鸦》《月夜》。从这几首诗看,后来的"尝试者"的形象尚不清晰。1935年上海良友图书印刷公司出版朱自清编选的《中国新文学大系·诗集》,是这个时期最权威的选本。选本中诗人位置大致按成名时间及影响作编年排列,从中可以看到初期诗人从旧体诗词的镣铐里挣脱出来,借鉴外来经验,摸索新的诗歌语言的过程。朱自清力图展现线性的、诗歌进化的过程,已具鲜明的史家眼光。在这样的标准下,选入《尝试集》9首,分别为《一念》《应该》《一颗星儿》《许怡荪》《一笑》《湖上》《我们的双生日》《四烈士冢上的没字碑歌》《晨星篇》。这里我们看到,1980年代后频繁入选的《人力车夫》《蝴蝶》《鸽子》并未进入朱自清的视野。一方面,朱自清进行印象式的扫描,透视各种诗风转移的特征,勾勒新诗从草创到成熟的嬗变轨迹;另一方面,诗人兼学者的身份让朱自清在选诗

---

[1] 卢冀野:《时代新声》,泰东图书局1928年版,第6页。

时颇具开阔的视野,注重诗歌语言与形式的意味,尽力呈现白话诗歌的潜能。

3. 从编选范围上看,《尝试集》《尝试后集》及未入集的诗作都有进入选家视野。如《晨报六周纪念增刊》(晨报社出版部 1924 年版)分别选入《尝试后集》中的《秘魔崖月夜》《小诗》以及未入集的《米桑》《十月二十三日的日出》。《时代新声》(泰东图书局 1928 年版)选入了《尝试集》中的《老洛伯》和《尝试后集》中的《秘魔崖月夜》。《现代新诗选》(上海仿古书店 1936 年版)除了选入《尝试集》中的 7 首诗外,还选入了《尝试后集》中的《秘魔崖月夜》。

从入选数量、编选原则和编选范围上看,无论是旧体诗词意味浓重的"放脚体"诗还是成熟的白话新诗,无论是《尝试集》还是《尝试后集》,都能进入选家视野,其接受相对完整。可见,这一时期选家带着个人的审美趣味选诗,较少受到外力因素的影响。因此,此时胡适的形象并没有定型,他更多的是作为新诗草创期的先锋诗人的形象出现在读者面前。

1940—1970 年代,胡适被排斥在选家视野之外。时代主潮、社会意识形态等外部因素,将胡适逐出新文学的记忆之门。这个时候有两种重要的诗歌选本,不能不说,一是闻一多的《现代诗钞》,二是臧克家的《中国新诗 1919—1949》,两个选本均未选取胡适的诗。

1940 年代远居西南一隅的闻一多编选《现代诗钞》,未选《尝试集》,这似乎为后来胡适文学史形象的建构埋下了伏笔。此时,一方面浸淫于古籍,另一方面也偶尔腾出手来写《时代的鼓手》(1943)、《五四与中国新文艺》(1945)、《艾青和田间》(1946)等评论的闻一多,已显示出思想的明显转变。试看其对田间的评价:"这些都不算成功的诗,(据一位懂诗的朋友说,作者还有较成功的诗,可惜我没见到。)但它所成就的那点,却是诗的先决条件——那便是生活欲,积极的,绝对的生活欲。它摆脱了一切诗艺的传统手法,不排解,也不粉饰,不抚慰,也不麻醉,它不是那捧着你在幻想中上升的迷魂音乐。""当这民族历史行程的大拐弯中,我们得一鼓作气来渡过危机,完成大业。"①深深感染着抗战情绪的闻一多在编选新诗集时,既立足个人的趣味,又试图有力地传达出时代的声音。《现代诗钞》里收入 65 位诗人作品,其中早期白话诗人只有郭沫若(入选 6 首)、冰心(入选 9 首),入选作品最多的分别是徐志摩(13 首)、穆旦(11 首)、艾青(11 首)、陈梦家(10 首),明显偏重于新月派、现代派等诗人的诗作。这分明地显示出,闻一多的这个诗歌选本是撇开文学史眼界的,更多地倾向于个人审美趣味与时代风潮。《尝试集》

———————
① 闻一多:《时代的鼓手——读田间的诗》,《闻一多全集》(第 2 卷),湖北人民出版社 1993 年版,第 201 页。

里那些素朴的早期白话诗,既不符合闻一多的审美趣味,又远离时代大众,因而无法进入闻一多的法眼。这大约也说明,在闻一多心里,《尝试集》中那些"尝试"性习作在新的时代已经没有什么艺术价值,无论是从审美的意义上看,还是从其与当时生活的关联上看,已经没有必要向读者推荐那些已经没有生命的文学史化石。

臧克家的选本则以新的时代重新盘点新诗遗产的历史主人翁的姿态,将胡适作为已经不具有当代阅读价值的新诗"尝试者"形象凸显出来。

1956年臧克家主编的《中国新诗选1919—1949》,是新中国成立后第一个极为重要的新诗选本,它不仅带有重新审定文学"遗产"的性质,同时还发挥着对新中国文学的性质和价值做出新判断,建立新规范的导向作用。在其长篇代序《"五四"以来新诗发展的一个轮廓》中,臧克家将胡适定位于右翼代表大加批伐,对《尝试集》从内容到形式给予全盘否定。这种激烈的否定既体现为一种新时代"革命化"的史家意识,又十分决绝地否定了《尝试集》在新的时代的阅读价值。他认为胡适对形式与内容关系的看法"鲜明地表现出了他的资产阶级形式主义的立场和观点","贬抑了作为新诗骨干的那种反帝反封建的思想内容,这和当时具有共产主义思想的知识分子所领导的文艺思想路线是敌对着的"[1]。他还总结《尝试集》内容只包括对自然风景的轻描淡写,闺情式的爱情的抒发,对美国生活留恋深情的表露,从诗集里可以"嗅到胡适的亲美的买办资产阶级思想掺合着封建士大夫思想喷发出来的臭味"[2]。臧克家的这种观点代表了1950—1970年代中期新中国文学对新文学"遗产"进行取舍的政治价值标尺。在这种标尺的度量下,《尝试集》招致了从内容到形式的全盘否定。这种激烈的否定本身既体现为一种新时代"革命化"的史家意识与关注眼光,又十分决绝地否定了《尝试集》在新的时代的传播阅读价值。

这个重要选本一再重版,在1979年的修订中,因为政治解冻,臧克家对《尝试集》重新做出了评价:"初次尝试,当然是不成熟的;他的思想感情当然也是资产阶级的,还带着洋味,但写得自然活泼。因此可以说,他在'五四'时期对新诗的创建与发展,是有一定作用和影响的,一本《尝试集》和他的新诗论文,就是佐证。"[3]《尝试集》重新获得了正面价值。但修订时,《尝试集》仍然没有入选。在《新版后记》中臧克家这样说:"在这里,我必须再一次地郑重声明:这是专为青年读者编选的一个'读本',如果内容再扩大,按着新

---

[1] 臧克家:《臧克家全集》(第10卷),时代文艺出版社2002年版,第220、221页。
[2] 同上书,第221页。
[3] 同上书,第222页。

诗发展史把'五四'以来许多有成就的诗人们的作品统统包括进来,对于青年的消化力和购买力是不合适的;那样一个选本是需要的,应该由有关方面另行编选、出版。"①臧克家在这里以"青年"之"读本"的名义,仍然不选《尝试集》中的作品,表明他(或者那个时代)仍然认为《尝试集》中的众多篇什并不具备当代传播阅读价值,但他却开始为《尝试集》在新的时代进入另外的新诗选本预留了空间,即从认知历史的角度着眼,《尝试集》作为新诗史的第一部开山诗集,虽已不具有当代传播阅读价值,但在文学史化石意义上还是有入选文学史参考书之价值的。胡适"在'五四'时期对新诗的创建与发展,是有一定作用和影响"②,只具有文学史化石意义,而不具有诗美价值的"尝试者"形象,实际上已经凸显出来。

于是,1980年代前期,《尝试集》被选本定格为从传统诗词中脱胎、蜕变出的过渡性历史"标本"。紧随臧克家之后的选本,是从传授文学史知识出发的各种高校教材。它们顺着臧克家为胡适《尝试集》所预留的选择空间,主要选入《尝试集》中不具阅读价值而只具有文学史化石意义的诗作,大同小异地将眼光投向了《人力车夫》等3首过渡性特点鲜明的诗作,从而使胡适敢为人先地创作没有多少阅读价值的新诗之"尝试者"形象稳定下来。比如,1979年北京大学、北京师范大学、北京师范学院三校中文系中国现代文学教研室主编的《中国现代文学史参考资料·新诗选》(第一册,上海教育出版社),是一个容量颇大的选本,选入了《蝴蝶》《赠朱经农》《人力车夫》《鸽子》《老鸦》《威权》6首作品。在编选说明中,编者指出该选本依据文学史的脉络,"根据历史唯物主义的原则,考虑了教学的实际需要,对于资产阶级诗歌流派的作品,也少量选入,以供参考。对于胡适、周作人这种作者,则选的是他们从新文学阵营分化出去之前的作品"③。这显然承袭的是臧克家的思路,一方面将胡适定位成"资产阶级诗歌派";另一方面,从文学史的脉络,依据"历史唯物主义的原则",从文学史意义的角度肯定胡适的尝试性行为。这种基于文学史眼光的编选原则在1980年代沿用下来。随后,1981年北京师范学院中文系现代文学教研室编的《中国现代文学史参考资料·诗歌》(油印,内部出版),选入《蝴蝶》《人力车夫》《鸽子》《老鸦》《威权》5首,"以中国现代文学史教学中重点引用的史料、重点涉及和重点分析的作品为限",进一步明确了胡适及《尝试集》作为教学史料的作用。1982年中国人民

---

① 臧克家:《中国新诗选 1919—1949》,中国青年出版社 1956 年版,第 336 页。
② 臧克家:《臧克家全集》(第 10 卷),时代文艺出版社 2002 年版,第 222 页。
③ 北京大学中文系中国现代文学研究室等编:《新诗选》(第 1 册),上海教育出版社 1979 年版,第 1—2 页。

大学中国语言文学系中国现代文学教研室编的《中国现代文学作品选》(内部出版),也选入了同样的篇目。这些是容量相对大的教材型选本。容量小的,有些就选《人力车夫》一首。1980 年代以来,计有 28 种教材型选本选入了《人力车夫》,15 种选入了《蝴蝶》,16 种选入了《鸽子》。并且,同一时期,计有 17 种一般性读本选入了《人力车夫》,32 种选入了《蝴蝶》,29 种选入了《鸽子》。可见,胡适这种类型诗歌的入选,呈现出由教材型选本向一般性读本扩散的态势。

由此所导致的胡适那些不成熟的新旧过渡性诗歌的高频次入选,构成选本与选本间在时间延展中相同印象储存的循环叠加,而这种循环叠加的印象储存又与文学史叙述者惯用的编码规则相呼应,再构成一种认识的循环,形成一种深入人心的定型化效应,铸就了胡适漫画化的"尝试者"形象,并且使这一形象相当程度上刻板化了。

三、新诗"尝试者"漫画像的修正

由于胡适"尝试者"形象被漫画化、刻板化,胡适的新诗缺乏诗美价值成为一种文学史常识。这种文学史知识对于认知诗人胡适是并不完整的,因为一段时间以来,读者的接受只聚焦在《尝试集》中《人力车夫》《蝴蝶》《鸽子》这类文本,而完全忽视了《尝试集》中其他少量具有诗美性质的诗作,尤其是忽略了《尝试后集》中的诗作。胡适诗歌较为完整的接受,曾经出现在 20 世纪二三十年代,但此后《尝试后集》中的诗作便完全被湮没在历史烟尘之中了。尽管在 1990 年代、21 世纪的诗歌选本中,胡适被简化、被夸张的漫画化"尝试者"形象依然鲜明,但纵观整体,自 1980 年代中后期特别是 1990 年代以来,还存在着修正其漫画化刻板印象的力量,这种力量来自另一倾向的众多选本,即主要作为文学欣赏读本的选本。

1980 年代后期以来,出版业开始出现面向市场的倾向,诗歌选家开始由大众读者的指引人转而受到大众阅读趣味的牵引,从而开启了《尝试集》文学史化石价值之外的阅读价值的发掘期。《尝试集》中的许多诗歌开始从各种不同角度进入读者的接受视野,如打油诗(程伯钧等编著《打油诗趣话》,贵州人民出版社 1986 年版)、抒情诗(向明选析《抒情短诗》,花城出版社 1985 年版)、爱情诗(姜葆夫等编注《古今中外爱情诗歌荟萃》,广西教育出版社 1990 年版)、爱国诗(陆耀东编《中国现代爱国诗歌精品》,武汉大学出版社 1994 年版)、哲理诗(孙鑫亭主编《古今中外哲理诗鉴赏辞典》,中州古籍出版社 1997 年版)等等,不一而足。《尝试后集》也开始进入选家视野。这在一定程度上修正着关于胡适新诗没有多少读者的观点。

这里特别值得重视的是,随着选家标准向读者因素的倾斜,一种久违的从审美价值和艺术成就上挑选胡适诗歌的尺度开始出现。这使得长期以来胡适漫画化的"尝试者"形象在一定程度上得到修正与丰富。《尝试集》中的《梦与诗》《应该》《希望》,《尝试后集》中的《秘魔崖月夜》《也是微云》等诗的入选情况清晰地说明了这一点。

我们先看《梦与诗》。这首诗是胡适的得意之作,他曾在《谈新诗——八年来一件大事》中津津有味地自赏过。1932年曾入选《现代诗杰作选》(沈仲文,上海青年书店)。它再次被发掘出来,是1985年邹绛编选《现代格律诗选》(重庆出版社)。邹绛是诗人,他在选诗时更看重诗歌的艺术性。该选本的编选原则是"格律",亦即形式美。他要编选的是一个把艺术性放在头等重要位置的新诗读本。《梦与诗》的这次入选,现在看来可以说是1980年代思想解放所开启的文学审美意识的觉醒在胡适诗歌选本领域造就的一件大事,虽然这个选本在当时的影响还很有限,但它为修正胡适的文学史形象埋下了重要的伏笔。其后非常权威的一个选本,即1988年谢冕、杨匡汉主编的《中国新诗萃》(20世纪初叶—40年代)(人民文学出版社)再次选入了《梦与诗》。在序言中编者明确指出:"我们的这项工作毕竟和文学史家有所不同","侧重于宏观文化背景下进行诗美的判断","侧重诗歌的审美功能、意义和价值,余者作为相应的参照","把审视点放在突破和扩大了审美习惯规范的一瓣瓣意蕊心香"。① 这个选本鲜明地亮出以审美标准选入《尝试集》中的《梦与诗》,这成为之后诗歌选本的一个重要参照。接下来选入该诗的是《中国新诗300首》(谭五昌主编,北京出版社1999年版),编者在序言中寄望于他这个本子"成为集中反映20世纪中国新诗创作最高成就的总结性选本",这多少表明编选者是将《梦与诗》列为能够代表"20世纪中国新诗创作最高成就"的杰作之一。它与1932年首次选入《梦与诗》的《现代诗杰作选》的看法遥相呼应,挑战了一直以来关于胡适"有名著而无名篇"②的认识。进入21世纪,这首诗入选了《中外著名诗歌诵读经典·中国现当代抒情诗》(彭燕郊主编,湖南少年儿童出版社2001年版)、《你一生应诵读的50首诗歌经典》(黄智鹏编著,北京图书馆出版社2006年版)、《新诗三百首鉴赏辞典》(上海辞书出版社文学鉴赏辞典编纂中心编,上海辞书出版社2008年版)、

---

① 杨匡汉:《序二:时代诗情与精神价值》,谢冕、杨匡汉主编:《中国新诗萃:20世纪初叶—40年代》,人民文学出版社1988年版,第17—18页。
② "有名著而无名篇"的观点,始于1929年草川未雨评价《尝试集》"只有提倡时的价值,没有作品上的价值"(《中国新诗坛的昨日今日和明日》,海音书局1929年版,第53页)。陈平原在《经典是怎样形成的——周氏兄弟等为胡适删诗考》(一)中说:"作为新诗的胡适,有名著而无名篇,此乃目前中国学界的主流意见。"(《鲁迅研究月刊》2001年第4期)

《阳光情怀:现当代诗歌精品赏析》(朱克、朱威编著,人民教育出版社2008年版)等一批以"著名诗歌""经典""精品"等命名的大众读本,也进入了《中国新诗:1916—2000》(张新颖编选,复旦大学出版社2001年版)等重要的教材型选本,甚至普及到《中学生阅读与欣赏:中国现当代诗歌卷》(童庆炳等主编,四川人民出版社2000年版)、《课外名篇·高中版·诗歌卷》(王安忆等主编,湖南文艺出版社2001年版)、《语文周计划·阅读》(郝昌明主编,北京艺术与科学电子出版社2006年版)、《诵读中国·初中卷》(人民文学出版社2006年版)等中小学教辅读本。这首诗还被谱曲,经由风靡校园的女歌手孟庭苇的歌唱广泛传播,其经典诗句"醉过才知酒浓,爱过才知情重"被引入梅艳芳的流行歌曲《女人花》更是传之久远。

  我们再看《应该》。这首诗在胡适的自我阐释中出现过多次。在《〈尝试集〉再版自序》中,他用该诗阐述"独语"这种诗体形式:"《应该》一首,用一个人的'独语'(Monologue)写三个人的境地,是一种创体。""以前的《你莫忘记》也是一个人的'独语',但没有《应该》那样曲折的心理情境。"①在《谈新诗——八年来一件大事》中胡适进一步自我欣赏:"那样细密的观察,那样曲折的理想,决不是那旧式的诗体词调所能达得出的。""这首诗的意思神情都是旧体诗所达不出的。别的不消说,单说'他也许爱我,——也许还爱我'这十个字的几层意思,可是旧体诗能表得出的吗?"②在胡适心中,《应该》不仅具有情感表现上的魅力,更充分释放出了现代白话的诗性魅力。《应该》共入选9次,其中1920年代入选3次,分别为《分类白话诗选》《新诗年选》《恋歌》;1930年代2次,分别为《(新式标点)新体情诗》《中国新文学大系·诗集》。1920—1930年代便占去了一半之多,尤其是入选了两个重要选本《新诗年选》与《中国新文学大系·诗集》,足以说明该诗在诞生之初曾被选家重视,被读者广为阅读。1940年代消失后被再次选入是1986年复旦大学中文系现代文学教研室编的《中国现代文学作品选》,这个选本依次选了《人力车夫》《三溪路上大雪里一个红叶》《应该》3首。一方面,该选本迎合了1980年代文学史书写的主流,将《人力车夫》排在第一位;但另一方面,该选本又选入了在同一时期无人问津的作品《三溪路上大雪里一个红叶》《应该》。贾植芳在所作前言里,反思了过去教材"审时度势"的特点,强调"正宗"以外的"旁宗",以及"正宗"内部的支流,要求既要从"政治大处上着眼",又要"注意艺术上的成就",二者"不可偏废"。编者显然已经意识到通行的文学史对胡

---

① 胡适:《〈尝试集〉再版自序》,《胡适全集》(第10卷),安徽教育出版社2003年版,第35页。
② 胡适:《谈新诗——八年来一件大事》,《胡适全集》(第1卷),安徽教育出版社2003年版,第160—161页。

适既有的形象描绘有失偏颇，试图去修正。但是这种微弱的意识被其后席卷而来的各种选本和教材覆盖了。

1990年4月台北业强出版社出版的《恋曲99》（陆以霖编选）选入《应该》，在前言中，编者说，"五四"以来优美、感人的情诗为数不少，编者经过反复斟酌、淘汰，"勉为其难"割舍了许多珠玉之作，筛留下的九十九首，俱属技巧圆熟、构思巧妙，散发艺术魅力的佳篇，可供读者细细咀嚼、玩味。[1] 可见，编者眼中的《应该》无论是从思想感情还是形式技巧上来看，都无疑是上乘之作。该选本选入胡适3首诗，另两首是《梦与诗》《秘魔崖月夜》。从审美的角度上看，这3首都是胡适诗作中非常成熟的作品。《秘魔崖月夜》出自《尝试后集》，身居海外的学者较少受到大陆关于胡适《尝试集》的刻板印象的影响，能够跳出既有文学史框架对胡适的定型化思维，将《尝试集》与《尝试后集》结合起来选诗，对于完整定义胡适的诗人形象具有一定的意义。中国大陆1990年代再次选入该诗的选本是《古今中外爱情诗歌荟萃》（姜葆夫等编注，广西教育出版社1991年版），也是从爱情与审美的角度来编选的。值得一提的选本是1991年河北大学出版社出版的"大学生热点话题"丛书之《给你一片温柔·中国20—30年代著名爱情诗精萃》。该选本的独特之处在于民间化的生产方式，它是在校园内用书面征求意见的办法，让学生选择自己喜欢的新诗篇名，然后由出版社按计票顺序列出选目。该选本的生产方式说明，《尝试集》里的情诗在高校有着广泛的接受群体。高校学生的知识性阅读大多依凭选本和文学史教材，而前文已经论述，选本和文学史书写潜在的"暴力"因素已经将胡适的"尝试者"形象漫画化、刻板化了，在各种高校教材中学生读到的多是《人力车夫》《蝴蝶》之类的诗作。而从这个选本所选的两首诗《蝴蝶》《应该》可以看出，在高校学生群体中，对于胡适的诗歌接受已经突破了文学史教材给予他们的刻板印象，在"诗美"和"陶冶人的性情"[2]方面，肯定了胡适诗歌的价值。

我们再看《希望》。1920年代的《分类白话诗选》（许德邻编，上海崇文书局1920年版）、1930年代的《现代诗选》（赵景深编，上海北新书局1934年版）和《现代新诗选》（笑我编，上海仿古书1936年版）曾经选入此诗。其中赵景深的选本是中学国语补充读本之一，精选了《十一月二十四夜》和《希望》两首。新时期最先选入该诗的是1991年罗洛编的《新诗选》（中华书局[香港]有限公司）。编者是诗人，他强调"过于晦涩难以鉴赏之作，一般不予

---

[1] 陆以霖编选：《编序》，《恋曲99》，业强出版社1990年版，第2页。
[2] 河北大学出版社编：《给你一片温柔：中国20—30年代著名爱情诗精萃》，河北大学出版社1991年版，第3页。

第六章 《尝试集》《尝试后集》与三位一体互证价值的逻辑

收入"。看来编者欣赏的是《希望》一诗的清新自然。《大学生背诵诗文精选》(蔡世华、孙宜君编,中国矿业大学出版社 1997 年版)、《课外现代文金牌阅读 100 篇·初二年级》(严军总、许建国编,吉林教育出版社 2005 年版)、《中国语文·高一年级》(黄土泽编,中国大百科全书出版社 2006 年版)等选本选入该诗也都因其语言清新、质朴,意境平实、淡远。

《希望》一诗的特别之处在于,它曾于 1980 年代改编成歌曲《兰花草》,在海内外广为流传。1980 年 6 月 16 日的《参考消息》登载港报专稿——《第二个春天——读台报有感》中说,台湾媒体在报道台湾当前流行的以胡适《希望》一诗作词的歌曲《兰花草》中透露:"由于《兰花草》一流行,许多模仿《兰花草》的歌也纷纷出笼"。① 在大陆最早见于 1985 年庄春江编的《台湾歌曲》(中国文联出版公司)。笔者查找到 21 世纪就有 16 个歌曲选本选入《兰花草》。它们有的是经典的歌曲选本如《绝妙好歌·中外抒情歌曲》(原今编,江苏文艺出版社 2003 年版)、《中学补充歌曲》(李泯主编,湖南文艺出版社 2003 年版)、《同一首歌·80 年代经典歌曲 100 首》(孟欣编,现代出版社 2005 年版)、《名歌经典·中国作品卷Ⅰ》(李凌、薛范主编,中国国际广播出版社 2006 年版)、《又唱同一首歌·校园经典》(乐夫主编,湖南人民出版社 2008 年版)、《相逢是首歌·毕业歌曲精选》(现代出版社 2010 年版),有的是音乐方面的教材如《全国少年儿童歌唱标准考级教材》(晓丹等主编,辽宁儿童出版 2000 年版)、《最易学的吉他速训初级教程(入门篇)》(吴子彪编著,中国戏剧出版社 2006 年版)、《流行歌词写作教程》(尤静波著,大众文艺出版社 2008 年版)、《"老汤"简谱钢琴教程》(许乐飞编著,上海音乐学院出版社 2009 年版),有的是器乐演奏集如《民谣吉他考级曲集》(闵元禔等编著,上海音乐出版社 2003 年版)、《古筝怀旧金曲 99 首》(上海筝会编,上海音乐出版社 2007 年版)、《岁月如歌:流行歌曲钢琴演奏集》(王小玲、何英敏、罗小平编配,花城出版社 2008 年版)、《简线对照成人钢琴小品集(2)》(陈其妍、潘如仪编配,上海音乐出版社 2009 年版),还有儿童歌曲选本如《童声飞翔·中华少儿歌曲精选》(徐沛东主编,现代出版社 2006 年版)、《钢琴即兴伴奏·儿童歌曲 68 首》(辛笛编配,上海音乐学院出版社 2009 年版)。

类似的诗作还有《尝试后集》中的《秘魔崖月夜》《也是微云》。《秘魔崖月夜》在民国时期曾入选《晨报六周年纪念增刊》(晨报社编辑处编,晨报社出版部 1924 年版)、《时代新声》(卢冀野编,泰东图书局 1928 年版)、《现代新诗选》(笑我编,上海仿古书店 1936 年版)。1980 年代以后,入选《恋曲

---

① 石原皋:《闲话胡适》,安徽人民出版社 1985 年版,第 43 页。

99》(陆以霖编选,业强出版社1990年版)、《北大情诗》(朱家雄主编,中国广播电视出版社2006年版)、《中国新诗总系》(谢冕等主编,人民文学出版社2010年版)。这首诗也曾在台湾地区被改编成歌曲,由1970年代最具代表性的民谣歌手包美圣演唱,广为流传。《也是微云》最早被1920新诗选《可爱的小诗》(吉文进编译,康乃馨出版社1983年版)选入,这个诗集还选入《尝试后集》中的《小诗》和《旧梦》,显然认可的是胡适《尝试后集》中的那些抒情短章。该诗还入选了《北大情诗》(朱家雄编,中国广播电视出版社2006年版)。它与《尝试集》中的《他》《小诗》《上山》曾在1920年代被赵元任谱成曲,流传一时。1990年代开始,该诗再度入选各种歌曲选本,笔者查找到的25种歌曲选本中,就有7种选入该诗,如《中国艺术名歌选》(第1集,杨光祯编,台北文化图书公司1990年版)、《历史歌曲》(陈秉义编,春风文艺出版社1992年版)、《教我如何不想他——中国近现代歌曲选》(陈一萍编选,江苏人民出版社1995年版)、《中国近现代音乐史教学参考资料》(上,汪毓和主编,世界图书出版公司西安公司2000年版)、《难忘的旋律——献给老年朋友的歌》(钟立民主编,知识出版社2001年版)、《同一首歌——30—40年代经典歌曲100首》(吴新伟、陈连静编,现代出版社2004年版)、《中国艺术歌曲选集》(上,张畴主编,上海教育出版社2007年版)。这些回归传统词曲声韵的诗作,在坊间获得了比中国新诗史上众多著名诗作更为广泛的传唱。虽然一首诗经谱曲而广为流传,流传的因素不尽在其诗性,但流传本身却已成为该诗接受的历史。

  一个"五四"时期的诗人,其诗歌在今天还能有这样的接受盛况,并且有几首诗能谱曲流传坊间,许多更著名的现代诗人好像也没有这样的幸运。如果不是经过这样的选本考察,笔者也还局限在文学史关于胡适的刻板印象里,很难想象出这种流播情形。通常的选本研究,常常是选择比较知名的经典选本,而笔者对选本所下的是尽可能竭泽而渔的功夫,将精英阅读选本与市场化的通俗读本,甚至歌曲选本尽可能收集起来,在更全面的文学流通中,观察与理解历史。由于采用定性与定量相结合的方法,得以对一向为研究者所忽视的这些大众选本和大众文化视野中的胡适给予了一种可量化的实证性考察。最终发现,胡适被教材所"经典化"的诗作,与他在大众读者中被广为传唱的诗作,形成很大偏差。这种偏差说明,专家与大众对诗人胡适"经典化"的方向明显不同,在大众视野中,胡适是一个至今还有着艺术生命力的优秀抒情诗人。这个结论对突破既有的文学史知识局限,重新认知一个更丰满的"尝试者"形象,甚至重构文学史,都有着不容忽视的意义。

结语 时间神话与百年汉语诗学之现代建构的反思

胡适以"国语的文学,文学的国语"为宗旨倡导文学革命,是其全面系统地实践"研究问题,输入学理,整理国故,再造文明"的十六字宣言(《新思潮的意义》,1919年)的开端。这十六字宣言不仅建立在"世界主义"中西融合的文化态度上,而且是胡适所设想的文化复兴方案的具体实施。在这样一个文化大工程里,倡导用白话取代文言,从而建构新的民族语言——现代汉语,胡适认为,最难攻克的"国语的文学"堡垒乃为新诗,因此,胡适尝试白话作诗,始有《尝试集》的诞生。本书围绕《尝试集》到《尝试后集》的编选来研究胡适新诗探索究竟为中国现代文学带来了什么样的影响,它为新诗的确立与发展开辟了多大的空间,它为中国百年新诗发展与现代诗艺探索带来何种意义,它是如何决定和影响百年新诗发展的,它与汉语诗学之现代建构又有何种关联……笔者得出以下四个初步的看法:

第一,胡适在《尝试集》的编选过程中为新诗发展路向确立了合法性依据。这个依据就是以进化论为基石建构旧/新、中/西、传统/现代的二元对立,并确立了以"新""西""现代"三位一体互证价值的逻辑。"新""西""现代"循环互证,意味着任何一项价值,都是以其他两项为逻辑前提,这样就导致,如果对"西"的价值产生质疑,其"新"就无价值;如果对"新"的价值产生质疑,其"西"就无价值;如果对"现代"的价值产生质疑,其"新""西"也就无价值,因为它们结成的是一个互证逻辑。这当然是很不可靠的逻辑。但这个不可靠的逻辑却成为新诗源头的合法性依据,而且这个源头影响了新诗发展的主流走向。《尝试集》所引出的新与旧、中与西、传统与现代等问题,也顺理成章地成为新诗发展百年道路上不断产生不同声调此起彼伏回响的基本问题,有关新诗的争论大都发生在这种二元对立的格局之中。因为这种三位一体的互证逻辑的不可靠性,很容易遭遇质疑和否定,所以,新诗的百年历史总是伴随着不断的质疑声音。质疑的结果是导致新诗一定程度地倾向于回归传统;当新诗回归传统时,又遭遇渴望创"新"者的不满,遭遇追求"现代性"的不满。于是,新诗又开始回归上述三位一体的互证价值的逻辑中来,这时的新诗就又会走向西化路向。无论是诗学论争,还是具体创作,都构成了新诗在走向西化与回归传统的两极徘徊、左右摇摆的运动方式。

这个现象实质上反映出新诗缺乏对于"新"的原创力。胡适之后,有很多诗人比他更具才华,创作出比《尝试集》更有文采、更有韵味、更具审美价值的作品,但是,在新诗建构和想象上,在对新诗之"新"的追求中,仍然缺乏更具超越性的原创力。郭沫若便是很好的例证。《女神》的"异军突起"、横空出世似乎是禀有巨大创造力的诗歌天才的降世。我们在《女神》里完全感受不到《尝试集》里"放脚"的痛苦,它似乎以完全的"新",其实是更完全的"西化"来显示其"异军突起"的新异与狂飙之势。《女神》所经历的"太戈尔式"的"清淡""简短","惠特曼式"的"豪放""粗暴",再到"歌德式"的剧体诗①,只是在借鉴西诗的对象上有更开阔的延展。除了向西方借鉴,新诗人们找不到"新"之以为新的东西。新诗后来发展中的所谓"创新",实际上就是在不断地借用西方诸如印象主义、象征主义、现代主义、后现代主义等等。在拿来这种的同时,又丢弃那种,像猴子抱玉米似的,丢一个捡一个,再丢一个捡一个,形成眼花缭乱的流派更替。这样不断向西方"借贷",正说明现代汉语诗歌原创力的不足。新诗发展了一百多年,仍然不令人满意,在世界文化之林,很难获得像对中国传统诗词那样的认同。

第二,胡适从编选《尝试集》到编选《尝试后集》,确立了新诗发展路向的另一种可能性。胡适建构了新诗现代性体系,也质疑了这种体系。后来新诗发展在走向西化与回归传统两极之间徘徊、左右摇摆的运动发展,从某种意义上,也可以说是在《尝试集》与《尝试后集》之间的徘徊与摇摆。《尝试后集》在诗体形式上以建立在词曲小令基础上的短章为主,扬弃了《尝试集》中确立的白话自由体新诗的西化风格,一定程度上向传统回归。这从某种意义上反映出胡适对编选《尝试集》所建立的新/旧、西/中、现代/传统三位一体互证价值逻辑的质疑与否定。对当年胡怀琛及《尝试集批评与讨论》所引发的诗学论争,当笔者将之放到这个三位一体的逻辑框架中去考察时,发现它其实是在《尝试集》刚刚为新诗确立发展路向时,就出现的对新诗发展路向的另一种可能性的思考与探索。但是,胡怀琛的批评当年被视为新旧之争而被忽略;由于胡适作为诗人日益边缘化,《尝试后集》的倾向也被忽略。在百年新诗发展过程中,对《尝试集》所建立的三位一体互证价值逻辑产生质疑时,人们自然而然便会将矛头指向胡适。我们看到,对胡适《尝试集》的批判,其实质就是胡适本人在《尝试后集》中隐含的对《尝试集》所确立的价值逻辑的质疑。

---

① 郭沫若:《创造十年》,《沫若文集》(第7卷),人民文学出版社1958年版,第68页。

胡怀琛的批评与胡适《尝试后集》的倾向，共同构成新诗发展的另一条可能的路向。它在创作上的高潮是1960年代初新诗的古典诗词化与民歌化。而1995年，唐晓渡撰文《时间神话的终结》①，则是在诗歌理论上对《尝试集》所确立的价值最具力量的批判。但唐晓渡还没有把他的批判源头追踪到《尝试集》，倒是他对"时间神话"的"终结"点的思考，让人又回想起胡适的《尝试后集》。2014年以现代旧体诗词荣膺"鲁迅文学奖"的周啸天所引发的争议，也可视为《尝试后集》所开启的新诗发展的另一条路向在当代的一种回响。

第三，如果把《尝试集》与《尝试后集》作为一个整体来考察，将改变我们对胡适的看法。在这种整体观照中，我们看到，在胡适尝试新诗所选择的路向中，虽然也有力倡西化的一面，但他创作的主线，可以命名为"传统诗体的现代汉语转化"，即以白话或者说以现代汉语的语言属性来解放进而转化诞生于文言中的传统诗体。从《去国集》到《尝试集》，许多篇章探索的都是这种传统诗体的现代汉语转化。但胡适在这种转化中总是找不到新诗的"新质"，无论是打油诗的"趣"，还是词曲体的"味"，在完全"放脚"之后，似乎缺少了这两种元素就不成其为"诗"了。这也是为何胡适总是深切地感受到"放脚"的痛苦，这种痛苦并非被传统束缚太深无法解放，而是解放后缺少让诗成其为诗的"诗质"。胡适最终凭译诗《关不住了!》开创了"'新诗'成立的纪元"，是因为在现代汉语的自然音节中获得了全新的"诗性"，而不必求助于传统诗词的"趣""味"。这种"诗性"的获得来自向西方的借贷。然而，从深厚的汉语传统所形成的个人趣味上来看，胡适显然与向西方借贷的"诗性"有所隔膜，因此，表达个人趣味而不是时代声响的《尝试后集》，在诗体形式上从西化的白话自由体转向建立在词曲小令基础上的短章，一定程度地回归词曲"味"。也许因为此时的胡适意识到，词曲的"味"是不分新旧的，这种"味"是汉语诗性美的历史积淀，是新的现代汉语理应传承的审美意味。所以，时至1930年代，他仍然不避"缠脚妇人""放脚"的嫌疑，兴趣浓厚地以《好事近》这样的词调创作大量诸如《飞行小赞》之类的新诗，并且在《尝试后集》中大量选入这类诗作。这似可说明，在历经十余年的理性沉淀后，胡适是更自觉地倾向于以传统诗体的现代汉语转化的路径来创作现代新诗的。这条路径应该是胡适对新诗发展路向与现代诗艺探索整体思考的结果，它改变了我们过去对于胡适的不完整的看法。厘清这个过程，我们可以清晰地梳理出新诗发展隐在的一个流脉，从晚清黄遵宪等的"诗界革命"，到"五四"时

---

① 唐晓渡：《时间神话的终结》，《文艺争鸣》1995年第2期。

期胡适的"放脚"白话诗,再到新中国时期毛泽东的新诗道路论,以及郭小川的"新辞赋体",直至今天一些人倡导和实践借助古典诗词资源重铸汉语诗性魅力,均可谓传统诗体的现代汉语转化这条路径上一脉相承的一些联结点。

第四,我们对于胡适及其新诗创作的接受与评价带有明显的片面和误解成分。从新诗选本上看,1949 年后很长一段时间读者的接受,只聚焦在《尝试集》上,对《尝试后集》中的诗作基本上是忽略的。选家选取《尝试集》中的诗作,大多持一种刻板化的文学史立场,这就使得胡适"尝试者"的形象漫画化了。从《尝试集》到《尝试后集》中的诗作相对较为完整的接受,出现在民国期间的某个时段和 1980 年代以后的大众读者中。一方面,1980 年代以后,当出版业面向市场,多元化的诗歌选本开启了从审美价值上选取《尝试集》诗作的视野。这个时候,《尝试集》的流播状况有所改变。在读者接受层面,胡适的"尝试者"形象开始得到一定程度的修正。如《尝试集》中的《梦与诗》《应该》《希望》等诗阅读价值的重新发现等等。另一方面,《尝试后集》中的诗作也渐渐进入选家视野。如选入《梦与诗》《应该》《秘魔崖月夜》①,就是将《尝试集》《尝试后集》作为完整的入选对象。这个时期的台湾地区还将《尝试集》中的《希望》、《尝试后集》中的《秘魔崖月夜》改编成歌曲。这种流播状况说明,在胡适创作的新诗中,倾向于回归传统词曲声韵的作品,比新诗史上公认的那些大家之作,更能深入大众,更具有超越时空的能量。这令人深思。胡适在新诗成为汉语诗歌主流的时候反思新诗成于西体诗所带来的"新"质,一定程度上恢复被新诗丢弃的汉语独特的声律之美,当为他的某些诗作迄今还能广为传唱的秘密。而这又是长期以来为研究者所忽视的。这就是说,在胡适新诗的接受上,精英读者(文学史家、新诗研究专家)与大众读者存在着分裂、不一致的状况。

经过艰难的跋涉,"现代诗学的建构与质疑——《尝试集》到《尝试后集》的编选研究"即将告一段落,但是,关于新诗与汉语诗学的现代建构,仍然是一个未竟的话题。新诗路向的多元性不只体现在《尝试集》《尝试后集》的编选上。一方面,如果从各种不同角度梳理新诗可能的路向,厘清其发生与流变的知识谱系,不仅新诗的历史能见度会提高,就是新诗在今天所面临的种种悬而未决的争论与困惑,即便不能得到更好的解决,也将获得更好的理解。另一方面,新诗的河流还在浩浩荡荡向前发展,历史在变,语境在变,新诗也在走向不可知的未来,关于新诗种种问题的讨论也还会持续不休。"鲁迅文

---

① 《梦与诗》《应该》选自《尝试集》,《秘魔崖月夜》选自《尝试后集》。

学奖"的桂冠第一次落到旧体诗词创作者身上,虽然引发褒贬不一的争论,但从结果所反映出来的评选者的眼光以及旧体诗词在当代庞大的阅读与创作群体来看,现代汉语阶段的汉语诗学的现代建构仍然是新诗所面临的最重要的问题。

附录一　选本收录《尝试集》《尝试后集》诗作情况

1920 年代 8 种

1. 新诗社编辑部：《新诗集(第一编)》，上海新诗出版部 1920 年版。选入写实类《人力车夫》；写意类《威权》《乐观》《老鸦》《四月二十五夜》；写情类《送叔永回四川》《周岁——祝〈晨报〉一年纪念》《新婚杂诗》《十二月一日奔丧到家》。

2. 许德邻：《分类白话诗选》，上海崇文书局 1920 年版。选入写景类《鸽子》《江上》《十二月十五夜月》《一颗星儿》；写实类《人力车夫》《威权》《周岁——祝晨报一年纪念》；写情类《新婚杂诗》《老洛伯》《除夕》《四月二十五夜》《如梦令》《虞美人》《病中得冬秀书》《关不住了》《应该》《送叔永回四川》《小诗》《自题藏晖室札记十五册汇编》《十二月一日奔丧到家》；写意类《一念》《老鸦》《赫贞旦》《戏孟和》《三溪路上大雪里一个红叶》《蝴蝶》《他》《论诗杂记》《希望》《乐观》《看花》《上山》《一颗遭劫的星》《我的儿子》《你莫忘记》。

3. 北社：《新诗年选》，亚东图书馆 1922 年版。选入《江上》《老鸦》《看花》《你莫忘记》《应该》《威权》《小诗》《乐观》《上山》。

4. 赵元任：《国语留声片课本》，商务印书馆 1922 年版。选入《鸽子》《三溪路上大雪里一个红叶》《他(思祖国也)》《乐观》。

5. 晨报社编辑处：《晨报六周纪念增刊》，晨报社出版部 1924 年版。选入《秘魔崖月夜》《小诗》《米桑》《十月二十三日的日出》。

6. 《中学国语文读本 第 2 册》，世界书局 1925 年版。选入《一念》《鸽子》《人力车夫》《老鸦》《三溪路上大雪里一个红叶》《新婚杂诗》。

7. 丁丁、曹锡松：《恋歌》，上海泰东书局 1926 年版。选入《小诗》《应该》《一笑》《希望》《老洛伯》《关不住了!》。

8. 卢冀野：《时代新声》，泰东图书局 1928 年版。选入《老洛伯》《秘魔崖月夜》。

1930 年代 10 种

9. 《(新式标点)新体情诗》,大中华书局 1930 年版。选入《新婚杂诗》《老洛伯》《如梦令》《关不住了!》《虞美人》《应该》《小诗》。

10. 沈仲文:《现代诗杰作选》,上海青年书店 1932 年版。选入《梦与诗》《上山》。

11. 刘大白:《世界初中活叶文选·抒情诗(汇编)》,世界书局 1933 年版。选入《奔丧到家》《许怡荪》。

12. 刘大白:《世界初中活叶文选·写景诗(汇编)》,世界书局 1933 年版。选入《鸽子》《湖上》。

13. 薛时进:《现代中国诗歌选》,上海亚细亚书局 1933 年版。选入《江上》《老鸦》《月夜》。

14. 刘半农:《初期白话诗稿》,北平星云堂书店 1933 年版。选入《唯心论》(两稿)、《鸽子》《十二月五夜月》《四月二十五夜作》《除夕诗》。

15. 赵景深:《中学国语补充读本之一·现代诗选》,北新书局 1934 年版。选入《十一月二十四夜》《希望》。

16. 朱自清:《中国新文学大系·诗集》,良友图书印刷公司 1935 年版。选入《一念》《应该》《一颗星儿》《许怡荪》《一笑》《湖上》《我们的双生日》《四烈士冢上的没字碑歌》《晨星篇》。

17. 钱公侠、施瑛:《诗》,上海启明书局 1936 年版。选入《一念》《一笑》《湖上》《我们的双生日》《明星篇》。

18. 笑我:《现代新诗选》,上海仿古书店 1936 年版。选入《江上》《老鸦》《月夜》《秘魔崖月夜》《十一月二十四夜》《希望》《一念》《一笑》。

1980 年代 51 种

一般选本 27 种

19. 《中国现代抒情短诗 100 首 1919—1979》,上海文艺出版社 1981 年版。选入《湖上》。

20. 少年报社:《中国现代儿童文学选·诗歌戏剧》,江苏人民出版社 1982 年版。选入《蝴蝶》《老鸦》《一颗星儿》《上山》。

21. 吉文进:《可爱的小诗》,康乃馨出版社 1983 年版。选入《小诗》《也是微云》《旧梦》。

22. 白崇义、乐齐:《现代百家诗 1919—1949》,宝文堂书店 1984 年版。选入《人力车夫》《上山》《四烈士塚上的没字碑歌》。

23. 西南师范学院中文系:《中国现代抒情小诗选》,重庆出版社 1984 年版。选入《鸽子》《老鸦》《乐观》。

24. 王铁仙:《新文学的先驱〈新青年〉〈新潮〉及其他作品选》,华东师范大学出版社 1985 年版。选入《朋友》《赠朱经农》《鸽子》《人力车夫》《老鸦》《一颗星儿》《威权》《乐观》《上山》。

25. 吴奔星、徐荣街:《现代抒情诗选讲》,江苏教育出版社 1985 年版。选入《鸽子》《老鸦》。

26. 邹绛:《中国现代格律诗选》,重庆出版社 1985 年版。选入《梦与诗》。

27. 范文玲、戴宪生:《儿童一周一诗》,重庆出版社 1985 年版。选入《湖上》。

28. 丁成泉:《古今诗粹》,湖北教育出版社 1985 年版。选入《老鸦》。

29. 向明:《抒情短诗》,花城出版社 1985 年版。选入《湖上》。

30. 程伯钧:《打油诗趣话》,贵州人民出版社 1986 年版。选入《蝴蝶》。

31. 叶至善:《诗人的心》,中国少年儿童出版社 1986 年版。选入《人力车夫》。

32. 莫文征:《现代诗歌名篇选读》,作家出版社 1986 年版。选入《一念》。

33. 赵丽宏、陈刚、解露曦:《中国现代短诗选》,上海教育出版社 1987 年版。选入《人力车夫》。

34. 谢冕、杨匡汉:《中国新诗萃:20 世纪初叶—40 年代》,人民文学出版社 1988 年版。选入《蝴蝶》《一颗遭劫的星》《一念》《湖上》《梦与诗》《四烈士冢上的没字碑歌》。

35. 任孚无、任卫青:《现代诗歌百首赏析》,山东教育出版社 1988 年版。选入《老鸦》。

36. 黄邦君:《中国新诗辞典》,时代文艺出版社 1988 年版。选入《一念》《老鸦》《人力车夫》。

37. 杨牧、郑树森:《现代中国诗选》,洪范书店有限公司 1989 年版。选入《梦与诗》《寄给北平的一个朋友》。

38. 陈绍伟:《情满山河——中国现代山水新诗选注》,湖南教育出版社 1989 年版。选入《蝴蝶》《江上》。

39. 陈寿立、胡钢:《中国现代文学阅读资料》,中国广播电视出版社 1989 年版。选入《乐观》《威权》。

40. 陈孝全、周绍曾:《胡适刘半农刘大白沈尹默诗歌欣赏》,广西教育出版社1989年版。选入《威权》《乐观》《一颗遭劫的星》《四烈士冢上的没字碑歌》《双十节鬼歌》《上山》《鸽子》《老鸦》《一颗星儿》《一笑》。

41. 周良沛:《新诗选读105首》,花城出版社1989年版。选入《一念》《湖上》。

42. 马尚瑞:《中外名作艺术鉴赏丛书·中国现当代诗歌卷》,文化艺术出版社1989年版。选入《人力车夫》。

43. 段登捷、王宇鸿:《现代抒情短诗欣赏》,语文出版社1989年版。选入《老鸦》。

44. 张俊山、冯团彬:《花城袖珍诗丛·当代诗人处女作》,花城出版社1986年版。选入《蝴蝶》。

45. 刘家骥、单占生:《抒情诗选读》,河南人民出版社1989年版。选入《蝴蝶》。

教材选本24种

46. 北京大学、北京师范大学、北京师范学院中文系中国现代文学教研室:《中国现代文学史参考资料·新诗选》第一册,上海教育出版社1979年版。选入《蝴蝶》《赠朱经农》《人力车夫》《鸽子》《老鸦》《威权》。

47. 李润新、阎纯德:《中国新文学作品选》,北京语言学院出版社1980年版。选入《蝴蝶》《鸽子》《威权》。

48. 北京师范学院中文系现代文学教研室:《诗歌》,1981年,未正式出版,自印。选入《蝴蝶》《人力车夫》《鸽子》《老鸦》《威权》。

49. 湘潭大学中文系现代文学教研室:《中国现代文学作品选》,1980年版。选入《人力车夫》《威权》。

50. 上海教育学院:《中国现代作家作品选》下册,福建教育出版社1981年版。选入《人力车夫》《威权》。

51. 中国人民大学中国语言文学系中国现代学教研室:《中国现代文学作品选》,1982年,未正式出版,自印。选入《蝴蝶》《人力车夫》《老鸦》《威权》《乐观》。

52. 中央民族学院汉语言文学系文艺理论教研室编:《文学理论基础 学习参考资料》,1983年,未正式出版,自印。选入《人力车夫》。

53. 北京师范学院选编:《中国现代文学作品选》,天津人民出版社1984年版。选入《人力车夫》。

54. 河南大学中文系:《中国现代文学作品选》,河南大学出版社1984年版。选入《人力车夫》《威权》。

55. **屈文泽:《中国现代文学作品选》,湖南人民出版社1985年版。选入**

《蝴蝶》。

56. 黄修己:《中国现代文学作品选》,北京十月文艺出版社1986年版。选入《乐观》。

57. 臧恩钰:《中国现代文学作品选析》,辽宁教育出版社1986年版。选入《蝴蝶》《威权》。

58. 复旦大学中文系现代文学教研室:《中国现代文学作品选》,复旦大学出版社1986年版。选入《人力车夫》《三溪路上大雪里一个红叶》《应该》。

59. 蒋洛平、杨业瑞:《中国现代文学作品选》,四川大学出版社1986年版。选入《人力车夫》《乐观》。

60. 李平:《中国文学作品选:现代部分》,北京大学出版社1986年版。选入《老鸦》《威权》。

61. 王野、张宝华:《中国当代文学作品选析》,辽宁教育出版社1986年版。选入《蝴蝶》《威权》。

62. 十三校本书编写组:《文学概论例释》,甘肃人民出版社1987年版。选入《人力车夫》。

63. 河南大学中文系:《中外文学名作提要·中国现代文学分册》,河南人民出版社1987版。选入《人力车夫》。

64. 张杰:《中国现代文学参考资料选》(下),高等教育出版社1987年版。选入《人力车夫》。

65. 郑观年:《中国现代文学作品选评》,浙江文艺出版社1987年版。选入《人力车夫》。

66. 四川省师专教院现代文学教研会:《中国现代文学作品选》,西南财经大学出版社1987年版。选入《鸽子》《人力车夫》《威权》。

67. 赵昆、岳耀钦:《中国现当代文学作品选》,河南人民出版社1987年版。选入《上山》。

68. 戴林淹:《中国现代文学作品选》下册,北岳文艺出版社1987版。选入《人力车夫》《乐观》。

69. 刘泰隆、赵明:《中国现代文学作品选》,广西师范大学出版社1988年版。选入《人力车夫》。

1990年代56种

一般选本43种

70. 唐祈:《中国新诗名篇鉴赏辞典》,四川辞书出版社1990年版。选入《蝴蝶》《一颗遭劫的星》。

71. 姜葆夫:《古今中外爱情诗歌荟萃》,广西教育出版社1990年版。选入《应该》。

72. 陆以霖:《恋曲99》,业强出版社1990年版。选入《梦与诗》《秘魔崖月夜》《应该》。

73. 罗洛:《新诗选》,中华书局(香港)有限公司1991年版。选入《希望》。

74. 丘山:《现代同题新诗荟萃》,湖南文艺出版社1991年版。选入《除夕》《人力车夫》。

75. 贺雄飞:《伟人的愚蠢·中外情诗情书精选》,北岳文艺出版社1991年版。选入《梦与诗》。

76. 王尔碑、流沙河:《小诗百家点评》,重庆出版社1991年版。选入《蝴蝶》。

77. 罗自立:《千古绝唱》,三环出版社1991年版。选入《蝴蝶》《人力车夫》。

78. 《给你一片温柔:中国20—30年代著名爱情诗精萃》,河北大学出版社1991年版。选入《蝴蝶》《应该》。

79. 公木:《新诗鉴赏辞典》,上海辞书出版社1991年版。选入《一念》《鸽子》《老鸦》《小诗》。

80. 徐敏、唐韧:《少儿现代千家诗》,中国工人出版社1992年版。选入《湖上》。

81. 张永健、张芳彦:《中国现代新诗三百首》,长江文艺出版社1992年版。选入《蝴蝶》《人力车夫》《老鸦》《威权》。

82. 肖川、汪峰:《世界精文博览》,北京师范大学出版社1993年版。选入《梦与诗》。

83. 陆耀东:《中国现代爱国诗歌精品》,武汉大学出版社1994年版。选入《四烈士冢上的没字碑歌》。

84. 张德明:《世界诗库·第10卷·中国》,花城出版社1994年版。选入《蝴蝶》《鸽子》《湖上》《梦与诗》。

85. 张俊山:《古今中外散文诗鉴赏辞典》,中州古籍出版社1994年版。选入《看花》。

86. 吴思敬:《冲撞中的精灵——中国现代新诗卷》,陕西人民出版社1994年版。选入《一念》。

87. 谢冕:《中国百年文学经典文库·诗歌卷1895—1995》,海天出版社1996年版。选入《一颗星儿》《湖上》《四烈士冢上的没字碑歌》。

88. 盛仰红:《百年诗歌精品》,上海社会科学院出版社1996年版。选入《蝴蝶》《一颗星儿》《上山》。

89. 方铭:《现代诗歌精品》,安徽文艺出版社1996年版。选入《蝴蝶》《一念》《鸽子》《威权》。

90. 岳洪治:《如醉·窗前的独语》,中国华侨出版社1996年版。选入《蝴蝶》《老鸦》《乐观》《上山》。

91. 岳洪治:《如画·林下的轻歌》,中国华侨出版社1996年版。选入《鸽子》《湖上》。

92. 岳洪治:《如歌·瞬间的永恒》,中国华侨出版社1996年版。选入《人力车夫》《久雪后大风寒甚作歌》《示威?》《"威权"》。

93. 岳洪治:《如禅·哲人的冥想》,中国华侨出版社1996年版。选入《梦与诗》。

94. 张品兴:《名家新诗学生读本》,中国国际广播出版社1996年版。选入《人力车夫》《威权》。

95. 彭樱:《中国著名诗歌背诵100首》,晨光出版社1996年版。选入《老鸦》。

96. 孙光萱:《中国现代名诗100首》,湖北教育出版社1996年版。选入《一念》。

97. 肖时俊:《中外名家传世珍品 诗歌》,新疆青少年出版社1996年版。选入《乐观》。

98. 伊蕾等:《独身女人的卧室》,时代文艺出版社1996年版。选入《蝴蝶》《鸽子》《一颗星儿》《威权》《人力车夫》《一念》《一笑》《梦与诗》。

99. 杨匡汉:《雾中的蔷薇》,时代文艺出版社1996年版。选入《蝴蝶》《鸽子》《一颗星儿》《威权》《人力车夫》《一念》《一笑》《梦与诗》。

100. 王宝大、罗振亚:《顿悟菩提树》,中国青年出版社1996年版。选入《梦与诗》。

101. 高景轩、陈东:《诗体寓言》,红旗出版社1996年版。选入《威权》。

102. 谢冕:《中国百年诗歌选》,山东文艺出版社1997年版。选入《一颗星儿》《湖上》《四烈士冢上的没字碑歌》。

103. 蔡世华、孙宜君:《大学生背诵诗文精选》,中国矿业大学出版社1997年版。选入《希望》。

104. 唐金海、陈子善、张晓云:《新文学里程碑——现代名家处女作·成名作·代表作·诗歌卷》,文汇出版社1997年版。选入《蝴蝶》(处女作)、《鸽子》(成名作)、《威权》(代表作)。

105. 汪靖洋:《写作例典》,江苏教育出版社 1997 年版。选入《一笑》。

106. 孙鑫亭:《古今中外哲理诗鉴赏辞典》,中州古籍出版社 1997 年版。选入《梦与诗》《一念》。

107. 王彬、顾志成:《二十世纪中国新诗选》,大众文艺出版社 1998 年版。选入《蝴蝶》《鸽子》《一颗遭劫的星》。

108. 陈容、张品兴:《二十世纪中国散文诗大观》,同心出版社 1998 年版。选入《看花》《十二月一日奔丧到家》。

109. 温儒敏、李宪瑜:《北大风——北京大学学生刊物百年作品选》,北京大学出版社 1998 年版。选入《十二月一日奔丧到家》。

110. 谭五昌:《中国新诗 300 首》,北京出版社 1999 年版。选入《梦与诗》。

111. 《中学生阅读文选》(高中三年级用),山东教育出版社 1999 年版。选入《鸽子》。

112. 胡益民:《中外哲理名诗鉴赏辞典》,昆仑出版社 1999 年版。选入《"权威"》。

教材选本 13 种

113. 董振泉:《中国现代文学作品选析》,湖南师范大学出版社 1990 年版。选入《人力车夫》。

114. 沈振煜:《中国现代文学作品选》,武汉工业大学出版社 1990 年版。选入《蝴蝶》《人力车夫》《鸽子》《老鸦》《威权》《四烈士冢上的没字碑歌》。

115. 王泽龙、沈光明:《中国现代文学名作选讲》,华中理工大学出版社 1991 年版。选入《蝴蝶》《威权》。

116. 严家炎、孙玉石:《中国现代文学作品精选》,北京大学出版社 1993 年版。选入《老鸦》《鸽子》。

117. 湖南师范大学中文系现代文学教研室:《中国现代文学作品选》,湖南师范大学出版社 1993 年版。选入《人力车夫》《威权》。

118. 朱文会、许道明:《新编中国现代文学作品选》,复旦大学出版社 1996 年版。选入《老鸦》。

119. 杜运通、赵福生:《中国现代文学作品选》,河南大学出版社 1996 年版。选入《人力车夫》。

120. 刘家鸣:《中国二十世纪文学作品选》,内蒙古人民出版社 1997 年版。选入《鸽子》。

121. 叶鹏:《中外文学作品导读》,中国人民大学出版社 1998 年版。选入《人力车夫》。

122. 朱梁卿:《中国现代文学读本》,对外经济贸易大学出版社 1998 年版。选入《人力车夫》。

123. 叶鹏:《中外文学作品导读》,中国人民大学出版社 1999 年版。选入《人力车夫》。

124. 陈其光:《中国现当代文学作品选评》,暨南大学出版社 1999 年版。选入《人力车夫》。

125. 钱谷融:《中国现当代文学作品选 1917—1949》,华东师范大学出版社 1999 年版。选入《一颗遭劫的星》。

21 世纪 88 种

一般选本 61 种

126. 朱汉、谢冕:《新诗三百首》,中国青年出版社 2000 年版。选入《蝴蝶》。

127. 童庆炳、刘锡庆、王富仁:《中学生阅读与欣赏:中国现当代诗歌卷》,四川人民出版社 2000 年版。选入《梦与诗》。

128. 梁鸿:《现代名家诗文名篇》,时代文艺出版社 2000 年版。选入《蝴蝶》《狮子》。

129. 肖时俊:《诗歌展览厅》,新疆青少年出版社 2000 年版。选入《乐观》。

130. 张新颖:《中国新诗:1916—2000》,复旦大学出版社 2001 年版。选入《蝴蝶》《梦与诗》。

131. 王安忆、梁晓声:《课外名篇·高中版·诗歌卷》,湖南文艺出版社 2001 年版。选入《梦与诗》。

132. 张美妮、金燕玉:《百年中国儿童文学精品文丛·儿童诗卷》,新世纪出版社 2001 年版。选入《蝴蝶》《老鸦》《一颗星儿》《上山》。

133. 马冀:《新青年选粹》,辽宁大学出版社 2001 年版。选入《人力车夫》。

134. 益创教育科学研究所:《青少年诗词高手·新诗卷》,西苑出版社 2001 年版。选入《小诗》《鸽子》。

135. 彭燕郊:《中外著名诗歌诵读经典·中国现当代抒情诗》,湖南少年儿童出版社 2001 年版。选入《梦与诗》。

136. 陶伯英、赵大鹏:《阅读题王·初三语文》,山西教育出版社 2001 年版。选入《一念》。

137. 李青松:《新诗界》,文化艺术出版社 2001 年版。选入《一笑》。

138. 王尚文、曹文轩、方卫平:《新语文读本·小学卷》(1),广西教育出版社2002年版。选入《蝴蝶》。

139. 杨景龙:《短章小诗百首》,河南文艺出版社2002年版。选入《蝴蝶》。

140. 张新:《放飞激情·诗歌卷》,上海文化出版社2002年版。选入《希望》。

141. 谢冕:《相信未来》,天津教育出版社2002年版。选入《一颗星儿》《一念》。

142. 刘福春:《二十世纪中国文艺图文志·新诗卷》,沈阳出版社2002年版。选入《鸽子》。

143. 《诗刊》编辑部:《中华诗歌百年精华》,人民文学出版社2002年版。选入《蝴蝶》《一颗遭劫的星》《湖上》。

144. 杨晓民:《百年百首经典诗歌(1901—2000)》,长江文艺出版社2003年版。选入《蝴蝶》。

145. 王嘉良:《20世纪中国文学名作典藏》,浙江文艺出版社2003年版。选入《一颗遭劫的星》。

146. 黄瑞云:《中国二十世纪寓言选》,湖北教育出版社2003年版。选入《乐观》《"威权"》。

147. 乔正康、顾仲义:《〈语文〉学习指导与练习》第4册,东北财经大学出版社2003年版。选入《鸽子》。

148. 柳斌:《现当代新诗诵读精华》,人民教育出版社2003年版。选入《四烈士冢上的没字碑歌》。

149. 许道明:《浪漫现代》,复旦大学出版社2003年版。选入《希望》。

150. 杨鸿儒:《常用诗词诗句译评》,华文出版社2003年版。选入《一笑》。

151. 胡继华、马自力:《百年老课文》,北岳文艺出版社2003年版。选入《乐观》。

152. 丁国成:《袖珍新诗鉴赏辞典》,上海辞书出版社2003年版。选入《一念》《鸽子》。

153. 谭五昌:《百年中国儿童诗选》,北岳文艺出版社2004年版。选入《老鸦》《湖上》。

154. 雷达、赵学勇:《现代中国文学精品文库·诗歌卷》,河南文艺出版社2004年版。选入《一笑》《一念》。

155. 钟立山:《中国哲理短诗》,新疆电子出版社、柯文出版社2004年版。选入《梦与诗》《一念》《看花》。

156. 吕桂田、代汉林:《精美诗歌赏析·人生哲理》,新疆人民出版社2004年版。选入《梦与诗》《一念》《小诗》。

157. 高磊、张书珩:《名人情诗快读》,远方出版社2004年版。选入《新婚杂诗》。

158. 吴洁敏、朱宏达:《精品新诗美读》(下),暨南大学出版社2004年版。选入《鸽子》。

159. 沈庆利:《中国新诗选读》,人民文学出版社2004年版。选入《梦与诗》。

160. 张贤明:《现代短诗一百首赏析》,文化文艺出版社2004年版。选入《鸽子》。

161. 陈均:《诗歌北大》,长江文艺出版社2004年版。选入《四月二十五夜》《鸽子》。

162. 王富仁:《二十世纪中国诗歌经典》,北京师范大学出版社2004年版。选入《湖上》。

163. 潘自强:《中国现当代爱情诗300首》,珠海出版社2004年版。选入《湖上》。

164. 高洪波:《中国悲情诗精选》,鹭江出版社2004年版。选入《威权》。

165. 李方选:《现代诗选》,太白文艺出版社2004年版。选入《威权》。

166. 严军总、许建国:《课外现代文金牌阅读100篇·初二年级》,吉林教育出版社2005年版。选入《希望》。

167. 沈奇:《现代小诗300首》,山东文艺出版社2005年版。选入《湖上》。

168. 肇星:《古今短诗300首》,人民文学出版社2005年版。选入《鸽子》。

169. 朱家雄:《北大情诗》,中国广播电视出版社2006年版。选入《蝴蝶》《也是微云》《秘魔崖月夜》。

170. 黄土泽:《中国语文·高一年级》,中国大百科全书出版社2006年版。选入《希望》。

171. 郑春兴、程光辉:《影响力·文学经典品读·感动心灵的绝妙诗歌》,内蒙古人民出版社2006年版。选入《蝴蝶》《一颗遭劫的星》。

172. 郝昌明:《语文周计划·阅读》(高一上),北京艺术与科学电子出版社2006年版。选入《梦与诗》。

173. 沈庆利:《二十世纪中国诗歌精选》,人民文学出版社2006年版。

选入《梦与诗》。

174. 黄智鹏:《你一生应诵读的 50 首诗歌经典》,北京图书馆出版社 2006 年版。选入《梦与诗》。

175. 人民文学出版社编辑部:《诵读中国·初中卷·现当代部分》,人民文学出版社 2006 年版。选入《梦与诗》。

176. 王尚文、曹文轩、方卫平:《新语文读本·小学卷》(5),广西教育出版社、陕西人民出版社 2007 年版。选入《鸽子》。

177. 蔡天新:《现代汉诗 100 首》,生活·读书·新知三联书店 2007 年版。选入《一念》。

178. 朱克、朱威:《阳光情怀:现当代诗歌精品赏析》,人民教育出版社 2008 年版。选入《梦与诗》。

179. 人民教育出版社中学语文室:《自读课本·第三册·在山的那边》,人民教育出版社 2008 年版。选入《鸽子》。

180. 上海辞书出版社文学鉴赏辞典编纂中心:《新诗三百首鉴赏辞典》,上海辞书出版社 2008 年版。选入《一念》《鸽子》《梦与诗》。

181. 金宏宇、彭林祥:《一世珍藏的诗歌 200 首》,长江文艺出版社 2009 年版。选入《湖上》。

182. 杨殿奎、吴心田:《中学生读写》,明天出版社 2009 年版。选入《老鸦》。

183. 邓荫柯:《1916—2008 经典新诗解读》,中国青年出版社 2009 年版。选入《蝴蝶》。

184. 王泽龙:《诗韵华魂——现当代诗歌精选》,陕西师范大学出版社 2009 年版。选入《蝴蝶》《鸽子》《希望》。

185. 叶橹:《中国现代诗歌名篇赏析》,光明日报出版社 2010 年版。选入《梦与诗》。

186. 姜涛:《中国新诗总系 1917—1927》,人民文学出版社 2010 年版。选入《一念》《鸽子》《三溪路上大雪里一个红叶》《四月二十五夜》《关不住了!》《一颗星儿》《一颗遭劫的星》《湖上》《例外》《梦与诗》《十一月二十四夜》《希望》《秘魔崖月夜》。

教材选本 27 种

187. 黄曼君:《中国现代文学作品选·诗歌散文卷》,华中师范大学出版社 2000 年版。选入《鸽子》《希望》。

188. 任丽青、储有明:《〈中国现代文学作品选〉自学考试指要》,学林出版社 2000 年版。选入《上山》。

189. 严家炎、孙玉石、温儒敏:《中国现代文学作品精选》(增订本),北京大学出版社2001年版。选入《蝴蝶》《鸽子》。

190. 王富仁、刘勇:《中国现代文学作品选》,北京师范大学出版社2001年版。选入《蝴蝶》。

191. 刘英:《中国现代文学作品选》,延边大学出版社2001年版。选入《蝴蝶》《人力车夫》《鸽子》《老鸦》《威权》。

192. 戈笑阳:《大学语文》,湖南大学出版社2001年版。选入《威权》。

193. 李幼奇:《大学语文》,湖南教育出版社2002年版。选入《一念》。

194. 朱栋霖、龙泉明:《中国现代文学作品选 1917—2000》第2卷,高等教育出版社2002年版。选入《一颗星儿》。

195. 彭光芒:《大学国文》,高等教育出版社2002年版。选入《鸽子》。

196. 刘川鄂、聂运伟:《新编中国现当代文学作品选》第2卷,武汉出版社2002年版。选入《老鸦》。

197. 王攸欣、吴康、李树槐:《中国现代文学作品选》,湖南师范大学出版社2003年版。选入《一颗星儿》。

198. 温儒敏:《高等语文》,江苏教育出版社2003年版。选入《鸽子》。

199. 谢昭新、吴尚华:《中国现当代文学作品选》,安徽教育出版社2003年版。选入《老鸦》《鸽子》。

200. 龙泉明:《中国现代文学作品导引 1917—2000》,高等教育出版社2004年版。选入《蝴蝶》《鸽子》《梦与诗》。

201. 彭泽立:《大学语文》,湖南大学出版社2004年版。选入《威权》。

202. 谢积才:《现代文学名家作品选·经典诗歌》,吉林大学出版社2004年版。选入《上山》《鸽子》。

203. 孙小兵:《文学作品赏析·中国现代文学》,哈尔滨工程大学出版社2004年版。选入《梦与诗》。

204. 李江:《中国现代文学作品选》,广西师范大学出版社2005年版。选入《人力车夫》。

205. 杨四平:《大学语文》,合肥工业大学出版社2006年版。选入《十一月二十四夜》。

206. 刘利:《大学语文》,红旗出版社、国家行政学院出版社2006年版。选入《希望》。

207. 湖南师范大学文学院中文系现代文学教研室:《中国现代文学作品选》,湖南师范大学出版社2006年版。选入《一颗星儿》。

208. 杨四平:《大学语文》,人民教育出版社2007年版。选入《十一月二十四夜》。

209. 本书编选组:《中国现当代诗歌选读读本》,山东人民出版社 2007 年版。选入《鸽子》《一颗星儿》。

210. 周洪年:《中外文学作品选·中国现代文学作品选》,吉林大学出版社 2008 年版。选入《威权》《人力车夫》。

211. 董媛:《大学语文·欣赏篇》,化学工业出版社 2008 年版。选入《梦与诗》。

212. 王泽龙、李遇春:《中国现代文学经典作品选讲》,华中师范大学出版社 2009 年版。选入《蝴蝶》《希望》。

213. 夏传才:《中国现代文学名篇选读》,南开大学出版 2009 年版。选入《蝴蝶》《老鸦》《梦与诗》。

附录二　歌曲选本收录《尝试集》《尝试后集》诗作情况

共 25 种

1. 庄春江：《台湾歌曲》，中国文联出版公司 1985 年版。选入《兰花草》。
2. 杨兆祯：《中国艺术名歌选》(第 1 集)，文化图书公司 1990 年版。选入《上山》《也是微云》。
3. 陈秉义：《历史歌曲》，春风文艺出版社 1992 年版。选入《也是微云》。
4. 陈一萍：《教我如何不想他——中国近现代歌曲选》，江苏人民出版社 1995 年版。选入《也是微云》。
5. 汪毓和：《中国近现代音乐史教学参考资料》(上)，世界图书出版公司西安公司 2000 年版。选入《平民学校校歌》《也是微云》《上山》。
6. 晓丹：《全国少年儿童歌唱标准考级教材》，辽宁儿童出版社 2000 年版。选入《兰花草》。
7. 钟立民：《难忘的旋律·献给老年朋友的歌》，知识出版社 2001 年版。选入《也是微云》。
8. 原今：《绝妙好歌·中外抒情歌曲》，江苏文艺出版社 2003 年版。选入《兰花草》。
9. 闵元褆等：《民谣吉他考级曲集》，上海音乐出版社 2003 年版。选入《兰花草》。
10. 李泯：《中学补充歌曲》，湖南文艺出版社 2003 年版。选入《兰花草》。
11. 吴新伟、陈连静：《同一首歌·30—40 年代经典歌曲 100 首》，现代出版社 2004 年版。选入《也是微云》。
12. 李北：《同一首歌·80 年代经典歌曲 100 首》，现代出版社 2005 年版。选入《兰花草》。
13. 赵元任：《赵元任全集》(第 11 卷)，商务印书馆 2005 年版。选入《他(思祖国也)》《小诗》《上山》《也是微云》。
14. 李凌、薛范：《名歌经典·中国作品卷Ⅰ·1949 年建国后的当代歌曲》，中国国际广播出版社 2006 年版。选入《兰花草》。

15. 吴子彪:《最易学的吉他速训初级教程·入门篇》,中国戏剧出版社 2006 年版。选入《兰花草》。

16. 徐沛东:《童声飞翔·中华少儿歌曲精选》,现代出版社 2006 年版。选入《兰花草》。

17. 宋小璐:《古筝怀旧金曲 99 首》,上海音乐出版社 2007 年版。选入《兰花草》。

18. 张畴:《中国艺术歌曲选集》(上),上海教育出版社 2007 年版。选入《也是微云》《上山》。

19. 王小玲、何英敏、罗小平:《岁月如歌:流行歌曲钢琴演奏集》(2),花城出版社 2008 年版。选入《兰花草》。

20. 乐夫:《又唱同一首歌·校园经典》,湖南人民出版社 2008 年版。选入《兰花草》。

21. 尤静波:《流行歌词写作教程》,大众文艺出版社 2008 年版。选入《兰花草》。

22. 许乐飞:《"老汤"简谱钢琴教程》,上海音乐学院出版社 2009 年版。选入《兰花草》。

23. 辛笛:《钢琴即兴伴奏儿童 68 首》,上海音乐学院出版社 2009 年版。选入《兰花草》。

24. 陈其妍、潘如仪:《简线对照成人钢琴小品集》(2),上海音乐出版社 2009 年版。选入《兰花草》。

25.《相逢是首歌·毕业歌曲精选》,现代出版社 2010 年版。选入《兰花草》。

参 考 文 献

基本资料

北京大学图书馆编:《北京大学图书馆藏胡适未刊书信日记》,清华大学出版社2003年版。

曹伯言整理:《胡适日记全编》,安徽教育出版社2001年版。

耿云志编:《胡适年谱:1891—1962》,中华书局香港分局1986年版。

耿云志主编:《胡适遗稿及秘藏书信》(第36册),黄山书社1994年版。

胡怀琛编:《尝试集批评与讨论》,泰东图书局1923、1925年版。

胡怀琛:《大江集》,国家图书馆1921年版。

胡怀琛等:《诗学讨论集》,晓星书局1924年版,中山图书公司1971年版。

胡怀琛:《诗的作法》,世界书局1931年版。

胡怀琛:《诗与诗人》,上海四马路崇文书局1933年版。

胡怀琛:《小诗研究》,商务印书馆1924年版。

胡怀琛:《新诗概说》,大华书局1935年版。

胡明编注:《胡适诗存》,人民文学出版社1989年版。

胡适:《白话文学史》(上),岳麓书社1986年版。

胡适:《尝试后集》,(台北)胡适纪念馆1971年版。

胡适:《尝试集》(初版),亚东图书馆1920年版。

胡适:《尝试集》(再版),亚东图书馆1920年版。

胡适:《尝试集》(增订四版),亚东图书馆1922年版。

胡适:《胡适留学日记》(上、下),安徽教育出版社1999年版。

胡适:《胡适之先生诗歌手迹》,台北商务印书馆1964年版。

《胡适全集》,安徽教育出版社2003年版。

《胡适文集》,人民文学出版社1998年版。

胡适著、陈平原导读:《尝试集·尝试后集》,贵州教育出版社2001年版。

胡颂平编:《胡适之先生年谱长编初稿》,联经出版事业公司1984年版。

胡颂平编:《胡适之先生晚年谈话录》,联经出版事业公司1984年版。

姜义华主编:《胡适学术文集·新文学运动》,中华书局1993年版。

中国社会科学院近代史研究所中华民国史组编:《胡适来往书信选》(上、中、下),中华书局1979年版。

重要期刊

《晨报·副刊》,晨报副刊社主办,1921—1934年。
《申报》,上海,1872—1949年。
《神州日报》,上海,1907—1946年。
《诗刊》,徐志摩主编,新月书店,1931—1932年。
《时事新报·学灯》,时事新报馆主办,1918—1926年。
《文学》,文学社编辑,生活书店,1933—1937年。
《文学旬刊》,郑振铎主编,时事新报馆发行,1921—1923年。
《文学杂志》,朱光潜编,商务印书馆,1937—1948年。
《现代》,现代书局,1932—1935年。
《小说月报》,商务印书馆,1910—1931年。
《新潮》,北京大学新潮社编,北京大学出版部,1919—1922年。
《新青年》,新青年社编辑,1915—1922年。
《新月》,徐志摩主编,新月书店,1928—1932年。
《星期评论》,戴季陶、沈弦庐编,人民出版社1981年影印本。
《学衡》,吴宓主编,上海中华书局,1922—1923年。

重要新诗选本

北京大学中文系中国现代文学研究室等编:《新诗选》(第1册),上海教育出版社1979年版。
北社编:《新诗年选》(一九一九年),亚东图书馆1922年版。
草川未雨:《中国新诗坛的昨日今日和明日》,海音书局1929年版。
陈炳堃:《最近三十年中国文学史》,太平洋书店1930年版。
胡毓寰:《中国文学源流》,商务印书馆1923年版。
凌独见:《新著国语文学史》,商务印书馆1923年版。
刘半农编:《初期白话诗稿》,北平星云堂书店1933年版。
卢冀野编:《时代新声》,泰东图书局1928年版。
沈仲文编:《现代诗杰作选》,上海青年书店1932年版。
谭正璧:《中国文学史大纲》,泰东图书局1925年版。
闻一多编:《现代诗钞》,《闻一多全集》,开明书店1948年版。
笑我编:《现代新诗选》,上海仿古书店1936年版。
谢冕、杨匡汉主编:《中国新诗萃:20世纪初叶—40年代》,人民文学出版社1988年版。
谢冕总主编:《中国新诗总系1917—1927》,人民文学出版社2010年版。
新诗社编辑部编:《新诗集》(第一编),新诗社出版部1920年版。
许德邻编:《分类白话诗选》,崇文书局1920年版。

臧克家编：《中国新诗选 1919—1949》，中国青年出版社 1956 年版。
赵景深编：《现代诗选》，北新书局 1934 年版。
赵景深：《中国文学小史》，光华书局 1928 年版。
朱自清编选：《中国新文学大系·诗集》，良友图书印刷公司 1935 年版。

胡适研究及相关著作

陈惇、刘象愚编选：《穆木天文学评论选集》，北京师范大学出版社 2000 年版。
陈金淦：《胡适研究资料》，知识产权出版社 2010 年版。
陈良运主编：《中国历代词学论著选》，百花洲文艺出版社 1998 年版。
陈子展：《诗经语译》，太平洋书店 1934 年版。
邓程：《论新诗的出路》，中国社会科学出版社 2004 年版。
方长安：《新诗传播与构建》，中国社会科学出版社 2012 年版。
方铭主编：《朱湘全集》(散文卷)，安徽文艺出版社 2017 年版。
《郭沫若全集》(第 16 卷)，人民文学出版社 1982 年版。
郭象注：《庄子注疏》，中华书局 2010 年版。
贺远明等选编：《吴芳吉集》，巴蜀书社 1994 年版。
洪子诚、刘登翰：《中国当代新诗史》(修订版)，北京大学出版社 2005 年版。
胡明：《胡适传论》，人民文学出版社 1996 年版。
胡全章：《清末民初白话报刊研究》，中国社会科学出版社 2011 年版。
黄修己：《中国新文学史编纂史》，北京大学出版社 2007 年版。
黄宗羲：《南雷诗历》，中华书局 1991 年版。
黄遵宪：《日本国志》(下)，天津人民出版社 2005 年版。
《建国以来毛泽东文稿》(第 7 册)，中央文献出版社 1992 年版。
姜涛：《"新诗集"与中国新诗的发生》，北京大学出版社 2005 年版。
李敖：《李敖大全集》(5)，中国友谊出版公司 2010 年版。
李力夫：《民国杂书识小录》，上海远东出版社 2011 年版。
李怡：《中国现代新诗与古典诗歌传统》，西南师范大学出版社 1994 年版。
廖七一：《胡适诗歌翻译研究》，清华大学出版社 2006 年版。
林庚：《新诗格律与语言的诗化》，经济日报出版社 2000 年版。
刘东方：《"五四"时期胡适的文体理论》，齐鲁书社 2007 年版。
刘匡汉、刘福春：《中国现代诗论》(上、下编)，花城出版社 1985、1986 年版。
刘青峰编：《胡适与现代中国文化转型》，香港中文大学出版社 1994 年版。
刘现强：《现代汉语节奏研究》，北京语言大学出版社 2007 年版。
龙泉明：《中国新诗流变论 1917—1949》，人民文学出版社 1999 年版。
《鲁迅全集》(第 1 卷)，人民文学出版社 1981 年版。
陆耀东：《中国新诗史 1916—1949》，长江文艺出版社 2005 年版。
罗振亚：《中国新诗的历史与文化透视》，黑龙江教育出版社 2002 年版。

罗志田:《再造文明的尝试:胡适传(1891—1929)》,中华书局2006年版。
茅盾:《我走过的道路》(上),人民文学出版社1997年版。
潘颂德:《中国现代新诗理论批评史》,学林出版社2002年版。
钱理群等:《中国现代文学三十年》(修订本),北京大学出版社1998年版。
钱杏邨:《现代中国文学作家》,泰东图书局1928年版。
《钱玄同文集》(第6卷),中国人民大学出版社2000年版。
沈卫威:《传统与现代之间:寻找胡适》,河南大学出版社1994年版。
施议对点评:《胡适词点评》(增订本),中华书局2006年版。
石原皋:《闲话胡适》,安徽人民出版社1985年版。
孙玉石:《中国现代主义诗潮史论》,北京大学出版社1999年版。
唐德刚:《胡适口述自传》,华东师范大学出版社1993年版。
唐德刚:《胡适杂忆》,广西师范大学出版社2005年版。
王弼注、楼宇烈校释:《老子道德经注》,中华书局2011年版。
王光明:《现代汉诗的百年演变》,河北人民出版社2003年版。
王国维:《人间词话》,上海古籍出版社2008年版。
《闻一多全集》(第2卷),湖北人民出版社1993年版。
夏晓虹编:《梁启超文选》,中国广播电视出版社1992年版。
徐重庆:《文苑散叶》,东南大学出版社2002年版。
薛冰:《金陵书话》,东南大学出版社2002年版。
杨扬编:《周作人批评文集》,珠海出版社1998年版。
叶维廉:《中国诗学》,人民文学出版社2006年版。
易竹贤:《胡适传》,湖北人民出版社1987年版。
易竹贤:《胡适与现代中国文化》,武汉大学出版社1993年版。
余英时等:《胡适与中西文化》,水牛图书出版事业有限公司1984年版。
於可训:《新诗体艺术论》,武汉大学出版社1995年版。
袁可嘉:《论新诗现代化》,三联书店1988年版。
《臧克家全集》(第10卷),时代文艺出版社2002年版。
张兆和编:《沈从文全集》(第17卷),北岳文艺出版社2002年版。
章太炎演讲、曹聚仁编:《国学概论》,泰东图书局1923年版。
赵家璧主编、朱自清编选:《中国新文学大系·诗集》,良友图书印刷公司1935年版。
赵景深:《文坛回忆》,重庆出版社1995年版。
赵景深:《我与文坛》,上海古籍出版社1999年版。
《郑振铎全集》(第16卷),花山文艺出版社1998年版。
钟军红:《胡适新诗理论批评》,人民文学出版社2004年版。
《周扬文集》,人民文学出版社1984年版。
周质平:《胡适与中国现代思潮》,南京大学出版社2002年版。
朱光潜:《诗论》,安徽教育出版社2006年版。

朱文华:《胡适——开风气的尝试者》,复旦大学出版社 1992 年版。
朱自清:《新诗杂话》,广西师范大学出版社 2004 年版。

论文

步大唐:《论胡适诗派》,《四川大学学报》(哲学社会科学版)1996 年第 4 期。
步大唐:《评胡适的〈尝试后集〉》,《西南师范大学学报》(哲学社会科学版)1998 年第 3 期。
曹而云:《胡适白话诗论的意义及盲点》,《福建师范大学学报》2004 年第 5 期。
陈金淦:《胡适诗歌评价的历史回顾》,《徐州师范学院学报》1985 年第 1 期。
陈平原:《经典是怎样形成的——周氏兄弟等为胡适删诗考》(一、二),《鲁迅研究月刊》2001 年第 4、5 期。
陈学祖:《透明的限度:胡适派诗学对中西美学、诗学的偏取及其得失》,《思想战线》2002 年第 6 期。
陈子善:《新发现的胡适〈尝试集〉第二编自序》,《东方早报》2011 年 12 月 18 日。
邓程:《困境与出路:对当前新诗的思考》,《文学评论》2007 年第 3 期。
董炳月:《中间物:胡适新诗理论的历史特征》,《中国现代文学研究丛刊》1990 年第 2 期。
方长安:《传播与新诗现代性的发生》,《学术月刊》2006 年第 4 期。
方长安:《〈新青年〉对新诗的运作》,《学术研究》2006 年第 1 期。
方长安:《译诗与中国诗歌转型》,《学习与探索》2007 年第 5 期。
高逾:《胡适谈新诗论析——新诗的自然音节是什么》,《福建论坛》1989 年第 4 期。
龚济民:《评胡适的〈尝试集〉》,《辽宁大学学报》(哲学社会科学版)1979 年第 3 期。
胡明:《关于胡适中西文化观的评价》,《文学评论》1988 年第 6 期。
胡明:《胡适与中国文学的现代转型》,《学术月刊》1994 年第 3 期。
胡明:《论胡适的中西文化观》,《中国文化研究》1996 年春之卷。
黄德生:《给胡适改诗的笔墨官司》,《读书》2001 年第 2 期。
黄维樑:《五四新诗所受的英美影响》,《北京大学学报》(哲学社会科学版)1988 年第 5 期。
姜涛:《"起点"的驳议:新诗史上的〈尝试集〉与〈女神〉》,《文学评论》2003 年第 6 期。
康林:《〈尝试集〉的艺术史价值》,《文学评论》1990 年第 4 期。
旷新年:《胡适与意象派》,《中国文化研究》1999 年秋之卷。
旷新年:《文学革命:进化文学史观》,《涪陵师专学报》1999 年第 4 期。
蓝棣之:《中国新诗的开步——重评胡适的〈尝试集〉和他的诗论》,《四川大学学报》(社会科学版)1979 年第 2 期。
李丹:《胡适:汉英诗互译、英语诗与白话诗的写作》,《文学评论》2006 年第 4 期。
李怡:《中国现代新诗的进程》,《文学评论》1990 年第 1 期。

李怡:《重审中国新诗发展的启端——初期白话诗研究综述》,《中国现代文学研究丛刊》1996年第2期。

廖七一:《胡适译诗与新诗体的建构》,《四川外语学院学报》2005年第6期。

廖七一:《论胡适诗歌翻译的转型》,《中国翻译》2003年第5期。

廖七一:《庞德与胡适:诗歌翻译的文化思考》,《外国语》2003年第6期。

刘保昌:《既舍弃也难归依——中国新诗与传统文化》,《学术交流》1999年第4期。

刘纳:《新文学何以为"新"——兼谈新文学的开端》,《中国现代文学研究丛刊》2012年第5期。

龙泉明:《传统文学、西方文学与中国文学的现代化转换》,《学术月刊》1998年第8期。

龙泉明:《传统与现代的历史联结点——论"五四"白话新诗的艰难突围》,《学术月刊》2000年第7期。

龙泉明:《"五四"白话新诗的"非诗化"倾向与历史局限》,《文学评论》1995年第1期。

马萧:《胡适的文学翻译与文学创作》,《江汉论坛》2005年第12期。

秦家琪:《重评胡适〈尝试集〉》,《南京师范大学学报》(社会科学版)1979年第3期。

宋剑华:《论胡适新诗创作的艺术追求》,《阜阳师范学院学报》1989年第1期。

宋遂良:《创造性的探索——从郭小川同志三首长诗谈诗歌的民族形式问题》,《诗刊》1959年第5期。

唐祈:《论中国新诗的发展及其传统》,《河北师院学报》1984年第3期。

唐晓渡:《时间神话的终结》,《文艺争鸣》1995年第2期。

童炜钢:《收敛和放纵——论胡适与"意象诗派"之关系》,《上海师范大学学报》(哲学社会科学版)1997年第4期。

王德威:《我的文学研究之路》,《长江学术》2014年第1期。

王光明:《中国新诗的本体反思》,《中国社会科学》1998年第4期。

王光明:《自由诗与中国新诗》,《中国社会科学》2004年第4期。

王珂:《胡适没有受到意象派的真正影响——兼谈胡适提出"作诗如作文"的原因》,《中州学刊》2007年第2期。

王珂:《论白话诗运动对新诗的文体生成与文体形态的影响》,《理论与创作》2006年第3期。

王泽龙:《"新诗散文化"的诗学内蕴与意义》,《中国社会科学》2007年第5期。

韦学贤:《胡适早期的新诗理论和实践》,《广西民族学院学报》(哲学社会科学版)1983年第3期。

温儒敏:《文学史观的建构与对话——围绕初期新文学的评价》,《北京大学学报》2000年第4期。

文万荃:《中国现代文学史上第一部新诗辩白》,《四川师院学报》(社会科学版)1984年第1期。

文雁、莫海斌:《胡适与美国意象派:被叙述出来的影响》,《暨南学报》(人文科学与社会科学版)2004年第2期。

文振庭:《胡适〈尝试集〉重议》,《江汉论坛》1979年第3期。

吴奔星:《〈尝试集〉新论》,《社会科学战线》1985年第3期。

吴思敬:《二十世纪新诗理论的几个焦点问题》,《文学评论》2002年第6期。

谢昭新:《胡适〈尝试集〉对新诗的贡献》,《安徽师范大学学报》(哲学社会科学版)1996年1期。

徐改平:《圣人的事业,凡人的情怀——〈尝试后集〉与胡适的情感世界》,《齐鲁学刊》2001年第6期。

许霆:《胡适"诗体解放"论的文学史意义》,《文艺理论研究》1996年第3期。

阎焕东:《新诗的基石与丰碑——〈尝试集〉与〈女神〉比较研究》,《北京社会科学》1987年第2期。

亦坚:《从鲁迅为胡适删诗说起》,《上海师范大学学报》(哲学社会科学版)1979年第2期。

易竹贤:《胡适其人及胡适研究述评》,《江汉论坛》2005年第3期。

易竹贤:《评"五四"文学革命中的胡适》,《新文学论丛》1979年第2期。

张目:《"前空千古,下开百世"的"尝试"——胡适的诗学及其艺术实验》,《社会科学战线》1994年第6期。

张全之:《平行与互补:中国新诗两大源头——重评〈女神〉与〈尝试集〉在文学史上的地位》,《郭沫若学刊》1997年第1期。

章永林:《尝试期的新诗与"胡适之体"》,《通化师范学院学报》2001年第1期。

郑敏:《世纪末的回顾:汉语语言变革与中国新诗创作》,《文学评论》1993年第3期。

郑敏:《试论汉诗的传统艺术特点——新诗能向古典诗歌学些什么?》,《文艺研究》1998年第4期。

郑敏:《新诗百年探索与后新诗潮》,《文学评论》1998年第4期。

郑敏:《语言观念必须革新——重新认识汉语的审美与诗意价值》,《文学评论》1996年第4期。

郑敏:《中国诗歌的古典与现代》,《文学评论》1995年第6期。

周晓风:《早期白话诗与"胡适之体"》,《重庆师院学报》(哲学社会科学版)1997年第4期。

周晓明:《重新评价胡适〈尝试集〉》,《破与立》1979年第6期。

朱德发:《胡适白话诗学的现代阐释》,《西南师范大学学报》(人文社会科学版)2005年第6期。

朱德发:《论胡适早期的白话诗主张与创作》,《山东师院学报》(哲学社会科学版)1979年第5期。

朱文华:《开风气的尝试——评〈尝试集〉》,《"再造文明"的奠基石——"五四"新文化运动三大思想家散论》,上海教育出版社 2000 年版。

学位论文

旷新年:《胡适文学思想研究》,北京大学博士学位论文 1996 年。
王光和:《西方文化影响下的胡适文学思想》,首都师范大学博士学位论文 2009 年。
徐改平:《胡适——新文学的开拓者》,北京师范大学博士学位论文 2005 年。